살아있는 전설
하리마오

살아있는 전설
하리마오 2
하리마오 지음

새로운사람들

살아있는 전설-하리마오 2

Copyright ⓒ 1999 Harimao
Printed in Korea 1999 by People of Fresh Mind publishing Co., Ltd

지은이/하리마오
펴낸이/이재욱
펴낸곳/(주)새로운사람들

초판 1쇄/1999년 6월 15일

편집/윤석우 배현정
마케팅/김명수 김상영 · 관리/이경은
출력/예하프로세스 · 인쇄/우성사
제본/기성제본 · 도서관리/서촌사

등록일/1994. 10. 27
등록번호/제2-1852호
주소/110-110 서울 광화문우체국 사서함 786호
110-210 서울 종로구 화동 62번지 안송빌딩 201호
대표전화/739-3330 · 팩스/739-3421
하이텔 유니텔 천리안 ID/lsg0707

값 7,500원
ISBN 89-8120-131-5(전3권)
ISBN 89-8120-133-1(04810)

▪ 잘못된 책은 바꿔 드립니다.

살아있는 전설
하리마오 2

신경행 노조미(のぞみ) 특급 열차 ·········· 7
군용견의 입을 찢어 죽이다 ·········· 24
2년만의 귀가 ·········· 36
쓰루미 역의 포로로 위장한 미군 첩보 장교 ·········· 46
세 번째 괴편지와 히로시마 지구 헌병대 ·········· 57
취조실에서 들은 친부모님 소식 ·········· 69
기상천외한 고문과 처벌 ·········· 83
인면수심(人面獸心)의 고문 기술자들 ·········· 99
'5X'에 관한 추리는 잘못된 것인가? ·········· 126
대나무 이쑤시개 고문 ·········· 137
갑자기 중단된 전기 고문 ·········· 148
고꾸라 육군 위수형무소 ·········· 167
육군 형무소의 하루 ·········· 182
작업장의 하루 일과 ·········· 203
조선인 수형자들의 참상 ·········· 212
조선인 문맹자 교육 ·········· 231
형무소에서 맞은 일본의 패전 ·········· 262
육군 형무소에서 석방되다 ·········· 269
히로시마, 히로시마 ·········· 279

나는 살아남았다 ··· 296
귀국을 결심하다 ··· 303
나를 살려낸 헌병대장 ·· 309
환국 결심과 방황 ··· 322

신경행 노조미(のぞみ) 특급 열차

　　내 자리로 찾아가 의자에 앉아서 등을 기대고 눈을 감았다. 잠시 혼미했던 정신과 혼란한 마음을 진정시키기 위해서는 안정이 필요했기 때문이었다. 정말 불가사의한 현상이었다. 아무리 생각해도 신의주 역전에서의 혼미했던 순간은 그 까닭을 알 수가 없었다.
　뭔가 내게 불길한 일이 닥친다는 걸 일깨워 주려는 건가? 어쨌든 기분 나쁜 일이었다. 그 일에 대해서는 더 이상 생각하고 싶지 않은데도 자꾸만 떠올라 머리 속이 복잡해졌다.
　눈을 떴다. 창 밖을 내다보니 열차는 철교 위를 달리고 있었다. 꽁꽁 얼어붙은 강 위에 흰 눈이 덮혀서 강이란 걸 알려주는 것이라곤 압록강 철교밖에 없었다. 사사끼 대위는 압록강 철교가 조선과 만주의 경계를 이룬다고 하지 않았던가? 일본 군가에도 나오는 압록강인데 강 같지가 않았다. 어쨌거나 철교를 지나면 바로 만주 땅 안동(安東)인 셈이었다.

이런저런 생각을 하는 동안에 어느새 안동역에 이르렀다. 플랫홈을 내다보니 중국 특유의 옷차림이 눈길을 끌었다.
만주 땅 첫 기착지인 안동역에서 본 중국인들의 고유한 옷차림도 그저 신기하게만 느껴졌다. 물론 중국옷을 보는 것은 처음이 아니었다. 대만 선박부대에 근무할 때도 보았고 중국을 배경으로 한 영화 시나노 요루(支那の夜)나 소슈노 요루(蘇州の夜)에서도 보았다.
그러나 혹한 지방에서의 중국옷은 두툼한 것이 지방과 고장에 따라 약간씩 다르다는 걸 느낄 수 있었다.

안동은 경성이나 평양보다 훨씬 덜 붐비는데도 헌병들이 무척 많았다. 국경 도시라서 항시 이런 경비를 하는 건가, 아니면 무슨 사고가 발생하여 특별 경비라도 하는 건가? 도무지 무엇 때문에 이런 법석을 떠는지 모를 일이었다.
열차 안을 살펴보니 2등칸이라서 그런지 빈 자리가 많았다. 내 옆자리와 맞은편 두 자리도 모두 비어 있었다.
'말동무가 있어야겠는데 어쩐다?'
혼자 이런 생각을 하고 있는데 바깥이 소란스러워졌다. 창 밖을 내다보니 검은 색 안경을 쓴 풍채 좋은 40대 남자가 헌병들의 호위와 많은 사람들의 배웅을 받으며 열차에 오르려고 다가오는 중이었다. 그는 중국옷에 중국 두루마기까지 차려입고 있었다.
'그러면 그렇지. 그래서 헌병들의 경비가 삼엄했구나.'
이런 생각을 하고 있는데, 그 중국인이 2등칸으로 들어와 내 맞은편 자리에 앉는 것이 아닌가! 바로 사사끼 대위가 앉았던 자리였다.
헌병의 호위 속에 역장의 안내를 받으며 승차할 뿐만 아니라 안동 지방의 경찰서장과 헌병 파견대장(대위) 등 다수의 유지가 배웅을 하는 것으로 미뤄 짐작컨대 그는 적어도 만주 국무원에서 꽤 높은 직책을 맡고 있는 고관인 듯했다. 꽤 많은 사람들이 있었지만, 아무도 말을 하지 않았다. 당사자인 중국옷의 남자도 말이 없기는 마찬가지였다. 그저 엄숙한 분위기만 감돌 뿐 조용하기만 했다.

'어디까지 가는지는 몰라도 저런 고관이라면 1등칸이나 1등 침대칸을 이용할 일이지 왜 2등칸으로 온담?'

나는 좀 의아한 생각이 들었다.

발차시간이 되었는지 열차가 길게 기적 소리를 울리자 호위하고 안내하고 배웅하러 열차로 올라왔던 사람들이 아무 말도 없이 엄숙한 자세로 거수경례를 하고는 내려갔다. 그런데도 중국옷의 남자는 경례도 받지 않은 채 팔짱만 끼고 성난 사람처럼 그냥 앉아 있었다. 검은 색 안경을 썼으니 눈을 떴는지 감았는지도 알 수 없었다.

열차가 움직이기 시작하자 열차에 올라왔다가 내려간 사람들이 차창 밖에서 부동자세로 일제히 거수경례를 했다. 그러나 중국옷의 남자는 미동도 없이 창 밖으로는 시선조차 보내지 않았다.

열차는 제 속력을 내면서 만주 벌판을 가로질러 북으로 달리고 있었다. 바깥을 내다보니 흰 눈이 덮인 허허벌판이 한도 끝도 없이 광막했다. 푸르스름한 하늘과 희끄무레하게 눈 덮인 땅을 구분하는 지평선이 그야말로 일망무제(一望無際)로 펼쳐져 있었다. 인가도 보이지 않았다.

나는 일찍이 이렇게 광활한 대지를 본 적이 없었다. 만주가 넓다는 말은 들었지만, 이런 정도일 줄은 미처 상상도 하지 못했던 것이다. 몇 시간을 가도가도 끝닿은 데가 없었다. 안동을 출발한 지 꽤 여러 시간이 지났는데, 가도가도 눈 덮힌 들판으로 열차는 계속 달려갈 뿐이었다.

'이렇게 인가가 보이지 않을 수가 있나? 있더라도 눈에 덮혀 보이지 않는단 말인가? 대관절 이 광막한 들판은 황무지일까, 밭일까? 밭이라면 경작하는 농사꾼들이 살고 있는 집이라도 있어야 할

게 아닌가?'

　나로서는 도무지 짐작할 수가 없는 노릇이었다.

　내 앞자리의 중국옷 입은 남자는 처음 앉을 때의 자세 그대로 팔짱을 낀 채 석고상처럼 미동도 하지 않았다. 눈을 뜨고 있는 건지, 눈만 감고 있는 건지, 자는 건지 알 수가 없었다. 중국말을 한 마디도 못하는 처지이니 뭐라고 말을 붙여 볼 수도 없고, 중국말을 안다고 해도 자는 사람이라면 깨울 수도 없었다. 답답했지만 도리가 없었다.

　더구나 검은 안경을 쓴 그의 외모는 근엄한 풍모이긴 했지만, 어딘지 모르게 음흉하게 보여 별로 기분좋은 인상도 아니었다.

　시계를 보니 어느덧 오후 1시였다. 나는 식당차로 가서 점심 식사를 했다. 아침 식사를 하지 않아서인지 맥주 한 병을 곁들여 점심을 맛있게 먹을 수 있었다.

　문득 사사끼 대위 생각이 났다. 아무리 생각해 봐도 신의주 역전에서 그와 아쉽게 작별한 직후에 일어났던 혼미한 순간이 기이하기만 했다. 도대체 무엇을 암시하는 것일까? 나는 어쩐지 좋지 않은 일이 일어날 조짐인 것 같아 불길한 예감을 떨칠 수가 없었다.

　동쪽에서 이제 막 떠오르는 밝은 아침 햇살이 눈부시게 빛날 무렵이었으니까 아마도 7시 50분쯤이리라. 별안간 아무것도 보이지 않을 정도로 시야가 캄캄해지면서 졸지에 개미처럼 작아진 그의 뒷모습이 어둠의 심연으로 빨려 들어가고 말았던 것이다. 이런 상태는 3분 가량 지속되었다.

　눈앞이 다시 환해지면서 번쩍 제정신으로 돌아왔을 때, 아무리 주위를 살펴보아도 사사끼 대위의 모습은 온데 간데 없었다. 참으로 불가사의한 현상이었다. 기적이 울려 미친 듯이 뛰어갔기에 망정이지 하마터면 열차마저 놓칠 뻔하지 않았던가?

　나는 식사 후, 내 자리로 돌아가 앉았다. 중국옷을 입은 남자는 여전히 석고상처럼 팔짱을 낀 자세 그대로였다.

중국옷의 사내와 내가 마주 앉은 자리에서 통로를 사이에 둔 건너편 자리에 네 사람의 장정이 앉아 있었다. 그들도 안동에서 탄 손님들인데, 몇 시간 동안 줄곧 내 쪽을 의식하는 것 같았다. 나는 직감으로 중국옷의 남자를 감시하거나 호위하는 임무를 수행하는 사복 관헌이 틀림없을 거라고 생각했다.

다시 몇 시간이 지났다. 끝간 데 없이 흰 눈이 덮힌 바깥 풍경과 중국옷을 입은 사내의 자세는 조금도 달라진 것이 없었다. 나는 가슴 속이 무척 답답해지는 기분이었다.

"日本人は實に馬鹿やな!(일본사람은 참으로 바보야!)"

나는 중국옷 입은 사나이의 독백에 깜짝 놀랐다. 봉천역에 도착하기 약 1시간 전, 그러니까 열차가 본계호(本溪湖)와 소가둔(蘇家屯)의 중간쯤을 달리고 있을 때였다. 8시 40분에 안동역에서 승차한 후 3시 30분경이 될 때까지 점심 식사도 거른 채 어느 한 곳도 자세를 흐트러뜨리지 않고 앉아 있던 중국옷의 남자가 마침내 독백을 했던 것이다.

더욱 놀라운 것은 그의 말투였다. 아주 유창한 일본말을 구사하는 걸로 미뤄 봐서 그는 일본인이지 결코 중국인은 아니었다. 그러니까 중국옷을 입은 일본인 고관인 셈이었다. 나는 그가 내뱉은 한 마디의 독백을 듣고 틀림없이 일본인이라고 단정할 수 있었다.

나는 어릴 때부터 일본인 가정에서 성장했기 때문에 일본인과 조금도 다를 바가 없지만, 그렇지 않은 조선인이나 외국인은 아무리 일본 교육을 받았다 해도 액센트가 다르다는 것이 금방 발견된다. 제아무리 유창한 일본어를 구사한다 해도 일본인과는 틀리기 때문이다. 관동대지진 때의 얘기를 들어 보면 그런 사실은 너무나 분명해진다.

참고로 관동대지진의 피해 상황을 살펴보면 사망 99,331명, 행방불명 43,476명, 가옥 완파 128,266채, 가옥 반파 126,233채, 가옥

신경행 노조미(のぞみ) 특급열차 *11*

소실 447,128채, 가옥 유실 868채 등이었다. 피해 총액만 해도 그 당시 돈으로 추산해서 65억 원에 이르는 엄청난 재난이었다.

재난도 재난이려니와 재난으로 인해 흉흉해진 민심을 수습하는 일이 가장 시급했다. 당시 일본 정부는 그 문제를 어떻게 해결했을까? 기가 막히게도 조선인에 대한 민족 차별이라는 야비한 수단을 이용했다.

대정(大正) 12년(1923년) 9월 1일 오전 11시 58분 관동지방에 대지진이 발생하자 다나까(田中 義一) 내각이 물러나고, 9월 2일 야마모도(山本 權兵衞) 내각이 새로 들어섰다. 지진으로 관동지방이 아비규환일 때 재빨리 들어선 새로운 내각은 지진이 발생한 다음날이자 새 내각이 들어선 첫날인 9월 2일 정오에 정부 차원에서 직접 의도적으로 유언비어를 유포시켰다.

'후데이센징(不逞鮮人)이 도처에서 폭동을 일으키고, 음료수나 식수로 이용하는 우물이나 수원지, 수도 저수지 등에 독약을 투입해서 우리 일본인들을 엄청나게 많이 죽였다.'

이런 유언비어에 분노한 일본인들은 닙뽄또우(日本刀), 죽창, 몽둥이 등으로 조선인들을 닥치는 대로 죽이기 시작했다. 이렇게 해서 학살당한 조선사람의 숫자가 자그마치 6,000여 명에 달했다. 이것은 나중에 일본 정부에서 공식적으로 발표한 숫자니까 실제로는 이보다 훨씬 많았다고 생각된다.

그렇다면 일본사람들과 용모가 비슷한 조선사람을 어떻게 가려냈을까? 바로 일본어의 발음이 일본인과 조선인을 가려내는 기준이 되었던 것이다.

학살자들은 그 당시 통용되던 50전짜리 은전 한 닢을 들고 쏘다니다가 조선사람이다 싶으면 불쑥 그것을 내보이며 물었다.

"이게 얼마 짜리냐?"

"고짓쎈."

다 같은 '고짓쎈'이라도 일본사람이 들을 때 일본사람이 말하는 '고짓쎈'과 조선사람이 말하는 '고짓쎈'은 분명 발음이 다르다. 그런 식으로 조선사람을 가려내서는 죽이기 시작했다고 한다.

그렇다면 그 발음이 어떻게 다른가?

기본적인 일본어 자모 51자(字)의 발음은 탁음(濁音;20자), 반탁음(反濁音;5자), 청음(淸音) 등으로 분류된다. 탁음으로 발음하는 글자의 오른편 윗쪽에는 점을 2개 찍고, 반탁음으로 발음하는 글자의 오른편 윗쪽에는 작은 동그라미를 그려서 구분한다.

그런데 탁음만은 조선말 발음으로 표현하기 힘든 특이한 발음이다. 성대에 울림이 가는 유성음이나 무성음 같은 것이라고나 할까? 일본어로 50전을 'ごじっせん'이라 하는데, 조선사람은 이 발음이 서툴러서 일본사람이 아니라는 것이 금방 밝혀지는 것이다. 말하자면 일본사람은 'ごじっせん'이라고 발음하는데, 조선사람은 그냥 'こじっせん'이라 발음하는 식이다.

이렇듯 조선사람으로서는 어쩔 수 없이 발음하기 힘든 말로 'たいがっこう(大學校)', 'みず(水)' 등 상당히 많다. 탁음으로 발음해야 한다는 것을 배워서 알고 있더라도 일본사람들처럼 발음하기가 쉽지 않다는 데 어려움이 있는 것이다.

예로 든 '물(水)'을 일본말로는 미즈(みず)라고 한다. 조선말로는 '미즈'라고 표현할 수 있을 텐데, 그렇다고 완전히 '미즈'는 아니고 '미즈'에 가까운 발음이다. 조선사람은 '미즈'에 가까운 발음이 잘 안 되기 때문에 이것을 '미스'라고 발음하는 것이다. 그렇다고 조선사람이 '미스'라고 하면 일본사람들이 알아듣지 못하는 건 아니다. 다만 조선사람이라는 걸 금방 알아차린다는 말이다.

다시 말하면 탁음을 붙여야 할 곳에 붙이지 않고, 붙이지 말아야 할 곳에 붙이는 건 어쩔 수 없는 노릇이기도 하다. 악센트가 일본사람 같지 않은 것도 분명하다. 나처럼 어려서부터 일본인 가정에서 성장하고 일본문화권에서 일상생활을 해온 외국인이 아니고선 순 일본식 발음을 그대로 흉내내기는 어렵다는 것이다.

조선의 초·중·고등학교에서 일본어 공부를 하고 일본에 있는 전문학교나 대학교를 졸업하여 일본글을 잘 쓰고 회화를 유창하게 할 수 있더라도 일본사람의 발음과 악센트를 흉내내기란 거의 불가능하다는 뜻이다.

아무튼 관동대지진에서 서툰 일본말 발음 때문에 6,000명 이상의 죄없는 조선사람들이 목숨을 잃었다. 나라를 빼앗긴 설움도 모자라 무고하게 목숨까지 잃어야 했던 뼈저린 사연이 아닐 수 없다.

중국옷의 남자가 독백하는 말을 듣고 나는 그가 일본사람이 분명하다는 사실을 즉각 알아차렸다. 그의 말을 듣고 오히려 내가 긴장이 되어 마음속으로 가만히 곱씹어 보았다.

'일본사람은 바보다? 무슨 뜻인가?'

비록 하급장교인 대위지만, 대일본제국 육군 장교 면전에서 '일본사람은 바보' 라고 서슴없이 내뱉었다면 여간 간이 큰 사람이 아니었다. 더구나 일본은 전쟁 중인 군국주의 국가요, 군부의 강골파 입김이 서슬 퍼런 시대가 아닌가?

초급 장교건 고급 장교건 군국주의 국가에서 육군 장교란 서방 민주주의 국가와는 달리 그 권위가 여간 막강한 게 아니었다. 또 일반 사병과 장교 사이의 권위와 그들에 대한 국가의 대우는 하늘과 땅의 차이였다. 내가 만약 특무기관원이나 헌병 장교였다면 그의 독백을 문제 삼아 따지고 들지도 모를 일이었다.

중국옷의 남자는 독백 한 마디를 내뱉고는 여전히 석고상처럼 앉아 있었다. 안동역에서 승차하여 무려 7시간 반을 왔는데도 처음의 자세 그대로 팔짱을 낀 채 꼼짝도 않고 앉아서 조금도 흐트러지는 법이 없었다. 식당에 가거나 변소에 가는 일조차 없었다. 나는 속으로 적이 놀랐다.

느닷없이 '일본사람은 바보' 라는 말을 내뱉은 지도 벌써 30분이 지났다. 그가 두렵기조차 했다. 뭐라고 말 한 마디를 붙여 보고 싶어도 자고 있는지 깨어 있는지 알 수가 없었다. 자고 있는 사람에게 뭐라고 했다가 잘못하면 무슨 봉변을 당할지도 모를 일이었다.

그러나 나는 용기를 내어 뭐라고 한 마디라도 말을 붙여 보아야겠다고 작정했다. 일본사람이 바보든 죽일 놈이든 알 바가 아니었지만, 그가 말한 뜻을 알고 싶었던 것이다. 나는 그가 왜 '일본사람은 바보'라고 했는지 무척 궁금했기 때문에 좀이 쑤셔서 잠자코 있을 수가 없었다.

그는 왜 '일본사람은 바보'라고 했을까? 내가 그 말에 무슨 자존심이라도 상해서 물어 보려는 건 물론 아니었다.

실은 나도 저 죽을 구덩이를 미친 듯이 열심히 파고 있는 일본 군부의 초강경파들을 바보 중의 바보라고 생각하고 있었다. 저희들 뿐만 아니라 수백만 명의 무고한 생명을 담보로 하루라도 더 빨리 죽기 위해 광기를 부리는 극우 애국주의자들이 바보 천치가 아니고 무엇이랴?

그러나 그런 의미로 물어 보려고 하는 건 아니었다. 내가 생각하는 바보의 의미보다도, 그가 '일본사람은 바보'라고 말한 의미를 알고 싶었던 것이다.

'나도 참 바보야. 말을 하려면 그가 말하고 나서 곧바로 할 것이지, 30분이 지난 지금에야 물으려고 하다니?'

나는 속으로 슬며시 웃음이 나왔다. 나는 그가 자거나 말거나 어떤 반응이 있겠거니 하고 재차 용기를 내어 조심스럽게 말을 꺼냈다.

"저 선생님, 아까 하신 말씀이 무슨 뜻입니까?"

순간 나는 깜짝 놀랐다. 자고 있는 줄만 알았던 그는 내 말이 미처 끝나기도 전에 물어 오기를 기다리고 있었다는 듯이 의자에 기댔던 몸을 앞으로 벌떡 일으켜 세우고는 끼고 있던 팔짱을 풀더니 내게 삿대질까지 해대면서 쏟아내듯 말을 하기 시작했다.

"자네, 생각 좀 해 보게. 우리 일본사람들은 말이야, 만주에서 살든 중국에서 살든 조선에서 살든 꼭 그 일본식 집에 다다미 방에다 미소시루(된장국)를 먹잖아? 한 사람도 예외없이 고유의 일본식 문화생활을 계승·발전시키고 있는 꼴이 울화통이 터지도록 신경질이 난다, 그 말이야. 내 말 알아듣겠나?"
　그는 마치 내게 그 화풀이라도 하는 양 소리까지 지르는 게 아닌가? 나는 간이 콩알만하게 위축이 되어 가지고 호랑이 앞에 나선 토끼처럼 숨도 크게 쉬지 못하고 그의 사자후를 들어야 했다.
　통로 건너편 자리에 앉은 네 사람의 시선이 중국옷의 남자와 내게로 쏠려 있었다. 귀를 바짝 세우고 주시하는 모습이 역력했다.
　중국옷의 남자는 신경질적으로 사자후를 토하더니 '내가 언제 뭐라고 했나?' 하는 식으로 입을 굳게 다물고 또다시 석고상 같은 자세로 되돌아가 버렸다.
　'도대체 그 일본식 문화생활을 고집하는 게 뭐가 어쨌다는 거야? 왜 내게 신경질을 부려?'
　이번엔 내가 신경질이 났다. 그러나 나는 그저 기분이 유쾌하지 못하다는 정도였을 뿐 뭐라고 그에게 대들 용기는 전혀 없었다. 뭐라고 했다가는 이번엔 또 어떤 날벼락이 떨어질지 두렵기도 했다.
　가만히 생각해 보니 안동역에서 배웅하던 사람들이 뭐라고 인사말 한 마디도 없이 부동자세로 거수경례만 하던 것을 이해할 만했다. 분명 이유가 있었던 것이다. 아마도 뭐라고 한 마디 했다가는 무슨 날벼락이 떨어질지 몰라 전전긍긍하다가 거수경례만 했으리라.
　'도대체 이 사람은 어디까지 가는 것일까? 제발 봉천에서 내려줬으면 좋겠다. 종점인 신경까지 간다면 큰일이 아닌가?'
　나는 놀란 토끼처럼 위축된 기분으로 얌전히 앉아 있었다. 그 사람 앞에선 공연히 숨이 막힐 것만 같았다. 나는 슬며시 일어나 식당차로 가서 맥주 2병을 시켜 혼자 다 마셨다. 그리고 생각했다.
　'도대체 그 사람이 한 말이 무슨 뜻이란 말인가? 일본사람이 어디를 가건 일본식대로 산다는 것이 뭐가 잘못됐단 말인가? 그렇지 않으면 어떻게 살아야 한단 말인가? 저 모양으로 중국옷을 입고 호떡을 먹으며 살아야 한단 말인가?

 그래그래, 바로 그거야. 그러니까 그는 중국에서 살면 중국문화 속에서 철저한 중국인이 되어 살아야 하고, 조선에서 살면 조선문화 속에서 조선 음식인 김치 깍두기를 먹고 다다미 방이 아닌 온돌방에서 기거하며 철저히 조선사람처럼 살면서 조선 민족의 혼을…… 그렇다. 조선의 민족혼, 그 진수(眞髓)를 음미함으로써 보다 철저하게 근본적으로 조선을 요리하여 혼을 빼먹을 수 있다는 말이 아닌가? 이를테면 적을 이기려면 적을 알아야 한다는 병법과도 통하는 얘기다.

 뭐라? 그렇게 되면 침략을 통해 얻은 식민지에 대한 정책을 근본적인 차원에서 효율적으로 뭘 어쩌겠다는 이야기가 아닌가?'

 여기까지 생각이 미치자, 나는 그만 아연실색하여 전율을 금치 못했다.

 나는 그래도 '일본사람은 바보'라는 그의 독백을 듣고 애국관에 반(叛)하는 언동으로 일본 관헌이 들었다면 문제 인물로 취급할 것이라는 착각마저 했는데, 이게 웬일인가?

 그는 바로 일본 군부의 강골분자들보다 한 차원 높은 무서운 침략주의자가 아닌가? 그러니까 그의 독백은 일본 군부 초강경파 지도층의 근본정책이 돼먹지 않았다는 뜻이었다. 말하자면 대만과 조선을 식민지화할 당시로 소급하여 그때부터 일본식 문화생활을 고집해 온 정책이 애시당초 잘못됐다는 논리였다.

 내가 눈을 감고 음흉하기 이를 데 없는 그의 무서운 인상을 더듬고 있을 때 열차는 기적을 울리며 봉천역(奉天驛)으로 서서히 들어가고 있었다. 나는 깜짝 놀라 급히 내 자리로 돌아갔다. 객실에는 이미 중국옷을 입은 남자도 없었고, 건너편 자리의 네 사람도 보이지 않았다. 나는 열차의 출구 쪽으로 나가는 그들의 뒷모습을 볼 수 있었다.

 열차가 섰다. 차창 밖을 내다보니 여기저기 헌병들이 널려 있고,

그 지역의 많은 유지들이 플랫홈에 영접을 나와서 중국옷의 남자를 기다리고 있었다. 그가 열차에서 내리자 영접 나온 사람들이 그의 주위로 모여들어 부동자세로 거수경례를 했다. 그는 여전히 아무런 반응도 보이지 않은 채 걸어나가고 있었다. 아무리 고관이라 하더라도 기분 나쁜 인물이요, 수수께끼 같은 존재였다.

'실로 음흉하고 무서운 자가 아닌가? 만일 저런 사람이 권좌에 올라 일본을 통치한다면 분명 중국의 진시황제(秦始皇帝)는 저리 제쳐 놓고 세계의 25억(1944년 현재) 인구를 통째로 식민통치를 하려고 덤벼들었을 게 아닌가?'

아마도 그는 내 기억에 영원히 잊혀지지 않을 것이다. 지금 생각해 보면 중국옷의 남자를 뺨칠 정도로 음흉한 그의 선배 한 사람이 떠오른다. 바로 이토 히로부미(伊藤 博文)다.

그는 학생 시절에 국비로 영국 유학을 갔다. 그때 같이 유학을 간 동료가 한 사람 있었는데, 그 이름은 이노우에 가오루(井上 馨)란 자다.

이노우에가 보니까 이토 히로부미는 국비로 유학을 온 처지임에도 불구하고 공부를 열심히 할 생각은 하지 않고 뒷골목 선술집이나 유흥가가 많은 피카디리 등 홍등가로만 돌아다니며 오입질에 여념이 없었다. 하루는 이노우에가 근심스러운 표정으로 이토 히로부미에게 나무라는 투로 충고를 했다.

"이 사람아, 나라에서 대주는 학자금으로 공부하러 왔으면 열심히 공부를 해야지 허구헌 날 술집으로나 돌아다니면서 어쩔 셈인가?"

그러자 이토 히로부미는 이렇게 대답했다고 한다.

"자네나 열심히 하게. 선생의 강의나 듣고 책이나 읽으려면 본국에서 책이나 사다 읽으면 되지, 외국엔 무엇하러 오나? 나는 내 식대로 열심히 공부하는 것이니까 자넨 자네 식대로 열심히 공부하게나."

　이토 히로부미야말로 앵글로 색슨의 혼을 공부했던 모양이다. 꾸며낸 이야기일지는 모르지만, 일리 있는 무서운 이야기임에 틀림없다. 중국옷의 남자가 어쩌면 이토 히로부미의 영향을 받은 것은 아닐까?
　훗날(1890년대초) 이토는 일본내각의 총리대신이 되었고, 이노우에는 같은 내각의 내무대신이 되었다. 이어 한·일합병의 전초작업 중이던 이조말엽(高宗) 이노우에는 주 대한국(駐 大韓國) 일본특명전권대사로 한성(지금의 서울)에 와, 기히 전임 일본공사에 의해 무력억압에 의해 구성되어 있던 우리 나라의 친일내각을 조정하여 한·일합병의 마무리 작업에 열중하던 자다.
　열차는 노조미(のぞみ) 특급의 마지막 종착역인 신경을 향해 달리기 시작했다. 아직도 5시간쯤 더 가야 도착하게 되는데, 좀 지루한 것 같았다. 창 밖을 내다보니 아직 봉천 시가지를 벗어나지 않아서 상가 건물들과 많은 사람들이 눈에 띄었다. 세 개의 자전거 바퀴 같은 것이 달린 삼륜차 뒤에 사람들을 태우고 달리는 모습이 이채로웠다. 6자(尺) 정도 길이의 막대기 양 끝에 끄나풀로 물건을 매달아 어깨에 메고 오가는 중국인들도 보였다.
　일본 농가에서도 농산물을 어깨에 메고 나르는 것으로 알고 있는데, 중국으로부터 전래된 것일까? 아무래도 조선을 거쳐 일본에 전해졌을 법한데, 막대기를 어깨에 메고 물건을 나르는 관습이 조선에는 없는 것 같았다. 어렸을 때도 본 기억이 없었다.
　조선에서는 양쪽 어깨 부분에 멜빵 같은 것이 달려 등 뒤에 짊어지는 지게로 물건을 지고 다니는 농민들을 보았다. 그것은 어렸을 때 본 기억이 났다. 머리에 무엇인가를 이고 다니는 아낙네들도 보였다. 경성을 지날 때는 인력거란 것도 봤는데, 그것은 일본에서도 가끔 본 일이 있었다.

하늘을 쳐다보니 코발트 색으로 마냥 푸르렀다. 날씨가 너무 추워 방한 무장을 한 옷차림 탓인지 오가는 사람들이 퍽이나 둔해 보였다. 만주는 영하 40도를 오르내릴 때도 있을 정도로 추운 고장이라는 말을 듣기는 했다.

내 앞자리에 40대로 보이는 중년 신사와 부인인 듯한 귀부인이 앉아 있었다. 봉천에서 탄 손님이엇는데, 대화하는 걸 보니 일본 사람이었다. 그들과 무슨 이야기라도 나누고 싶었다. 중년 신사가 담배를 입에 물고 성냥을 찾느라 이 쪽 저 쪽 주머니를 뒤지고 있어서 내가 얼른 라이타를 켜서 불을 붙여 주었다.

"고맙소. 어디 소속이요?"

그가 인사치레 삼아 물어오자 나는 기분 좋게 대답했다.

"지금까지는 비율빈(현 필리핀) 마닐라에서 근무했는데, 이번에 일본 본토로 전속되어 왔습니다."

"무척 고생이 많았겠소?"

이렇게 위로의 말까지 해 주면서 그가 남방의 전황에 관해 이것 저것 물었으나 나는 대충 얼버무려 버렸다. 민간인에게 구체적인 이야기는 할 수가 없지 않은가? 이번에는 내가 그에게 물었다.

"혹시 봉천에서 하차한 고관이 누군지 아십니까?"

"만주국 국무원의 고관인 것 같은데 확실히는 모르겠소."

"예에, 그렇군요."

"혹시 신경에 친척이라도 계셔서 다니러 가는 길이오?"

"아닙니다. 그냥 볼일이 좀 있어서요."

나는 사실대로 말하기가 싫어서 얼렁뚱땅 대답했다.

"나는 신경에서 조그만 양품점 가게를 경영하는데, 아들 녀석들 둘이 모두 관동군에 있어요. 큰 놈은 이제 상등병이고, 둘째 놈은 석 달 전에 입영했지요."

그는 묻지도 않은 것까지 털어놓았다.

어느새 어두워져서 창 밖이 캄캄했다. 시장기가 돌아 시계를 보니 6시 30분이었다. 식당칸으로 가서 저녁 식사를 하고 맥주 한 병을 마신 다음 내 자리로 돌아가 담배 한 대를 피웠다.

'만주에는 마적떼가 많다고 들었는데, 그게 사실일까? 마적떼라기보다 만주족 청년들의 항일 저항군은 아닐까? 만주 벌판에는 조선 독립군들도 무척 많다고 했다. 김동웅 형이 얘기해 준 적이 있는 김일성(金一成) 장군 생각도 난다. 그 분은 일본 정규 육사를 졸업했다던가? 독립군들은 이렇게 북풍한설(北風寒雪) 휘몰아치는 광막한 만주 땅 어디서 고생들을 하고 있을까?

중국 상해에도 중국 정부의 지원을 받는 우리 나라 임시정부가 있다고 들었다. 독립을 위해 남의 나라에 와서까지 온갖 고생을 감수해야 한다고 생각하니 몹시 가슴이 아프다.

그런데 나는 이게 뭔가? 일본군 장교가 돼 가지고 어쩌자는 말인가? 내가 만일 관동군 소속의 중대장이나 대대장이라고 하면 피할 수 없는 명령에 따라 우리 나라 독립군들을 향해 총을 쏘고 싸워야 할 게 아닌가?

차라리 그런 기회라도 있으면 독립군 쪽으로 도망이라도 갈 텐데, 지금은 그럴 형편도 아니다. 만일 이번 전쟁이 일본의 패전으로 끝나서 우리 나라가 독립되면 내가 무슨 면목으로 조국을 찾을 수가 있단 말인가? 안 될 말이다. 그렇다면 지금 이 시점에서 내가 어떻게 해야 할까?'

생각하는 것만으로도 가슴이 답답했다. 누군가 나를 이끌어주는 사람이 있으면 큰 힘이 될 텐데, 앞으로의 내 운명이 어찌 될지 그저 막막하기만 했다.

지루하게 달려온 만큼 돌아가야 할 길도 지루할 거라고 생각하니 더욱 피곤했다. 신경에 도착하려면 아직도 한 시간은 더 가야 했다. 제 시간에 도착해야 한 시간이고 얼마나 연착할지는 미지수였다.

스팀이 들어오는데도 몹시 추웠다. 실내가 이 정도면 바깥은 얼마나 추울까? 아까 어느 손님이 바깥 날씨가 영하 30도는 넘을 것 같다고 했다. 나는 보스톤 백 속에 있는 망토를 꺼내 구석에 펴서 걸었다. 방한 장비가 말이 아니라서 걱정이었다. 방한모도 귀마개도 털장갑도 없는 데다 얇은 털양말 한 켤레만 신고 있었다. 설마 얼어죽기야 할까? 적도에 가까운 남방에서 2년여를 지내다 보니까 추위에 약해진 탓인지 좀 겁이 났다.

드디어 신경역에 도착했다. 정시 도착시각인 밤 10시 10분보다 20분 연착한 10시 30분이었다.

달랑 백 하나만 들고 출찰구를 나왔다. 겁을 먹었던 대로 되게 추웠다. 금방이라도 귀가 얼어붙을 것 같았다. 역 구내를 살펴보니 매점이 눈에 띄어 가 보았더니 장갑이 눈에 띄었다. 생전 처음 보는 가죽 장갑이었다. 손바닥 쪽은 까만 색의 부드러운 가죽이고, 손등 쪽은 토끼털인지 양털인지 알 수 없는 하얀 털이 꽤 두툼해 보였다. 장갑 한 짝을 끼어 보니 흰 털이 손가락 끝의 가죽에서도 2센티 정도 되었다. 열 손가락 끝의 흰 털이 모두 길다란 것이 마치 살아있는 짐승의 발바닥 같았다. 나는 우선 그 장갑을 샀다. 귀마개나 다른 것들은 장교복에 어울릴 것 같지 않아서 그만두었다.

늦은 밤이라 여관으로 찾아갈까 어쩔까 하고 잠시 망설이고 있는데 오락가락하는 헌병 오장(伍長)이 눈에 띄었다. 나는 얼른 그에게로 다가갔다. 그는 나를 보자 부동자세로 경례를 붙였다.

"자네 소속이 물론 신경지구 헌병대겠지?"

"네, 그렇습니다. 대위님."

"헌병대장이 이시바시(石橋;가명) 대좌님 맞나?"

"네, 그렇습니다."

"그 분을 좀 만나러 왔는데 연락이 될까?"

"네, 대위님. 대장님은 지금 헌병대에 계십니다. 제가 연락을 드릴 수가 있는데, 연락을 드릴까요?"

"그래, 무사시야 대위라고 말씀드리고 내가 대장님과 직접 통화

할 수 있도록 도와주면 좋겠는데?"

"네, 이리 오십시오."

그러면서 앞장을 섰다. 아마도 역전 파견대의 경비전화가 있는 곳으로 나를 안내하려는 것 같았다. 그는 경비전화로 헌병대장과 연결하여 수화기를 내게 건네주었다.

"이시바시 대장님이십니까?"

"그런데요? 누구십니까?"

"네, 저는 마닐라의 이와지마(岩島) 대좌님 심부름으로 찾아온 무사시야 대위라고 합니다."

"아 마닐라의 아까쓰끼 제2944부대장 말인가?"

"네, 그렇습니다. 지금 막 역에 도착했습니다. 늦었지만 우선 연락을 드려야겠기에…… 죄송합니다."

"좋아, 좋아. 내가 무슨 일이 있어서 오늘 밤 좀 늦었는데 우선 우리집에 가 있게. 여기 일 끝나는 대로 30분 내로 가겠네. 집 사람에게는 내가 연락할 거니까, 그 헌병 좀 바꿔 주게."

나는 헌병 오장이 운전하는 사이드카를 타고 약 15분간 달려서 어느 곳에 당도했다. 헌병이 사이드카에서 내리며 말했다.

"바로 이 집이 대장님 관사입니다. 제가 집 안까지 안내해 드리겠습니다."

"아니, 그럴 것까지는 없어."

나는 사양하고 그를 돌려 보냈다. 일본식으로 지은 집이었는데 현관문은 담장 안의 건물에 있었다. 외등이 켜져 있어서 주위가 환했다. 나는 바깥 담장 행길 옆의 대문 앞에 서서 문을 두드렸다. 아무 반응이 없어 다시 두드리자 문이 조금 열렸다. 바깥문이라서 잠그지 않은 것 같았다. 그래도 반응이 없어서 안으로 들어가 현관문을 두드릴 생각으로 조금 열린 문을 밀고 들어섰다.

군용견의 입을 찢어 죽이다

이게 웬일인가? 안으로 들어서는 순간 어디서 비호처럼 날아왔는지 굉장히 크고 시커먼 개가 내 앞에 꼿꼿이 버티고 서서 앞발을 내 양쪽 어깨에 하나씩 턱 얹어 놓고 입을 크게 벌린 채 혓바닥을 내밀며 헐떡이는 게 아닌가. 얼핏 군용견이라는 느낌이 들었다.

나는 놀랄 겨를도 없이 재빨리 장갑 낀 왼손으로 벌린 입의 윗쪽을 잡고, 바른손으로는 개의 아랫턱을 이빨째 꽉 싸잡아 쥐고는 죽을 힘을 다해 입을 찢어버렸다. 역 구내의 매점에서 장갑을 산 게 천만다행이라는 생각이 들었다.

실로 전광석화처럼 눈 깜짝할 사이에 민첩한 행동으로 일으킨 사건이었다. 찌지직 하고 군용견의 입이 찢어지는 소리가 들리는 동시에 내 손에도 진동이 느껴졌다. 나는 더욱 힘을 써서 찢어진 입을 찢을 수 있는 데까지 한껏 찢은 다음 땅바닥에 내동댕이쳐 버렸다.

그제서야 현관문이 열리며 안으로부터 40대 중반쯤으로 보이는 부인이 나타났다. 부인은 눈앞에 벌어진 상황을 보는 순간 '앗!' 하는 비명과 함께 깜짝 놀라서 벌어진 입을 다물지도 못한 채 셰퍼드와 나를 번갈아 바라보고 서 있었다.

송아지만한 군용견은 입이 찢어질 대로 찢어져서 피를 흘리며 널부러진 채 제대로 낑낑거리지도 못했다. 군용견의 검은 눈알만 외등 불빛에 반사되어 반짝거리고 있었다.

"대단히 죄송하게 됐습니다. 문을 두드려도 반응이 없어서 열려 있는 바깥 대문을 밀고 들어서는 순간, 개가 느닷없이 달려드는 바람에 깜짝 놀라 이런 일을 저지르고 말았습니다."

나는 부인에게 변명을 하면서 돈수재배(頓首再拜) 용서를 청했다. 부인은 여전히 놀란 표정으로 나를 주시하며 말을 잊은 채 서있었다. 그녀는 내가 무섭게 생각되는 모양이었다.

바로 그때 오토바이 멎는 소리가 들리더니 이시바시 대좌가 대문 안으로 들어섰다. 외등 불빛에 드러난 상황을 목격하는 순간 그도 깜짝 놀라는 표정으로 나를 쳐다보며 물었다.

"이게 어찌 된 일이야?"

나는 또 처음부터 경위를 소상히 설명하고 거듭 머리를 조아리며 사죄를 했다. 그가 이야기를 다 듣고 나서 다소 안도하는 태도로 말했다.

"어디 다친 데는 없는가? 우선 안으로 들어가세."

우리는 모두 응접실로 들어갔다. 부인이 차 준비를 하는 동안 헌병대장과 나는 소파에 마주 앉았다.

"정말 죄송하게 됐습니다. 너무나 위급한 일을 당해서 놀란 나머지 피할 길이 없었습니다. 용서해 주십시오."

나는 다시 정중하게 사과하고 거듭 용서를 빌었다. 정말로 미안해서 어쩔 줄모를 지경이었다. 무척 정이 든 군용견이었을 텐데, 어찌 미안하고 죄스럽지 않으랴? 나는 죄인처럼 무릎을 가지런히 한 채 고개를 숙이고 있었다. 그가 놀라서 굳어졌던 얼굴에 겨우 미소를 띠며 담배를 권했다.

"무사시야 대위라고 했나?"

그는 라이터로 담배에 불을 붙이고 내게도 불을 갖다 대 주었다.

"네, 감사합니다. 무사시야 도라노스께(武藏谷 虎之助)라고 합니다. 잘 부탁드립니다."

"그런데 귀관은 무슨 기운이 그렇게 센가? 그까짓 군용견이야 또 한 마리 갖다 놓으면 되지 무슨 문제될 게 있겠나? 사람이 다치지 않은 게 그나마 천만다행이지. 우선 옷이나 좀 갈아입고 나오겠네."

그가 안으로 들어갔다. 나는 마음이 좀 놓였다.

이시바시 대좌가 목욕을 한 후 유까다(잠옷)로 갈아입고 나와 차를 마실 때 부인과 주고 받는 이야기를 들으니 그들이 왜 그토록 놀랐는지 알 만했다.

"그 셰퍼드는 고도의 훈련을 받은 최우수 군용견인데, 사람 손에 그토록 무참하게 입이 찢겨서 죽다니 도무지 믿기지 않는 일이야. 현장을 목격하지 않은 사람은 아무도 그런 사실을 믿지 않을 걸세."

이시바시 대좌는 그러면서 어처구니 없다는 듯 웃었다. 부인도 이제는 안심이 되는지 웃음을 머금고 덧붙였다.

"죽어 나자빠진 개가 애석한 게 아니라 그렇게 무섭고 사나운 군용견의 입을 찢어 죽인 대위님이 무서워서 옴짝달싹할 수가 없더라구요. 발이 떨어지지도 않고 말도 못 하겠고 그냥 서서 떨고만 있었지요. 문 두드리는 소리를 처음부터 들었는데, 마침 그때 용변을 보고 있어서 얼른 나올 수가 없었어요."

헌병대장과 나는 부인이 차려 온 주안상을 놓고 마주 앉아 술잔을 기울이며 이야기를 나누었다.

"아주 존경하는 선배님의 편지를 전해 준 자네가 선배님 만큼이나 반갑네."

그러면서 이시바시 대좌는 내 앞에서 이와지마 대좌의 편지를 목독(目讀)했는데, 편지를 읽어가면서 점점 얼굴 표정이 굳어지는 것이었다. 그는 편지를 다 읽고 나서 물었다.

"전선 상황이 많이 불리하다는 게 사실인가?"

나는 대답 대신 그를 쳐다보았다. 다이홍에이 발표만 믿고 있던지 그는 편지 내용을 도무지 믿을 수 없는 모양이었다. 하늘이 무너져 내리기라도 한 듯 맥이 탁 풀린 모습을 보이는 그에게 내가 무슨 말을 할 수 있으랴?

편지에 일본의 패망은 결정적이라고 씌어져 있었을까? 어쩌면 일본의 패색이 짙어지고 대독(對獨) 전에서 한숨을 돌릴 경우 소련군이 극동 전역을 휩쓸고 내려올지도 모르니까 만일의 경우에 대비해 두라는 충고도 곁들여졌으리라.

패전의 비참함을 상상하는 것일까? 그는 입 속으로 뭐라고 알아들을 수도 없는 혼잣말을 중얼거리면서 넋 나간 사람처럼 읽고 있던 편지를 꽉 움켜쥔 채 초점 잃은 시선을 술잔에 고정시키고 석고상처럼 굳어져 있었다.

만주를 장악하고 있는 관동군 소속의 신경지구 헌병대장. 그의 태도를 바라보고 있자니 내 심경이 착잡했다. 비록 호감을 가졌던 이와지마 부대장이 아끼는 후배라 하더라도 그는 또 얼마나 많은 독립군들을 괴롭히고 학살했을까? 이제 일본은 머잖아 연합군 앞에 무릎을 꿇을 것이다. 지금과 같은 전세로는 길어야 2년이리라. 사필귀정(事必歸正)이 아니고 무엇이랴?

한동안 침울한 분위기가 흘렀다. 이윽고 그가 침묵을 깨고 입을 열었다.

"무사시야 군, 귀관은 앞으로 일본이 얼마만큼 더 버틸 수 있다고 생각하나?"

"글쎄요. 저 같은 하급장교가 어떻게 판단을 할 수 있겠습니까?"

 나는 짐짓 딴청을 부렸다. 사실 하급장교로서 함부로 말할 사안도 아니었다. 어쨌거나 독일이 패전할 경우 유럽의 대독전에서 한숨을 돌린 소련은 일·소 중립조약을 파기하고 소·만 국경 전역에서 파상공세로 쳐내려올 것이 분명했다. 내 판단으로 일본군은 연합군에 의한 전면공세로 도처에서 고전할 수밖에 없었다. 개전 1년도 못 되어 밀리기 시작할 것을 어쩌자고 겁도 없이 전쟁을 도발했는지 모르겠다. 승리의 여신이 항상 저희들 편에만 서 줄 것으로 믿었던가?
 자그마치 한 시간이 흐르도록 서로 아무런 대화도 없었다. 무겁고 침울한 분위기 속에서 날이 샐 모양이었다.
 이시바시 헌병대장은 침통한 표정으로 술만 마시고 있었다. 아무리 작은 술잔(さかずき)이라고는 하지만, 거의 다섯 시간 가까이 마셨는데도 충격적인 소식 탓인지 그는 전혀 취한 것 같지 않았다. 그의 침통한 표정은 보기에도 민망스러울 정도였다. 일본이 연합군에게 항복할 경우 할복하는 군인들이 많으리라. 그래서인지 이시바시 대좌의 표정이 측은해 보였다.
 내가 만일 일본인이었다면 이시바시 대좌와 별로 다를 바 없었으리라. 제 나라가 전쟁에서 패한다는데 침통하게 여기지 않을 사람이 누가 있겠는가?
 침묵으로 지새는 가운데 어느덧 새벽 5시가 되었다. 노조미 특급 8열차가 신경역을 출발하는 시각은 8시 35분이었다.
 그 날은 벌써 12월 9일이었다. 전속부대에 부임하는 날을 빼면 부임 날짜가 6일밖에 남아 있지 않았다. 아침 8시 35분발 열차를 타기로 마음먹고 있었던 나는 무슨 말이든 해야겠기에 헌병대장에게 위로의 말을 건넸다.
 "대좌님, 너무 그렇게 침통하게 생각하지 마십시오. 기사회생(起死回生)이나 칠전팔기(七轉八起)란 말도 있고, 새옹지마(塞

翁之馬)란 고사도 있지 않습니까? 승리의 여신이 우리 일본 편에 서 준다면 운동 경기에서처럼 역전승할 수도 있는 것입니다. 살다 보면 흔히 기적 같은 드라마틱한 사건도 얼마든지 일어날 수 있지 않겠습니까? 미리부터 낙담하실 것은 아닙니다. 기운을 내십시오."

"그래, 귀관의 말이 옳아. 우리는 그저 맡은 바 소임을 위해 최선을 다하면 되는 거야. 그건 그렇고 자넨 하루 좀 푹 쉬었다가 내일 아침에 출발하지?"

"아닙니다. 오늘 아침 8열차로 가야 합니다. 부대에 부임할 날짜가 촉박해서 가 봐야 합니다."

"그래? 그럼 한숨도 못 잤는데 피곤해서 어떻게 하지?"

"괜찮습니다. 가면서 자도 실컷 잘 수 있지 않습니까?"

"참, 차표는 샀나?"

"이제 나가서 사야지요."

"잠깐만, 좀 기다려 보게."

그러면서 헌병대장은 경비전화를 집어들었다.

"차표를 사 주시려거든 도쿄까지 부탁합니다. 도쿄에 있는 저의 집에 들렀다가 야나이의 부대로 가려고 합니다. 대단히 죄송합니다."

나는 얼른 이렇게 말했다. 말을 하고 보니 염치가 없고 미안하다는 생각이 들었지만, 이왕 도움을 받는 거라면 형편을 알리는 게 옳을 것 같기도 했다.

"알았네. 그렇게 하지."

그는 누구에겐가 도쿄까지의 2등 침대칸 하단표 한 장을 급히 구입해 가지고 대기하라고 명령하는 것이었다. 그런 다음에 내실로 들어갔다 나와서 말했다.

"안사람에게 식사 준비를 하라고 했으니 아침 식사나 하고 역으로 나가게."

"죄송하지만, 목욕부터 좀 했으면 합니다만."

"그래 참, 잠깐만."

그가 다시 안으로 들어갔다 나오더니 말했다.
"내가 깜빡했네. 이리로 오게."
그를 따라가니 벌써 목욕물이 데워져 있었다. 며칠만에 목욕을 하니 무척 기분이 좋았다. 목욕을 하면서 얼핏 '이시바시 대좌는 나를 어떻게 생각할까?' 하는 의문이 스쳤다.
군용견의 입까지 찢어 죽였을 뿐 아니라 반갑기는 커녕 언짢고 충격적인 소식을 전해 주지 않았던가? 그런 내게 그는 송구스러울 정도로 너무나 후한 대접을 해 주고 있는 것만은 분명했다.
"자네가 남방으로 다시 가는 것도 아니니 이와지마 선배에게 안부를 전해 달라고 할 수도 없고, 역시 내가 답장을 해야겠지?"
"네, 저도 심부름을 착오없이 완수했다는 편지를 보내 드리려고 합니다. 군용견의 입을 찢어 죽였다는 얘기는 빼겠습니다."
그 말에 그는 한바탕 웃어댔고 나도 따라 웃었다. 어젯밤 군용견 소동 이래로 서로 웃을 일이 없었는데, 처음이자 마지막으로 함께 웃었던 것이다.
"아끼는 군용견을 그렇게 해서 정말 죄송합니다."
"다치지 않은 것만도 다행이지 무슨 소리야?"
나는 다시 사과를 했고, 그는 괜찮다고 다독거렸다. 한바탕 웃는 것으로 분위기를 바꾼 우리는 아침 식사를 했다. 오랜만에 맛보는 미소시루(된장국)가 마음을 푸근하게 해 주었다. 여러 모로 신경을 써 준 그가 무척 고마웠다. 어느덧 출발할 시각이 다가오고 있었다.
내가 보기엔 이시바시 헌병대장도 개인적으로 나쁜 사람 같지는 않았다. 나는 헌병대장과 그의 부인에게 작별 인사를 한 다음 헌병대장의 사이드카를 타고 관사를 떠났다. 신경역으로 나가니 역전 파견대장인 듯한 헌병 상사가 2등 침대칸 차표와 급행권을 주며 열차 침대칸까지 안내해 주었다. 정시인 8시 35분보다 10분 늦게 8열차는 기적을 울리며 서서히 움직이기 시작했다.

"안녕히 가십시오."

헌병 상사는 인사를 한 후 움직이기 시작한 열차에서 뛰어 내렸다. 고마운 사람들이었다. 개인적으로야 다 좋은 사람들이지 특별히 나쁜 사람은 없는 듯했다. 극히 일부의 초극우파 전쟁광에 의해 어쩔 수 없이 끌려가는 게 아닌가? 바로 그점이 불행한 일이었다.

이시바시 헌병 대장과 이와지마 부대장이 친척 관계인지 단순한 후배인지 잘은 몰라도 불리한 최전방의 전황을 꼭 알려 줘야 할 정도로 친한 사이인 것만은 틀림없어 보였다.

이시바시 헌병 대장이 이와지마 부대장이 전한 편지를 보고 나서 패색이 짙은 일본의 전황 소식에 낙담하던 표정을 나는 지금도 잊을 수가 없다. 그는 일본 개국 이래 어느 나라와의 전쟁에서도 패한 일이 없을 뿐더러 이번 전쟁에서도 절대 승리하리라고 굳게 믿고 있던 전형적인 일본 제국의 장교가 아니던가? 그의 확고부동한 신념과 자신만만한 패기가 편지 한 통으로 한꺼번에 와르르 무너져 내리던 순간의 표정은 차라리 연민의 정마저 느껴질 정도로 가엾기 그지없었다.

한편으로 그가 만주국의 수도인 신경지구의 관동군 헌병 대장으로서 조선의 독립 투사들을 얼마나 많이 괴롭혔을까 하는 생각도 들었다. 일본군의 세력권 안에서 피압박 민족이 어떤 박해를 받고 어떻게 체포되어 학살되는지 짐작하기는 어렵지 않았다. 그런 생각을 하는 순간 분노의 피가 솟구치는 걸 느꼈지만, 냉엄한 현실 때문에 그러한 분노를 그냥 씹어 삼킬 수밖에 없었다.

아무리 개인적으로 좋은 사람들이라 하더라도 강경한 몇몇 일본 군부 지도층의 오도된 지도 이념의 하수인이 되어 수백만의 생령들을 어이없는 죽음으로 몰아넣었던 것이다.

군부 강경파의 대표적인 인물이 바로 사사끼 대위의 이모부 같은 사람이었다. 지나사변을 도발하는 계기를 만들었던 연대장 구라자와 대좌, 그가 구라자와 중장이 되어 자신이 묻힐 무덤을 열심히 파고 있는 버마 방면군사령관을 맡고 있었다. 그런 사람마저 일본의 패전을 예견하여 가족을 피신시키려 하고 있지 않은가? 무모한 도발 행위를 저지른 데 대한 값비싼 대가를 치르게 되리라.

미국의 제28대 대통령인 윌슨이 제창한 민족자결권은 약소국들에게 귀가 솔깃한 말이었다. 어쨌든 나도 진심으로 이 세계대전이 끝나면 약소국들에 대한 약육강식의 침략과 열강의 식민정책이 종언을 고하길 바라는 마음 간절했다.

나는 열차에 타자마자 우선 잠이나 자야겠다는 생각으로 장화도 벗지 않은 채 침대에 몸을 던졌다.

신경에서 부산, 부산에서 하관, 하관에서 도쿄까지의 열차 요금(2등)과 뱃삯을 모두 합하면 반액 할인이라도 70여 원은 족히 될 텐데 이시바시 대좌에게 미안한 생각도 들었다. 이와지마 부대장에게 여비조로 300원이나 받지 않았던가?

이런저런 생각을 할 겨를도 없이 나는 깊은 잠에 곯아떨어졌다. 얼마나 잤을까? 시계를 보니 무려 일곱 시간 이상 실컷 잔 것 같았다. 계산을 해 보니 봉천을 지난 지도 두어 시간이 지나 있었다.

나는 담배 한 대를 피우고 침대에 다시 벌렁 누웠다. 잠을 더 자려는 것이 아니라 눈을 감고 누워 생각을 정리하고 싶었기 때문이다.

신의주까지 동행했던 사사끼 대위의 이야기, 정신이 몽롱해지면서 세상이 온통 캄캄해지던 신의주 역전에서의 기이한 일, 안동서 타고 봉천에서 내린 중국옷의 일본인 고관, 군용견 셰퍼드 입을 찢어 죽이던 일, 이시바시 헌병대장의 침통해 하던 표정 등이 눈에 선했다.

그리고 또 한 가지, 만주와 중국은 도대체 일본에게 무엇이란 말인가? 인구가 6천만인 일본이 거의 일곱 배나 되는 4억 이상의 인구를 가진 만주와 중국을 마구 짓밟으며 난도질하고 있지 않은가? 만주나 중국이 일본에게 무슨 잘못을 저질렀단 말인가? 관동군의 음모 공작으로 온갖 생트집을 잡아 총칼로 중국 백성들을 도륙하다니, 이런 마적떼 같은 불한당들이 또 어디 있단 말인가?

일본은 여기에 그치지 않고 인구 말살 정책의 일환으로 만주와 중국에 아편까지 무제한으로 공급하고 있었다. 1944년 당시 인구가 2억이었던 인도를 말려 죽이려고 아편을 무제한 공급했던 영국을 흉내내는 작태였다.

나는 생체실험이 행해지고 있다는 하루빈을 등지고 남으로 달리는 열차의 침대칸에 누워 있었다. 신경에서 하루빈까지는 5시간 거리였다. 혹시라도 내가 이시바시 헌병대장에게 제731부대의 생체 실험 현장을 견학시켜 달라고 했다면 그가 어떤 태도를 보였을지 궁금했다. 도처에서 멀쩡한 사람들을 잡아다가 생체실험으로 죽이고 있으니, 그 죄를 어떻게 다 받으려고 그런 단말마적인 잔학 행위를 하는지 모를 일이었다.

내 침대의 윗칸은 비어 있었고, 맞은 편 침대의 아래윗칸에는 50대 초반으로 보이는 중국인 부부가 함께 타고 있었다. 보아하니 관리 같지는 않고 상인인 듯했는데, 옷차림이나 부인의 장신구로 미뤄 보아 꽤 부호인 것 같았다.

그들은 신경에서 승차한 손님이 아니라 내가 자고 있는 동안 봉천에서 탄 손님인 모양이었다. 내가 잠에서 깨어나 담배를 피울 때 그 중국인 부부가 몹시 반색을 하며 호들갑스럽게 뭐라고 지껄여댔지만, 도무지 무슨 말을 하는지 알아들을 수가 없었다.

아마도 내가 일본군 장교였기 때문에 아첨을 하려고 그들 특유의 설레발을 쳤던 것이리라. 어쨌거나 대낮부터 무슨 잠을 그리도 오래 주무셨느냐고 자기들 깐에는 정중하게 인사를 한답시고 했던 말이라고 짐작된다.

관동군이 중국인들에게 얼마나 가혹한 행위를 자행했으면 이유도 까닭도 없이 저리도 굽실거리며 아첨을 떠는 것일까? 이런 생각을 하니 그들이 몹시 가엾고 측은했다. 조금만 잘못 보였다가는 또 무슨 봉변을 당할지 모른다는 두려움 때문에 '당신들 일본군에게 호감을 갖고 있다.'는 뜻을 온몸으로 표현하는 제스처라고 생각되었기 때문이다.

　나는 중국인들에게 일본군의 갖은 악행에 대해 대신 사과라도 하고 싶은 심정이었다. 그렇더라도 내가 일본인이 아니라 조선인이라고 변명할 수는 없을 것 같았다. 그랬다가는 일본인보다 더 나쁜 놈이라고 내 얼굴에 침이라도 뱉을 게 뻔한 노릇이었다.

　그런 생각을 하게 된 까닭은 중학교 시절에 조선인 유학생을 만나서 경고 삼아 들은 얘기가 있었기 때문이다.

"조선인 중에는 중국 정부의 후원을 받아서 조선의 독립을 위해 투쟁하는 사람도 많지만, 왜놈에게 붙어서 동족인 조선 독립군을 잡아들이고 애국자를 괴롭히는 사람도 많아. 심지어 만주나 중국에서 왜놈 앞잡이가 되어 왜놈 이상으로 중국인들까지 학대하는 사람들도 있어. 네가 어려서 잘 모르겠지만, 같은 조선 사람이라고 무조건 반가와하고 속을 털어놨다가는 큰일난다."

　가슴속이 무거운 쇳덩어리를 매단 것처럼 답답하고, 몸뚱아리가 점점 작아지면서 깊은 수렁으로 끝없이 빠져드는 것 같았다. 정말 모를 일이었다.

　이런 내 운명이 싫고 저주스러웠다. 내가 왜 이런 갈등으로 괴로워해야 한단 말인가? 내가 어쩌다 이런 운명으로 벙어리 냉가슴 앓듯 죄인이 된 심정으로 중국인들을 바라보아야 한단 말인가? 내 꼴이 가소롭고 비참하기까지 했다.

　나는 식당칸으로 가서 카레라이스를 안주 삼아 맥주 3병을 마시고 돌아가서 또 침대에 벌렁 드러누웠다.

　신의주 역전에서의 기현상이 다시금 머리에 떠올랐다. 나의 앞날에 어떤 불길한 일이 일어날 징후를 예시했던 것일까? 날이 훤히 밝은 이른 아침이었는데도 약 3분 동안이나 눈 앞이 캄캄해지면서 아무것도 보이지 않았던 것이다. 그야말로 불가사의한 일이었다.

5X 비밀결사단이 육군성 평계를 대고 보냈던 괴영문 편지 때문에 무슨 일이라도 생기려나? 혹시 집에 무슨 일이 생긴 걸까? 마음이 불안한 탓인지 자꾸만 불길한 쪽으로 신경이 쓰였다. 그렇다면 3분 동안의 캄캄한 암흑천지가 끝나자마자 금방 시야가 확 트였던 것은 또 무슨 징후란 말인가?

에라, 될 대로 되라지. 불길한 예감을 감출 길 없었지만, 어쨌거나 얼른 집에나 가고 싶었다. 나는 쓸데없이 지레 불안하게 생각하기보다는 닥치는 대로 대처해 나가기로 마음을 다져 먹었다.

길게 기적 소리가 울리면서 열차의 속도가 늦춰졌다. 안동역에 도착하는 모양이었다. 밤 9시 30분, 제 시간보다는 10분 연착이었다. 열차 운행시간표대로 간다면 다음날 그맘때까지 가야 부산이었다.

노조미 급행 8열차는 안동, 신의주를 지나고 평양, 경성, 대구를 거쳐 다음날인 12월 10일 밤 8시 30분 좀 넘어서 부산에 도착했다. 거의 정시 도착이었다. 관부연락선 시각을 보니 그 날 밤 안으로 출항하는 배는 없고, 다음날(12월 11일) 아침 9시 30분에 출항하는 제2편(第2便)이 있었다.

나는 할 수 없이 조선의 남단 항도 부산에서 하룻밤을 보내기로 했다. 감개무량한 고국 땅에서 하룻밤을 자게 되었던 것이다.

다음날인 12월 11일 9시 30분, 나는 부산항에서 출항한 관부연락선을 타고 현해탄을 건너 그 날 하오 6시를 지날 무렵 시모노세키(下關)에 도착했다.

2년만의 귀가

소위 대동아전쟁이 발발하자, 바로 그 날로 히로시마를 출발하여 남방으로 떠난 지 2년만에 집으로 돌아가는 길이었다.
"도라짱!"
도쿄 역에 도착한 열차에서 내리자 어디선가 낯익은 여인의 목소리가 나를 불렀다. 주위를 둘러보니 아버지를 제외한 모든 식구들이 플랫홈까지 마중을 나와서 기다리고 있었다. 나가사끼에서 먼저 집으로 보냈던 미쓰꼬의 모습도 보였다.
도대체 이게 웬일인가? 너무나 뜻밖이어서 한동안 얼떨떨했다. 시모노세키에서 집으로 전화했을 때 어머니께서 몇 등칸을 타고 오느냐고 물으시길래 2등 침대칸을 타고 간다고 대답했더니 바로 2등 침대칸이 서는 데까지 마중을 나오신 것이었다. 그래도 내 가족이 제일이라는 생각에 눈시울이 뜨거워졌다. 식구들과 함께 나온 미쓰꼬도 내가 무척 반가운 모양이었다.
다섯 살짜리 세쓰꼬는 할머니의 손을 꼭 잡고 나를 말끄러미 쳐다만 보고 있었다. 이웃집 아저씨만큼도 낯을 익히지 못했으니 그런 눈으로 나를 쳐다보는 것도 무리는 아니었다.
"아빠한테 인사 드려."
세쓰꼬는 할머니의 말씀에도 어깨만 가로 흔들어댔다. 집을 떠나 있었던 2년 동안 식구 하나가 늘어 있었다. 게이꼬(京子)가 지난해 10월에 태어났던 것이다. 고것이 제 에미에게 안겨서 사뭇 이상하다는 듯이 나를 보았다. 편지를 통해 돌사진은 보았지만, 만나기는 처음이었다.
"자, 우리 게이짱! 아빠한테 인사 드려야지."
안아보고 싶던 차에 마침 아내가 안고 있던 게이꼬를 내게 덥석 안겨 주었다. 그러자 고것이 꺄르르 악을 쓰고 울어대며 내게서 빠져 나가려고 발버둥을 치는 게 아닌가. 나는 그만 질겁을 해서 게이꼬를 황급히 아내에게 돌려 주었다. 플랫홈을 빠져 나가던 주위 사람들이 놀라서 우리를 쳐다보고 의아한 표정을 지었는데, 우리 식구들은 허리를 잡고 웃어댔다.
역사에서 빠져나온 우리는 승용차가 대기하고 있는 곳으로 갔다. 운전사는 전부터 우리집에 있었던 구보다(久保田) 아저씨였다. 나이가 예순은 되셨으리라. 그런 아저씨가 나를 보더니 부동자세로 거수경례를 하며 외쳤다.
"대대장님, 임무수행 이상무!"
식구들이 모두 폭소를 터뜨렸다. 아마도 내가 대대장으로 보임됐다는 소식을 들었으리라. 그는 옛날에 이미 상등병으로 군 복무를 마쳤는데, 대동아전쟁이 발발하자 응소병(應召兵)으로 자원했다가 나이가 많다고 병무당국으로부터 거부를 당했다고 한다. 아내의 편지를 통해 그 이야기를 듣고 나는 그런 분들이야말로 참다운 애국자라고 생각했다. 정말 좋은 아저씨였다.
운전하는 구보다 아저씨까지 어른 다섯과 어린 아이 둘까지 식구들이 몽땅 승용차를 타고 집으로 갔다. 집에 도착했을 때 마침 아버지께서 외출하셨다가 막 현관문을 열고 안으로 들어가려고 하시던 참이었다. 아버지는 뒤미처 도착하는 우리를 보고 되돌아 나오시더니 나를 덥석 포옹하며 말씀하셨다.
"고생 많이 했겠구나."
아버지는 내 등을 다독거리는가 하면 내 볼에 얼굴을 부벼대기도 하셨다. 나도 힘차게 아버지를 껴안았다.
아버지 어머니는 진정으로 나를 끔찍히 사랑하시는 분들이었다. 아무리 일본사람이 밉다고 해도 나의 일본인 부모님만은 다르다고 생각한다. 얼마나 착하고 좋은 분들인가? 두 분이 나를 사랑하시는 것 못지않게 나도 두 분을 사랑했다. 부모님에 대한 나의 사랑은 군대생활을 하면서 더욱 절실해졌다. 그런 연유로 일본인에 대한 나의 감정은 많은 갈등을 겪기도 했다.
오랜만에 식구들을 만나니 정말 기쁘고 흐뭇했다. 평화라는 말이 우리집에만 적용되는 낱말이 아닐까 싶었다.
"도라짱, 목욕부터 해."
어머니의 성화가 대단했다. 나는 군복을 훌훌 벗고 아내가 내놓은 유까다(잠옷)로 갈아입은 다음 아내를 힘차게 끌어안았다. 얼마나 보고 싶었던 아내인가! 더구나 2년만의 포옹이 아닌가! 아내도 나를 힘껏 마주 껴안아 주었다. 내가 아내에게 마구 키스를 퍼붓자 아내의 입술은 점점 뜨겁게 달아올랐다.
"엄마!"
바로 그때 훼방꾼이 나타나는 바람에 나는 목욕탕으로 도망을 가야만 했다. 세쓰꼬가 들이닥쳤기 때문이다.
'나와는 아무 상관도 없는 전쟁인데, 그냥 이대로 집에서 살면 얼마나 좋을까? 그렇다면 정말 얼마나 행복할까?'
나는 욕조의 따뜻한 물에 몸을 담근 채 문득 이런 생각을 해 보았다.
목욕을 하고 나오니 장인, 장모, 처남, 처남댁 등 처가 식구들과

우에노(上野)에 사는 작은 아버지(아버지의 바로 아래 동생) 내외분까지 모여 있었다. 전쟁 중이라 모두 어렵게 살아가는 처지였지만, 오랜만에 집에 온 나를 만나려고 일부러 짬을 냈으리라. 모두들 한결같이 반색을 하며 반겨 주었다.

처남댁 오도메(乙女)의 방문은 남다른 감회를 자아냈다. 내가 차고 다니던 마사무네 닙뽄또우의 원래 주인이 바로 처남댁이었다. 처남댁은 오사까에서 취재차 도쿄로 왔다가 소문을 듣고 함께 방문했던 것이다.

친척들은 내가 전쟁이 터지자마자 곧바로 제14군 휘하에 편입되어 필리핀(比島) 진공 작전에 참가했다는 사실을 알고 고생을 많이 한 것으로들 알고 있었다.

그러나 사실 선박 수송 업무를 지휘하는 것은 다른 군인들에 비하면 별로 고생이랄 것도 없었다.

"남방에서의 군대 생활이 얼마나 힘들었겠나? 참으로 고생이 많았네."

어른들의 위로는 그칠 줄 몰랐다. 특히 아버지께서는 틈만 나면 내게로 다가오셔서 몹시 안쓰러운 표정으로 두 손을 꼭 쥐며 위로해 주시곤 했다. 실로 인자하신 아버지였다. 이렇게 좋은 아버지를 마음 아프게 해드렸던 지난날이 죄송스럽기만 했다.

"죄송합니다, 아버지. 용서해 주십시오."

지난날을 생각하며 이런 말씀을 드렸더니 아버지께서는 벌써 나의 심정을 알아차리신 것 같았다.

"다 지나간 일인데 뭘 그러느냐? 아까 대위 복장을 한 너의 늠름한 모습을 봤을 땐 아주 대견하고 자랑스럽더구나."

아버지는 아주 만족스럽고 흐뭇하신 표정이었다. 손님들이 안락의자에 앉아 차를 들며 우리 부자의 모습을 바라보고 있었다.

"자, 어서 이리 와. 손님들 앞에서 네가 고생한 애기나 좀 들려다오."

아버지가 내 손을 잡아끌며 말씀하셨다. 나는 가슴이 뭉클해지면서 눈물이 핑 돌고 목이 메었다. 누구라서 기른 정이 낳은 정보다 못하다고 할 수 있으랴! 고아에다 거지였던 나를 아버지께서 거두어 주시지 않았더라면 나의 처지가 과연 어떻게 되었을까?
내가 법률 공부를 포기하고 고등상선학교에 입학했을 때 아버지의 울분과 배신감은 짐작이 가고도 남는다. 오죽하면 출근도 못 하시고 병원에 입원까지 하셨을까? 그러시고도 아버지는 결국 어머니의 설득으로 나를 용서해 주셨고, 전과 조금도 다름없는 사랑을 베풀어 주셨다. 이제 아버지는 나를 일본 최고의 법관 대신 일본 제국에서 가장 훌륭한 장군으로 만들고 싶은 꿈을 간직하게 되셨는지도 모를 일이었다.
이런저런 생각에 젖어 있던 내 표정이 아무 일도 없었던 것처럼 명랑하고 밝을 수는 없었다. 그러나 '손님들 앞에서'라는 생각에 금방 밝은 표정으로 바꿨다.
"도라짱, 저녁 식사 준비 다 되었어."
어머니의 말씀을 듣고 나는 손님들을 모시고 식당방으로 갔다. 굉장한 성찬이었다. 잔치하는 집처럼 많은 특별요리까지 차려져 있었다. 어제 저녁에 내 전화를 받고 나서부터 음식 준비를 하신 것 같았다. 어머니는 세끼항(赤飯; 붉은 통팥으로 지은 통팥밥)을 공기에 담아 돌리셨다.
일본에서는 명절이나 생일 등 축하할 일이 있을 때는 반드시 세끼항을 지어 먹으며 축하하는 관습이 있다. 재미있는 관습이라고나 할까? 처녀들이 사춘기에 첫 멘스를 볼 때도 '이젠 어른이 될 수 있는 길이 열렸다.'는 뜻으로 세끼항을 지어 축하를 해주는 것이다.
"후방으로 전속되어 왔으니 무척 다행스러운 일이야."
아버지 말씀에 여러 손님들도 동감을 표시했다.
"그렇지요. 전시에 후방으로 전속되는 것은 행운이고 말고요."

세끼항을 공기에 담아 다 돌리신 어머니께서도 한 말씀하셨다.
"자, 우리 도라쨩의 대위 특진과 무사귀가를 축하하는 자립니다. 차린 것은 없지만, 맛있게들 드세요. 오사께(정종)도 따뜻하게 데워 준비했습니다. 천천히 많이들 드세요."
그러자 축하의 박수가 요란하게 울렸다.
"우리 도라쨩은 훌륭한 장군이 될 거야."
작은 아버지의 말씀에 모두들 맞장구를 쳤다. 처남댁이 당돌하다 싶게 한 마디 거들었다.
"우리 도라쨩은 참모총장까지 꼭 해낼 거예요. 두고들 보세요. 참모총장 할 운명을 타고 났거든요."
그러면서 혼자 박수까지 쳐댔다. 처남댁이 그런 말을 하는 데는 까닭이 있었다. 내가 막 소위로 임관했을 때 처남댁과 오사까의 나까노시마(中之島) 공원 부근을 산책한 일이 있었는데, 그때 행길가에서 쭈그리고 앉아 당사주(唐四柱)를 봐 주던 노인이 나를 '장차 위대한 장군이 될 분'이라고 말했던 것이다.
"암, 참모총장 하고말고. 늠름하게 잘 생긴 모습이랑 체대를 보라구. 관상은 또 어떻고? 얼굴에 씌어 있잖아, 장군이라고."
작은 아버지의 말씀이 끝나자, 박수가 이어지며 한바탕 웃음판이 벌어졌다. 비록 전시라 하더라도 그 날 밤의 우리집만은 잔치집 같았다. 장인과 처남, 작은 아버지와 아버지는 나를 앉혀 놓으시고 당신들의 젊었을 때 군대 생활 경험들을 화제 삼아 술자리를 벌이셨다.
11시가 좀 넘어서 손님들이 돌아가실 때, 바깥까지 배웅을 나갔다가 문득 생각이 나서 처남에게 물었다.
"아직도 홍아원에 계십니까?"
"응, 아직도 거기서 빠져나오지 못했어."
빠져나오고 싶지만, 마지못해 근무하는 듯이 불평하는 소리였다. 그때 처남댁이 내게로 다가왔다.

"언제 부대로 복귀해요?"
"네, 부대에 신고해야 할 날이 15일이에요. 그러니까 14일인 모레쯤엔 집에서 떠나야 할 테죠."
"그래요? 그럼 내일 아침에 잠깐 들르지요. 안녕!"
그 말을 남기고 마지막 손님인 처남댁까지 돌아갔다.
이제 응접실엔 우리 식구들만 남았다. 꼬마들은 할머니 방에서 자고 있는 모양이었다. 안타까운 심정이 짙게 밴 어머니의 말씀이 계셨다.
"피곤할 텐데 얼른 들어가 자야지?"
그러나 그렇게 말씀하시면서도 자리를 파하고 싶은 눈치는 아니셨다. 불쑥 아버지의 질문이 이어졌다.
"부대로 가기 전에 나하고 얘기 좀 할 시간이 있겠니?"
"그럼요, 있고말고요. 저도 드릴 말씀이 많아요."
"그래, 그럼 오늘은 이만 들어가 쉬려무나."
아버지도 말씀과는 딴판으로 자러 갈 마음이 없으신 것 같았다. 아까부터 미쓰꼬의 모습은 보이지 않았다. 나는 어머니 아버지에게 슬쩍 여쭈어 보았다.
"저, 며칠 지내보시니까 미쓰꼬 양 어떻습니까? 심성은 아주 착한데, 외로운 아이에요. 두 분이 괜찮으시다면 양녀로 입적시켜 참한 신랑감이라도 들보시고 결혼을 시켜 행복하게 살도록 도와주셨으면 하는데, 어떠세요?"
"그렇잖아도 네가 전에 편지로 얘기한 적도 있고 해서 눈여겨보고 있는 중이다. 아버지와 의논도 했는데, 글쎄. 어디 좀더 두고 보자꾸나."
왠지 어머니의 말씀이 흔쾌한 것 같지는 않았다.
"잘 알겠습니다. 그럼 안녕히들 주무세요."
나는 인사를 드리고 아내와 함께 방으로 들어갔다. 실로 오랜만에 가져 보는 정숙하고 사랑스러운 아내와의 하룻밤이었다.

그러나 아내를 품에 안을 때마다 첫사랑의 연인 시즈꼬가 떠올랐다. 죽은 지가 이미 7년이나 지났건만 한번도 예외가 없었다. 다른 때는 아무렇지 않다가도 잠자리에서 아내를 품에 안으려면 영낙없이 시즈꼬가 떠올랐던 것이다.

이 세상에 존재하지도 않는 여인을 떠올려서 대관절 어쩌자는 것이었을까? 나의 동정을 바친 첫사랑의 여인이라서 그랬을까, 아니면 정조를 바치고도 결혼조차 못한 채 저세상으로 떠난 시즈꼬의 영혼이 하도 억울해서 내 주위를 맴돌고 있기 때문에 그랬을까?

지금의 아내와 결혼한 지 거의 6년이 지나도록 줄곧 시즈꼬가 내 곁을 떠나지 않고 주위에서 맴돌고 있다는 생각 때문에 나는 항상 아내에게 죄의식을 느끼며 살아오고 있었다.

그러니까 내 영혼 속에 시즈꼬가 살아 있고 지금의 아내는 존재하지 않는 것이다. 기막힌 비극이 아니고 무엇이랴? 내가 죽어서 시즈꼬의 곁으로 돌아가야만 이런 비극이 끝날런지 모르겠다. 이런 나의 끔찍한 번민을 전혀 모르는 채 살아가는 순진한 아내가 가엾고 불쌍하기만 했다. 그렇다고 아내에게 그런 사실을 고백할 수도 없지 않은가? 차라리 아무것도 모르고 그냥 살아가는 것이 그녀를 위해서도 다행한 일이리라.

이런저런 상념으로 뒤척이다 새벽 3시 경에야 겨우 눈을 붙일 수 있었다. 시모노세키에서 열차에 오르자마자 바로 곯아떨어져 무려 열너댓 시간을 잤던 탓일까? 눈을 떠보니 겨우 서너 시간을 잤을 뿐이었는데, 다시는 잠이 오지 않았다.

'내가 집에 있을 시간은 오늘 뿐이구나. 우선 마닐라에서 떠나올 때 부탁받은 검사 출신 모리시다(森下) 중사(軍曹)의 편지부터 전해 주고 오전 중에 내 볼일을 끝낸 다음, 집에서 시간을 보내야겠다.'

나름대로 이런 생각을 하며 잠자리에서 뒹굴다가 머리맡의 물

주전자를 들고 꽤 많은 물을 마셨다. 간밤에 술을 좀 마신 탓인지 갈증이 심했다. 나는 물을 마신 다음 화장실에 가려고 일어나서 응접실 쪽으로 나갔다. 언제 일어나셨는지 아버지께서 조간신문을 펴든 채 읽고 계셨다.
"아버지, 벌써 일어나셨어요?"
"잠이 안 오는구나. 너는 왜 더 자지 않고?"
"오래간만에 집에 와서 그런지 저도 잠이 안 오네요."
"그래? 그럼 잘 됐다. 2층 서재로 올라오려무나."
"네, 아버지. 잠깐 화장실에 들렸다 올라갈게요."
나는 화장실을 거쳐 2층 서재로 갔다.
"게 앉아라."
"네."
나는 아버지의 맞은편 소파에 앉았다. 아버지는 보시던 조간 신문을 탁자 위에 올려 놓으셨다. 담배 한 개비를 꺼내 불을 붙이신 다음 나에게도 담배를 권하셨다. 일본사람들은 보통 부자간에도 맞담배를 했지만, 나는 지난날 아버지 앞에서는 담배를 피운 적이 없었다.
"네가 후방으로 전속되어 온 것은 정말 잘된 일이다. 그런데 우리 일본군이 이 전쟁에서 승산이 있겠느냐?"
아버지께서 내 의사를 물으셨다. 나는 서슴없이 내 생각을 말씀드렸다.
"이번 전쟁은 애시당초 잘못된 전쟁입니다."
"그렇다면 승산이 없다는 말이냐?"
"네, 아버지. 저는 그렇게 판단하고 있습니다."
"그래? 실은 나도 대동아전쟁이 일어났을 때 몇몇 군부의 강경파 수뇌들이 기어코 일본을 망가뜨리기 시작한다고 생각했다. 앞으로 얼마만큼 더 버틸 수 있을 것인가? 하는 문제만 남은 셈인데 하루, 한 시간이라도 빨리 전쟁을 종식시키는 것이 엄청난 인명과 재산의 손실을 줄이는 길이 되겠지? 옛말에 강하면 부러진다고 했는데, 고집스러운 그들이 참으로 원망스럽구나."
 아버지는 길게 한숨을 내쉬셨다.
 "얘, 아범아!"
 "네."
 아버지는 나를 불러놓고 한동안 뜸을 들이다가 이윽고 질문을 던지셨다.
 "네가 보기에 일본이 앞으로 얼마만큼 더 버틸 수 있다고 생각하니?"
 "글쎄 옳습니다. 저 같은 하급장교가 어떻게 그런 전망을 할 수 있겠습니까마는 아무래도 앞으로 2년을 넘기기 어려울 것 같습니다."
 "그렇구나, 너도 그렇게 생각하는구나."
 잠시 어색한 침묵이 흘렀다. 아버지께서는 지난날 때때로 문관으로서 강경 일변도로 치닫는 군부에 대해 불평을 해오셨기 때문에 그 날의 대화가 유달리 낯선 것은 아니었다. 그런데도 자못 비장한 심정이 되는 것은 어쩔 수 없었다.
 지난날의 역사가 증명하듯이 정부와 해군은 원래부터 강경으로 치닫는 육군의 일방적 독주를 견제하기 위해 끊임없이 사투를 벌여 왔지만, 힘의 부족으로 어쩔 수 없이 질질 끌려 왔다. 어쩌면 그것은 일본이 자승자박(自繩自縛)의 수순을 밟고 있는 것이기도 했다. 이것이 일본이 처한 운명인 데야 어쩌랴?
 신이 '운명'을 지배하는 것이 아니라 자신이 '운명'을 스스로 만들어 간다는 것이다. 그것을 우리는 전쟁을 일으킨 일본을 통해 배우고 있는지도 모른다.
 "피곤할 텐데 가서 쉬어라."
 아버지께서 힘 없이 말씀하셨다. 아버지의 얼굴을 바라보니 어두운 그림자가 드리워져 있었다. 아마도 일본의 패전을 상상하고 계셨으리라.

나는 서재에서 나와 아내의 방으로 들어갔다. 아내는 방에 없었다. 이미 일어나 아침 식사를 준비하느라 부엌으로 간 모양이었다.

쓰루미 역의 포로로 위장한 미국 첩보 장교

나는 다다미 바닥에 벌렁 드러누워 이런저런 생각에 잠겨 있었다. 그때 아내가 방으로 들어왔다.
"목욕하고 식사하셔야죠?"
나는 벌떡 일어나서 목욕을 하고, 식사를 끝낸 다음 외출하기 위해 군복으로 갈아입었다. 아버지께서 기다렸다는 듯이 말을 걸어오셨다.
"너, 오늘 차가 필요할 테지? 차를 보내 주마."
"아니예요, 아버지. 저는 차 필요없어요."
"그래? 그럼 다녀오겠다."
"안녕히 다녀오세요, 아버지."
아버지가 먼저 출근하시고 나도 곧 외출하려고 장화를 신으려던 참에 처남댁이 찾아왔다.
"어쩐 일로 이렇게 일찍 오셨어요?"
"나, 도라쨩 군복 입은 모습 좀 카메라에 담아 두려구요."

그러면서 밝게 웃었다.
"그래요, 얼마든지."
"그럼 정원으로 나가세요."
처남댁은 내 사진을 꽤 여러 장 찍었고, 처남댁과 내가 함께 사진을 찍기도 했다. 처남댁은 무엇 때문에 내 사진을 찍어 두려고 했을까? 마음속에 짚이는 구석이 없지는 않았다.

나는 처남댁과 함께 밖으로 나와 곧바로 헤어진 다음, 미나도꾸(港區)에 있다는 모리시다 중사(森下 軍曺)의 가족을 찾아갔다. 집은 금방 찾을 수 있었다. 미다쓰나 마찌(三田綱 町)의 우리집에서 그리 멀지 않은 곳이었다. 아이들이 학교에 가서 부인 혼자 집에 있었다.

"내가 마닐라에서 떠나 올 때 집에 전해 달라고 이 편지를 주더군요."

내가 편지를 건네 주자, 부인은 너무나 뜻밖이라 어쩔 줄을 모르는 것 같았다.

"너무너무 감사합니다. 잠시 들어오시지요?"
"아닙니다. 시간이 촉박하여 그럴 여유는 없겠습니다."
나는 굳이 사양하고 곧 그 집에서 나와 전철을 탔다. 요꼬하마(橫濱)로 가기 위해 게이힝 도우호꾸셍(京濱 東北線)으로 갈아 타고 가던 중 전차가 쓰루미 역(鶴見驛)으로 서서히 진입하고 있을 때였다. 창 밖으로 민간인 복장의 꽤 많은 외국인들이 얼핏 눈에 띄었다. 미군 포로는 아닌 것 같았다.

나는 호기심이 발동하여 얼른 전차에서 내렸다. 민간인 복장의 외국인들은 내가 전차에서 내린 곳보다 100미터쯤 다시 거슬러 올라간 지점의 몇 개 선로 건너편에 있는 플랫홈에서 화차에 짐을 싣고 내리는 하역작업을 하고 있었다. 나는 성큼성큼 30여 명의 포로들이 있는 곳으로 걸어갔다. 포로들은 백인과 흑인이 섞여 있었는데, 분명히 군인은 아니었다. 그들 쪽으로 가까이 다가가면서 주위를 살펴보니 다른 사람(일본인)들은 보이지 않았다. 꽤 여러 개의 선로를 지나서 저만치 떨어진 곳에 철조망이 설치되어 있고, 철조망 바로 안쪽에서 포로들의 탈출을 감시하기 위해 군인들이 여기저기 동초(動哨)를 서고 있었다. 그것도 헌병이 아닌 일반 보병들이었다.

마침 휴식 시간인지 포로들은 잠시 일손을 놓고 있었다. 선로 위에 걸터앉은 포로들도 있었고, 화차에 기대고 서 있는 포로들도 있었다. 내가 가까이 다가가자 그들의 시선이 모두 내게로 쏠렸다. 그들 중 한 사람에게 영어로 물었다.

"당신들은 군인이오?"

"아니오. 우리는 영국 선적 화물선에 타고 있다가 개전 직후 싱가폴 해역에서 잡혀온 선원들이오. 역시 포로로 취급되는 바람에 여기까지 끌려와서 노역에 종사하고 있습니다."

"그래요? 그럼 선장은 누구요?"

내가 묻자 상대방이 대답했다.

"바로 나요."

보아하니 내 나이 또래의 청년이었는데, 그가 선장이라니 도저히 믿어지지가 않았다. 그 나이에 선장이 될 수는 없는 것이다. 내가 다시 물었다.

"당신이 타고 있던 배의 선명은 뭐고, 배수량(排水量)은 몇 톤이오?"

그가 잠시 머뭇거리는 사이에 다른 포로가 대답했다.

"15,000톤이오."

나는 자기가 선장이라고 했던 청년에게 웃으면서 말했다.

"영국 선박회사에서는 당신 같은 애숭이 바보한테 15,000톤 짜리 배의 선장을 맡깁니까?"

포로들이 와르르 웃어댔다. 내가 재차 물었다.

"진짜 선장은 누구요?"

"나요."
 저쪽 땅바닥에 앉아 있던 포로가 대답했다. 그는 거의 60여 세는 되어 보였다. 나는 그에게 항해시 해도(海圖)의 거리를 계측하는 분도기(分度器)의 사용법에 관해 이것저것 물어 보았다. 그랬더니 대답은 않고 벌떡 일어나 내게로 다가와서 이렇게 물었다.
 "보아하니 당신은 해군도 아닌데, 그런 것은 어떻게 알고 있소?"
 그가 진짜 선장인 것 같았다.
 "나는 4년 전에 일본 도쿄 고등상선학교를 졸업한 갑종 2등 항해사요."
 같은 선원이란 사실이 무척이나 반가운지 그는 대뜸 내 오른손을 잡고 악수를 하며 손을 흔들어댔다. 나는 그에게 처음에 자기가 선장이라고 나섰던 젊은 친구를 가리키며 물었다.
 "저 젊은 친구는 직책이 뭐길래 자기가 승선하고 있던 배가 몇 톤인지도 모릅니까?"
 그랬더니 선장은 잠시 머뭇거리다가 대답했다.
 "실은 좀 모자란 녀석이죠. 배 탄 지 10여 일밖에 되지 않은 갑판원(Sailor)인데, 배에 타자마자 포로가 됐어요."
 "아, 네. 그렇군요."
 "상선학교 출신이라면서 당신은 왜 해군이 아니고 육군입니까?"
 "어쩌다 보니 그저 그렇게 됐소. 어쨌든 고생들 많습니다. 전쟁이 어서 끝나야 당신들도 고향으로 돌아가서 그리운 처자와 부모형제들도 만날 테니 조금만 더 참고 기다리시오."
 그렇게 위로의 말을 건넸더니 선장이 내게로 바짝 다가서서 물었다.
 "전쟁이 언제 끝날 것 같소?"
 "그야 언젠가는 끝날 게 아니오. 그게 언제가 될지는 몰라도 그때까지 몸 성히 건강하게 버티다가 집에 돌아가라는 얘기요."
 선장은 껄껄대고 한바탕 웃었다. 나는 선장에게 물었다.

"코리아(Korea)를 아시오?"
"알다 뿐이겠소?"
그러자 선장이라고 나섰던 젊은 친구가 저만치서 다가오더니 말했다.
"여보시오, 대위님. 코리아라면 내가 더 잘 알고 있습니다. 근데, 코리아에 대해서는 왜 묻는 겁니까?"
"당신은 어떻게 코리아를 그리도 잘 안다는 거요?"
"글쎄 그저 잘 알아요. 코리아에 대해 공부를 했거든요."
"무엇 때문에 코리아 공부를 했소?"
그는 한동안 잠자코 내 얼굴만 바라보고 있었다. 내가 물었다.
"이름이 뭐요?"
그가 잠시 주저하는 듯하더니 간단하게 대답했다.
"스미스(Smith)."
"코리아가 어디 있소?"
이번에는 서슴없이 대답이 나왔다.
"코리아는 백두산을 동서로 흐르는 두만강과 압록강을 경계로 중국 대륙과 이어져 남으로 뻗어 내려온 조그마한 반도가 아닙니까? 그리고 30년 이상 일본의 식민지 지배를 받아왔구요."
나는 깜짝 놀랐다. 아직도 팔팔한 젊은 나이의 청년이 어찌 이다지도 조선에 관해 소상히 알고 있단 말인가? 선장을 비롯한 주위의 다른 포로들은 오히려 놀라워하는 내 표정을 보고 의아해 하는 것 같았다.
"내가 바로 그 코리아 출신인 코리안이오. 나는 항상 평화를 사랑하는 코리아 민족의 후예임을 자랑스럽게 생각하오."
나는 그에게 이렇게 말했다. 모두들 놀라는 표정으로 나를 쳐다보고 있었다.
"장교님, 우리는 코리아에 대해 매우 우호적입니다. 부탁이 있는데, 한 번만 도와 주십시오."

아까는 선장이 변변치 못한 바보 천치라고 말했는데, 이제 보니 매우 똑똑한 청년이었다. 특히 눈초리가 예리하고 총명했다.
"뭘 어떻게 도와달라는 거요?"
"별 것 아닙니다. 영문판 신문을 팔고 있을 테니 좀 사다 주십시오."
"그런 것 읽어 보았자 별로 도움이 안될 텐데요?"
"그래도 그걸 보면 우리 나름대로 전황을 분석해낼 수 있습니다."
"〈The Nippon Times(전쟁이 일어나기 전에는 The Japan Times)〉가 있겠지만, 일본 다이홍에이(大本營) 발표대로만 전쟁 소식을 게재하는 신문이기 때문에 진짜 전황은 알 수 없을 걸요?"
"글쎄, 그래도 우리는 그걸 보면 알 수 있다니까요."
"알았소. 기회가 있으면 도와 주겠소."
"저, 대위님. 성(姓)이라도 알았으면 하는데?"
청년의 질문에 나는 좀 망설이다가 대답했다.
"캡틴 무사시야(Captain Musashiya)."
나는 너무 오래 거기에 머물기가 곤란할 것 같아 인사를 했다.
"잘들 있으세요. 특히 건강에 유의해야 하오. 선장(Captain)도, 스미스 씨(Mr. Smith)도 잘들 지내시오."
나는 플랫폼으로 가서 기다리다가 전철을 타고 요꼬하마 사꾸라기찌요 역(櫻木町驛)에서 내렸다.
역사에서 지상(地上)으로 빠져나오는데 바로 지하철 역으로 내려가는 어귀에서 신문, 잡지 등을 팔고 있는 가두 판매소가 눈에 띄었다. 다가가서 살펴보니 〈The Nippon Times〉가 있어서 판매원에게 물었다.
"오늘(12월 13일)자 신문밖에 없소?"
"며칠치나 필요하십니까?"
"글쎄요, 며칠 전 신문도 있소?"
"3, 4일 전 신문까지는 있을 것 같은데요. 찾아드릴까요?"
"그러시오."

마침 5일 전 것까지 있어서 나는 닷새치 신문을 몽땅 샀다.

나는 요꼬하마에서의 급히 볼일을 보고 집으로 돌아오는 길에 쓰루미 역에서 내렸다. 포로 선원들이 있는 곳으로 가면서 철조망 안쪽의 경비병을 살펴보니 아까 보았던 키가 작은 사병이 아니고 키가 훨씬 커 보이는 군인으로 교대가 되어 있었다.

아까 그 키 작은 사병은 멀찌감치서 내가 포로들과 이야기하는 것을 보면서도 별로 수상하게는 여기는 것 같지는 않았다. 정복을 한 장교가 민간인 복장의 포로들에게 이것저것 물어 보려니 하고 생각했으리라.

사실 나는 영자신문을 사기까지 좀 망설였다.

'사다 줘야 하나, 말아야 하나? 그까짓 것 가두에서 팔고 있는 영자신문 몇 부 사다 준다고 해서 뭐 어떨라구?'

나는 이렇게 생각하며 신문을 샀다. 엄격히 따지자면 이것도 위법이었다. 자칫 잘못하면 화근이 될 수도 있었던 것이다.

그러나 나는 결국 그들에게 영자신문을 갖다 줘야겠다는 생각으로 신문 뭉치를 망토 속에 감춘 채 그들을 찾아가고 있었다.

포로들은 여전히 하역 작업을 하고 있었다. 왼쪽에서 경비하는 사병이 보고 있었지만, 내가 서너 발짝만 더 걸어가면 화물 차량 3개를 달고 다른 선로에 정차되어 있는 화차에 가려져서 나의 행동이 보이지 않을 것 같았다.

작업하는 포로들 가운데서 코리아(Korea)를 잘 안다고 했던 젊은 친구가 성큼 내게로 달려왔다. 물론 화차에 가려서 동초 근무를 하는 사병은 우리를 볼 수가 없었다. 나는 얼른 망토 속에 감춰 갖고 들어온 신문 뭉치를 그에게 주었다. 신문 뭉치를 받아든 그는 재빨리 하역 작업을 하느라 열려 있던 저 쪽 화물칸 안으로 들어가 버렸다.

나는 서서히 뒷걸음질을 하여 경비병의 눈에 보일락말락하는 지점까지 가서 멈춰섰다. 아까부터 신문 뭉치를 주고 받는 광경을 저만치서 보고 있던 선장이 다가와 내 앞에 섰다. 그는 손을 내밀어 악수를 청했다. 내가 그의 손을 마주 잡아주자 그는 내 손을 힘차게 꽉 쥐고 흔들어대며 말했다.

"정말 고맙습니다. 잊지 않고 기억하겠습니다."

"이제 다시는 당신들을 만날 기회가 없을 거요. 하루 빨리 전쟁이 끝나서 부하 선원들을 데리고 무사히 귀국하길 바랍니다. 전쟁이 끝날 때까지 서로들 죽지 않고 살아 있다면 또 만날 수 있을지도 모르지요. 건강히들 잘 지내시오."

내가 선장에게 이렇게 말하고 돌아서려는데 그의 말이 이어졌다.

"그렇게 따뜻한 얘기를 해 주니 정말 고맙소. 당신의 우정을 잊지 않고 영원히 기억하겠소."

그렇게 말하고 나서 뜻밖에도 놀라운 말 한 마디를 덧붙였다.

"조금 전에 신문 뭉치를 받아 들고 화물 차량 안으로 들어간 청년은 사실 선원이 아니오. 미 육군성 정보국(G2) 소속 육군 중위인데, 특수 임무를 수행하기 위해 선원으로 위장하고 잠시 승선했다가 포로가 되었지요."

어쩐지 이상하다는 생각이 들더니 이게 무슨 말인가? 나는 얼굴이 허옇게 변해 갔다. 그런데도 선장은 한 술 더 떴다.

"그 청년의 이름은 스미스(Smith)가 아니고 파워(Power)입니다. 잘 기억해 두시오. 그리고 내 이름은 쿠퍼(Cooper)라고 하오. 죽지 말고 살아 남아서 다시 만나기를 간절히 기도하겠소."

그는 마지막 말을 남기고 저 쪽으로 사라졌다. 미 육군성 정보국 소속 장교라면 적국의 스파이가 아닌가? 선장이 나를 자기 편으로 판단하고 그런 비밀을 털어놨는지 어떤지는 모르겠지만, 그것은 분명 선장의 실수였다. 초면인 일본의 육군 장교에게 어떻게 그런 말을 함부로 할 수 있단 말인가?

다행히(?) '나'였기에 망정이지 신고라도 했으면 어쩔 뻔했던가? 아무리 내가 조선인이라고 해도 그렇지 일본군에 적을 둔 장교가 아닌가? 그까짓 영자신문 좀 사다 준 것에 감격해서 자기네 편으로 단정하고 그런 말을 함부로 할 수는 없었다. 모를 일이었다. 만일 파워 중위가 이 사실을 안다면 아연실색하여 펄펄 뛰리라. 훈련을 받지 않은 선장이기에 그런 실책을 범한 것이 틀림없었다.

  사람의 인연이란 참으로 모를 일이었다. 불과 2년 남짓 지난 후에 파워 중위와 내가 동료로 일하게 될 줄이야 당시에 누가 꿈엔들 상상이나 했으랴? 종전 후 미 육군성 전략국 소속의 소령이 된 나는 첩보장교로서 대위로 진급한 파워와 함께 대공산권 첩보사업을 하게 되는 것이었다.

  "내가 일본군의 포로가 될 당시에는 미 육군성에 '전략국(OSS)'이 설치되기 전이어서 정보국 소속이었는데, 그후에 전략국이 신설되면서 소속이 정보국에서 전략국(OSS)으로 바뀌게 된 것을 전쟁이 끝난 후에야 알았소."

  전쟁이 끝난 후 파워를 만났을 때 들은 이야기였다.
  어쨌든 나는 선원 포로들과 헤어져 집으로 돌아갔다. 개운치 않은 생각이 머리 속에서 맴돌았다. 내가 왜 이럴까? 일본 군부에서는 첩보장교 파워 중위를 일반 선원 스미스로 알고 있을 게 아닌가? 만일 쿠퍼 선장이 또 다른 일본 군인에게 그런 말을 하면 어떻게 될까? 내가 걱정할 바도 아닌데 왜 그런지 공연히 걱정이 되었다.
  집에서는 연말이 가까워 오고 또 내가 오랜만에 집에 오기도 하여 겸사겸사 축하 떡을 만드느라 온통 부산했다.
  일본사람들의 떡이란 이른 바 '모찌'라 하여 찹쌀로 찧어 만든다. 그냥 찹쌀 모찌가 있고, 팥앙금과 설탕을 버무린 앙꼬를 넣어 만드는 앙꼬 찹쌀 모찌가 있다. 그 두 가지 외에 앙꼬가 들지 않은 찹쌀떡으로 신년 정월 초하룻날 야채에 쇠고기등을 썰어 넣어 떡국을 끓여 먹는 오조우니(お雜煮)라는 것도 있다.

나는 꼬마들과 같이 놀며 낯을 익히느라 애를 썼지만, 헛고생을 하고 진땀만 뺐다. 그게 어디 한나절에 그렇게 쉽사리 익숙해질 수 있는 노릇인가!

아버지께서 퇴청하셔서 식구들이 함께 식탁에 모여 앉아 맛있는 음식으로 식사를 한 그 날 저녁은 더없이 행복한 분위기였다.

"임지인 야나이까지 가는 시간을 고려할 때 내일 낮 1시 30분에 도쿄 역에서 출발하는 하행 특급을 타야 한다."

나는 저녁 식사 후 가족들과 즐거운 시간을 보내고, 모처럼 아내와도 행복한 하룻밤을 지냈다. 실로 오랜만에 맛보는 식구들과의 즐거움이었지만, 다음날이면 다시 부대로 돌아가야 했다.

나는 집에서 2박 3일을 보낸 후 전속부대인 서부 제8부대(船舶工兵 第6連隊 要員 補充部隊)로 가서 대대장으로 부임했다. 그리고 히로시마 헌병대 특수반에 체포된 것은 2주일만인 소화(昭和) 18년(1943년) 12월 29일이었다.

세 번째 괴편지와 히로시마 지구 헌병대

　서부 제8부대 제2대대장으로 부임한 지도 2주일이 지났다. 서부 제8부대는 아까스끼(曉) 제6174부대로서 선박공병 제6연대의 요원 보충부대였다.

　그 날은 한 해도 다 저물어가는 소화 18년(1943년) 12월 29일 수요일이었다. 그러니까 소위 대동아전쟁이 발발한 지는 만 2년이 되고, 내가 군문에 들어선 지는 만 4년이 되는 때였다.

　일본 육해군의 총참모부 격인 다이홍에이(大本營) 발표와는 달리 전선으로부터 들려오는 전황 소식은 장병들을 몹시도 우울하게 만들었다. 일본과 3국동맹을 맺었던 이탈리아는 이미 너댓 달 전에 손을 들었고, 독일도 전쟁을 어렵게 치르고 있었다. 날씨조차 음산한 것이 기분이 썩 좋지 않았다. 온통 잿빛으로 뒤덮힌 하늘이 금방이라도 내려앉을 것만 같은 중압감에 공연히 가슴이 답답해졌다.

　나는 앉은 채로 회전의자를 돌려 창 밖을 내다보았다. 일정한 간격으로 연병장 가장자리에 빙 둘러 심어져 있는 나무들이 달랑 마른 잎 몇 장만 달고 있어 더욱 스산함을 느끼게 한다. 잎이 흔들리는 방향으로 보아 바람은 남태평양으로부터 세도나이까이(瀨戶內海)를 넘어 불어 오는데 그다지 차지는 않은 것 같다. 각 소대의 식사 당번병들이 점심 식사를 한 식기들을 바닷가로 가지고 가서 씻어 오는 중이었다. 겨울인데도 바닷물이 난류(暖流)라서 마치 데운 물처럼 뜨뜻한 곳이었다. 식기를 담은 양동이를 들고 오가는 식사 당번병들의 모습이 그 날 따라 유난히도 힘이 없어 보였다.

오후 5시 30분, 나는 음울한 하루 일과를 마치고 고바야시 하사(小林 伍長)가 운전하는 사이드카로 관사에 도착했다. 군복을 벗고 유까다(잠옷)로 갈아입었을 때 하녀인 미쓰꼬(光子)가 목욕물이 준비되었다는 말과 함께 편지 한 통을 전해 주었다.

발신자가 육군성으로 되어 있는 괴편지였다. 순간 나는 가슴이 덜컥 내려앉았다. 세 번째로 받는 괴편지인데, 처음과 두 번째 편지를 받았을 때는 아무렇지도 않더니 이번에는 몹시 가슴이 두근거렸다. 내용을 읽어 보지도 않았는데 왜 이럴까? 불길한 예감이 들었다.

나는 우선 목욕부터 할 작정으로 편지를 서랍에 넣고 잠근 다음 욕조에 들어가 앉아서 이런저런 생각에 빠져들었다.

발신자의 이름도 없이 봉투에 대일본제국 육군성(大日本帝國陸軍省)이라고만 인쇄된 편지를 세 번째 받았던 것이다. 그것도 꼭 관사로만 배달되었다.

사실 그 날 하루를 음울한 기분으로 보내게 된 데는 새벽녘의 꿈때문이었는지도 모른다. 서너 주 전 신경행(新京行) 노조미(のぞみ) 특급 열차에서 우연히 사귄 사사끼 대위(佐佐木 大尉)와 신의주역에서 아쉬운 작별 인사를 하고 헤어진 직후에 3분 동안 암흑 세계를 경험했던 불가사의한 현상이 새벽녘 꿈속에서 재현되었던 것이다. 어떻게 현실에서 겪었던 기현상이 꿈속에서 그때와 똑같이 재현된단 말인가? 참으로 이상한 노릇이었다.

아무리 생각해도 길조는 아닌 것 같다. 자꾸만 불길한 예감이 엄습하는 가운데 하루 일과를 마치고 관사에 돌아와 그 수수께끼 같은 편지를 받았던 것이다. 더구나 편지 내용을 읽어 보기도 전에 괜히 가슴이 덜컥 내려앉으며 심장이 두근거렸던 까닭은 무엇일까?

내가 너무 오랜 시간 욕조에 들어 앉아 있는 것이 이상했던지 미쓰꼬가 조심스럽게 노크를 하며 기척을 살피는 것 같았다.

"이제 곧 나갈 거야."

나는 대답과 함께 가까스로 생각을 정리한 후 욕조에서 나왔다.

시간이 꽤 흐른 모양이었다. 바깥은 벌써 캄캄하다. 방공 연습을 알리는 사이렌 소리가 들려 와서 등화관제를 위해 전등갓을 내리자 전등불이 비추는 범위가 방 한가운데로만 몰렸다. 안쪽은 붉은 천, 바깥쪽은 검은 천으로 된 두 겹의 방공 커튼으로 창문마저 가리자 방 안은 적막감이 감돌았다.

밥상에 앉아 미쓰꼬가 퍼담아 주는 밥 공기를 받아들였지만, 하루 종일 기분이 우울했던 탓인지 별로 식욕이 없었다. 여느 때 같으면 세 공기의 밥은 거뜬히 비웠을 텐데 겨우 한 공기만 먹는 둥 마는 둥 하고 식사를 끝냈다.

평소의 나답지 않은 모습에 저으기 걱정이 되는지 미쓰꼬는 밥상 머리에서 시중을 들며 조심스럽게 내 눈치를 살폈다.

나는 내 방으로 가서 전등을 켰다. 방공 갓을 씌운 탓에 전등 바로 아래 부분만 환하다. 시계를 보니 정각 8시였다. 나는 미쓰꼬에게 받아서 서랍에 넣어 두었던 편지를 읽어 볼 참이었다. 잠갔던 서랍을 열어 편지를 꺼내고 봉투를 뜯었다.

바로 그때였다. 별안간 후당탕퉁탕 군화 발자국 소리가 복도 마루 바닥을 요란하게 울렸다. 그러더니 느닷없이 내 방의 미닫이 문을 휙 열어 제치면서 너댓 명의 괴한들이 몰려들어 와 막 편지를 읽으려던 내게 6연발 권총을 들이대는 게 아닌가.

순간 나는 아찔한 현기증을 느꼈다. 웬 놈들이냐고 소리를 지르

세 번째 괴편지와 히로시마 지구 헌병대 59

고 싶은데 입 속에서만 맴돌 뿐 도무지 입이 떨어지질 않았다. 정신을 차려 그들을 자세히 살펴보니 헌병 하사관 두 명과 수사관인 듯한 사복 차림의 세 명 등 모두 다섯 명이었다. 그 중 헌병 하사관 두 명이 각기 내게 총을 겨누고 있었다.

인솔자인 듯한 중년의 사복 차림이 내게로 다가와 손에 들고 있던 편지를 잽싸게 낚아채는가 했더니 어느새 수갑을 채웠다. 나는 순간적으로 역시 괴편지 때문이란 걸 직감했다. 침착하려고 해도 마음 뿐이었다. 나는 억지로 평온을 가장하며 태연한 척 그들을 꾸짖었다.

"뭐하는 놈들인데 이같이 무례한 행동을 하는가?"

장교답게 제법 위풍당당한 일갈이었다. 하도 큰 목소리로 질타하는 바람에 잠시 멈칫하는 것 같더니 내게 수갑을 채웠던 사복 차림이 대답했다.

"네, 저희들은 히로시마(廣島) 지구 헌병대 특수반 소속 요원들입니다."

"야, 이놈들아! 너희들, 보리밥 몇 년 먹었어? 항상 관등씨명이 먼저야."

"네. 하다(秦) 헌병 상사(曹長) 입니다."

"이놈아, 헌병은 장교에게 경례도 하지 않는가?"

"네, 잘못했습니다."

하다 상사가 자세를 바로 잡고 거수 경례를 했다.

"하다 상사, 절차가 틀렸어. 내가 현행범이나 흉기를 든 파렴치범도 아닌데, 이게 무슨 짓들이야? 권총 저리 치우고, 어서 수갑부터 풀라구."

"그건 좀 곤란합니다."

"이런 답답하고 멍청한 놈들 같으니. 이렇게 유까다(잠옷)를 입은 채로 뭘 어쩌라는 거냐? 무엇 때문인지는 몰라도 나는 용의자일 뿐 죄인은 아니잖아? 또 내가 도주할 우려라도 있다는 건가?

나는 대일본군 장교다. 도주할 이유가 없다. 어서 수갑을 풀어."
 잠시 머뭇거리던 하다 상사가 수갑을 풀어 주었다.
 "총도 치워!"
 내가 호령을 하자 그제서야 헌병들은 겨누고 있던 총을 거두어 권총집에 집어 넣었다. 다시 하다에게 말했다.
 "체포 영장을 가지고 왔으면 우선 그것부터 제시하라."
 "네, 여기 있습니다."
 그가 제시한 체포 영장은 분명 육군 형법 제32조 위반 혐의로 발부된 것이었다. 육군 형법 32조라면 국가 반란 예비 음모에 해당되는 죄목이 아닌가? 그나마 제25조 국가 반란죄가 아닌 것이 다행이었다.
 국가 반란 예비 음모라? 그렇다. 육군성에서 보냈다는 괴편지 제1신과 제2신의 내용은 분명히 국가 반란 예비 음모에 해당될 만했다. 일본의 국체와 정체를 부정하고 군부의 모반을 꾀하려는 내용이 아니던가? 국가에 반역하여 모반을 꾀했을 때 어떤 처단이 따르리라는 것은 의문의 여지가 없었다. 그러나 나는 결단코 그런 경우가 아니라 거대한 음모에 휘말려 든 게 분명한 것이다. 이 무슨 해괴한 운명의 장난이란 말인가? 나는 끝없는 나락으로 추락하는 기분을 맛보았다.
 "옷을 입으십시오."
 하다 상사가 재촉했다.
 "그래, 잠시만 기다려라."
 나는 군복을 입기 시작했다. 옷을 입는 손이 와들와들 떨렸다. 아무리 태연한 척 하려 해도 잘 되지 않았다.
 불현듯 식구들의 모습이 머리에 떠오른다. 아내와 어린 것들, 그리고 아버지와 어머니……. 식구들이 내 처지를 알면 어떤 심정일지 가늠조차 하기 어려웠다.
 나는 대위 계급장이 붙은 망토를 입고 흰 장갑도 꼈다. 허리에 닙뽄또우(日本刀)를 차고 현관으로 나가서 장교용 장화도 신었다. 심사만 편했다면 출근할 때와 조금도 다를 바 없었다.
 그런데 이상한 일이었다. 집안이 이렇게 소란스러운데도 미쓰꼬가 보이지 않았다. 미쓰꼬가 사태의 추이를 지켜보고, 내가 남길 말도 귀 담아 들었다가 가족에게 알려야 할 게 아닌가?
 "미쓰꼬, 미쓰꼬."
 현관에 서서 미쓰꼬를 불렀다. 대답이 없다. 다시 한번 불러 봤으나 역시 아무런 기척도 없었다. 그녀는 어디로 사라졌단 말인가? 미쓰꼬가 있어야 집에 연락이라도 할 텐데 참으로 괴이한 일이었다.
 특수반 요원들의 채근에 더 이상 지체할 수가 없어 밖으로 나왔다. 등화관제로 외등마저 꺼져서 관사 바깥이 캄캄하다. 그때 사이드카의 불이 확 켜진다.
 사이드카가 오는 소리도 들리지 않았는데 세 대의 사이드카가 나란히 서 있었다. 나는 가운데 사이드카에 태워졌다. 앞뒤로 사이드카에 계호(戒護)되어 히로시마 헌병대로 떠나려는 순간 외등이 켜졌다. 등화관제가 해제된 모양이었다.
 현관 밖으로 나오면서, 또 관사를 떠나면서, 다시 얼마쯤 가다가 뒤를 돌아다 보았으나 관사 언저리 어느 곳에서도 미쓰꼬의 모습은 보이지 않았다. 과연 미쓰꼬는 어디로 사라졌단 말인가? 수수께끼 같은 일이었다.

 히로시마 헌병대 지하 취조실. 나는 관사에 들이닥쳤던 두 명의 정복 차림 헌병 하사관에게 이끌려 테이블 앞의 의자에 앉았다. 열다섯 평 정도의 썰렁한 지하 취조실을 둘러보니 한쪽 구석으로 온갖 형구(刑具)들이 잘 보이도록 가지런히 정돈되어 있었다.
 왜 저런 형구들을 진열해 놓았을까? 한 마디로 겁을 주자는 의도임이 분명하다. 얼핏 봐서는 무엇에 어떻게 쓰이는지 잘 모르겠으나 신체적 고통을 가해 혐의 사실을 자백하게 만드는 형구들이라고 생각하니 끔찍한 생각이 들었다.

상단부가 쇠창살로 된 다른 한쪽의 출입문 안에는 아마도 임시로 피의자들을 구금해 두는 유치 감방(留置 監房)이 있는 것 같았다.

약 20분이 지나자 하다 상사가 앞장서서 들어오고, 그 뒤로 대위 한 사람이 따라 들어왔다. 대위는 내가 앉아 있는 테이블 맞은편 의자에 앉으면서 앞에 서류를 펼쳐 놓고 물었다.

"안녕하십니까? 난 요꼬야마(橫山) 대위라고 합니다. 몇 가지 물어 보겠습니다. 먼저 소속 부대와 관등씨명(官等氏名)은?"

"선박 공병 제6연대 서부 제8부대 소속 제2대대장, 육군 선박 대위 무사시야 도라노스께(武藏谷 虎之助)입니다."

"생년월일은?"

"대정(大正) 8년(1919년) 4월 18일 생입니다."

"본적지와 현주소는?"

"본적지는 도쿄도 시바꾸 미다쓰나마찌(東京都 芝區 三田網町), 현주소도 같습니다."

"소학교부터 학력을 말하시오."

"소화(昭和) 5년(1930년)에 후꾸오까껭 고꾸라시(福岡縣 小倉市) 소재 기요미즈(清水) 심상고등소학교를 졸업했습니다. 졸업 전년도까지는 학교 이름이 이다비쓰(板櫃)였습니다. 중학교는 도쿄 미나도꾸(港區) 소재 게이오우 기쥬꾸(慶應義塾) 보통부(5년제)를 소화 9년(1934년) 봄에 졸업했습니다. 소학교와 중학교에서 각각 1학년급씩 월반했습니다. 그리고 소화 14년(1939년) 11월에 도쿄 고등상선학교(東京 高等商船學校) 항해과(수업년한 5년 6개월)를 제108기로 졸업하고, 예비역 해군 소위에 임관되는 동시에 갑종(甲種) 2등 항해사 면장(免狀; 면허증)을 받았습니다. 졸업하자 곧 육군 현지 사관학교에서 3개월 보병 훈련을 받고 육군 선박 공병 소위에 임관되어 오늘에 이르고 있습니다."

"해군 예비역 소위에 임관되고 나서 왜 또 3개월씩이나 고된 육군 훈련을 받고 육군 소위가 되었습니까? 특별한 동기라도 있었나요?"

"특별한 동기는 없었습니다. 다만 아버지의 극구 반대를 무릅쓰고 선원이 좋아서 상선학교에 갔는데, 막상 졸업하고 보니 해군도 선원도 포기하는 것이 부모님에게 효도하는 길이라는 생각이 들었습니다. 집안 식구들의 희망 사항이기도 했구요. 특히 아버지께서는 상선학교에 입학할 때부터 여간 반대하셨던 게 아닙니다."

"우습군요. 5년 6개월 동안의 각고 끝에 얻은 지위와 영예를 물거품으로 만들다니요? 이건 국가적으로도 큰 손실이라고 생각되지 않습니까? 그게 실수였소. 그럼 가족 상황을 말하시오."

"그게 실수라니요? 무슨 말입니까?"

"아니오. 묻는 말만 답하시오. 가족은?"

"부모님과 아내, 그리고 다섯 살짜리와 두 살짜리 딸이 있소."

요꼬야마 대위는 무엇인가를 기록하더니 또 묻는다.

"아버지의 직업은?"

"판사로 계십니다. 현재 대심원(大審院;대법원) 부장판사이십니다."

"됐습니다. 무사시야 대위를 오늘, 소화 18년(1943년) 12월 29일자로 육군 형법 제32조에 의거 국가 반란 예비 음모 혐의로 구속합니다."

나는 서류를 들고 나가려는 그를 급히 불러세웠다.

"제발 가족에게 알릴 수 있는 기회를 주시오."

거의 애걸하다시피 사정을 했지만, 그는 잠자코 그냥 나가 버렸다. 불가능하다는 이야기가 아닌가? 그가 헌병 대위인지 군 검찰관인지 법무관인지는 물어 보지도 못했다.

요꼬야마 대위가 나가고 나자 하다 상사가 나섰다.

"소지품 다 꺼내 놓으시오. 어서요. 시계도 풀어 놓고 장화도 벗으시오. 빨리빨리 하시오. 시간이 없소."
 그러면서 그는 계급장 없는 사병 군복 한 벌을 내민다.
 "그리고 입고 있는 옷을 몽땅 벗고 이 옷으로 갈아입으시오."
 시계를 보니 벌써 밤중이다. 11시가 막 넘고 있었다. 사람이 살다가 이렇게 되는 수도 있는가? 이런 상황에서 내가 할 수 있는 일이 도대체 무엇이란 말인가? 아무것도 없었다. 인간이란 정녕 이렇게도 무력하단 말인가?
 "속내의도 전부 벗고, 양말도 벗어 보시오."
 어처구니가 없었다. 그러나 어쩌랴? 그나마 양말만은 뒤집어서 털어 본 후 다시 신으라고 던져 주었다.
 하다 상사는 내가 꺼내 놓은 소지품들을 일일이 체크하여 종이에 적었다. 그는 그것을 내게 확인시키고 무인(拇印)을 찍게 한 다음 소지품과 함께 큰 종이 봉투에 넣었다. 그리고는 내 망토를 펼쳐 거기에 내가 벗어 놓은 속내의와 군복, 모자, 장갑, 장화 등 일체를 싸서 끈으로 묶고 그 위에 닙뽄또우를 얹어 놓았다. 저것들이 이제는 나하고 영영 상관없는 물건들인가? 나는 그 보따리와 닙뽄또우를 물끄러미 바라보았다.
 그렇게 해서 나를 영창에 수감하기 위한 준비는 끝난 모양이었다. 그는 병장 계급장을 단 헌병에게 나를 제1호 감방에 수감하라는 지시를 내리고 나가면서 내게도 위협하듯 한 마디를 남겼다.
 "당신 수감 번호는 7번이오. 기억해 두시오."
 헌병은 나를 상단이 철근 창살로 된 출입문 안으로 데리고 들어가 거기 있던 당직 헌병에게 인계했고, 나는 당직 헌병에 의해 1호 감방에 수감됐다. 쾅 하고 감방문이 닫히는 소리에 가슴이 철렁했다. 나는 당직 헌병에게 시간을 물었다.
 "지금 몇 시나 됐나?"
 "11시 25분."
 그 와중에 시간은 알아서 뭘하려고 물어 봤을까? 인생은 새옹지

세 번째 괴편지와 히로시마 지구 헌병대

마(塞翁之馬)라더니, 어쩌다 내 신세가 이 지경에 이르렀는지 모르겠다. 당직 헌병이 말했다.
"거기 담요와 베개가 있으니 자리 펴고 자."
썰렁하고 어두컴컴한 방이 기분 나쁜 음산함을 느끼게 한다. 촉광이 30와트도 안되는지 전등 불빛이 희미하다.
내가 도대체 무슨 악몽을 꾸고 있는 것일까? 미쓰꼬는 어디로 갔을까? 내가 체포되기 직전에 그녀도 연행되었단 말인가? 하지만 그럴 리는 없었다.
"헌병, 헌병."
나는 당직 헌병을 불렀다. 그는 바로 1호 감방 앞에 앉아 있었다.
"왜 불렀어?"
"나를 좀 도와 줄 수 없겠나?"
"취침 시간에 자지 않는 것도 규칙 위반이니까 쓸데없는 말 하지 말고 어서 잠이나 자."
나는 은근히 물었는데, 대답이 너무 매몰차서 민망할 정도였다. 장교고 뭐고 거기 갇히게 되면 죄인 취급인 모양이었다. 답답하다. 아버지에게 알릴 수 있다 해도 국가 반란을 기도한 죄라면 도리가 없지 않은가? 그런데 내가 정말 국가를 전복할 음모에 가담했단 말인가? 모를 일이다.
자지 않는 것도 규칙 위반이라니 자든 안 자든 누워야 했다. 감방 한가운데 내무반에서 사병들이 관물을 개켜 놓듯이 잘 정돈된 담요가 있었다. 그 위에 베개도 놓여 있었다. 담요는 넉 장이었는데, 털은 전부 닳아 없어지고 무슨 광목천 같은 것을 만질 때의 감촉이 느껴졌다.
담요 한 장을 몇 겹으로 접어서 깔고, 석 장은 이불 삼아 덮고 누웠다. 얼굴만 내놓고 덮었는데 몹시 춥다. 몹쓸 사람들 같으니, 내의까지 벗길 게 뭐람.
다섯 평 정도의 장방형 감방은 지하실이라서 그런지 창문이 없었다. 자세히 보니 대각선으로 천정의 양쪽 구석에 있는 여덟 치 길이의 네모꼴 환기통에는 엄지 손가락 굵기의 철근이 두 치 정도의 간격으로 가로질러 박혀 있고, 그 밑으로 철사로 얼기설기 엮은 방충망 같은 것이 덮혀 있었다.

천정과 바닥은 물론 사방이 시멘트 콘크리트로 되어 있어서 탈출한다는 것은 도저히 꿈도 꿀 수 없는 곳이었다. 함께 죽을 각오로 폭파라도 한다면 모를까 땅굴을 파고 도주하기도 어림없어 보였다.

맨 뒤의 왼쪽 구석에 변기통이 있었다. 어림잡아 두 자 다섯 치 정도의 정방형에 깊이가 두 자인 그 안에 있는 변기통에 앉아 대소변을 모두 해결해야만 했다.

바깥으로 통하는 구멍이란 시찰구(視察口) 두 개 뿐이었다. 소위 시찰구는 감방에 갇혀 있는 피의자의 동태를 살피기 위해 뚫려 있는 가로 20센티미터, 세로 6센티미터 정도의 우편물 투입구 같은 구멍이었다. 하나는 복도에서 감시자가 들여다 보기 편리한 오른쪽 벽에 뚫려 있고, 다른 하나는 왼쪽의 육중한 감방문 윗부분에 뚫려 있었다. 부대에서 영창(營倉)을 본 적은 있지만, 이렇게 자세히 본 것은 처음인 셈이었다.

하루종일 우울했던 탓에 식욕이 없어서 저녁 식사를 하는둥 마는둥 했는데도 시장한 줄 모르겠다. 앞으로 내 운명은 어떻게 될 것인가? 머리 속이 그 생각으로 꽉 차서 잠도 이루지 못했다. 지난 밤 신의주역에서의 기현상이 꿈에 재현되더니 이같은 흉사(凶事)를 예고하는 것이었던가?

그나저나 내가 헌병대에 체포되었다는 사실을 집에 알려야 할 텐데 방법이 없었다. 하지만 내가 처신을 잘못한 탓에 이 꼴이 됐는데 아버지에게 알려서 뭘 어쩌자는 거지? 차라리 알리지 않는 편이 낫지 않을까?

혹시라도 미쓰꼬가 집에 알렸다면 어떡하지? 또다시 미쓰꼬의 행적이 궁금해졌다. 갑자기 들이닥친 헌병들 때문에 놀라서 어디론가 숨어버렸거나 도망이라도 간 것일까?

 육군성에서 보냈다는 정체 불명의 괴편지, 도대체 이게 뭔가? 첫번째와 두 번째 편지가 왔던 때를 떠올리며 이런저런 생각을 하다 보니 한숨도 자지 못한 채 꼬박 밤을 지샌 모양이었다. 도대체 누가 이런 편지를 내게 보냈단 말인가? 또 편지에 언급된 5X란 뭐란 말인가?

 "기상, 기상!"

 당직 헌병이 외치는 소리에 깜짝 놀라서 자리를 박차고 일어났다. 자리에서 일어나자마자 담요를 어젯밤처럼 눈치껏 잘 개서 정돈해 놓았다. 내가 영창에 갇히는 꼴이 되다니 아무리 생각해도 꿈을 꾸고 있는 것 같았다. 꿈이라도 아주 못된 악몽이었다. 내가 과연 살아남아서 바깥 세상의 대명천지를 볼 수 있을까? 두려운 생각이 들었다.

 5X에 직접 가담해서 행동한 바는 없다 하더라도 결과는 마찬가지라고 할 수 있었다. 어쨌든 쿠데타 음모 단체에 가담한 꼴이 되었는데, 여기서 살아날 수 있다고 생각하는 것은 어리석은 바램이리라. 더구나 전시가 아닌가?

 비록 이런 신세로 전락했으나 어제까지 어엿한 장교였던 내가 일등병밖에 안되는 새카만 졸병인 당직 헌병으로부터 애, 쟤 소리를 듣는다는 것은 정말로 자존심 상하는 일이라고 생각했다.

취조실에서 들은 친부모님 소식

바로 그때 당직 헌병의 찢어지는 듯한 금속성 목소리가 고막을 울렸다.
"근무 중 이상무!"
누가 온 모양이었다.
"제7호, 나와."
말소리와 함께 덜커덕하고 감방문이 열렸다. 이제 취조가 시작되려나? 나는 일어나서 1호 감방을 나섰다. 하다 상사가 감방 문 앞에 서 있었다. 그는 턱짓으로 방향을 가리키며 나더러 앞장서라고 했다. 내가 항상 계호자의 감시를 받아야 하는 피의자라는 걸 은연중에 강조하는 태도였다.
걸어가고 있는 방향은 어젯밤의 넓은 취조실 쪽이 아니라 반대편이었다. 몇 개의 감방을 지나자 막다른 곳에 문이 있었다. 문을 열고 나가서 계단을 올라가니 양쪽으로 다섯 개씩의 감방이 쭈욱 보였다. 그러니까 지하 유치 감방에서 올라간 그 곳은 건물의 1층

인 셈이었다.

하다 상사는 나에게 왼쪽 첫번째 방으로 들어가도록 했다. 제5호 감방이었다. 그는 내가 감방 안으로 들어가자 아무말도 없이 문을 닫고 가버렸다. 감방 구조는 지난밤의 지하실 감방과 꼭 같은데 뒤로 창문이 있었다. 쇠창살과 철망으로 막혀 있긴 해도 하늘을 내다볼 수 있어서 숨통이 트일 것 같았다.

감방 안에서 편한 대로 앉아 있으려니 담당 헌병이 호통을 쳤다. 시찰구를 통해 들여다 보이는 위치에서 벽을 향해 무릎을 꿇고 앉아야 한다는 것이었다.

"식사."

얼마동안 상념에 잠겨 있을 때 이런 소리가 들렸다. 유치인들에게 아침 식사를 주는 것 같았다.

이내 식사구가 열리며 운두가 좀 높은 벤또(도시락) 하나가 올려졌다. 감방문 아래 부분에 뚫려 있는 식사구는 식사를 넣어 주는 곳으로 철판 덮개가 달려 있었다. 육중하게 만들어진 목재 감방문은 두께가 10센티미터나 되기 때문에 철판 덮개만 열면 벤또와 국그릇, 물컵 등을 차례로 올려 놓을 수가 있는 것이다. 나는 식사구에 올려진 벤또를 얼른 받아서 내려놓았다.

양은 국그릇이 식사구에 올려져 그것도 받아서 내려놓았다. 굵직한 대나무를 잘라 만든 물컵에 더운 김이 오르는 식수를 가득 담아 올려주고, 마지막으로 대나무 젓가락을 넣어준 다음 식사구의 철판 덮개가 '탁' 하고 닫혔다.

어제 저녁 식사를 하는둥 마는둥 했는데도 시장기가 느껴지지 않아 더운 물만 조금 마셨다.

멀건 국물은 된장국인 것 같은데, 아침 식사 때 된장국 안 먹는 일본 사람이 없기 때문에 구색만 갖춘 듯했다.

벤또를 열어 보았다. 색깔이 붉으스레한 게 군대에서 주는 보리밥이 아니라 아마도 고량이라고 하는 만주산 수수로 지은 수수밥 같았다. 자세히 들여다보니 보리쌀도 섞여 있고, 쌀알도 더러 눈에 띈다. 그리고 손가락 굵기의 다꾸왕(노란 빛깔의 단무지) 두 쪽이 밥 속에 박혀 있었다.

밥의 양은 꽤 많아 보였다. 당시 군대 밥이 하루 6홉이고, 한 끼에 2홉이었다. 운두가 높은 벤또에 가득 채워진 것으로 봐서 비록 수수밥이긴 하나 유치인들에게도 하루 6홉 분량을 주는 모양이었다.

나는 식사에는 손도 대지 않고 벤또며 국그릇을 식사구 언저리에 갖다 놓았다. 입이 깔깔해서 도저히 먹을 수가 없었던 것이다. 물컵만 가져다가 옆에 놓은 채 벽을 향해 무릎을 꿇고 앉았다.

퍼뜩 대만에서 헤어졌던 미우라(三浦) 대위가 떠올랐다. 그는 우리집 전화번호를 수첩에 적어 두었고, 내가 야나이(柳井) 서부 제8부대로 전속된 사실도 알고 있다. 그가 나를 만나러 오겠다고 했으니까, 그렇게만 되면 내 처지를 알고 집에 연락해 줄 것이다.

사실 그는 중학 동기라고 해도 내가 3학년 마치고 월반을 해 버렸기 때문에 1년 동안만 같은 반이었다. 졸업하고 10년도 더 지난 후 대만에서 처음 만났기 때문에 성만 미우라로 기억할 뿐 이름도 몰랐다.

그때 미우라 대위는 히로시마로 전속간다고 했는데, 히로시마 어느 부대인지는 묻지 않고 얼떨결에 내가 전속될 부대만 가르쳐 주고 말았다. 하긴 그의 이름이나 부대를 알고 있어 봤자 연락할 방법도 없지 않은가?

신경행(新京行) 열차에서 만났던 사사끼 대위 생각도 났다. "이모부네 식구와 신의주 경찰서장인 이모부 동생네 가족, 그리고 우리 식구들을 모두 이모부의 고향인 나가노껭 마쓰모도(長野縣 松本)로 옮긴 다음 버마 전선으로 가기 전에 반드시 무사시야 대위의 부대로 한번 찾아가겠소."

사사끼 대위는 헤어질 때 이렇게 말했다. 그 사람이라면 내 혐의가 쿠데타 음모든 뭐든 간에 반드시 우리집에 연락해 줄 것이다.

그나저나 집에 연락이 되더라도 그렇지, 아버지께서 어떻게 나를 구명하신단 말인가? 차라리 모르고 계시는 편이 좋지 않을까? 오히려 내가 체포된 걸 아무도 몰랐으면 하는 생각마저 들었다. 내 한 몸 죽으면 그뿐인데 어마어마한 죄명으로 죽어가는 사실을 식구들에게 알릴 필요가 있을까? 그저 답답하고 우울했다.

집에 알려졌으면 하는 바램과 알려지지 말아야 한다는 생각이 엇갈리면서 아무리 초연한 자세를 지키려 해도 잘 되지 않았다. 물에 빠진 사람은 지푸라기라도 붙잡으려고 한다더니, 바로 그때의 내 처지가 그랬었다.

벤또와 국그릇 따위를 가져 가려고 왔다. 죄다 도로 내보내는데도 왜 식사를 하지 않았느냐는 말도 없이 그냥 가지고 가 버린다.

어느 누가 나를 위해 말 한 마디라도 걱정해 줄 것인가? 외롭고 슬펐다. 식구들이 보고 싶었다. 바로 얼마전, 집에서 식구들과 사흘동안 함께 지냈던 일이 눈에 선하다. 부모님과 아내, 그리고 재롱을 부리던 꼬마들의 얼굴이 눈에 어른거렸다.

"제7호!"

감방 밖에서 부르는 소리가 들렸다.

"네."

대답과 함께 곧 바로 덜커덕하고 감방문이 열렸다.

"나와!"

감방문 앞에는 하다 상사가 허리춤에 손을 얹은 채 서 있었고, 뒤로는 나를 체포하러 왔을 때 본 듯한 중사(軍曹)가 뒤따랐다.

나는 지하의 넓은 취조실로 끌려 가서 취조용 테이블을 사이에 두고 하다 상사와 마주앉았다. 중사도 옆에 앉은 다음, 하다 상사가 먼저 말을 꺼냈다.

"무사시야 대위, 여기는 헌병대 특수반이다. 어떤 사건이든 여기서 취급하는 것은 무죄나 총살 두 가지 뿐이고, 징역형이나 금고형 따위는 아예 없다. 그러니까 유죄면 총살이고, 아니면 무죄란 말이다. 너는 이미 확보된 증거만으로도 총살형이 충분하다. 기왕 이렇게 되었으니 취조에 임해서 솔직하게 털어놓길 바란다. 그것만이 죄과를 속죄하고, 마지막으로 국가에 충성하는 길일 것이다.

취조 기간을 단축하고, 사건을 빨리 마무리하기 위한 배려로 네게 미리 말해 두겠다. 우리는 이미 네가 반도(半島;조선) 출신이란 사실을 알고 있다. 그것을 알아내는 데 무려 20개월이 걸렸다. 너는 잘 몰랐겠지만, 우리는 너의 출생부터 현재까지 모든 과거 신상에 관해서 오랫동안 조사해 왔다. 그러므로 적어도 이번 사건에 관한 한 두 가지만 제외하고 우리가 모르는 사실은 없다. 어쩌면 네 자신보다도 우리가 더 잘 알고 있는지도 모르겠다.

우리가 모르는 두 가지 중 하나는 대만 아까쓰끼 부대에 복무하고 있을 당시에 육군성으로부터 받은 제1신과 필리핀(比島) 마닐라 아까쓰끼(曉) 부대(제2944부대)에서 받은 제2신의 내용이다. 그리고 그 배후 조직의 우두머리에 관한 인적 사항과 조직원의 명부다.

다른 하나는 대만 다까오에서 화물선 함경환을 타고 온 네가 나가사끼(長崎) 항에 기항했다가 다음날 12월 7일 이른 아침 부산항에 상륙한 후부터 도쿄의 네 집에 도착하던 12월 12일 상오까지 5일 반나절 동안의 행적이다. 그 동안 어디서 무엇을 했는지 육하원칙(六何原則)에 딱 들어 맞도록 진술해 주기 바란다."

내가 조선인이란 사실을 알아내는 데 20개월이 걸렸다니, 그게 도대체 무슨 말인가? 그렇다면 그들은 진작부터 내 일거수 일투족을 감시하고 있었다는 것이 아닌가?

그제서야 미쓰꼬가 그들에게 협조해 왔을지도 모른다는 의구심이 들었다. 생각할수록 그녀는 어쩌면 애초부터 공작 교육을 받고 나의 하녀로 들어온 그들의 첩자였을지도 모른다는 심증이 더욱 굳어지는 것이었다.

내가 체포될 때 그녀가 모습조차 보이지 않았던 이유를 비로소

취조실에서 들은 친부모님의 소식 73

알 것 같았다. 맙소사, 내가 그렇게도 잘 보살펴 주고 아껴주었던 미쓰꼬가 나를 옭아매는 첩자였다니……?
 여기까지 듣고 나서 나는 하다 상사에게 물었다.
 "한 가지만 질문해도 괜찮은가?"
 "무슨 얘긴지 말하라."
 "내 출생에 대해 내사했다는데, 내가 누군지 말해 줄 수 있겠나?"
 "그게 알고 싶나?"
 "지장이 없다면 알고 싶다."
 "그래 알고 싶겠지. 어차피 너도 죽을 놈이니까. 네 조선 이름은 박승억(朴承憶)이다. 네가 태어난 집은 강원도 춘천에서 상당히 떨어진 어느 고장인데, 약 5천 석의 부자였다. 너의 부모는 대정(大正) 8년(1919년) 3·1 폭동 후부터 비밀리에 폭력 집단(독립군을 뜻함)에게 폭동 자금(독립운동 자금)을 장장 5년 여에 걸쳐 제공해 오다가 발각되어 대정 12년(1923년) 3월 31일 새벽 함께 체포되었다. 두 사람은 엄중한 취조를 받았으나 폭동 자금 공급처를 끝내 자백하지 않은 채 6개월여 후에 옥중에서 모두 자살하고 말았다.
 지금의 네 아버지는 당시 경성지방법원 춘천지청장이었다. 우리는 기요미즈(淸水) 심상고등소학교에서 너의 졸업 사진을 입수한 후 조선군 헌병대에 너의 아버지 근무지였던 춘천 근처를 내사하도록 의뢰했다. 경성 헌병대로 하여금 춘천 반경 100리 이내를 수소문(수색)하며 이 잡듯이 뒤지도록 한 끝에 드디어 12개월만에 네가 살던 집을 찾아냈다는 회보를 경성 헌병대로부터 받았다. 네게 이 정도 협조를 했으니 너도 우리의 취조에 협조해 주기 바란다. 이상이다."
 그의 이야기 중에서 내가 아는 사실은 박승억이라는 이름 석 자 뿐이었다.

"한 가지만 더 묻자. 하녀 미쓰꼬는 누구인가?"

"어리석기는? 넌 의외로 둔한 놈이구먼. 여기까지 얘기해 준 것도 너의 기구한 운명을 동정했기 때문이다. 어쨌거나 이번 사건만은 피하거나 빠져나가지 못할 테니 각오해야 한다. 미리 말해 두마. 나는 조선에서 15년 동안 사상범만 취급했던 고등계 형사였다. 그러니 순순히 자백하면 네게 고문은 가하지 않겠지만, 그렇지 않을 경우 너는 살아남지 못할 것이다. 자, 시작해 볼까?"

하다 상사는 일어나서 중사에게 귓속말로 몇 마디 하더니 밖으로 나가고 중사가 취조를 시작할 채비를 차리는 것 같았다.

잠시후 헌병 상등병 두 명이 들어와 내 뒤에 양쪽으로 열중쉬엇 자세로 버티고 섰다. 아마도 취조 중에 발생할지도 모를 어떤 사태를 제압하기 위해서인 듯했다. 중사는 나의 자백을 받아쓰기 위한 취조용지와 펜을 챙겨 테이블 위에 놓고 의자를 당겨 앉으며 말했다.

"나는 니시무라(西村) 중사(軍曹)다. 얼마전까지도 관동군(關東軍) 소속의 신경(新京;만주) 헌병대에서 근무하다 바로 한 달 전에 이리로 전속돼 왔다. 아무쪼록 잘해 보자."

나는 가슴이 뜨끔했다. 그러니까 내가 신경 헌병 대장 이시바시(石橋) 대좌를 만나기 1주일 전까지 그 곳에서 근무하다 온 모양이었다. 그렇다고 내가 5일 반나절 동안에 신경까지 가서 이시바시 헌병대장을 만나고 온 사실을 이야기할 수는 없지 않는가?

나는 마닐라의 아까쓰끼 제2944 부대장 이와지마(岩島) 대좌가 후배인 이시바시 대좌에게 남방 일본군의 패색 짙은 전황을 알리는 사적인 편지를 전한 것 뿐이지만, 그 사실을 어느 누구에게도 절대로 말하지 말라는 부탁까지 받았다. 그것이 비록 명령은 아니었지만, 비밀을 지키겠다고 굳게 약속한 이상 내 입장이 곤란하다고 해서 5일 반나절 동안의 공백을 털어놓을 수는 없었다.

더구나 이와지마 부대장은 여비에 보태 쓰라고 거의 봉급과 맞먹는 돈 300원까지 봉투에 넣어 주면서 비밀을 당부하지 않았던가? 당시 그의 한 달치 봉급이 370원이었던 점을 고려하면 대단히 큰 돈이었다.

그는 승전(勝戰)이라는 다이홍에이(大本營)의 전황 발표와는 정반대로 남방에서 일본군이 잇달아 옥쇄(玉碎)·전멸하는 불리한 실상을 다이홍에이의 공식 발표만 믿고 있는 후배에게 비보(秘報)로 전하는 것이 군 복무 규정에 위배된다는 사실 때문에 비밀로 해달라고 부탁했으리라.

부산 상륙 후 5일 반나절 동안의 행적을 사실대로 말하면 나의 두 번째 혐의는 풀리겠지만, 자칫하면 멀쩡하고 죄 없는 고급 장교 두 사람이 괴편지와 연루되었다는 의혹을 사서 곤욕을 치를 게 뻔했다. 그런 판국에 내가 어찌 그들 두 대좌를 물고 들어갈 수 있었으랴?

첫번째 용의점이 무혐의인데도 5일 반나절의 소재 증명이 되지 않아서 내가 총살을 당한다면 또 모르겠지만, 어차피 첫번째 혐의가 풀리지 않을 바엔 두 사람을 곤경에 빠뜨리지는 말아야겠다고 생각했다.

미쓰꼬가 함경환 편승 사실을 말하는 바람에 스기우라(杉浦) 선장에게까지 수사가 미친 것 같았다. 그것은 내가 부산에 상륙한 사실을 아는 걸로 미루어 짐작할 수 있었다. 내가 나가사끼(長崎)에서 볼일을 본 후 임지(任地)인 서부 제8부대에 부임했다가 집으로 가겠다고 미쓰꼬를 먼저 도쿄의 집으로 보냈으니까 나가사끼 기항 후의 내 행적을 그녀가 알 까닭이 없었다.

대만 선박 부대 동료 중대장 스기모도 대위의 이종사촌 누이동생이라 하여 무조건 믿고 선의로 받아들여 고락을 같이 해왔는데, 그렇게 심성이 착해 보이던 그녀가 첩자라니 참으로 놀랍고 기가 막힐 노릇이었다.

니시무라 중사는 초점 잃은 눈망울로 멍청하니 뭔가 회심(悔心)에 사로잡힌 듯한 내 모습을 잠자코 지켜보고 있었다. 속셈도 모른 채 내가 자백하려는 마음의 준비를 하는 것으로 알고 여유를 준 모양이었다. 내가 그를 슬며시 바라보자 그도 눈길을 마주쳐 오며 말했다.

"무슨 생각을 그리 골똘히 했나? 자, 준비됐으면 두 번째 용의점인 5일 반나절 동안의 소재부터 밝혀 보시지. 전관 대우를 해서 점잖게 대접하는 고마움을 생각해서라도 순순히 자백하길 바란다."

"말하겠다. 다 알고 물으니까 숨길 것도 없다. 실은 나도 조상이 조선인이란 사실은 알고 있었다. 다섯 살 때 집을 잃고 고아가 됐는데, 그걸 모르겠나? 그래서 고향을 한번 찾아 보려고 어렸을 때의 기억을 더듬어 춘천읍 주변 언저리를 두루 헤매다가 그만 헛수고에 그쳐 허탈한 심정으로 돌아왔던 것이다."

"그래, 고향 찾는 일이 그렇게도 급했단 말이지? 지금은 전시인데, 어째서 그 일이 그리 급했나? 전시에 군 장교가 5, 6일씩이나 그런 일에 헛시간을 보내? 일본 본토 야나이(柳井) 서부 제8부대로의 전속 명령장을 갖고 조선 강원도 춘천 지방을 5, 6일씩이나 배회하다가 왔단 말이지, 외박증도 없이? 좋아, 어쨌든 네가 근무했던 부대를 관할하는 마닐라 헌병대에 수사를 의뢰했으니까 곧 결과가 통보되어 오겠지. 그때까지 잠정적으로 믿어 보지.

그리고 육군성에서 보냈다는 영문 편지 제1신과 제2신을 압수하지 못한 실책은 전적으로 우리 수사반의 과오였음을 인정하겠다. 그나마 제3신을 압수하였기에 천만다행이지만……

됐어, 우선 두 번에 걸쳐 배달된 영문 편지의 내용을 여기 이 백지에 기억나는 대로 써라. 물론 영문 그대로 써야 한다. 너는 소학교와 중학교에서 한 학년씩 월반을 했던 수재였다니까 능히 한 자도 빠뜨리지 않고 쓸 수 있을 것으로 믿는다. 빼먹지 말고 소상히 쓰기 바란다.

아울러 5X 비밀결사단의 조직과 계보 그리고 수뇌부의 명부를 밝혀라. 지금이 10시니까 12시까지, 2시간의 여유를 준다. 12시에 내가 돌아오겠다."

니시무라 중사는 저 혼자 한참동안을 지껄이다 좌우에 버티고 서서 나를 감시하는 두 헌병을 남겨 둔 채 나가 버렸다.

그런데 문제는 마닐라 헌병대로 하여금 아까쓰끼 제2944부대를 내사하도록 의뢰했다는 사실이었다. 그렇다면 큰일이 아닐 수 없었다.

이와지마 부대장은 사적(私的)인 심부름을 시키는 것이 미안했던지 길어야 10여 일 앞두고 전임지(前任地)를 출발하게 하는 통례를 무시한 채 전속부대 부임 날짜인 12월 15일보다 무려 18일이나 앞당겨 부대를 떠날 수 있도록 허락해 주었고, 신경까지 비공식 출장명령서도 발부해 주었던 것이다. 물론 신경까지 갔다 오는 시간이 배려되었지만, 그 덕택에 나는 전시에 도쿄 집에 가서 사흘씩이나 휴가를 즐기기까지 하지 않았던가?

마닐라 헌병대가 조사를 했다면 18일이나 앞당겨 부대를 떠나게 한 부대장의 이례적인 재량권 남용도 문제가 될 수 있지만, 명확한 공적 이유가 없는 신경까지의 출장명령서 발부도 큰 문제라고 할 수 있었다.

결국 사실이 밝혀지면 편지를 전한 이와지마 대좌도 편지를 받은 이시바시 대좌도 육군 징계위에 회부될 수 있는 사안(事案)인 것이다. 더구나 이것을 괴편지와 관련시켜 트집잡을 양이면 그야말로 큰일이었다. 춘천 지방을 배회하다 돌아왔다는 내 진술이 거짓말로 확인되는 날엔 문제가 더욱 얽혀들 게 뻔했다. 이를 어쩐다지? 실로 고민거리가 아닐 수 없었다.

그나저나 12개월 전에 받은 첫번째와 두 달 반 전에 받은 두 번째 영문 편지의 내용을 어떻게 전부 기억해서 써 낼 것인가?

그런데 이상하다. 편지가 매번 관사로 배달되었고 미쓰꼬라는 첩자가 늘 관사에 붙어 있었는데, 어째서 내사 중인 사람에게 오는 괴편지를 두 통씩이나 놓친단 말인가? 미쓰꼬를 통해 편지를 가로 채서 기술적으로 내용을 빼내 읽어 보고 감쪽같이 도로 넣어서 봉한 다음 시침 뚝 떼고 내게 전할 법도 한데, 왜 그렇게 하지 못했을까? 첩보 공작처럼 내사를 하는 자들이 그 정도의 기술도 공작 능력도 없단 말인가?

모를 일이었다. 혹시 저들이 나의 진실성을 시험해 보기 위해 제1신과 제2신의 내용을 확보하고도 실수로 놓쳤다고 거짓말을 하고 있는 것은 아닐까? 그렇다면 내가 편지 내용을 거짓말로 적을 경우 문제가 또 실타래 얽히듯 걷잡을 수 없이 복잡하게 엉클어질 것이다.

설사 저들의 말이 사실이더라도 결과는 마찬가지다. 첫번째와 두 번째 편지의 내용을 나에게 조금이라도 유리한 방향으로 꾸며내 봤자 세 번째 편지와 문맥의 흐름이 다를 경우 분명 긁어 부스럼이 아니겠는가? 어젯밤에 미처 읽어 보지도 못하고 하다 상사에게 빼앗긴 제3신의 내용이 몹시 궁금했다.

굳이 편지 내용을 얼토당토 않게 거짓말로 꾸며내서 어쩌자는 거지? 나도 모르겠다. 차라리 공연한 거짓말을 하기보다 사실 그대로 써내는 것이 좋지 않을까? 누구나 이런 엄청난 사태에 직면하게 되면 비슷할 테지만, 갈팡질팡하는 내가 어리석고 우스운 생각이 들었다.

춘천 지방을 헤매고 다녔다는 거짓말도 후회스러웠다. 두 사람의 고급 장교를 의식해서였지만, 그래도 육하원칙에는 맞아야 할 것 아닌가? 곧 탄로날 거짓말인데 이걸 어떻게 한다? 사람들이 날 보고 신동(神童)이라고들 했지만, 신동이기는 커녕 한 치 앞도 내다보지 못하는 미련한 바보 천치일 뿐이었다.

좋다, 사실대로 쓰자. 춘천 지방을 헤매다 왔다는 거짓말은 이왕 엎질러진 물이니까 탄로가 나면 그때 가서 임기응변책을 강구하기로 마음먹었다. 그것이 현실에 대처하는 최선의 길이라고 생각했던 것이다.

나는 기억을 더듬어 제1신과 제2신의 내용을 모두 적었다. 물론 영문으로 썼다. 적어도 내 생각으로는 단어 하나 빠뜨리지 않고 철자법 하나 틀리지 않게 죄다 적은 것 같았다. 편지 내용을 기록하다 보니 새삼 떠오르는 일이 있었다.

"귀관은 가까운 시일 안에 한 계급 특진과 함께 보다 많은 병졸을 통솔하게 될 것이다."

소화 18년(1943년) 10월 15일에 받은 제2신의 내용 가운데 있는 말이었다.
나는 사실 여부를 지켜 보자는 생각으로 한동안 제2신을 소각하지 않고 깊이 간직했다. 만일 그대로 되면 뭔가 신빙성이 있는 것으로 생각하여 편지를 소각해 버리고, 6개월 정도 기다려서 편지 내용대로 되지 않으면 헌병대에 신고해 버릴 작정이었다.
대위 특진은 제2신을 받은 지 꼭 한 달 후인 11월 15일에 이루어졌고, 12일만인 11월 27일부로 대대장에 보임되는 동시에 후방인 본토 야마구찌껭 야나이(山口縣 柳井)에 있는 서부 제8부대로 전속 명령이 떨어졌다. 그래서 나는 제2신 내용대로 특진, 대대장 보직, 본토 전속 등이 진행되는 걸 확인하고 나자 두근거리는 심장을 억제하면서 편지를 불살라 버렸던 것이다.
그때 니시무라 중사가 들어왔다.
"다 썼나? 어디 좀 보자."
그는 의자에 앉으면서 내가 쓴 제1신과 제2신 영문 편지 내용을 훑어 보았다. 이해를 하면서 보는 건지 모르면서 이해하는 척하는 건지는 알 수 없었다. 니시무라 중사는 고개를 갸우뚱하며 그것을 들고 나갔다가 잠시후에 들어 오더니 두 명의 헌병에게 명령을 내리고는 다시 나가 버렸다.
"이 사람을 위층 5호실에 수감해."

위층 5호실로 들어가 보니 빈 방에 점심 식사가 놓여 있었다. 나는 그것을 본 척도 하지 않고 그냥 벽을 향해 무릎을 꿇고 앉았다.

그 날은 소화(昭和) 18년(1943년) 12월 30일 목요일. 이틀 후면 소화 19년 정월 초하루고 초이튿날이 일요일이니까, 아무래도 본격 취조는 신년 초에 이루어질 것 같았다.

그나저나 앞으로 어떤 일이 닥칠지도 모르는데, 그래도 사는 날까지는 먹어야지 이렇게 식사를 거르다가는 큰일이라고 생각했다.

소화(昭和) 19년(1944년) 1월 4일 아침이 되었다.

나는 지하 취조실로 끌려나갔다. 취조관인 니시무라 중사가 기다리고 있었다. 잠시후 하다 상사도 취조실에 나타났다. 내가 며칠 전에 써준 영문 편지와 그것을 일어로 번역한 서류가 손에 들려 있었다.

니시무라 중사가 내 진술을 받아 쓸 채비를 차리고 테이블에 앉았다. 하다 상사는 내가 앉은 자리의 바로 맞은편 의자에 앉으면서 갖고 온 서류를 테이블 위에 올려 놓았다. 하다 상사가 질문을 던지기 시작했다.

"영문 편지의 단서 조항에는 예외없이 그 내용에 승복할 경우 편지를 소각하라고 했는데 두 번 다 소각을 했단 말이지?"

"그렇다."

"그러니까 편지 내용에 전적으로 승복한다, 그 말인가?"

"결과적으로 그렇게 됐다."

"ばっかやろうきさま!(이 자식아, 뭐가 어째?)"

어느새 하다 상사가 벌떡 일어나 내 왼쪽 뺨을 후려쳤다. 눈에서 불이 번쩍 났다. 내가 세상에 태어나서 생전 처음으로 남에게 뺨을 맞는 순간이었다.

"두 번만 받았을 리가 없잖아? 바른 대로 말해. 모두 몇 번 받았나? 그리고 인적 사항이 하나도 없어."

"편지마다 단서 조항의 마지막 항목에 배후 조직을 알려고 하지 말라고 씌어 있지 않는가?"

 "말도 안되는 수작은 집어치워, 이놈아. 그것은 발각될 경우를 대비해서 쳐놓은 위장 그물이야. 내가 그따위 연막술에 넘어갈 줄 알앗? 어리석은 놈, 조직원 이름 하나도 모르고 그런 엄청난 비밀 결사단에 가입을 해? 말이 되는 얘기를 해야 할 거 아냐? 적어도 조직의 네 직속 상급자와 구심 역할을 하는 제일 우두머리 두목 한 사람쯤은 알고 가담했을 거 아니냐구?"

 "나는 모른다. 내가 써낸 두 번의 영문 편지, 그것밖엔 아무것도 모른다. 그렇게 내 말을 믿지 않고 인정하지 못하겠다면 내게 물어볼 것도 없고 얘기할 것도 없지 않은가? 이렇게 된 마당에 내가 뭘 숨기고 거짓말을 하겠는가?"

 "이새끼, 이거 안되겠구먼. 전관 대우를 해서 신사적으로 대하려니까 이놈이 사람을 우습게 보는군. 이리 와, 이새끼야."

 하다 상사가 갑자기 벌떡 일어나 내 멱살을 잡은 채 앞장을 서고, 니시무라 중사가 뒤따랐다.

 이제 고문이 시작될 참인가?

 하다 상사의 말대로라면 특수반에서 취급하는 여하한 사건도 무죄 아니면 총살이다. 징역형이나 금고형 따위는 본래부터 없다는 것이다. 그러니까 눈꼽만치라도 유죄라는 게 인정되면 무조건 총살이 아닌가? 군법회의 재판도 없이 그렇다는 건가?

 그러나 나는 어떤 범법 행위도 저지른 적이 없지 않은가? 오직 하나 있다면 육군성으로부터 온 편지를 두 번 태워 버린 것뿐인데, 그렇다면 이것만으로 범의(犯意)가 있었던 것이 인정된다는 말인가?

기상천외한 고문과 체벌

하다 상사는 지하 1호 감방을 지나 복도 끝의 지하 5호 감방 앞으로 나를 끌고 갔다. 감방문을 열고 안으로 들어서자 그는 나를 패대기친 다음, 차고 있던 지휘도(닙뽄또우)를 떼어 놓고 상의를 벗어 제쳤다.

감방 안 이구석 저구석엔 이상한 형구들이 보이고, 벽면에 수세식 세면대도 붙어 있었다. 한쪽 구석에는 고운 소금도 반 양동이쯤 담겨 있었다. '소금은 어디에 쓰는 거지?' 그 와중에서도 이런 엉뚱한 생각이 들었다.

"옷을 벗어, 빨리."

하다 상사가 명령했다. 그에게 항거할 만한 털끝만큼의 의지도, 힘도 있을 수가 없었다. 그의 명령대로 나는 옷을 전부 벗었다. 양말도 벗었다. 대체 이 놈들이 나를 어쩌자는 건가?

"이리 이렇게 엎드렷, 팔 다리는 쫙 벌리고."

장방형의 감방 한가운데 마룻바닥에 알몸뚱아리로 네 다리를 쭉 뻗은 개구리처럼 길게 엎드리라는 것이었다. 시키는 대로 하자 그는 니시무라 중사와 함께 달려들어서 내 양쪽 손목과 발목에 두께 6밀리미터, 길이 10센티미터 정도인 원통형의 가죽으로 된 수갑을 채우는 것이 아닌가?

조선에서 살았던 어린 시절의 기억을 되살려 보면, 가죽 수갑이 노인들이나 아이들이 추운 겨울에 끼던 토시와 비슷했다. 다만 그 가죽 수갑의 중심부에 각각 직경 3센티미터쯤 되는 둥그런 쇠고리가 달려 있는 게 이상했다.

하다 상사와 와 니시무라 중사가 감방 네 귀퉁이 벽 구석에서 키 높이쯤에 달려 있는 쇠고리 같은 것을 잡아당기자 속으로부터 쇠줄이 끌려 나왔다. 두 사람은 양쪽 손목과 발목에 채워진 가죽 수갑의 고리에 벽 구석에서 끌어내 온 쇠줄 끝의 고리를 덜컥덜컥 채우는 것이었다.

감방의 오른쪽 벽 중간쯤에는 배(船)의 방향을 잡는 조타(操舵) 핸들 같은 것이 달려 있었다. 니시무라가 핸들의 손잡이를 쥐고 돌리자 벽의 네 구석에서 끌어다가 내 양쪽 손목과 발목의 가죽 수갑 고리에 걸어 채운 쇠줄이 똑같은 속도로 서서히 잡아당겨졌다. 그러자 쭉 뻗은 사지가 점점 팽팽해지면서 마룻바닥으로부터 공중으로 떠올려지는 게 아닌가?

개구리 공중 매달기라고나 할까? 마룻바닥에서 배까지 70센티미터 정도는 공중에 떠있는 상태인데, 개구리가 사지를 쭉 뻗고 공중에 매달린 꼴이었다. 손발은 훨씬 더 높게 매달린 상태에서 몸통의 무게로 몸 전체가 축 늘어지니 마치 시윗줄을 잔뜩 잡아당겼을 때의 구부러진 활대 모양이었다.

이렇게 되니 양쪽 손목과 발목이 끊어질 듯이 아프고, 팔다리가 찢겨져 나갈 것처럼 고통스러워 도저히 참고 견디기가 어려웠다. 생전 듣도 보도 못한 기상천외한 고문 방식이 아닐 수 없었다.

그런데 이게 웬일인가? 그렇게 매달아 놓고는 등허리에 찬물 한 샤쿠(酌;손잡이가 달린 바가지)를 끼었더니 거무스럼한 빛깔의 길다란 몽둥이로 등, 허리, 엉덩이 등 가리지 않고 인정사정 없이 마구 두들겨 패기 시작하는 것이었다. 20분 가량 매질이 계속되는 것 같았다.

마구 피가 튀는 모양이었다. 손목과 발목이 매달린 상태에서 등 허리의 맞은 자국을 볼 수는 없었지만, 보나마나 살갗이 터지고 찢기고 피멍이 들고 하여 엉망진창이었을 것이다. 나는 견디기 어려울 정도로 고통스러웠으나 비명은 지르지 않았다. 고통을 참느라고 얼마나 이를 악물었던지 양냥이뼈가 아프고 이빨이 모두 솟아 오르는 것 같았다.

"야아 이새끼, 아주 독한 놈일세. 비명도 안 지르고, 이거 죽은 거 아냐?"

그들은 이런 말을 하면서 내 머리를 벌떡 제치고 얼굴을 살피며 감은 눈꺼풀을 뒤집어보기도 했다. 그러더니 그 중의 한 놈이 무엇인가를 엉망진창이 된 내 등허리에 확 뿌리고 손으로 쓰적쓰적 문질렀는데, 그 순간 나는 억하고 외마디 소리를 지르며 혼절하고 말았다.

소금이었다. 사람을 아예 소금에 절일 모양이었다. 사람의 탈을 쓰고 어떻게 이럴 수가 있단 말인가?

공중에 매달려 사지가 찢겨 나갈 것 같은 고통만 해도 못 견딜 일인데, 몽둥이로 장님파밭 두들기듯 마구 두들겨 패서 온몸이 엉망진창으로 터지고 찢긴 자리에 이번에는 소금을 한 웅큼씩 뿌리고 손으로 쓰적쓰적 문지른 다음 또다시 두들겨 패기 시작했던 것이다.

말로는 이루 다 표현할 수 없는 고통에 나는 차라리 죽어 있었다. 그들은 틈틈이 취조관의 본분이 무엇인지도 잊지 않았다.

"이제 자백하겠지? 어디 털어놔 봐, 이새끼야. 솔직하게 털어놓으면 너도 이런 고통 안 당하고 우리도 편할 것 아냐? 우리는 뭐 이 짓 하고 싶어서 하는 줄 알아? 자아, 어서 말해 봐."

나는 할말도 없거니와 말을 하려 해도 입이 떨어지질 않았다. 턱과 양냥이뼈가 너무 아파서 도무지 입을 움직이기조차 어려웠다. 나는 하는 수 없이 그냥 죽은 듯이 축 늘어져 있었다.
"이새끼 죽은 거 아냐?"
다시 내 머리를 쳐들면서 감고 있는 내 눈꺼풀을 손가락으로 뒤집어 보고는 감정 없는 목소리로 뇌까렸다.
"だいじょうぶだよ.(괜찮아)"
그들은 뭐라고 수군수군 지껄이더니 팽팽하게 당겼던 쇠줄을 풀어 파김치가 된 내 몸뚱아리를 바닥에 내려놓고는 양쪽 손목과 발목의 가죽 수갑을 풀었다. 그러더니 이번에는 다른 종목이었다.
여전히 옷도 입히지 않고 양말도 신기지 않은 채 다른 가죽 수갑을 양쪽 손목에 채웠다. 가죽 수갑의 모양은 기왕에 채웠던 것과 똑같은데, 수갑에 달린 고리가 가락지만한 크기로 먼저 것보다 약간 작았다.
그리고는 가죽 수갑이 채워진 왼쪽 손을 아래로 처지게 해서 등 뒤로 치켜 올리고 오른쪽 손은 오른쪽 어깨로 팔을 넘겨 등 뒤로 내리도록 한 다음, 두 놈이 달려들어서 한 놈은 왼쪽 손목을 당겨서 치켜올리고 다른 놈은 오른쪽 손목을 당겨서 잡아내렸다. 두 놈이 더 이상 올리고 내리고 할 수 없을 때까지 내 손목을 힘껏 치켜올리고 잡아내려서는 양쪽 손목의 가죽 수갑에 붙어 있는 고리에 무엇인가를 넣어 철커덕 채워버렸다.
굳이 이름을 붙이자면 '장총(長銃) 메기'쯤 될 것이다.
그러자 양쪽 어깨에서 두 팔이 모두 뽑혀 나갈 것 같은 고통이 찾아 왔다. 이렇게 해 놓고는 쑥색(국방색) 천으로 만든, 일본인들이 집에서 입는 잠옷 같은 것을 등허리에 걸쳐 입힌 다음 앞섶 아래 양쪽에 짤막하게 만들어 붙인 끄나풀로 앞이 벌어지지 않도록 여며 매는 것이었다.
그들은 나를 끌고 나가서 바로 고문당한 방 옆의 4호실 문을 열고 밀어 넣은 후 감방문을 '쾅' 하고 닫았다. 구조는 다른 감방과 똑같았다.

무릎을 꿇고 앉을 수도 없고 그냥 똑바로 앉을 수도 없고 누울 수도 없다. 엉망으로 얻어맞고 터지고 찢기고 소금에 절이고 한 몸뚱이가 어떻게 마룻바닥에 앉거나 누울 수가 있겠는가? 앉을 수도 없고 누울 수도 없어서 엉거주춤 선 채 서성거리다 보니 온몸에 아프지 않은 구석이 없다. 사람을 이 지경으로 두들겨 패놓다니 차라리 죽는 게 낫다는 생각마저 든다.

잠시후에는 예고도 없이 불이 꺼졌다. 희미한 전등이 꺼지자 창문도 없는 지하실 감방은 지척을 분간하지 못할 정도로 캄캄한 암흑세계가 되었다. 아무리 둘러봐도 바깥으로부터 스며들 만한 빛은 전혀 없었다. 전기 고장으로 불이 나갔을까? 모를 일이다.

이렇게 캄캄할 수가 있나? 당번 헌병을 부르려고 해도 목소리가 나오지 않는다. 호지끼(ほじき)를 눌러 헌병을 부르려고 해도 워낙이 캄캄절벽이라 호지끼 버튼이 어느 위치에 있는지 짐작도 안 갈 뿐더러 몸을 움직일 수조차 없었다. 어떻게 몸을 움직인다고 하더라도 장총 메기를 하고서야 누를 수 없기는 마찬가지였다.

감방 안에서 간수를 부를 때 쓰는 '호지끼'에 대해서는 설명이 좀 필요하다. 내 추측으로는 일본말로 효시끼(標識;표식)란 뜻 같은데 호지끼라 부른다. 감방 출입문 옆 오른쪽 벽에 사람이 서서 손이 닿을 만한 위치에 버튼이 있어서 그것을 누르면 바깥 벽면으로부터 두께 5밀리미터, 너비 8센티미터, 길이 30센티미터 정도의 철판쇠가 뎅그렁 쇳소리를 내며 가로로(옆으로) 떨어진다. 저 멀리 있던 간수가 뎅그렁하는 쇳소리를 듣고 살펴보면, 벽면에서 가로로 튀어나온 호지끼를 금방 알아볼 수가 있다.

"누구야! 무슨 일이야?"

그래서 간수가 이내 달려 와서는 호지끼를 들어 벽에다 밀어 넣고 수감자와 대화를 하게 되는 것이다.

몇 시간이 흘렀는지 몇 시쯤인지 도무지 알 수가 없다. 또 알면 무엇할 것인가? 아침 식사를 마치자마자 끌려 나갔으니까 점심때가 가까워 올 텐데 수수밥이나마 거르지 않고 가져다 주겠거니 하고 기다렸다.
 배가 고파서 기다리는 것이 아니라 갈증이 심해서 물이라도 마셔야겠고, 밥 넣어 주는 사람이 오면 방이 캄캄한 것을 알게 될 테니 돌아가서 '4호 감방에 불이 꺼졌다.'고 보고를 해 주겠거니 하는 생각 때문이었다.
 두들겨 맞은 등이 어찌나 쓰리고 아픈지 견딜 수가 없었다. 워낙 아프다 보니 머리까지 지끈지끈 아팠다. 나를 두들겨 패던 거무스레한 몽둥이가 그리 굵어 보이지도 않으면서 그토록 마구 두들겨 패는데도 부러지지를 않는 것이 아무래도 황소의 음경을 썩워 만든 '몽둥이'라는 생각이 들었다.
 언젠가 한번 들은 기억이 난다. 잘 부러지지 않는 물푸레 나무 같은 데다 황소의 음경 가죽을 썩워 화학 처리를 하면 상하지도 않고 부러지지도 않는 몽둥이가 된다는 것이다.
 정말 잔인한 놈들이었다. 어쩌자고 그렇게 두들겨 패고 소금으로 문질러 절여놓는담. 혹시 소금으로 염증을 예방하자는 속셈은 아닐까? 어쨌거나 제발 굶는 일이라도 없었으면 좋겠고, 이런 고문이 한 번만으로 끝났으면 좋겠다.
 내가 자백할 것이 없는데도 자꾸 자백하라고 하게 되면 끝도 없이 잔인한 고문이 계속될 게 아닌가? 그럴 거라면 차라리 죽는 게 나을지도 모르겠다. 머리통을 콘크리트 벽에다 세게 부딪히든지, 아니면 혀를 깨물든지 죽기로 작정만 하면야 무슨 짓이든 할 것 같았다.
 "쇼꾸지(식사)!"
 그때 식사를 알리는 소리가 들렸다. 이내 방 앞에 뭔지를 쾅하고 갖다 놓는 소리가 들리더니 식사구의 철판 덮개가 열렸다. 그러자 식사구 언저리가 제법 환하게 밝아졌다. 밥을 받으라는 말도 없이 누군가가 식사구로 팔을 깊숙이 넣어서 벤또(도시락)와 물컵을 마룻바닥에 놓아준다. 반찬 그릇은 없다. 내가 중영창(重營倉)의 징벌을 받고 있다는 것을 알고 온 모양이었다.

식사를 넣어 주는 사람은 군인이 아닌 것 같았다. 민간인이 헌병대의 위촉을 받고 유치인 피의자들에게 식사를 대주는 모양이었다. 식사구의 철판 덮개가 탁 닫히니 또 다시 암흑천지였다. 분명히 캄캄한 방인 줄 알았을 테니 전기가 나갔다고 보고해 주겠지······. 일말의 기대를 품어 보는 것으로 그만이었다.

말이라도 좀 하려고 해 봤지만, 입이 떨어지고 턱이 움직여야 무슨 말이건 할 게 아닌가? 두 손을 등 뒤로 묶어 놓은 채 캄캄한 방에 밥을 갖다 주면 도대체 어떻게 밥을 먹으란 말인가? 설혹 개, 돼지처럼 밥을 먹는다 해도 입이 벌어져야 밥을 입에 넣고 턱이 움직여야 입에 든 음식물을 씹어 먹을 게 아닌가?

아까부터 갈증이 심해서 간절히 물을 마시고 싶은데 마실 방법이 없었다. 손을 마음대로 움직일 수 있든지, 뭐가 보이든지 해야 할 게 아닌가?

나는 발로 살살 더듬어서 겨우 대나무 물컵을 찾아냈다. 그리고는 무릎을 꿇고 엎드려 물컵에 입을 대고 기우뚱하게 기울여 물을 좀 마실 수가 있었다.

물맛이 이렇게 좋을 수가! 나는 그런 물맛을 난생 처음으로 체험했다.

컵을 기울여 물을 좀더 마시려고 하다가 그만 엎지르는 바람에 마룻바닥에 물을 쏟고 말았다. 나는 얼른 마룻바닥에 쏟아진 물을 혀끝으로 더듬어서, 마치 고양이가 혓바닥으로 물을 찍어먹듯 혀로 찍어서 핥아 먹었다.

엎질러진 물이 그렇게 아까울 수가 없었다. 이다지도 갈증이 심할 수가 있나? 목이 불에 덴듯 타들어 갔다. 마음대로 물을 마실 수만 있다면 한 양동이쯤은 거뜬히 마실 것 같았다.
 내가 무슨 업보로 이런 벌을 받는단 말인가? 내가 만일 해군으로 입대를 했거나 항해 생활을 했더라도 이런 변을 당했을까? 내가 언제 누구에게 이런 벌을 받을 만한 악행을 저질렀단 말인가? 혹은 선대에 어느 조상이 죄를 지어 내가 이런 꼴을 당하는 것인가? 도무지 알 수 없는 인과응보였다.
 인간을 만물의 영장이라고 했다지만, 한 치 앞을 못 볼 정도로 미련한 존재가 아닐까? 내게 상상하기 어려운 이런 변고가 닥쳐오다니, 참으로 운명의 신(神)은 작희(作戱)를 즐기는 모양이다.
 내 운명이 이렇게 될 줄 짐작이라도 했다면 신경(新京;만주)까지 갔다 오는 길에 그 허허벌판인 만주 땅 어디든 이 한 몸 숨기고 도망갈 곳이 없었으랴? 그러다 보면 조선 독립을 위해 싸운다는 동포들도 만날 수 있었을 테지. 또 그렇지 않고 부산까지 오는 도중에 조선 어디서고 하차하여 시골로 돌아다니다 보면 같은 동포인데 설마 나 하나 숨겨주지 않았으랴?
 하지만 신병 훈련을 받는 초년병도 아닌 터에 비겁한 도망병 대위라는 수모라도 당하면 어찌 감당하려고? 부질없는 생각이었다.
 그나저나 도대체 누가 내게 영문으로 괴편지를 보냈단 말인가? 5X 비밀 결사단이란 과연 실체가 있단 말인가?
 혹시 헌병대 특수반에서 내 사상을 확인하기 위한 공작으로 함정을 만든 것은 아닐까? 생사람을 잡기 위해 만든 함정에 내가 빠져버린 것은 아닐까? 과연 그럴 수도 있을까?
 아무리 그럴 수 있다 하더라도 그 전쟁통에 더구나 일본의 전세가 옥쇄, 전멸 등 최악의 상태로 치닫고 있는 판국에 그런 일로 시간을 허비한다는 건 납득이 가지 않는 것이었다.
 춥다. 추운 겨울 날씨에 겉옷은 커녕 속내의도 양말도 없이 알몸 위에 쑥색 천 홑겹으로 만든 잠옷같은 것만 걸쳐 주다니, 얼어죽으란 말인가?

갑자기 식사구의 철판 덮개가 열리면서 팔뚝이 쑥 들어왔다. 식기를 수거하러 온 모양이었다. 나는 간신히 입을 열고 식기를 집어가는 사람에게 모기 소리만하게 말했다.
"전등이 꺼졌소."
"쯧쯧쯧. 당신은 지금 캄캄한 방에서 혼자 고통받고 있어야 하는 징벌을 받고 있는 거요. 참 딱도 합니다."
그는 내 말에 딱하다는 듯이 혀를 차더니 사정을 설명하고는 식사구의 철판 덮개를 탁 닫고 가버렸다.
'맙소사. 나는 그런 것도 모르고. 신이시여, 굽어 살피소서.'
이틀밤이 지났다. 무엇보다도 추워서 못 견디겠다. 담요도 없이 맨마룻바닥에 엎드려 밤을 지새자니 여간 추운 게 아니었다.
온몸을 몽둥이로 두들겨 맞아서 아픈 것도 견디기 힘들지만, 맞아서 상처가 났던 자리가 근질근질해서 더욱 미칠 노릇이었다. 그러나 두 손을 등 뒤로 묶어 놨으니 어찌할 도리가 없었다.
잠을 잘 때도 양 팔이 등 뒤로 제껴진 채 수갑이 채워져서 똑바로 누울 수도 없거니와 옆으로 누울 수도 없었다. 더구나 아파서도 그런 자세를 취할 수가 없었다. 하는 수 없이 엎드려서 이틀밤을 지냈다.
며칠째 식사도 못 하다 보니 배가 몹시 고팠다. 점심 벤또는 어떻게 해서든지 먹을 수 있도록 시도해 봐야겠다고 생각했다. 아침 식사를 거른 것이 정말 후회스러웠다.
전등이라도 켜 주면 덜 답답하련만, 이것도 징벌이라니 며칠이나 더 이런 상태로 방치할까? 정말 답답하고 미칠 노릇이었다.
먹고 마시는 게 없으니 배설할 것도 없는지, 그 동안은 변기통이 있다는 사실마저 잊어버릴 정도였다. 그래도 조금씩이나마 물을 마셔서인지 소변이 보고 싶었다. 캄캄해서 어느 구석에 있는지도 모르는 변기통을 온몸으로 더듬어서 겨우 찾아냈다. 변기통 모서리에 어색하게 걸터앉아 소변을 보았다.

"제7호!"
 바로 그때 나를 부르는 소리가 들리면서 덜커덕 감방문이 열렸다. 갑자기 쏟아져 들어 온 빛에 눈이 부셨다.
 "나와, 이새끼야. 너 같은 놈은 혼 좀 나 봐야 한다. 신사적으로 대해 주니까 사람을 졸(卒)로 알아?"
 하다 상사와 니시무라 중사가 짐짓 노기에 찬 표정으로 버티고 서서 빨리 나오라고 독촉했다. 퍼뜩 마닐라 헌병대로부터 나에 대해 조사한 회보(回報)가 왔구나 하는 생각이 들었다.
 내 등을 떼밀며 바로 옆의 고문취조실인 5호 감방으로 들어간 그들은 장총 메기 상태로 알몸에 잠옷만 걸친 나를 마룻바닥에 무릎 꿇게 한 다음 불문곡직하고 쇠징이 박힌 군화발(헌병들은 사병이나 하사관 모두 가죽 장화를 신었음)로 번갈아가며 온몸을 닥치는 대로 마구 걷어차는 것이었다.
 그들의 인정사정 없는 발길질은 한참이나 계속되었다. 몽둥이로 사정없이 맞고 소금 절임을 당했던 곳이 그 동안에 아무느라고 가렵고 근질근질했는데, 그런 곳들을 쇠징이 박힌 군화발로 마구 걷어차니 아물려고 딱지가 앉으려다가 엉망진창이 되어 아픔을 참기가 어려웠다.
 "뭐, 춘천 지방을 돌아다니다 왔어? 야, 이놈아. 우리 앞에서 거짓말을 해? 대엿새 동안 어디서 뭘 했는지 사실대로 말해. 이제 거짓말은 안 통한다."
 하다가 식식거리며 내뱉더니 더욱 눈을 부라리고 나를 응시했다. 나는 할말이 얼른 생각나지 않았다.
 "이놈아, 신경엔 무슨 일로 갔어? 어서 말해 봐. 무엇 때문에 이와지마 부대장에게 사정사정해서 출장명령서까지 떼 가지고 신경까지 갔는지 어서 털어놔. 5X로부터 무슨 지령이라도 받았나? 차근차근 말해 보라구."
 하다의 말을 듣고 보니 이와지마 부대장은 자기가 신경으로 심부름 보냈다는 사실을 숨긴 것이 분명했다.

"무슨 용건인지 모르겠지만, 무사시야 대위가 전속되어 가면서 피치 못할 개인 사정이 있다고 부디 신경까지 출장명령서를 떼 달라기에 마지못해 그를 도와 주었다."

그는 아마도 이런 식으로 변명을 한 것 같았다. 아마도 나를 믿고 그렇게 변명했으리라. 참으로 난처했다.

만약 이 문제가 해명될 때 내가 아무일도 없었던 것처럼 석방되기만 한다면 사실대로 말할 수도 있다. 그러나 문제의 본질은 괴편지였다. 그 문제가 풀리지 않는 한 나는 살아남을 수가 없었다. 그런데 그까짓 신경 갔던 일로 두 대좌를 곤경에 처하게 할 수는 없지 않는가?

한편으론 육체의 고통이 너무 심해서 얄팍한 생각에 사로잡히기도 했다. 나는 조선인인데 그까짓 일본놈들이 어찌 되건 무슨 상관인가? 잠시라도 빨리 밝혀야 한 가지 의문이라도 풀려 덜 고통스러울 것이다. 아니지, 그게 아니야. 사람이 그럴 순 없어. 나는 결국 고개를 가로저었다.

"안돼!"

나는 다시 설레설레 머리를 가로저었다.

"야, 이새끼야. 뭐가 안된다고 머리를 가로저어?"

아차, 나도 모르게 소리를 지르며 머리를 가로저은 모양이었다.

"말 못 하겠어?"

하다가 다그쳤고, 내가 대답했다.

"내가 태어난 고향을 찾으려는 동기를 밝힐 수가 없어서 거짓말로 신경 운운하며 출장명령서를 받았다. 신경이라고 하면 갔다 오는 데 5, 6일은 걸릴 것 같아 그 기간만큼 고향을 찾는 데 소비하려는 계산밖에 다른 동기는 전혀 없었다. 물론 쉽게 찾을 수 있으리라고는 생각지 않았다. 다만 5, 6일 동안 내 뿌리를 찾는 데 전념하겠다는 생각으로 어렸을 때의 희미한 기억을 더듬어 며칠 동안 헤맸으나 결국은 허사였다. 왜 이제 와서 갑자기 뿌리를 찾겠다고 생각했는지 묻고 싶겠지? 그렇다. 나는 조선 사람이다. 너희들이 20개월씩 걸려서 나의 존재를 확인했던 것처럼 나는 분명 조선 사람이다.

하다 상사 말대로라면 내 부모님은 독립운동가들에게 자금을 대주다가 체포되어 고문을 못 견디고 자살하셨다. 그런 부모님과 내 조국을 생각할 때 내가 너희 일본이 도발한 전쟁에서 피를 흘려야 할 이유는 없지 않겠는가? 연합군의 승리는 곧 조선이 일본의 압제에서 풀려나 독립될 수도 있다는 것을 의미한다. 너희들 같으면 이럴 때 어떻게 처신할 것인지 묻고 싶다. 더구나 너희들은 이번 전쟁에서 일본이 승리하리란 망상은 버리는 게 좋을 것이다. 너희들은 걸핏하면 일본 개국 이래 어느 나라와의 전쟁에서도 패한 일이 없다고 호언해 왔지만, 승리의 여신이 항상 너희 편에 서 준다고는 믿지 마라."

"이새끼가, 정말? 무슨 얘기를 지껄이고 있는 거야? 보자 보자 하니까 뭐가 어쩌고 어째? 그렇다면 하나만 물어보겠다. 네놈이 여기 처음 오던 날 내가 네놈에게 얘기해 준, 네놈 부모에 관한 사실을 전부터 알고 있었나?"

"나는 전혀 몰랐다. 내가 다섯 살 되던 이른 봄에 몇 사람의 헌병에게 포승줄로 묶여 끌려가시는 부모님의 뒷모습만 봤을 뿐이다. 나는 너에게서 부모님에 관한 얘기를 처음 들었고, 듣고 난 후 한없이 자랑스럽게 생각했다. 나는 내 부모님도 너희 헌병들로부터 고문을 받다가 견딜 수 없어서 자살하신 게 분명하다고 생각한다. 그런데 나 또한 너희들에게 이처럼 고문을 당하다가 결국은 죽고 말겠지. 너희들은 도대체 우리 집안하고 무슨 불구대천의 원수가 졌기에 부모님에 이어 나마저 죽이려 하느냐? 하늘이 용서하지 않을 것이다."

"그렇다면 이상하지 않은가? 너는 네 부모에 관한 얘기를 내게서 처음 들었다고 했다. 그런데 어째서 일본이 이번 전쟁에 패하기를 바라는 따위의 불온사상을 가지게 됐는가? 불쌍한 거지였던 네가 일본인에 의해 거두어져 훌륭한 교육을 받고 이렇게 일본 제국의 육군 대위까지 되었는데, 그 은공을 배반하면서까지 그런 불온사상에 물든 동기가 뭔가?"

"좋다. 그 이유를 말하마. 사실 내가 일본의 패망을 바라는 것이 아니라 남방에서의 일본군 전력이 바닥을 보이고 있기 때문에 그렇게 판단한 것일 뿐이다. 다이홍에이 발표와는 달리 벌써 재작년(소화 17년) 중반부터 남방의 동남부 해역에서 계속 옥쇄하고 전멸하는 참담한 전황의 연속이 무엇을 뜻하는지 너희들은 모르고 있단 말인가?

그리고, 한 가지 더 있다. 내가 중학교 3학년 때 도쿄 히비야(日比谷) 공원에서 우연히도 조선인 유학생을 만난 후 나는 내가 태어난 조선에 대해 눈 뜨기 시작했다. 나중에 도쿄 경시청 고등계 형사들에 의해 후데이센진(不逞鮮人)으로 지목되어 잡혀간 후로는 한번도 만나지 못했지만, 나는 그를 결코 잊지 않았고 그만큼 조선에 대해서도 애착을 가지게 되었다. 내게 무슨 잘못이 있다고 생각하나? 나는 나를 구해준 일본인 부모님의 은공을 결코 배신하고 싶지 않다. 그렇지만 일본인 부모님의 은공과 내가 조국에 애착을 가지고 뿌리를 찾는 문제는 전혀 별개가 아닐까?"

"어쨌거나 네놈은 고등상선학교 항해과를 졸업하여 갑종 2등 항해사 면허증(免狀)을 따고 예비역 해군 소위가 되었다. 그런데 왜 그런 것들을 모두 팽개치고 3개월의 고된 훈련까지 감수하면서 육군에 들어왔나? 육군의 힘이 방대하니까 아무래도 군부 쿠데타를 도모하려면 육군이 좋겠다는 생각으로 자원해서 육군에 들어왔던 것 아닌가? 조선의 독립을 위해서 말이지. 어떻게 생각하나? 할말 있으면 해봐."

"너무 비약해서 앞질러 생각하지 마라. 고등상선학교는 부모님의 반대를 무릅쓰고 항해사가 되기 위해 지망했다. 원래 일본인 아버지의 희망은 내가 법관이 되는 것이었다. 아버지가 걸어오신 법관 생활을 계승하여 일본 최고의 법률가로 입신하기를 바라셨던 것이다.

나라 잃고 생부모 잃은 나같은 신세, 항해사나 선장이 되어 6대주 5대양을 누비고 돌아다니며 한 세상 뜬 구름처럼 흘러다니면서 이국 풍경이나 구경하며 여생을 살겠다는 게 고등상선학교를 지원한 동기였다.

나이가 어렸던 탓으로 일본인 부모님의 은공을 배신하는 짓인 줄 깊이 생각하지 못했기 때문이다. 나는 기숙사 생활 5년 6개월 동안에 나이도 들면서 아버지의 꿈을 깨버린 배은망덕하고 불효막심한 내 처사에 대해 후회하기 시작했다. 그러나 이미 졸업을 몇 달 앞둔 시점에 이르러 이러지도 저러지도 할 수 없게 되자 해군도 항해사 생활도 포기하는 게 그나마 부모님에게 위로가 되겠다고 생각했던 것이다.

그래서 육군에 지망하고자 중학교 동기인 나가노(長野)와 함께 엔도우(遠藤) 장군을 찾아가 떼를 쓰다시피 하여 육군에 들어왔다. 물론 나가노가 엔도우 장군의 생질(甥姪)이었기 때문에 가능했다고 믿는다. 그래서 나는 전쟁이 끝나 군에서 나오더라도 항해사의 꿈은 포기하고 일본인 부모님을 모시며 살기로 마음을 굳혔던 것이다.

육군에 자원한 동기는 이상 말한 것이 전부다. 그밖엔 추호도 다른 동기란 없다. 5년 6개월 관비로 교육을 받았는데, 이런 방법 말고 어떻게 해군에도 안 가고 배도 안 탈 수 있었겠나? 육군에 들어오면 관비로 교육받은 데 대한 의무는 이행하는 것이라고 생각했을 뿐이다.

육군성에서 보냈다는 편지만 해도 그렇다. 나는 무시무시한 편지 내용을 읽고 엄청나게 고민했다. 그 영문 괴편지를 헌병대에 고발할 생각도 물론 해봤다. 다만 누가 5X 조직원인지 모르기 때문에 자칫하면 헌병대로 고발하러 가다가 도중에 피살될지도 모른다는 공포심 때문에 이러지도 저러지도 못하고 망설이다가 그냥 소각해 버렸던 것이다. 그밖에 어떤 의지나 동기 같은 것은 전혀 있을 수가 없었다.
  첫번째 편지 가운데 조선의 독립이 보장된다고 한 것에 대해 어떤 충동적인 매력을 느꼈다고? 천만의 말씀이다. 전혀 무관심했다고 할 수는 없지만, 조선의 독립은 어차피 미국의 윌슨 대통령이 제창했던 것처럼 이번 전쟁이 끝나면 피압박 민족의 자결권을 인정하는 국제 질서의 재편성을 통해 해결된다고 믿었다. 조선의 독립도 마찬가지라고 여겼는데, 구태여 그런 무모한 군부 반란에 가담하는 어리석음을 범할 까닭이 있겠는가? 이상이다."
  "그래? 네가 어려서 신동(神童) 소리를 들었다더니 정말 머리가 잘 돌아가는 모양이구나. 하지만 내게는 안 통한다. 내가 고등계 형사 15년을 포함해서 반평생을 조선에서 살아왔다고 하지 않았느냐? 적어도 대위쯤 되는 네놈이 피살될까 두려워 헌병대에 고발을 못해? 백 번 양보해서 헌병대에 출두하기는 어려웠다고 치자. 군의 경비 전화는 전부 불통이었단 말이냐? 말같은 소리를 해야지, 말 같은 소리를. 춘천 지방을 헤매다 왔다는 것도 전혀 설득력 없는 얘긴데, 여전히 진실은 밝히지 않겠다는 결심인가?"
  "나는 더 이상 할말이 없다. 백 번 천 번을 물어도, 어떤 고문을 가해도 내 대답은 지금 너에게 한 말밖엔 더 이상 할말이 없다. 그러니 그밖의 어떤 자백을 내게서 얻어내려 해도 절대적으로 헛수고를 하는 것이니 너희들이 알아서 해라. 이 시간부터 내 입은 봉하겠다."
  "이놈이 그렇게 당하고도 아직 뜨거운 맛을 모르는 모양이구먼.

기상천외한 고문과 체벌 97

내가 지금부터 된 맛을 보여 주마."
하다는 짝짝 소리가 나게 몽둥이로 손바닥을 때리면서 말했다.

인면수심(人面獸心)의 고문 기술자들

하다를 마주보면서 얼핏 인면수심(人面獸心)이란 말이 떠올랐다. 사악한 영혼에 사로잡힌 잔혹성이 임무 수행이라는 그럴 듯한 이름으로 포장되어 있었다. 그렇더라도 내 처지로는 그를 어떻게 해볼 도리가 없었다.

하다가 만지작거리는 형구(刑具)는 사람 몸통 크기에 두께 6밀리미터, 길이가 35센티미터쯤 되는 원통(圓筒)을 세워놓고 딱 절반으로 쪼갠 것처럼 닮은 꼴인 반원통(半圓筒) 두 개였다. 크기는 달라도 '개구리 공중 매달기'나 '장총 메기'에 썼던 토시 모양의 가죽 손목 수갑을 반으로 쪼갠 것 같았다.

얼핏 보니 두 개가 한짝인 듯한 반원통의 양쪽 직선 부분에는 적당한 간격으로 네 개씩 쇠고리 같은 게 달려 있었다. 그것은 미군 포로들이 신고 있는 반장화(半長靴) 같은 군화의 발목 부분에 주루룩 달려 있는 장식과 비슷했다. 미군 군화는 신은 후 끈을 고리에 끼우고 당겨서 죄는 신발이었다.

어린 아이가 새 장난감에 정신을 팔듯 한동안 새 형구를 점검하는 하다의 얼굴에 만족감이 떠오르는 듯했다. 하다는 가죽으로 된 반원통 두 개를 물이 7할쯤 차 있는 커다란 물통에 완전히 풍덩 잠그고 나서 저 혼자 지껄여대기 시작했다.
"지금이라도 늦지 않았으니까 정직하게 털어놔 봐. 너, 그렇게 고집 부려 봤자 너만 손해야. 알아듣겠어?"
이 놈들이 저런 것으로 또 무슨 짓을 하려는 걸까? 나는 은근히 겁이 났다. 하지만 이왕 입을 봉하기로 한 이상 아무 말도 하지 않을 작정이었다.
반원통 두 개를 물통에 담가 놓은 지 30분도 훨씬 더 지난 것 같았다. 아마도 가죽으로 만든 형구가 물에 불어 누굴누굴해지기를 기다리는 모양이었다. 하다는 계속 혼자 중얼거리고 있었다. 별별 소리를 다 떠들어대도 아무런 반응이 없자 내 옆구리를 마구 발길로 걸어 차면서 신경질을 부렸다.
"이새끼, 사람 말이 말 같지가 않아? 네놈이 아무리 묵비권을 행사해도 내 기어코 네놈의 입을 열어 놓고야 말겠다."
그래도 나는 잠자코 있었다. 그러자 니시무라가 나섰다.
"말은 하는데 벙어리인 양 비명이나 신음 소리조차 안 나오니 너는 도대체 어떻게 된 놈이냐? 말초신경이 모두 죽어버린 나환자(癩患者)처럼 고통을 느끼지 못하는 건가?"
고문을 하면 비명도 지르고 살려 달라고 애원도 하고 그래야 신명이 날 텐데 아무 반응이 없으니까 싱거운 모양이었다. 하다가 물통에서 건져낸 반원통 두 개를 내 앞에 갖다 놓고 니시무라에게 말했다.
"이제 슬슬 시작해 보지?"
나는 그게 무슨 소린가 했다.
니시무라는 내 몸에 걸쳐져 있는 잠옷을 벗겨내고 등 뒤로 가죽 수갑에 묶인 팔을 조금 잡아당겨서 손목 언저리와 등허리 사이를 뜨게 한 다음 그 사이로 반원통 한 쪽을 디밀어 넣었다. 다른 반원통 하나를 앞가슴에다 대고 앞뒤로 짝을 맞추니 꼭 손목 수갑처럼 내 몸통에 커다란 가죽 토시를 끼운 꼴이 되었다.

그리고는 총총 구멍이 뚫린 가죽 끈을 고리에 넣어 잡아당기면서 조였다. 그러니까 내 양쪽 겨드랑이에서 아래로 내려가며 붙어 있는 네 개씩의 조임 장치를 하나씩 하나씩 바짝바짝 잡아당겨 가며 조이는 것이었다. 그들은 알몸에 장총 메기를 한 상태로 이상한 가죽 원통까지 몸에 두른 내 머리 위로 물 한 양동이를 쏟아 부었다. 내 몸통에 입힌 가죽 원통을 다시 흠뻑 적시려는 것 같았다.

그런 다음 다시 조였던 것을 하나씩 풀어서 양쪽 여덟 곳의 조이는 장치를 차례차례로 더욱 바짝 잡아당겨 더 이상 조일 수 없을 때까지 조였다. 마치 몸에 꼭 끼는 조끼나 코르셋을 입은 꼴이었다.

이렇게 고통스러울 수가 있나? 차츰차츰 숨이 막혀 왔다. 물에 흠뻑 적신 후 늘어날 대로 늘어나도록 잡아당겨서 조여 놓은 가죽이 공기와 체온에 의해 점진적으로 말라가면서 수축되면 몸은 더욱 조여들게 마련이었다.

'가죽 원통 조이기'는 그만큼 사람을 견딜 수 없을 정도로 고통스럽게 만들어 혐의를 자백하게 하려는 잔인한 강제수단의 하나였다. 그들은 몇 차례나 물을 퍼부어 가죽을 적셔 놓은 다음 고리를 차례로 풀었다가 더욱 바짝 당겨 조이고 하는 짓을 꽤 여러 차례 반복했다.

"피의자를 고문하는 방법은 일본이 세계에서 가장 악랄할 것이다."

중학교 다닐 때 유학생 김동웅 형에게 이런 말을 들은 적이 있었다. 과연 당하고 보니 듣던 대로 악랄하고 가혹하다는 생각이 들었다.

경영창이나 중영창에서 군율 위반 사병들에게 여러 가지 징벌을 가한다는 얘기를 군대 생활을 하면서 듣긴 했지만, 이같은 가죽 원통 조이기는 듣지도 보지도 못한 방식이었다. 육군 징벌령(陸軍懲罰令) 어느 조항을 눈 씻고 봐도 찾을 수 없기는 마찬가지다.

가슴이 답답하고 숨이 가빴지만, 시원스레 숨을 쉬기가 힘들었다. 더구나 고문취조실인 5호 감방으로 끌려가는 순간부터 하다와 니시무라의 쇠징 박힌 군화발에 하도 많이 걷어 차여서 온몸에 결리지 않는 데가 없을 정도였다.

그들은 그렇게 해놓고는 다시 잠옷을 입힌 다음 나를 캄캄한 지하 4호 징벌 감방에 처넣고 가버렸다. 감방문 앞에 점심 벤또와 물컵이 놓여 있었다. 역시 벤또와 물 한 컵 뿐이었다.

그저께 아침 식사를 하고 나서 여지껏 식사를 하지 못했지만, 물만 조금씩 기울여 마셨다. 그 날 점심부터는 어떻게든 밥을 먹어야겠다고 생각했는데, 배는 고프지만 도저히 먹을 수가 없었다.

가슴이 어찌나 옥죄는지 말할 수 없이 고통스러웠다. 잔인한 놈들 같으니, 차라리 총으로 쏴 죽여 준다면 훨씬 덜 고통스럽게 죽어갈 텐데? 숨이라도 제대로 쉴 수가 있어야 견딜 게 아닌가? 바로 그저께 공중에 매달려 몽둥이로 인정사정 없이 마구 얻어맞고 소금에 절여져서 채 아물지도 않은 등허리는 또 젖은 가죽 원통에 밀착되어 잔뜩 옥죄면 어떻게 될 것인가?

이와지마 부대장이 머리에 떠오른다. 남방의 패전 상황을 이시바시 대좌에게 편지로 알렸다는 사실에 대한 신경행의 책임을 하급자에게 떠넘기면서까지 극비에 붙여야 할 일이었던가?

하기야 집권층인 군부 강경파는 국민에게 연합국을 상대로 전쟁을 하지 않으면 안되었던 진상과 당위성을 설명하거나 알린 적이 없었다. 그들은 국민의 동의 없이 전쟁을 도발한 용서받지 못할 대죄를 범하고도 여전히 국민과 군(軍)의 눈을 가리고 귀를 막았다. 개전 1년도 못 되어 남방을 비롯한 도처에서 전군 옥쇄(全軍玉碎)·전멸 등 치명적 패전을 거듭하는 엄연한 사실에도 불구하고 '아군의 전진(前進)'이니 '아군 피해 경미'니 하는 다이홍에이 공식 전황 발표 따위로 국민을 기만해 왔던 것이었다.
 그런 판국에 이와지마 부대장의 편지는 따지고 들면 후방에 있는 동료 고급장교의 전의를 상실하게 만드는 이적(利敵) 행위로 중징계위(軍懲罰令)나 더 나아가 군법회의에 회부될 수도 있는 사안이었다.
 정녕 이것은 모순이었다. 국민의 눈과 귀를 봉쇄한 채 무조건 나라와 천황에게 충성만 강요하는 이따위 체제가 지구상에 또 어디 또 있으랴? '극비'를 신신당부했던 이와지마 대좌의 심정에 일말의 동정이 가기도 했다.
 배가 고프다. 목숨이 붙어 있을 때까지 살아남기 위해서는 어떡하든 먹어야겠다고 결심했다. 아무리 캄캄해도 한참 있으면 희미하게나마 보이기 마련인데, 그 징벌 감방은 아무리 오래 있어도 보이지 않기는 마찬가지였다. 나는 아픈 엉덩이로 간신히 앉아서 발로 감방문 쪽 언저리를 더듬었다. 겨우 벤또를 찾아내서 발로 끌어당기는데, 이상했다. 마치 비어있는 벤또처럼 턱없이 가벼웠던 것이다. 어쨌든 열어야겠기에 두 발로 엎어뜨리고 제껴뜨리고 몇 번이나 뒤집다가 결국은 뚜껑을 여는 데 성공했지만, 밥이 마룻바닥에 쏟아지고 말았다. 발로 더듬어 보니 밥 덩어리라는 게 겨우 어린애 조막만한 것 하나 뿐이었다.
 육군 징벌령에는 사병·하사관·장교 등 처벌을 받는 자에 따라 징벌 내용이 구별되고, 사안의 경중에 따라 꽤 많은 종류의 다양한 징벌 방법이 있지만, 이렇듯 감식(減食) 징벌은 없다. 오직 부식이 없을 뿐 소금을 좀 주고 식사(밥)량은 평상시와 같다. 이것도 사흘에 하루는 정상적인 급식을 제공하게 되어 있었다.
 나는 1월 4일 아침에 식사를 하고 나서 알몸으로 매달려 두들겨 맞은 다음 장총 메기로 캄캄한 독방 징계를 받기 시작하여 그때까지 한 번도 식사를 하지 못했으니 감식 처분이란 생각할 수조차 없었다.

아마도 소금을 좀 뿌린 몇 분지 1의 감식이 분명했다. 그래도 그것이나마 먹지 않으면 굶어 죽는 도리밖에 없었다. 나는 캄캄한 감방 마룻바닥에 쏟아져 흩어진 어린이 조막만한 수수밥덩이를 무릎을 꿇고 엎드려 입술과 혀끝으로 더듬어 찾았다. 이틀 이상이나 식사를 걸러 허기질 대로 허기진 나는 그것을 게눈 감추듯 미친 듯이 핥아 먹었다. 혀끝으로 마룻바닥 여기저기를 더듬어서 언저리에 흩어진 수수 밥알 하나라도 남기지 않고 죄다 찍어 먹었다.

청소도 하지 않은 바닥이라 먼지가 수북했을 텐데 인절미에 콩고물 묻히듯 수수 밥덩이와 밥알로 먼지를 묻혀 먹었던 것이다.

이틀씩이나 굶은 창자에 조막만한 수수밥 한 덩어리가 겨우 들어 갔으니 그야말로 간에 기별도 안 가는 느낌이었다.

대나무 컵의 물도 엎드려서 입으로 기울여 마셨다. 조금 마시는 듯했는데, 컵이 엎어져서 물이 바닥으로 쏟아졌다. 엎지르지 않고 물을 마실 수는 없었다. 나는 엎지른 물도 혀끝으로 찍어서 핥아 먹었다.

식사할 때만이라도 등 뒤로 채운 가죽 수갑을 풀어 주면 얼마나 좋으랴? 고양이나 강아지도 눈으로 못 먹을 것은 가려내고 먹을 것만 골라 혀 끝으로 찍어 먹는데, 나는 눈이 있어도 보이질 않으니 먹지 못할 먼지까지도 먹을 수밖에 없다. 이러고도 내가 살아야 하는 건가? 그러나 도리가 없었다.

시간이 지날수록 흠뻑 젖었던 가죽이 점차적으로 마르면서 수축되어 원통이 더욱 더 조여들어 가슴을 압박하니 숨을 쉬기가 여간 고역이 아니었다. 그래도 먹을 것만 있으면 얼마든지 먹고 싶었다. 살아남기 위해서…….

내가 다섯 살 때 헌병들에게 잡혀 가신 부모님도 나처럼 고통을 겪으셨겠지 하는 생각이 들었다. 독립군에게 군자금을 제공하는 조직 계보와 연락원을 대라고 어지간히 고문을 당하셨을 게 뻔한 일이 아닌가? 옥중에서 자살하셨다는 하다의 말은 결국 고문으로 돌아가셨다는 말이 아닌가?
 헌병들에게 끌려 가시면서 내 이름을 부르며 목메어 울부짖으시던 부모님이었다. 그로부터 만21년이 지나서 외아들인 내가 다시 부모님이 겪으셨던 일을 똑 같이 겪다니 참으로 기이한 운명인 셈이었다.
 결국은 나도 부모님처럼 고문을 받다 죽어가야 한단 말인가? 안돼, 그건 안돼. 절대로 죽을 수 없어. 나는 꼭 살아야 한다, 살아남아야 한다. 호랑이 굴에 물려가도 정신만 차리면 산다는 옛말도 있지 않은가? 강한 의지로 어떤 고통이라도 극복하고 반드시 살아남으리라. 오냐, 너희들이 이기나 내가 이기나 어디 한번 해 보자. 나는 이를 악물었다.

 "우습군요, 5년 6개월 동안이나 헛공부를 하다니요? 그게 실수였소."
 불현듯 요꼬야마 대위가 한 말이 떠올랐다. 그게 실수라니, 무슨 뜻일까? 그 말이 자꾸만 내 신경을 곤두서게 한다. 그렇다면 지난날 내가 고등상선학교를 졸업한 후 육군에 자원 입대하는 과정에서 어떤 문제가 있었단 말인가? 아무리 지난날의 기억을 더듬어 보아도 도무지 그럴 듯한 이유가 생각나지 않았다.
 그렇다면 요꼬야마 대위는 왜 그런 말을 했단 말인가?
 5년 6개월 동안 고된 훈련과 교육을 받은 대가로 예비역 해군 소위와 갑종 2등 항해사 자격을 획득하였는데, 그것을 포기하고 신병 훈련이나 다름없는 고달픈 보병 훈련을 다시 받으면서까지 굳이 육군으로 들어가려 했다면 이는 필시 치밀하고 계획적인 모종의 중대한 거사를 위한 사전 포석 행위가 아니겠느냐? 그는 아마도 이런 식으로 논리를 비약시켰음이 분명하다.
 여기에 공교롭게도 '까마귀 날자 배 떨어진다.'는 식으로 영문 괴편지가 끼어들어 내용마저 그들의 추리와 딱 맞아떨어진 셈이니 나는 꼼짝없이 올가미에 걸려든 꼴이 되고 만 것이다. 그렇다면 어떻게 이 답답한 올가미에서 빠져나갈 것인가? 그야말로 절망이었다.

그러나 나는 결백하다. 나를 때려 잡는 각본이 어떻게 만들어진 걸작품인지는 모르겠지만, 도대체 내가 무슨 국가 반란을 음모하는 잘못을 저질렀단 말인가? 하늘이 알고 땅이 알고 조물주도 알고 있을 것이다. 그런데 내가 어떻게 저들이 강요하는 대로 거짓 자백을 한단 말인가? 나는 끝까지 버틸 것이다.

꼬박 이틀이 지났다. 내 몸에 입힌 가죽 원통은 줄어들 만큼 줄어들어 가슴을 옥죄었다. 이제 가죽이 마를 대로 말라 원통이 조여드는 만큼 가슴이 압박을 받게 되니 그야말로 고통스러워 견디기가 어려웠다. 언제까지 이런 상태로 팽개쳐둘 것인가? 무엇보다도 숨을 쉴 수가 없었다.

아침 식사는 그 날도 소금을 조금 뿌린 어린애 조막만한 수수밥 한 덩어리였다. 역시 발로 더듬어 캄캄한 마룻바닥에 벤또(도시락)를 엎어 쏟아놓고 장총 메기에 가죽 원통 조이기를 당한 채 개처럼 엎드려 핥아 먹었다. 점심도 마찬가지였다. 내 나이 스물 여섯인데 한두 끼도 아니고 매 끼니마다 이렇게 반찬도 국도 없이 수수밥 한 덩어리로 연명할 수 있을지 걱정스러웠다.

"제7호!"

점심을 먹은 지 두 시간이 지나서 부르는 소리와 함께 감방문이 열렸다. 니시무라 혼자였다. 그는 나를 옆방인 고문취조실로 데리고 들어가더니 가죽 원통을 벗겨주었다.

가죽 원통을 떼어낼 때 앞가슴 쪽은 괜찮았는데, 뒷쪽 등허리의 반원통을 떼어낼 때는 눈물이 쏟아지도록 아파서 이를 악물고 참아야 했다. 얻어맞아 엉망진창이 된 등허리가 미처 아물기도 전에 가죽 원통을 입혀 조여 매는 바람에 가죽과 상처가 밀착되어 함께 말라 붙었다가 떨어지니 아플 것은 너무나 당연했다. 가죽에 붙었던 헌데 딱지가 떨어질 때 피가 흘러 내 등허리는 아마도 피범벅이 되었으리라. 등가죽을 벗겨낸 것처럼 쓰리고 아팠다.

"이왕 풀어 주는 김에 이것도 좀 풀어 주시지?"

나는 등 뒤로 양 팔을 붙잡아 채워서 장총 메기를 시킨 가죽 수갑도 풀어 달라고 부탁했다.

"잔소리 마, 이새끼야. 누구에게 풀어 달라고 명령이야? 그건 채운 날로부터 2주일이 지나야 풀어줄 거야."

그는 나를 도로 4호 감방에 수감하면서 선심이라도 쓰듯 말했다.

"정 고통을 견디지 못하겠거나 심경 변화로 자백을 하려거든 담당 헌병에게 연락해."

감방 안은 여전히 암흑천지였다. 니시무라의 말을 가만히 새겨보니 장총 메기로 캄캄한 독방에 가두어두는 2주일 동안, 알몸으로 공중에 매달고 실컷 두들겨 패고 물에 젖은 가죽 원통을 48시간 입히고 통상 식사의 3분의 1을 급식하는 등등의 고문이나 체벌(體罰)을 가하는 모양이었다.

아무튼 가죽 원통을 벗으니 살 것 같았다. 숨을 제대로 쉴 수 있으니 정말 살 것 같았다. 가죽 원통을 24시간 이상 더 입혀 두었으면 어떻게 되었을까? 아마도 죽었을지도 모를 일이었다.

나는 춘천 지방을 다녀 왔다는 거짓말 때문에 당하지 않아도 될 고문까지 당하고 앞으로도 그 일로 얼마나 많은 고통을 더 당할지 모르지만, 이와지마 부대장과 이시바시 헌병대장을 감싸주려는 생각을 후회하지는 않았다. 그것은 인정으로 나를 대해준 이와지마 부대장에 대한 의리를 지키고 싶었기 때문이었다.

이미 언급했듯이 이와지마 부대장의 편지 전달 건으로 내 인생에 치명적인 위기를 맞았다면 생각이 달라질 수도 있겠지만, 문제는 그게 아니라 5X 비밀 결사단이 보냈다는 영문 괴편지였다.

마닐라 헌병대에 의뢰하여 조사를 벌이는 줄도 모르면서 나는 그를 비호하느라 거짓 진술을 마다 않고 공중에 매달려 두들겨 맞

인면수심(人面獸心)의 고문 기술자들 107

거나 소금에 절여지는 곤욕까지 치렀다. 그런데 그가 거짓 진술로 모든 책임을 나에게 미뤘다는 걸 나중에야 알고 다행이라고 생각하면서도 다소 섭섭한 점도 있었다.

자기의 심부름으로 부하 장교가 난처해질 상황이라고 판단했다면 서슴없이 사실을 밝혀 부하 장교를 도와 주는 것이 부하를 아끼고 사랑하는 지휘관의 도리라고 생각해 왔고, 또 그의 인격을 그렇게 믿어 왔기 때문이었다.

그러나 평생 군대 생활을 해오다가 늙으막에 오점이 찍힐 것을 두려워한 심정이나 퇴역이 얼마 남지 않은 노인의 위축된 심리도 충분히 이해할 만했다. 더구나 그는 나를 부하라기보다 아버지가 아들을 대하듯 사랑해 주셨던 좋은 분이 아니었던가? 나는 얼른 언짢은 생각을 지워 버렸다.

"제7호!"

갑작스럽게 부르는 소리에 깜짝 놀라노라니 금방 덜커덕 감방문이 열렸다. 눈이 부셔서 한동안 눈을 뜰 수가 없었다. 햇빛이 비추는 것도 아니건만 꽤 여러 날 캄캄한 방에만 있다가 별안간 환한 곳을 보게 돼서 그런 것 같았다.

하다와 니시무라가 떡 버티고 서서 나오라고 했다. 또 무슨 짓을 하려는 거지? 나는 두 사람을 보자 겁부터 났다.

옆 감방인 취조고문실로 나를 데리고 들어간 두 사람은 장총 메기로 채웠던 양쪽 손목의 수갑을 풀어 주었다. 몹시 아파서 양쪽 팔을 제 위치로 가지고 오는데 2, 3분쯤 걸렸다. 하다 상사가 내게 말을 건넸다.

"그 동안 2주일쯤 됐는데 많은 것을 생각했겠지? 이제 그만 솔직하게 모두 털어놓는 게 어때? 고집 부려 봤자 고통만 따를 뿐 네게 도움되는 게 없어. 자아, 말해 봐. 5일 반나절 동안의 행적과 5X 비밀 결사단의 조직을 낱낱이 털어놓아야 한다 그 말이다."

그러니까 니시무라가 말한 대로 2주일이 끝난 모양이었다. 나는 그들에게 말했다.
"내가 할말은 이미 다 한 걸로 안다. 전에도 말했듯이 더 이상 내가 할말은 없다. 백 번 아니라 천 번, 만 번을 되풀이해서 물어도 내가 할말은 없다. 지금부터는 고문에 못 이겨 죽는 한이 있더라도 내 입을 봉하겠다. 이유는 같은 말을 되풀이하기 싫어서다. 그렇게 알고 마음대로 해라."
이같이 말했다.
"이놈이 아직도 정신을 못 차리는군. 마지막으로 한번 더 경고하겠다. 잘 들어 둬. 네놈은 어차피 죽는다. 네놈이 체포되어 여기 처음 왔을 때 내가 분명히 말했지? 우리 특수반에서 취급하는 용의자들은 총살형이거나 무죄 석방 뿐이라고. 어차피 죽게 될 놈이 고통받다가 죽느니 전부 자백하고 고통없이 편안하게 죽는 편이 훨씬 낫다는 말이다. 선택은 네놈의 자유다. 나도 더 이상 네놈과 입씨름하긴 싫다. 어때?"
하다가 말했다.
"조금 전에 분명히 말하지 않았나? 지금부터 내 입은 봉한다고. 천만 번 물어도 결과는 같다."
내가 말했다.
"이거 안 되겠군."
그러면서 그들은 나를 데리고 4호 감방의 맞은편, 감방 같지는 않은 곳의 문을 열고 들어 갔다. 그 곳에는 시멘트 콘크리트로 만든 자그마한 욕조 같은 것이 있었다. 사람 하나가 들어 가 앉을 만한 크기의 욕조 같은데, 좀 이상했다.
"걸치고 있는 걸 벗어."
겨우 하나 걸치고 있던 홑겹의 잠옷 같은 걸 벗고 나니 완전히 알몸이었다.
"이 곳으로 들어 가 무릎 꿇고 앉아."
그들이 가리키는 욕조 같은 데로 들어 가 앉으니 수돗물을 틀어

놓는데, 찬 물이 마구 쏟아졌다.
"꼼짝 말고 그대로 앉아 있어."
호통 치는 소리를 들으니 그들이 또 무슨 짓을 하려나 하고 겁이 났다.
가뜩이나 속옷도 입지 않고 잠옷 하나만 걸친 채 담요도 없이 한겨울에 2주일씩이나 마룻바닥에 엎드려 잠을 자느라고 추위에 사시나무 떨 듯 하며 얼어죽을 뻔했는데, 찬 물을 틀어 놓고 꼼짝 말라니?
이 고장 히로시마껭(廣島縣)이나 인근 야마구찌껭(山口縣) 지방의 겨울 추위는 일본의 관동지방(關東地方)처럼 맵고 추운 혹한은 아니다. 하지만, 흐리고 음산한 날씨에 진눈깨비가 자주 내리는 데다 사나운 바닷바람도 잦기 때문에 체감온도는 맵지 않아도 상당히 추운 곳이었다.
수돗물이 목까지 찼다. 몸뚱아리가 얼어 오는 것 같았다. 니시무라가 수돗물을 잠그자 하다가 가죽 수갑을 풀어 주며 명령했다.
"양쪽 손을 가지런히 하여 물 위로 나오도록 해."
시키는 대로 하자 저 쪽 구석에서 너비 40센티미터에 길이가 1미터 조금 넘고 두께가 3센티미터 정도 되는 두꺼운 널판 두 장을 가지고 왔다. 저걸로 뭘 어떻게 할 참인가? 걱정이 앞서지만, 나로서는 속수무책일 수밖에 없었다.
널판에는 각각 길이로 된 한 쪽 모서리 끝부분 조금 못 미치는 곳에 반달처럼 반듯하게 오려낸 직경 15센티미터쯤의 반원형이 있었고, 또 반대편 끝머리 쪽으로 테니스 공만한 구멍이 한 개씩 뚫려 있었다.
하다와 니시무라가 널판을 하나씩 들고 내가 들어 앉은 조그만 콘크리트 욕조 위에서 짜맞추니 반달처럼 오려진 부분이 목에 딱 들어맞으면서 욕조가 완전히 덮히고 내 머리통만 널판 위로 쏙 나왔다. 반원 두 개가 만난 구멍에 목이 꽉 끼어서 움직일 수가 없었다.

그들은 욕조를 덮은 널판이 열리거나 움직이지 않도록 앞뒤로 달린 쇠붙이 장식의 구멍에 굵은 각목을 집어넣어 대문 빗장 지르듯 채워 놓은 다음, 널판 앞쪽 끝머리에 하나씩 있는 테니스 공만한 크기의 구멍으로 손이 각각 나오게 하여 널판 위에서 두 손에 수갑을 채워 버렸다. 그러니 손을 널판 아래로 집어넣을 수도 없게 되었던 것이다.

"두 시간 후에 올 테니 잘 생각해 봐."

하다와 니시무라는 그 말을 남기고 나가 버렸다.

세상에 이럴 수가 있는가? 체벌을 가해 사람을 고통스럽게 하는 방법도 정말 여러 가지라는 생각이 들었다. 나는 널판 뚜껑에 눌려 꼼짝달싹도 할 수 없는 상태에서 목 아래로는 차가운 물 속에 몸뚱아리가 잠겨 있는 것이다. 점차 몸 전체가 저려 오고 온몸이 동태처럼 얼음 덩어리가 되는 것 같았다. 손도 움직일 수가 없으니 굳어지는 몸을 어디 한 군데 주무를 수도 없었다. 죽을 작정으로 비장한 각오를 한 터이지만, 차라리 혀를 깨물고 죽느니만 못 하다는 생각마저 들었다.

누가 이런 역경에 처한 나를 구해 줄 것인가? 또다시 아버지가 머리에 떠올랐다. 면목은 없지만, 아버지에게 알릴 수 있는 방법이라도 있었으면 좋겠다. 내가 대만 선박 부대에 있을 때 제26사단장으로 옮겨 가신 엔도우(遠藤) 선박사령관 생각도 났다. 그 분이 지금 히로시마(廣島)의 우지나(字品)에 계신대도 나를 구해 줄 수는 없으리라. 그래도 아버지께서 아시면 무슨 방법이 있을 텐데 아버지에게 알릴 방법이 없지 않은가? 궁하면 통한다(窮卽通)고 했는데 이다지도 절망적일 수가 있단 말인가?

한 시간쯤 지났을까, 니시무라가 들어왔다.

"어때, 견딜 만한가?"

나는 눈을 감은 채 아무 말도 하지 않았다. 그가 다시 말했다.

"네놈이 마음을 고쳐 먹지 않는 한 고통은 끝없이 계속될 것이다. 네가 입 다물고 있다고 우리가 진상을 밝혀낼 수 없다고 믿나? 어리석은 놈."

아무리 지껄여 봤자 소용없다고 생각했는지 그는 그냥 나가 버렸다. 혹시 내가 혀를 깨물고 자살이라도 했을까 봐 살피러 온 모양이었다.

또 한 시간쯤 지난 것 같은데 아무도 오지 않았다. 한참동안 더 시간이 흐른 다음에야 그들 두 취조관이 들어왔다. 하다가 물었다.

"그래도 생각이 달라지지 않았나?"

나는 입을 꽉 다문 채 아무 말도 안 했다. 그들은 내 손목의 수갑을 풀고 널판도 치웠다.

"나와."

나오라고 하는데 일어날 수가 없었다. 오금이 펴져야 일어날 게 아닌가? 내가 꼼짝을 못 하자 두 사람이 내 양 팔을 하나씩 붙잡고 들어 올리는데 오금이 붙은 채로 번쩍 들렸다. 그들은 나를 시멘트 바닥에 그대로 내동댕이치며 한 마디 덧붙이는 것도 잊지 않았다.

"일어나, 이새끼야."

그러더니 쇠징 박힌 장화발로 엉덩이고 허리고 다리고 가리는 데 없이 닥치는 대로 마구 걷어찼다. 말초신경이 죄다 마비되었는지 턱턱 발길로 차는 소리만 들릴 뿐 어떤 아픔이나 감각도 느낄 수가 없었다.

그래도 내가 얼른 일어나질 못하자 두 사람은 신경질적으로 내 양쪽에 서서 각기 팔 하나씩을 잡고 번쩍 들어서는 건너편 고문취조실인 4호 감방에 내동댕이치는 것이었다. 어느 정도 시간이 지나면서 점차 감각이 돌아오기 시작하여 일어서려고 시도해 보니 오금이 좀 펴지는 것 같았다.

잠옷도 걸쳐 주지 않은 알몸인 채 나를 내팽개쳐 두고 그들은 담배를 한 대씩 피워 물었다. 사람을 이렇게 짐승 다루듯 해도 천벌을 받지 않는가?

담배를 다 피우고 난 그들은 알몸 그대로인 나를 마룻바닥에 개구리가 사지를 쭉 뻗은 모양으로 엎드려 뻗치게 하고는 먼젓번처럼 네 구석의 쇠줄을 각각 끌어다가 양쪽 손목과 발목에 채운 가죽수갑의 고리와 연결하여 또다시 개구리 공중 매달기를 했다. 하다가 한 마디 던졌다.
"네놈이 입을 봉했다니까 우리도 이제 입을 봉하겠다. 그러니까 언제든지 네놈이 입을 열겠다면 내게 연락해라."
니시무라는 전번처럼 물 한 샤쿠(바가지라는 뜻의 일본말)를 내 등에 끼었고 시커먼 몽둥이로 두들겨 패기 시작했다. 상처가 아물락말락하던 온몸이 다시 엉망진창이 되는 모양이었다. 죽기밖에 더하랴? 나는 또 입을 꽉 다물고 참을 수 없는 고통과의 전쟁을 치러내야 했다.
두 사람이 번갈아가며 한참을 두들기더니 만신창이가 된 몸에 또 소금을 한 웅큼 뿌리고 쓰적쓰적 문지른 다음 다시 두들겨 패기 시작했다. 소금을 뿌리고 손으로 쓰적거릴 땐 살갗이 벗겨지듯 아프다. 양냥이뼈가 아프도록 이를 악물어야 하지만, 그렇게 소금으로 절여야 덧나지 않고 빨리 아물 것 같기는 하다.
"도대체 어떻게 된 놈이 아프다고 소리 한번 안 질러? 비명은 커녕 아얏 소리 한번 못 듣겠으니 내 이런 놈은 살다가 처음 보네."
니시무라가 푸념을 늘어놓는다. 아프다고 비명을 지르고 살려달라고 아우성을 쳐야 기분이 날 텐데, 싱겁고 맥이 빠지는 모양이었다. 내 짐작으로 20분 정도는 두들겨 팬 것 같다. 이제 그만 때릴 참인지 몽둥이를 한쪽 구석에 내던져 버리고는 공중에서 내려 양쪽 손목과 발목의 수갑도 풀어 주었다.
거의 반죽음 상태인 나에게 이번에는 또 장총 메기를 시킨 다음 홑겹의 잠옷을 걸쳐 주고 앞섶의 끄나풀로 동여맸다. 그것만도 감지덕지라는 생각이 든다.
두 사람은 군복 상의 대신 집도 의사들이 입는 수술복 같은 까운을 걸치고 있었다. 고문 집도의(拷問 執刀醫)라고나 할까? 얼핏 보니 쑥색 천으로 만들었는데, 나를 두들겨 팰 때 튀었는지 여기저기 피가 꽤 많이 묻어 있었다. 아마도 먼젓번엔 군복에 피가 많이 튀었던 모양이다.

일어나라고 하는데 온몸이 어찌나 아픈지 얼른 일어날 수가 없었다. 그들도 보기에 딱했던지 더 이상 닥달하질 않고 아까 욕조방에서 옮겨 올 때처럼 양쪽에서 팔쭉지를 잡고 나를 데리고 나가 캄캄한 징벌 감방에 수감한 후 가 버렸다.

들어올 때 보니 역시 점심 벤또(도시락)와 대나무 물컵이 보였다. 국이나 반찬 그릇, 젓가락이 없는 것으로 보아 징벌이 해제되지 않은 게 분명했다.

온몸이 아파 움직일 수는 없어도 살기 위해선 징벌 감식(減食)인 3분의 1 분량의 조막만한 수수밥 덩어리일 망정 먹어야 한다. 먹지 않으면 이따가 도로 가져 가 버릴 것이다. 식사를 갖다 놓은 지 얼마나 됐는지, 지금이 몇 시인지 가늠을 못 하겠다.

어쨌든 가져 가기 전에 먹어야 할 텐데 만신창이가 된 몸이 말을 안 듣는다. 벤또를 발로 끌어당겨서 바닥에 쏟아 놓아야 하는데 도무지 앉을 수도, 어떻게 할 수도 없다. 간신히 발로 더듬거리며 벤또를 찾으려고 하는데 벌써 빈 벤또를 거두러 온 모양이었다. 식사구의 철판 덮개가 열리더니 팔뚝이 쑥 들어왔다.

나는 황급히 아직 식사를 안 했으니까 그냥 두라고 큰 소리로 말하고 싶었으나 영 입이 떨어지질 않았다. 온몸의 살갗이 찢기는 아픔을 참느라 어찌나 이를 악물었던지 이가 솟아오르고 잇몸이 퉁퉁 붓고 양냥이뼈가 너무 아파 입을 벌릴 수도, 말을 할 수도 없다.

벤또는 벌써 집어 가고 물컵을 집으려 하는데 하도 급해서 말은 안 나오고 소리만 어어 하고 질렀으나 그것도 기어 들어가는 목소리라서 못 들었는지 대나무 물컵마저 가져가고는 철판 덮개가 탁 하고 닫혀 버렸다.

밥보다도 물은 꼭 마시고 싶었는데, 아무것도 입에 대지 못했다. 정말 아쉽고 야속하다. 목이 타서 견딜 수가 없다. 어찌나 목이 마른지 침도 안 생기고, 어쩌다 침이 좀 생겨도 입 안이 너무 말라서 목구멍으로는 넘어가지도 않는다.

엉덩이가 아프니 편안히 앉을 수가 있나, 그냥 엎드려 고개를 옆으로 하고 누우려고 해도 몸이 말을 안 듣는다. 이러고도 살아야 하나? 그렇다. 그래도 나는 살아야 한다. 전쟁은 머지않아 끝이 난다. 그 끝을 보지 않고 죽을 수는 없다. 나는 이루 말할 수 없는 고통을 감내하면서 이틀밤을 보냈다.

"제7호."

아침 식사가 끝난 지 한 시간쯤 됐을 무렵 나를 부르는 소리가 들렸다. 반가운 건지 두려운 건지 그 소리에 또 가슴이 덜컥 내려 앉으며 심장이 두근거린다. 니시무라의 말대로, 개구리 공중 매달기를 하고 나서 이틀밤을 지냈으니 또 가죽 원통을 입히는 날인가?

징벌 감방에서 나와 고문취조실인 4호 감방으로 끌려간 나는 장총 메기 상태로 마룻바닥에 무릎을 꿇고 앉았다. 하다가 반원통 두 개를 물통에 담고 가죽이 흠뻑 잠기도록 수돗물을 채웠다.

그런 다음 건너편 욕조가 있는 방으로 나를 데리고 갔다. 또 냉수 욕조에 넣으려나 했더니 이번에는 그게 아니고 한 켠에 있는 나무 의자에 앉으라는 것이었다. 내가 시키는 대로 하자 두 사람은 움직이지 못하도록 내 양쪽 허벅지와 허리를 널찍한 가죽끈으로 의자에 잡아맸다. 등 뒤로 수갑이 채워진 채로 말이다. 더구나 의자를 마룻바닥에 고착시켜 놓았기 때문에 내가 아무리 발버둥을 쳐도 꼼짝 못하게 되어 있었다.

도대체 이 놈들이 뭘 어쩌려고 이러지? 아니나다를까, 두 사람은 주전자 물에 고춧가루를 한 웅큼 타서 휘휘 저으며 본색을 드러냈던 것이다.

니시무라가 내 머리를 뒤로 제쳐 꽉 붙들자 하다는 주전자로 고

츳가루 탄 물을 내 코에 붓기 시작했다. 나는 그때 꼭 죽는 줄 알았다. 어떻게 표현할 수도 없는 고통이었다. 고춧가루 탄 물을 콧구멍에 부어 넣다니? 생전 들어 본 적도 없는 고문을 당하며 차라리 공중에 매달려 두들겨 맞는 편이 훨씬 나을 것 같다는 생각이 들었다.
　재채기에 숨이 막히고 코와 입과 목구멍 등이 칼로 난도질하는 것처럼 맵고 얼얼하다. 고춧가루 물이 지나는 언저리가 모두 빠지는 것 같다. 콧구멍 뿐만 아니라 눈으로도 흘러 들어가 눈에서도 고춧가루 물이 쏟아져 나오는 것처럼 맵고 아려 눈을 뜰 수가 없다. 커다란 주전자로 세 주전자를 내 콧구멍에 들이부어 놓고는 하다란 놈이 물었다.
　"어때, 견딜 만한가?"
　"차라리 고문을 하려거든 지금처럼 고춧가루 물로 계속해 달라. 그 편이 훨씬 견딜 만하다. 공중에 매달아서 두들겨 패고 가죽 원통을 입히는 고문만은 정말 견딜 수 없다."
　나는 슬며시 오기가 발동하여 내 생각과는 반대로 대답했다. 심통이 고약한 그들의 역심(逆心)을 겨냥해서 한 말이었다.
　"그으래? 좋다, 그러면 네 소원대로 해 주마."
　그들은 나를 의자에서 풀어 건너편 고문하는 감방으로 다시 데리고 갔다. 어쨌든 내가 의도한 대로 되는 듯했다. 짐작대로 잔뜩 물에 적셔진 가죽 원통 두 개를 앞가슴 쪽과 등허리 쪽에 각각 갖다 붙인 다음 조이고 또 조이고 풀었다가 다시 조이는 가죽 원통 조이기를 했다. 그들은 더 이상 조일 수 없을 때까지 가죽 원통을 조인 다음 잠옷을 걸쳐 입히고 캄캄한 징벌 감방에 밀어 넣었다.
　가죽 원통만 입히든지, 등 뒤의 수갑만 채우든지 어느 것이든 한 가지만 고통을 주어야 할 게 아닌가? 이중 체벌로 두 가지를 한꺼번에 치르게 하고, 게다가 지척을 분간 못 하는 캄캄한 감방에 처넣다니 정말 해도 너무 하는 것 같다.
　가슴이 옥죄어 숨쉬기가 여간 고통스러운 게 아니다. 고춧가루 물 고문을 피한 건 그나마 다행이지만, 어느 것 하나 만만한 고문은 없다. 더구나 가죽 원통이 압착기처럼 이틀 전에 엉망진창으로 맞고 나서 채 아물지도 않은 상처를 압착하는 데다 숨도 제대로 쉴 수 없고 보면 이거야 정말 죽는 것보다 나을 것이 없다. 이런 상태로 다시 이틀 밤을 지냈다.

"제7호."

아침 식사를 끝낸 지 두어 시간쯤 지났을까? 호명과 함께 감방문이 열렸다. 니시무라가 버티고 서서 나오라고 했다. 그는 나를 고문취조실인 4호 감방으로 데리고 가더니 가죽 원통을 벗겨 주었다. 등허리 쪽 반원통을 떼낼 때는 역시 가죽에 달라붙었던 헌데 딱지들이 떨어지느라 등가죽이 벗겨지는 것처럼 아팠다.

나는 장총 메기를 한 등 뒤의 가죽 수갑은 채워진 채 또다시 징벌 감방에 수감되어 이를 악물고 살아야겠다는 결심과 차라리 혀를 깨물고 죽든지 벽에 머리를 들이받고 죽자는 결심 사이를 오락가락하며 고통을 견뎌야 했다.

"제7호!"

부르는 소리와 함께 덜커덕 감방문이 열리자 두 고문관(拷問官)이 버티고 서 있다가 곧장 욕조가 있는 방으로 데리고 갔다. 아니나다를까, 장총 메기를 했던 가죽 수갑을 풀어 주더니 찬물을 채운 욕조에 들어가 무릎 꿇고 앉으라는 것이었다. 먼젓번처럼 머리통이 위로 빠져 나오게 널판을 맞춘 후 양 손을 내놓게 하여 수갑을 채운 후 나가 버렸다.

대략 두 시간쯤 지나 그들이 돌아왔을 때 나는 이미 동태처럼 얼어 붙은 상태였고, 이번에도 양쪽에서 나를 번쩍 들어 올려 콘크리트 바닥에 내동댕이쳤다. 이미 경험한 순서대로 고문취조실로 끌려간 나는 '개구리 공중 매달기'를 당하면서 몽둥이로 실컷 두들겨 맞고 소금에 절여진 다음 '장총 메기'로 잠옷만 걸친 채 캄캄한 징벌방에 수감되었다.

인면수심(人面獸心)의 고문 기술자들

48시간이 지난 이틀 후에 다시 불려 나가자 두 사람은 '콧구멍에 고춧가루 물 붓기'를 한 후 '장총 메기'를 시킨 채 물이 가득 채워진 욕조에 머리를 거꾸로 집어 넣었다 꺼냈다 하는 물 고문을 새로 시도했다. 나는 물 고문을 받다가 그만 기절하고 말았다.

의식을 잃은 채 나자빠져 있다가 두 사람에게 고문취조실로 질질 끌려가면서 겨우 정신을 차렸다. 거기에는 이미 몇 시간 전에 집어 넣었는지 금방 입힐 수 있을 정도로 잔뜩 불어터진 반원통 가죽 두 짝이 물 속에 푹 잠겨 있었다. 지긋지긋한 가죽 원통을 또 입힐 모양이었다. 그들은 장총 메기를 시킨 채 물에 흠뻑 젖은 가죽 원통을 입혀 거듭 조인 다음 캄캄한 징벌 감방에 집어 넣었다. 그리고, 48시간이 지나서 다시 끌어내 가죽 원통만 벗겨 주고는 또 수감해 버렸다.

나는 이미 사람도 아니었던 것이다. 엄동설한에 실오라기 하나 걸치지 않은 알몸으로 별의별 모진 고문을 다 당하고 의식을 잃은 채 나뒹굴며 죽은 개새끼 끌려 다니듯 이 방 저 방으로 끌려 다니는 내 몰골을 누가 사람으로 보겠는가? 한낱 짐승보다도 못한 꼴이 아닌가. 나는 이미 인간일 수가 없었던 것이다. 사람으로서의 체면이나 수치심 따위는 실종돼 버린 지 오래였다.

나의 친부모님은 물론이거니와 일본인 부모님께서도 이런 내 몰골을 보신다면 애간장이 타는 고통과 함께 아마 기절이라도 하셨으리라.

무슨 전생의 업보로 대를 이어 이런 고문을 당하고 죽어야 한단 말인가?

어느날 갑자기 들이닥친 왜놈 헌병들에 의해 부모님이 포승줄로 묶여 끌려가신 후 집안이 순식간에 풍비박산(風飛雹散)이 되자 나는 졸지에 천애의 고아가 되어 거지로 전락하는 비참한 운명에 빠지고, 부모님은 헌병대에서의 모진 고문에 신음하시다 결국 두 분 다 자살을 하셨다고 하질 않는가? 어쩌면 부모 자식이 똑같이 헌병대의 고문을 당하는 비운을 맛보아야 한단 말인가?

 그러나 나는 죽지 않는다. 죽지 않고 살아 남아서 반드시 조국을 찾아가리라. 그리고, 내가 태어나서 다섯 살까지 살았던 고향을 찾아 억울하게 돌아가신 부모님의 영혼이나마 위로해 드리리라. 원한에 사무쳐 구천에서 헤매는 부모님의 영혼을 내가 아니면 누가 편히 모실 수 있으랴. 나는 꼭 살아 남을 것이다.

 내가 어떤 결심을 하든 고문은 일정한 계획표라도 있는 듯 그칠 줄 몰랐다. 두 시간 동안 찬물 욕조 속에 들어가 동태가 되고, 개구리 공중 매달기로 20여 분 동안 소금에 절여지며 장님 파밭 두들기듯 두들겨 맞고, 장총 메기 상태로 캄캄한 방에 48시간 감금된다. 그런 다음 콧구멍에 고춧가루 물 붓기를 당하고, 욕조에 머리를 처박히는 물 고문에 이어 48시간 동안 가죽 원통에 옥죄어 숨이 막히는 고통을 당한 다음, 가죽 원통을 벗고 장총 메기 상태로 캄캄한 징벌 감방에서 열흘을 지내야 한다.

 그러니까 고문과 체벌은 2주일 단위로 반복되는데, 장총 메기 상태로 캄캄한 징벌 감방에서 지내야 하는 시간이 대부분이었다. 등 뒤에서 양 팔을 가죽 수갑으로 채워 장총 메기를 시켜 놓았으니 이런 상태로 어떻게 견딜 수가 있단 말인가? 당연히 잠도 엎드려서 자야 했다.

 식사는 하루 세 끼 소금을 약간 뿌린 수수밥을 주는데, 정량의 3분의 1밖에 되지 않는다. 그것도 지척을 분간하기 어려운 캄캄한 감방에서 발로 더듬어서 벤또를 엎어 쏟아 놓고는 개새끼처럼 엎드려 혓바닥으로 마룻바닥의 먼지와 함께 핥아 먹어야 한다.

 대나무 컵에 8할쯤 부어 주는 물은 엎드려서 입을 대고 기울여 마시려다 보면 번번이 조금 마시다가는 컵이 쓰러져 모두 마룻바닥에 엎질러 버린다. 아까운들 어쩌랴? 도리 없이 고양이가 접시 물을 혀로 찍어 먹듯 마루에 엎질러진 물을 엎드려서 혀 끝으로 찍어 먹고 목을 축여야 한다.

인면수심(人面獸心)의 고문 기술자들 119

식사의 양이 너무 부족한 것도 힘들지만, 더욱 견딜 수 없는 일은 마실 물이 부족한 것이었다. 번번이 엎지르는 물이 엎드려서 입으로 기울여 마시는 물보다 더 많아 갈증을 해소하기에는 턱없이 부족하다. 물이라도 실컷 마셨으면 소원이 없겠다. 견디기 힘든 고문을 당한 날에는 어찌나 갈증이 심한지 목이 타 들어가는 고통을 견뎌야 했다.

그러나 궁하면 통한다고 했던가? 나는 궁리 끝에 발로 더듬어서 물컵 있는 위치를 확인한 후 엎드려서 대나무 물컵 가장자리를 입으로 단단히 물고 식사구에 올려 놓는 데 성공했다.

식사구는 감방문 아래 쪽의 한가운데에 뚫려 있는 23센티미터 가량의 네모꼴 구멍이었다. 식사구 바깥에 약 5밀리미터 두께의 철판 덮개가 달려 있는데, 바깥에서 덮개를 닫고 고리를 들어 잠그면 벤또, 국, 물 등 식사를 넣어 주는 곳은 10센티미터쯤 되는 감방문 두께만큼 공간이 생겼다. 거기에 물컵을 입으로 꽉 물어서 올려 놓고 입술로 약간 밀면서 기울여 마시니까 대나무 물컵이 철판 덮개에 닿아 더 이상 뒤로 밀리지 않아서 컵에 있는 물을 죄다 마실 수가 있었다.

소학교와 중학교에서 한 번씩 월반을 했다고 해서 신동이라는 평판까지 듣던 내가 왜 진작 그런 지혜를 짜내지 못했는지 쓴 웃음이 절로 나왔다.

이런 식으로 나는 2주일 단위의 고문과 체벌을 벌써 여덟 번째 당하고 있었다. 인간의 목숨이 이렇게도 질긴 것인가? 앞으로 또 얼마 동안이나 그런 끔찍한 고문과 체벌을 견뎌 내야 하는 것인가?

무엇보다 징벌 감방의 캄캄한 어둠이 견디기 어려웠다. 햇빛은 아니라도 고문이나 체벌을 당하려 들락거릴 때만 옥내의 훤한 빛을 구경할 수 있었다. 그밖엔 영창을 지키는 담당 헌병이 혹시 혀라도 깨물고 죽지는 않았나 하여 동태를 살피려고 가끔 시찰구 뚜껑을 열고 비추는 손전등이 나를 놀라게 할 뿐이었다. 징벌 감방에는 시찰구마저 덮개가 달려 있어 손전등 빛에도 눈이 부셔서 눈을 뜰 수가 없다.

가죽 원통에 가슴이 옥죄이는 고문을 하도 여러 차례 겪다 보니 폐나 심장이 어지간히 나빠진 것 같았다. 가죽 원통을 벗고 나서도 가슴속에 통증이 느껴지고, 숨쉬기가 여간 고통스러운 게 아니었다.

한번은 가죽 원통을 입고 감방에 갇혀 있을 때 숨을 쉴 수 없을 정도로 너무 고통스러웠는데, 바튼 기침과 함께 토악질을 하고 뭔가를 토해내기까지 했다. 그때부터 자주 그런 증상이 있었다.

처음엔 토해낸 것이 뭔지 잘 모르다가 괴이한 냄새가 코를 찌르는 바람에 이상하다고 생각했다. 그것은 분명히 피비린내였다. 캄캄한 감방에서 양 팔이 등 뒤로 묶여 있으니 앞자락에 토해낸 축축한 것을 만져볼 수도 없고 눈으로 확인할 수도 없었지만, 그건 바로 피 냄새였다.

48시간이 지나 끌려 나갔는데 내 몸에 걸쳐진 잠옷 앞 자락을 보니 온통 붉은 피투성이가 아닌가? 그들도 깜짝 놀라는 눈치였다. 그들은 가죽 원통을 벗기고 다른 잠옷을 갈아 입힌 후 장총 메기 상태로 다시 징벌방에 수감했다.

그로부터 한 달이 훨씬 넘도록 고문은 중단됐다. 그만큼 내 심장이나 폐에 생긴 병이 심각한 모양이었다. 한두 번도 아니고 여덟 번씩이나 마르면서 수축하는 가죽 원통으로 옥죄었으니 그럴 만도 했다.

죽지는 말아야겠는데 은근히 겁이 났다. 비교적 건강한 체구에 90 킬로그램 안팎의 체중을 유지해 왔는데 이제 뼈와 가죽만 남은 것 같다.

하다와 니시무라는 전에 내가 입을 다물겠다고 했을 때 저희들도 입을 다물겠다고 하더니 그 후로 수 개월이 지나도록 나를 끌어내다 체벌은 되풀이하면서도 도무지 아무 말도 하지 않았다. 그러니까 고문(拷問)은 하지 않고 그저 묵묵히 정해진 코스대로 체벌만 가한 다음 감방에 쳐넣곤 했다.
　그러다가 날씨가 풀려 더워지면서 한 가지 빠진 코스가 있었다. 욕조에 두 시간씩 알몸을 담가 동태를 만드는 체벌이었다.
　나는 여지껏 아무리 고통스러운 고문과 체벌을 가해도 이빨이 솟아오르도록 이를 악물고 참으면서 비명이나 신음 소리조차 내지 않았다.
　"네가 이기나 내가 이기나 어디 해 볼 때까지 해 보자. 못 견디겠으면 살려달라고 자백을 하겠지."
　취조관들도 이런 속셈으로 체벌만 되풀이하는 것 같았다.
　하다는 조선에서 15년 동안 고등계 형사로 조선인 사상범만 다뤄 오면서 그런 식의 고문과 체벌로 악명을 드높였으리라. 설사 그렇더라도 나는 도무지 그들을 이해할 수가 없었다.
　실로 무모한 정력 낭비에다 시간 낭비를 언제까지 되풀이할 작정인가? 내가 죽을 때까지 계속할 참인가? 무엇을 자백하란 말인가? 도대체 내가 자백할 건덕지가 아무 것도 없지 않은가?
　그나마 날씨가 춥지 않아서 한결 덜 고통스러웠다. 감방에 불은 켜 주지 않더라도 등 뒤로 두 팔을 묶은 수갑이라도 풀어 줘야 할 게 아닌가? 내가 구속된 지 몇 달째인지 짐작할 수가 없다. 가죽 원통을 벗긴 지도 두어 달이 되는 것 같은데 아무런 조처도 없으니 오히려 답답했다.
　1944년 봄쯤이었을까? 춥던 날씨가 풀리고 두어 달 지났을 무렵 같은데 도무지 세월가는 줄 몰랐으니 언제쯤이었는지 정확히 가늠할 수는 없다.
　웬일인지 발등이 퉁퉁 붓고 자주 가려웠다. 시원하게 긁을 수가 없어서 오른쪽 발뒤꿈치로 왼쪽 발등을, 또 왼쪽 발뒤꿈치로 오른쪽 발등을 지근지근 누르고 비벼대는 게 고작이었다. 어느날 한번은 발뒤꿈치로 다른 발등을 지근지근 눌렀더니 물기 같은 게 느껴지고 고약한 악취마저 풍기는 것이었다.

추운 겨울에 꽤 여러 번 알몸으로 찬 물 욕조에 들어가다 보니 동상이 걸린 모양이었다. 양쪽 발등에서 모두 살갗이 터지고 고름이 나오기 시작했다. 한동안 이 냄새로 고역을 치렀는데 언젠가 다시 끌려나갔을 때 자세히 보니 발가락 가까이의 양쪽 발등 두서너 곳에 구멍이 뚫려 거기서 고름이 흘러나오는 것이었다. 두 손이 등 뒤로 묶여 있는 바람에 고름을 짜낼 수도 없어서 그냥 그대로 내버려 두었더니 세월이 지나면서 스스로 아물어 붙었다가 지금은 번들번들한 자국만 몇 군데 남아 있다.

"제7호."

어느날 아침 식사가 끝난 지 한 시간쯤 됐을 때 부르는 소리와 함께 감방문이 열렸다. 하다와 니시무라는 기다리고 있다가 처음 체포돼 오던 날 인정심문을 받던 넓은 취조실로 나를 끌고 나갔다. 거기엔 요꼬야마 대위가 앉아 있었다.

"안녕하십니까?"

그가 인사를 한 다음 내가 자리에 앉기를 기다렸다가 이야기를 시작했다.

"당신은 8개월에 걸친 취조에도 불구하고 범죄 사실을 자백하지 않았습니다. 자백하지 않았으니까 그대로 넘어갈 수 있다고 생각한다면 오산입니다. 당신의 행위는 분명히 '국가 반란 예비죄'에 해당됩니다.

그 증거도 명백합니다. 당신 말대로라면 육군성 5X 비밀 결사단으로부터 세 번째로 당신에게 우송된 영문 지령문을 우리가 압수해 놓고 있습니다. 제1신과 제2신 지령문도 당신이 대만의 아까쓰끼 제4500부대와 마닐라의 아까쓰끼 제2944부대에서 받았다는 사실을 입증할 증인이 있고, 또 당신 스스로 그 내용을 써서 우리에게 제출한 바 있습니다.

이상의 명백한 사실이 입증되고 있음에도 불구하고 당신은 5X 비밀 결사단의 배후 조직을 전혀 밝히지 않고, 함경환 선편으로 부산에 상륙한 이래 도쿄의 당신 집에 도착하기까지 5일 반나절 동안의 행적에 관해서도 숨기고만 있습니다. 춘천 지방에서 헤맸다는 거짓말을 우리가 믿을 것 같습니까? 이런 엄연한 사실들을 묵비권만 행사한다고 해서 어쩌자는 겁니까?
 지금은 전시입니다. 우리 수사진은 당신을 구속한 이후 지난 8개월 동안 당신의 범죄 사실을 입증할 증거 수집에 총력을 기울여 왔습니다. 이제 당신 스스로 자백하고 시인하는 일만 남아 있을 뿐입니다.
 다시 한번 경고해 두겠소. 당신은 해군 소위 자격에다 육군 대위로 대대장을 맡고 있던 유능한 지휘관이자 지식인이오. 그렇다면 군기와 군법에 관해 알 만큼은 알고 있다고 생각합니다. 이 곳에 체포돼 오던 날 여기 하다 상사가 당신에게 분명히 말했을 것으로 압니다. 우리가 취급하는 국사범은 무죄 아니면 총살형 뿐이란 사실 말입니다.
 그런데 당신은 이미 유죄로 판정이 내려져 어차피 총살을 면치 못할 피의자입니다. 내가 지금 말한 것들이 그것을 입증하고 있지 않습니까? 당신은 혹시 범의(犯意)가 없었다고 주장할지 모르지만, 당신은 그들의 취지와 동기를 전폭 지지·찬동하고 참여 의사를 분명하게 밝혔습니다. 그 증거로 제1신과 제2신 지령문을 소각해 버림으로써 범의는 이미 성립됐던 것입니다.
 결론적으로 말해서 당신은 우리에게 포착된 범죄 사실로부터 벗어날 수가 없습니다. 다만 지금 당신에게 최선책은 우선 5일 반나절 동안의 행적을 털어놓고, 5X 비밀 결사단의 배후 조직을 알고 있는 데까지 소상히 자백하는 것입니다. 당신 말마따나 범죄 행위가 아무것도 없었다고 판명되면 구제될 수 있는 방법이 전혀 없는 것도 아닙니다.
 이것이 당신을 위해 내가 할 수 있는 최후의 충고임을 깨닫고 현명하게 판단하기 바랍니다. 이렇게 하는 것이 고아가 되어 거지로 떠돌던 당신을 거두어 키워주고 교육시켜 훌륭한 일본군 장교로까지 입신하도록 보살펴 준 일본인 부모님에게 보은하는 길이기도 하지 않겠습니까? 당신이 결심할 수 있도록 3일간의 기회를 주겠소. 이상입니다."

말을 마친 요꼬야마 대위는 자리에서 일어나며 하다에게 지시를 내렸다.

"오이, 하다 상사. 이 분 정중히 모셔."

나는 무엇보다도 일본인 부모님을 거론한 대목에 비위가 홱 뒤집혀 도저히 참을 수가 없었다.

"잠깐, 요꼬야마 대위."

일어나서 나가려던 대위는 내가 큰소리로 외치자 멈칫하고 멈춰섰다.

"한 가지만 묻겠소. 내가 일본인 부모님의 은혜를 입고 군에서 아무 탈 없이 근무하다가 오늘날 이런 운명으로 곤두박질하게 된 이유와 동기가 무엇인지 설명해 주겠습니까?"

내가 격앙된 어조로 외치자 요꼬야마 대위는 나를 주시하다가 잠자코 돌아서서 나가 버렸다.

"건방진 소리 마라, 이새끼야."

하다가 이죽거리며 나를 끌고 고문실로 들어가더니 등 뒤로 양팔에 채웠던 가죽 수갑을 풀어 주었다. 얼마만에 장총 메기에서 풀려나는지 모를 일이었다.

"오늘이 몇 월 몇 일인가?"

감방에 수감되는 길에 물었더니 하다가 대답해 주었다.

"그런 건 왜 묻나? 오늘은 9월 8일 금요일이다."

몇 년쯤 지난 것처럼 지루하게 생각되었는데 이제 겨우 9개월째라니? 나는 잠시 멍한 기분이었다. 감방문이 쾅하고 닫히면서 전기불이 환하게 켜졌다.

'5X'에 관한 추리는 잘못된 것인가?

실로 오랜만에 전기불이 켜진 것이다. 체포 당시 처음 며칠 동안 경험했던 감방의 전기불은 30와트도 안 될 정도로 희미하다고 생각했었는데, 웬일인지 전과 마찬가지의 전기불일 텐데도 대낮처럼 환했다.

그러니까 요꼬야마 대위가 자백할 결심을 굳힐 3일 동안은 징벌을 해제해 주라고 배려한 것이리라. 장총 메기를 한 가죽 수갑이 풀리고 캄캄했던 방에 전기불이 들어와 환하게 밝아진 것만 해도 정말 살 것 같았다.

"식사 받으시오."

말 소리와 함께 식사구의 덮개가 열렸다. 징벌이 해제된 것을 아는 모양이었다. 먼저 들어온 벤또를 받아 놓는데 훨씬 묵직했다. 3분의 1의 감식이 아닌 정상적인 2홉 밥이 분명했다. 우선 양이 많으니 먹기도 전에 배가 부른 것 같다. 반찬 그릇도 넣어 주고, 물한 컵에 젓가락도 넣어 주었다.

벤또를 열어 보니 수수밥일망정 가득 채워져 있고, 손가락 굵기의 다꾸왕(단무지) 두 쪽이 수수밥에 박혀 있었다. 콩비지에 홍당무와 무우, 그리고 쇠고기 몇 점까지 반찬도 그야말로 진수성찬이었다.

나는 이틀 동안 곰곰히 생각했다. 요꼬야마 대위의 말은 신경질이 나도록 나를 답답하게 만들었다. 내가 자백하면 구제될 수도 있다고? 근데 대체 뭘 자백하란 말인가?

그까짓 신경갔던 일이야 사실대로 말해 봤자 두 대좌에게 육군 징벌령(懲罰令) 제8조에 의한 중근신(重謹愼)이나 경근신(輕謹愼)이 내려질 것이다. 어쩌면 이와지마 대좌는 육군 형법에 저촉되어 군법회의에 회부될 수도 있다. 그러나 만약 5X와 관련시켜 추궁하게 되면 문제가 달라진다. 억울하게도 두 대좌의 말년 인생은 끝장이 날지도 모른다. 히로시마 헌병대 특수반에서 그런 방향으로 사건을 확대하려 들면 그렇게 되지 말란 법도 없다. 이건 안 될 말이다. 설령 두 대좌의 인생 말로가 어찌되건 모든 것을 털어 놓는다 해도 근본 문제인 영문 편지 건(件)에 관해서는 여전히 숙제로 남는다. 이것은 어쩌잔 말인가?

내게 편지를 보낸 5X 비밀 결사단이란 정말 존재하는 것일까?

제2신 내용대로 나를 대위로 진급시키고 대대장 보직 발령을 내릴 정도의 힘이 있다면 지금 내가 겪고 있는 역경을 어째서 방관만 하고 있는가? 어떤 방법으로든 구해 주고 무슨 지령이라도 있어야 하지 않는가?

아니다. 이건 날조다. 이는 순전히 히로시마 헌병대 특수반이 설치해 놓은 덫에 내가 보기 좋게 걸려든 것이다. 제1신을 받았을 땐 그 편지를 소각했지만, 다시 제2신을 받았을 땐 헌병대에 신고했어야 한다.

"그 내용이 하도 황당무계하여 어떤 정신병자의 장난인 줄 알고 고발할 가치조차 없다고 생각하여 제1신은 소각해 버렸지만, 이

따위 편지를 다시 보냈으니 어떤 자의 소행인지 철저히 조사해 밝혀내시오."

관할 마닐라 지구 헌병대에 이런 식으로 고발 조치를 했다면 체포되어 고역을 치르는 변은 당하지 않았을 것이다. 더구나 편지에는 두 번 모두 서신 내용에 승복할 수 없다면 지체없이 고발하라고 되어 있지 않았던가?

그러나 편지를 읽고 나는 그 내용의 실천 여부를 지켜 보리라는 생각으로 고발 조치를 하지 않았다. 그런데 제2신을 받은 지 꼭 한 달만에 편지의 내용처럼 대위로 진급되었고, 대위 진급 12일만에 보직 명령을 받았던 것이다. 신참 대위가 대대장이 되니까 기쁘기도 하고, 한편으로는 5X의 존재를 신뢰할 수밖에 없었다. 거사 후에 조선의 독립이 보장된다는 구절도 있어 더욱 기대를 하면서……

나의 이같은 생각은 어디까지나 5X의 존재를 인정할 때 성립되는 얘기다. 만일 5X가 헌병대 특수반이나 다른 누군가의 위계(trick)라면? 그렇다. 얼마든지 날조된 조작극일 수도 있었다.

"그게 실수였군."

내가 체포되던 날 요꼬야마 대위가 하던 말이 다시 떠올랐다. 그렇다. 바로 이 대목이 문제의 발단이 되었으리라. 나는 장교로 임관되면서 히로시마 우지나(宇品町)에 있는 선박수송사령부에서 근무했는데, 소화 17년 6월 선박사령부로 개칭되었다. 선박사령부는 다른 사령부에 속하지 않는 독립된 사령부였고, 사령관은 엔도우(遠藤中太郞) 중장이었다.

임관된 장교들의 신원을 체크하던 히로시마 헌병대에서 나의 신원 명세 내용에 의문을 품고 특수반에 넘겨 조사를 진행했던 것 같다. 하다가 나를 조사한 지 20개월이 되었다고 말한 것만 봐도 알 수 있다. 또한 내가 어려서 살던 집과 부모님을 찾는 데 그 20개월

가운데 13개월이 걸렸다는 것이다.

실은 특수반 요원들이 먼저 본적지(일본인 아버지 本籍地)로 가서 호적을 뒤지다가 내가 출생한 지 6년이 지나 뒤늦게 입적된 사실에 의심을 품었음이 틀림없다. 양자가 아닌 적자(嫡子)로 호적에 오르긴 했지만, 당시 아버지의 직업이 법을 다루는 판사라는 점을 감안하면 의심할 만도 했으리라.

이렇게 거슬러 올라가면서 여러 가지 조사를 진행하는 과정에서 아버지 3형제가 모두 자식이 없었는데 유독 아버지에게만 나중에 아들 하나가 생겨 호적에 올린 일, 중학교 3학년 때 후데이센진(不逞鮮人)으로 지목받고 감시 대상이 되었던 조선인 유학생의 하숙집을 드나들었던 일, 또 내가 조선인이었기 때문에 도쿄 고등상선학교에 다닐 때 사랑했던 시즈꼬와 그녀의 어머니가 자살해 버린 일 등도 밝혀냈을 것이다.

그리고 내가 졸업한 기요미즈 소학교(淸水 小學校)에 가서 찾아낸 나의 졸업 사진을 근거로 내가 호적에 입적하기 직전 아버지가 근무했던 춘천재판소를 관할하는 조선군 사령부 헌병대에 수사를 의뢰하고, 그 곳 헌병대는 춘천경찰서에 대정 13년도(1924년) 당시로 소급하여 수사하라고 지시했을 것이다.

춘천경찰서는 내 사진을 들고 춘천을 비롯한 인근 지역을 돌아다니며 이 잡듯 샅샅이 뒤져 기어코 내가 다섯 살 때까지 살던 동네를 찾아내고, 부모님이 모두 옥고를 치르다 옥사한 사실까지 알아냈으리라.

여기까지 조사했다면 히로시마 헌병대 특수반이 내릴 결론이란 뻔하다. 중학교 다닐 때 사상이 불온한 조선인 유학생을 만났던 일과 부모가 독립 운동 자금을 대다가 발각되어 옥사했다는 사실 등으로 미루어 배일사상에 물든 인물이라고 쉽게 판단했으리라. 이런 연유로 5년 반 동안이나 갈고 닦은 항해사 자격과 예비역 해군 소위도 팽개치고 배후 집단의 공작 지령에 의해 육군에 들어온 것이 분명하다는 데 의견이 일치했을 것이다.

그래서 내가 대만 아까쓰끼 제4500부대로 전속되자 특수반에서는 동료 중대장 스기모도(杉本) 대위를 통해 공작 교육을 받고 있던 이시이 미쓰꼬(石井 光子)를 내게 접근시켰다고 생각된다. 스기모도가 내게 관사 생활을 주선한 후 미쓰꼬를 이종 사촌 동생이라고 하면서 가정부로 소개한 것도 알고 보면 특수반의 사주에 의한 공작의 일환이었던 것 같다.

어쩌면 제1신과 제2신도 특수반이 내 동향을 살피기 위해 공작 차원에서 보낸 편지가 아니었을까? 하다는 편지를 놓친 것이 자신들의 실수라고 했지만, 거짓말일 가능성이 충분했다. 내가 엉뚱한 속임수를 쓰지 않고 편지 내용을 얼마나 정직하게 써내는지 시험해 보려고 순간적으로 꾸며낸 잔꾀일 수도 있는 것이다.

두 번씩 괴편지를 받아 보고서도 지체없이 고발하지 않자 더 이상 두고 볼 것도 없다고 생각하여 제3신을 보낸 다음 그것을 증거물로 나를 체포하기에 이르렀을 것이다. 그렇다면 대위 진급과 대대장 보직 등 제2신의 내용도 상부의 재가를 얻어서 꾸민 공작일 가능성이 컸다. 또 내가 전에 부산에 상륙하여 5일 반나절 동안 잠적한 사실도 이미 알았음이 분명하다.

줄곧 나를 감시하면서도 사상이 다소 불온해 보이는 점 말고는 별로 수상한 구석을 찾지 못하다가 뜻밖에 5일 반나절 동안의 잠적 사실이 돌출하는 바람에 가일층 의구심을 북돋우는 새로운 계기가 되었을 수도 있다. 그래서 혹시라도 자신들이 예상하던 큰 수확이나 얻을 수 있을까 하여 쥐어짜는 것 같았다.

자, 여기까지의 내 추리가 사실이라면 이제부터 나는 어떻게 대처해 나가야 할 것인가? 어쨌든 마음의 준비가 필요했다.

5X 문제가 본래부터 그들이 파 놓은 함정이라면 아무리 자백을 강요한다 해도 관헌에 고발하지 않은 불고지죄밖에 성립되지 않는다. 이런 죄를 뒤집어 씌워 총살 같은 극형에 처할 수는 없을 것

이다.
 그렇다고 할 때 이제는 거꾸로 5일 반나절 동안의 행적이 본질 문제로 부각되는 셈이었다. 이것을 끝내 밝히지 않을 경우 나는 진짜로 뭔가가 있다는 의혹에서 벗어나기 어려울 것이다.
 이제는 어쩔 수 없이 신경 갔던 사실을 털어놓아야겠다고 결심했다. 두 대좌에게는 정말 죄송하고 미안한 일이지만, 앞으로의 내 인생이 송두리째 망가지면서까지 그들의 난처해질 입장을 덮어 줄 수는 없었다.
 애당초 두 대좌에게 불똥이 튀는 것을 막아야겠다고 결심했을 때와는 사정이 다르지 않은가? 이때까지는 본말이 전도된 나의 판단 착오로 잠적 사실을 자백해 봤자 어차피 5X 문제 때문에 살아날 수 없다고 생각해 왔던 것이다.
 두 대좌가 총살형을 오락가락하는 내 처지를 알게 된다면 흔쾌히 용서해 주실 것이라는 생각도 들었다. 어쨌든 그들은 그 사실이 밝혀지더라도 처참한 형벌을 당할 처지는 아니었다.
 하룻밤만 자고 나면 요꼬야마 대위와 약속한 3일이 끝난다. 그 동안 어떤 고문도 체벌도 당하지 않고 환한 감방에서 식사도 제대로 하다 보니 정말로 살 것 같았다. 다시는 그 끔찍한 고문을 당하지 않았으면 얼마나 좋으랴?
 "제7호."
 약속한 날이 밝고 아침 식사가 끝나자마자 바로 부르는 소리가 들리면서 감방문이 열렸다. 하다와 니시무라가 커다란 취조실로 나를 끌고 갔다. 잠시후에 요꼬야마 대위가 들어와 내 맞은편에 앉으며 일문일답 취조 용지를 꺼내 놓고 말했다.
 "안녕하십니까? 그 동안 생각 좀 많이 했습니까? 미리 말해 두겠는데, 5일 반나절 동안의 행적은 어디까지나 부수적인 문제입니다. 근본적으로 5X 문제만 풀리면 그것은 자연적으로 풀리게 될 테니까 별로 중요할 것도 없습니다. 그러니 우선 핵심적인 5X 문제부터 시작해 봅시다."

이게 어떻게 된 일인가? 처음부터 얘기가 빗나가고 있었다. 내가 3일 동안 추정했던 것과는 정반대로 문제가 홱 뒤집힌 것이다. 도무지 갈피를 잡을 수가 없었다. 그렇다면 내 추리가 빗나갔단 말인가?

괴편지가 진짜 특수반이 파 놓은 함정이라면 이렇게까지 물고 늘어질 이유가 없었다. 더구나 내가 미운 털이 박혔다면 차라리 전방에 있을 때 그냥 총으로 쏴 죽이면 될 일이지 왜 이 전쟁통에 시간과 정력을 낭비하는 소모전을 벌인단 말인가? 알 수 없는 노릇이었다.

5X라는 비밀 단체가 정말 있다는 것인가? 그렇다면 어떻게든 나를 구출해 내야 할 게 아닌가? 그리고 좌우간 무슨 신호든 지령이든 있어야 한다. 실없는 장난꾸러기라면 나의 대위 진급과 대대장 보직 등 앞일을 미리 알고 그런 짓을 하기는 어렵다.

그렇다면 누가 그런 능력을 가지고 저지른 소행이란 말인가? 나를 이 지경으로 사지에 몰아 넣고 있는 자가 누군지 알아야 수수께끼가 풀릴 게 아닌가? 도대체 왜 굳이 나에게? 도무지 감을 잡을 수가 없으니 정말 답답하기 그지없었다.

"무사시야 대위! 아직도 자백할 준비가 덜 됐습니까?"

좀 거치른 말투였다. 나는 깜짝 놀랐다.

무슨 말을 해야 하나? 얼른 생각이 나지 않았다. 신경 갔다 온 얘기만 털어놓으면 그런 대로 일이 잘 풀릴 것이라 기대하고 그 얘기를 하려고 잔뜩 마음의 준비를 하고 나왔는데, 잠적한 얘기는 흥미도 없다니 내가 무슨 얘기를 어떻게 더 할 수 있으랴?

"아직도 털어놓을 준비가 안 됐습니까?"

톤이 좀 더 높아졌다.

"나는 할말이 없소. 육군성으로부터 왔다는 영문 편지만 해도 그렇소. 황군(皇軍)으로서의 건전한 야마도 다마시이(大和魂;

일본인만이 가질 수 있는 정신. 일본 정신의 혼이라는 뜻)가 있나 없나 알아내기 위해 특수반에서 놓은 덫에 어리석게도 내가 보란 듯이 걸려들었던 거라고 생각하오. 일본에 대한 나의 불온한 사상이 마음에 안 들면 그냥 총으로 쏴 죽이면 간단할 텐데 왜 시간 낭비를 하는 거요? 야마도 다마시이에 비춰 볼 때 내 사상이 전혀 문제가 안 된다고는 말할 수 없겠지만, 내가 체포되기까지 군인 복무 규정에 배치되는 행동이나 육군 형법에 저촉되는 행위를 범한 사실이 있었소? 생사람을 잡아 '분명 사상이 불온할 것'이라는 예단과 유추 해석만으로 이렇게 고통을 주면서 뭘 어쩌자는 거요? 요꼬야마 대위라고 했소? 당신이 말했듯이 이미 확보된 증거로 군법회의에 회부하면 총살형이든 교수형이든 결말이 날 텐데 왜 이리 헛수고를 하시오?"

"잠깐, 얘기가 전혀 엉뚱한 방향으로 빗나갔소. 어쨌든 우리는 5X의 조직을 밝혀내고야 말 것입니다."

"한 마디만 더 해야겠소. 사흘 전에 당신이 말하기를 지난 8개월 동안 범죄 사실을 입증할 증거를 수집했기 때문에 남은 문제는 나의 자백 뿐이라고 했소. 그렇다면 굳이 자백받을 필요가 뭐 있겠소? 그냥 군 검찰로 넘기면 기소가 될 텐데 왜 입씨름을 하려는지 모르겠소. 천 번 만 번을 물어도 5X라는 배후는 없소. 이 시간 이후엔 입을 닫을 테니 더 이상 내 대답을 들을 생각은 마시오."

"하다 상사."

"네, 대위님."

"이 사람 아직 정신을 못 차리는 모양이다. 수단 방법 가릴 것 없다. 반드시 자백을 받아내!"

"네, 알았습니다."

요꼬야마 대위가 횡하니 나가 버린 후 하다와 니시무라는 나를 지하의 고문취조실로 아주 거칠게 끌고 갔다. 소름끼치는 고문이 또 시작될 모양이었다. 대뜸 잠옷을 벗기더니 알몸으로 개구리 공중 매달기를 하고 물 한 샤쿠(바가지)를 뿌린 다음 두들겨 패기 시작했다.
　두 사람은 요꼬야마 대위에게 대든 데 대한 분풀이라도 하는 양 윗도리까지 벗어 제치고는 번갈아, 힘껏, 사정없이, 마구 두들겨 팼다. 간간이 소금도 뿌려 쓱쓱적 문질러 가면서…….
　에라, 죽기밖에 더하랴?
　나는 이를 악물고 숨이 끊어지기 직전까지 두들겨 맞았다. 한참 동안 정신 없이 두들겨 팬 다음에야 장총 메기를 시켜 잠옷을 걸쳐 주고 감방에 밀어넣었다. 쾅하고 감방문이 닫히면서 전등도 함께 꺼져 버렸다.
　'제기랄, 될 대로 되려무나.'
　얼마쯤 있으려니 점심 벤또를 갖고 왔는데, 식사 받으란 말도 없이 철판 덮개를 열어 제치고 벤또와 물 한 컵을 넣어 주고는 가 버렸다. 징벌이 계속되는 줄 알고 온 모양이었다.
　만신창이가 된 나는 아픔도 아픔이지만 목이 타서 견딜 수가 없었다. 전처럼 물컵을 입으로 물어 식사구에 올리려고 해도 두들겨 맞을 때 어찌나 이를 악물고 애를 썼던지 이빨이 모두 솟아오르고 잇몸이 아파 도저히 그럴 수가 없었다. 하는 수 없이 그냥 바닥에 놓은 채 기울여서 조금 마시다가 결국 엎질러 버렸다.
　사흘 동안의 천국 같던 감방 생활이 다시 지옥 같은 생활로 바뀌었다.
　가는 데까지 가 보자. 죽기밖에 더하랴? 그러나 나는 억울해서도 그냥 죽을 수가 없다. 7번 넘어졌다가 8번째 일어난다는 칠전팔기(七轉八起)란 말도 있지 않은가?
　요꼬야마 대위의 태도로 미뤄 보건대 내가 판단을 잘못한 것 같았다. 내 추측대로라면 제1신과 제2신 영문 편지를 그들이 놓쳤을 리 없고, 신경 갔던 대엿새 동안의 행적도 놓쳤을 리가 없었다.
　그야말로 도무지 알 수 없는 수수께끼 같은 상황이 아니고 무엇이랴? 만일 5X의 실체가 없다면, 도대체 누가 나를 이런 곤경에 빠뜨린단 말인가?

내가 조선인이란 이유로 결혼을 반대하다가 무남독녀 외동딸과 사랑하는 아내를 한꺼번에 잃은 시즈꼬 아버지의 위계일까? 그러나 그렇게는 생각할 수가 없었다. 비록 조선 청년을 사위감으로 맞을 수는 없다고 강경한 태도를 취하다가 외동딸과 아내를 졸지에 잃었다고 하지만, 그는 대일본군의 장군(將軍)이었다. 내가 체포될 당시(1943년 12월 29일) 만주 관동군사령부 최고위직에 있던 장군의 사람됨과 인격으로 봐서 납득하기 어려웠다.

물론 그만한 힘이 있는 건 사실이었다. 만약 '무사시야란 조선 놈 때문에 사랑하는 처자(妻子)를 한꺼번에 잃었다.'는 데 앙심을 품고 나를 괴롭히기로 한다면 얼마든지 가능했다.

대위 진급과 대대장 보직 정도는 식은 죽 먹기일 테고, 극비리에 심복을 시켜 '5X'와 같은 위계 공작(僞計工作)도 벌일 수 있을 것이다. 죽이고 싶도록 원한에 사무쳤다면 어떤 방법으로든 나 하나쯤 쥐도 새도 모르게 죽여 없애기도 어렵지 않을 것이다. 쉽게 죽이기보다는 피를 말릴 대로 말린 끝에 죽여야 직성이 풀리겠다고 생각하면 능히 그렇게도 할 수 있는 힘을 가진 사람이었다.

아무리 그렇더라도 나를 죽도록 사랑한 나머지 사랑과 죽음을 맞바꾼 나의 첫 연인 시즈꼬의 아버지를 그토록 악의에 찬 사람으로 매도하고 싶지는 않았다. 더구나 일본군 육군 대위로서 어찌 장군의 인격을 파렴치범의 파탄한 성격처럼 생각할 수 있으랴?

어쨌든 '5X'는 아무리 생각해도 풀리지 않는 수수께끼였다.

나는 이틀 후에 어김없이 '콧구멍에 고춧가루 물 붓기'를 당한 것을 비롯하여 욕조에 머리통이 거꾸로 처박히는 물 고문, 개구리 공중 매달기와 몽둥이 타작, 장총 메기 상태로 가죽 원통 입혀 조이기 등 2주일 단위로 꼭 같이 되풀이되는 고문을 네 번이나 더 당했다. 체포된 후로 2주일 단위의 고문과 체벌을 벌써 12번씩이나 당했던 것이다.
 그러는 동안에 옥하면 피를 토하고, 속이 메식메식하다 싶으면 금방 토악질과 함께 피비린내가 나곤 했다.
 아픔도 아픔이지만, 이제는 어지러워서 견디기 어려웠다. 일어서기만 하면 쓰러질 듯 비틀거리고, 다리에 힘이 없어서 잘 걷지도 못하고, 바람만 조금 불어도 내 몸이 검부라기나 먼지처럼 날아가 버릴 것만 같았다. 고문당하러 끌려 나가면서 꽤 여러 번 넘어지기도 하고 뒤로 벌렁 나자빠지기도 했다.
 이제 곧 죽음이 다가오는 것일까? 어느덧 가을이 되었는지 밤에는 몹시 추웠다. 그 지겨운 겨울이 다시 올 모양이었다. 차라리 얼른 죽는 편이 훨씬 나을 것 같다는 생각마저 들었다. 죽으면 이런 고통도 끝이 날 게 아닌가? 세월이 가는지 오는지 전쟁은 어떤 상황으로 치닫고 있는지 도무지 알 길이 없었다.

대나무 이쑤시개 고문

　다시 감방에서 끌려나갔다. 장총 메기를 한 수갑을 풀더니 이번엔 한 사람씩 앉는 소학교 학생들 책상 같은 곳에 나를 앉혔다. 한데 붙은 책상과 의자 사이가 어찌나 좁은지 옆으로 간신히 비집고 들어가야 앉을 수 있었다. 앉고 보니 책상이 가슴에 와닿을 정도였다. 가만히 보니 의자와 책상을 한 덩어리로 마룻바닥에 고정시켜 놓았다. 뭘 어떻게 하려고 이러나? 송장이나 다름없는 사람에게 무슨 짓을 하려는지 감이 안 잡히면서도 무서웠다.
　니시무라가 사병들이 허리에 대검(帶劍)을 찰 때 쓰는 가죽 혁대 비슷한 것을 비롯하여 이상한 가죽끈을 한아름 들여다 놓았다. 저런 것들로 나를 어쩔 셈인가? 여지껏 경험하지 못한 새로운 수법이라고 생각하니 두려움부터 앞섰다.
　드디어 하다와 니시무라가 나에게 달려들어 갖다 놓은 가죽끈으로 꼼짝달싹 못 하게 묶기 시작했다.
　우선 두 손만 책상 위에 가지런히 얹어 놓게 한 다음, 두 팔의 팔꿈치가 허리에 딱 붙게 하여 가슴 높이로 팔과 몸통을 의자 등받이 나무에 가죽 혁대 같은 것으로 돌려감아 꽉꽉 조이며 묶었다. 팔꿈치 바로 아래 배 둘레의 몸통도 의자 등받이 나무와 함께 가죽 혁대 같은 것으로 감아서 졸라 묶었다.

 책상 밑의 발 올려 놓는 위치에는 제법 넓적하고 두꺼운 나무가 가로지르고 있었는데, 그 위에 발을 가지런히 올려 놓게 했다. 그 나무에는 발뒤꿈치가 뒤로 물러나지 못하도록 5센티미터 가량의 운두 높은 나무가 막고 있었다. 그들은 두 발을 발 올려 놓는 나무와 함께 가죽끈으로 여러 번 감아 묶어버렸다. 마찬가지로 양쪽 넓적다리도 가죽 혁대로 의자와 함께 꽉꽉 졸라서 동여맸다.

 그래도 준비가 끝난 것이 아니었다. 책상 위의 양손을 약 40센티미터 넓이로 나란히 엎어 놓게 하여 꼼짝 못하게 가죽끈으로 이리저리 묶는 게 아닌가? 애당초 책상 위에는 이렇게 묶을 수 있도록 여기저기 적당한 위치에 고리가 달려 있었다.

 도대체 무슨 짓을 할 작정인가? 이렇듯 몸통과 허리, 양쪽 팔다리와 손발, 넓적다리까지 전부 묶어버렸으니 이제 움직일 수 있는 것이라곤 머리와 열 손가락 뿐이었다.

 그러나 책상 위에 엎어 놓고 묶어버린 양쪽 손바닥 밑으로 두께 2센티미터, 넓이 8센티미터, 길이 60센티미터쯤 되는 널조각을 밀어넣는 게 아닌가? 묶여있는 손바닥 밑에 널조각을 밀어넣으니 손은 더욱 움직이기가 어려워지고 손가락만 2센티미터 두께만큼 높여지는 셈이었다. 열 손가락이 모두 널조각 위의 좌우 끝머리에 가지런히 놓이도록 한 다음 집게 같은 쇠붙이 장식으로 널조각 양쪽 끝과 책상을 함께 집어서 널조각을 단단히 고정시켰다.

 그렇게 한 다음 양쪽 손 언저리의 널조각에 붙어있는 좁고 얇다란 가죽끈으로 내 열 손가락마저 하나씩 각각 묶어버렸다. 그러자 이제는 열 손가락이 모두 널조각 위에 착 달라붙어 어느 손가락 하나 구부리거나 움직일 수조차 없었다. 가죽끈 따위로 하도 많이 묶고 단단히 동여매는 바람에 손톱 부위만 빼고는 모조리 가죽으로 덮혀버렸다.

그제서야 나는 그들이 나를 어떤 식으로 고문하려는지 어렴풋이 감을 잡고는 치를 떨었다. 비인간적인 고문으로 사람에게 고통을 주기 위해 어쩌면 이다지도 교활한 지혜를 짜낸단 말인가?

어쨌든 고문 준비는 완료된 것 같았다. 니시무라가 잠시 나갔다 돌아와 조그마한 상자갑에서 뭔가를 한 웅큼 꺼내놓는데, 이쑤시개였다. 이쑤시개로 뭘 하려는지 짐작하는 것만으로도 아찔한 기분이었다.

니시무라는 호주머니에서 펜치를 꺼내 들고는 의자를 끌어당겨 바로 내가 앉은 책상 맞은편에 앉았다. 하다는 저만치 떨어진 의자에 앉아 담배를 피우고 있었다. 니시무라가 날카로운 끝부분이 5밀리미터리쯤 나오게 해서 이쑤시개 한 개를 펜치로 집었다. 대나무로 깎아 만든 이쑤시개는 여느 것보다는 약간 가늘어 보였다. 그는 아무런 표정의 변화도 없이 내 왼쪽 새끼손가락 손톱 밑의 가운데로 이쑤시개 끝을 쑥 들이밀었다.

나는 그만 '으악!' 하고 비명을 질렀다. 전신이 부르르 떨리고 숨이 콱 막히는 것 같았다. 니시무라는 이쑤시개가 손톱 밑으로 5밀리미터쯤 들어가자 펜치를 뒤로 물려 다시 5밀리미터 정도 길이로 잡고 계속 쑥쑥 밀어 넣었다.

생각하고 말고 할 겨를이 없었다. 연거푸 신음 소리가 터져나왔다.

여지껏 몽둥이로 온몸을 수없이 두들겨 맞고 소금 절임을 당하면서도 이빨이 솟아오르도록 이를 악물어가며 비명 한번 안 질렀었다. 또 콧구멍에 들이붓는 고춧가루 물을 몇 주전자씩 마시고도 살려 달라는 소리 한번 입 밖에 낸 적이 없었다. 그렇지만 이번만은 저절로 비명이 터져나오는 게 아닌가?

온몸을 꽁꽁 얽어매 놨으니 그냥 앉은 채 머리만 흔들어대며 비명을 지를 뿐이었다. 사람을 산 채로 묶어 놓고 예리한 칼로 참외

깎듯이 살갗을 벗겨내도 그보다는 덜 고통스러울 것 같았다. 아마도 그게 죽는 소리였으리라.
왼쪽 새끼손가락 손톱 밑으로는 이쑤시개가 다 들어간 것 같은데, 나는 차마 눈 뜨고 그것을 들여다볼 수도 없었다.
니시무라는 다음으로 왼쪽 약지손가락 손톱 밑에도 똑같이 이쑤시개를 쑤셔넣었다. 부러지는 걸 염려해서인지 끝부분을 조금씩 펜치로 집어 천천히 쑤셔넣었다.
하도 괴성을 질러대니까 하다가 다가와서 내 머리통을 주먹으로 쥐어박으며 윽박질렀다.
"조용히 해, 이새끼야. 네놈이 털어놓지 않으니까 이러는 것 아냐? 지금이라도 늦지 않았어. 자백만 하면 당장 이짓 그만둘 테니까. 계속 고집을 부리면 발톱 밑에도 이렇게 할 거니까 알아서 해."
이럴 바엔 차라리 죽는 것이 얼마나 편할까? 나는 다행히 살아서 감방에 돌아간다면 혀를 깨물고 죽든지, 시멘트 벽을 들이박고 머리가 깨져 죽든지 어쨌든 죽어야겠다고 결심했다. 열 손가락 손톱 밑에 모두 이쑤시개를 쑤셔넣는 동안 나는 그만 기절하고 말았다.
얼마쯤 지났는지 겨우 의식을 되찾자 비린내가 확 끼쳤다. 옷이 흠뻑 젖어있는 것으로 보아 혼절한 내게 물을 퍼부은 모양이었다. 열 손가락 손톱 밑에서 흘러나온 피도 피려니와 옷 앞자락에 토해낸 피가 말라붙었다가 다시 물에 젖는 바람에, 더 고약한 피비린내가 진동하는 것 같았다.
온몸이 전기에 감전된 것처럼 계속 찌르르한 게 머리가 깨지는 듯 아팠다. 열 손가락이 몽땅 잘려나간 것처럼 너무너무 고통스럽다. 정신을 차려 양손을 내려다보니 열 손가락 손톱 밑에 한결같이 15밀리미터 정도씩 이쑤시개가 쑤셔박힌 채 그대로 있었다.
"무사시야 대위님, 내일은 열 발가락 차례입니다. 아시겠습니까?"
니시무라가 담배를 빨아대며 나를 조롱했다. 그는 담배 한 개비를 다 피우고 나더니 그제서야 펜치로 이쑤시개를 하나씩 하나씩 뽑아냈다. 뽑는 것도 쑤셔넣을 때처럼 몹시 아팠다.

'내일은 발톱 밑이라고? 어디 잘해 봐라. 네놈들이 내일 아침에 감방문을 열면 싸늘한 시체만 남아 더 이상 고문하며 즐길 대상이 없어질 게다.'

나는 속으로 이렇게 중얼거리며 이를 악물었다.

하다와 니시무라는 나를 데리고 나가서 내가 있던 징벌 감방이 아니라 당직 헌병이 앉아 있는 자리 바로 앞의 감방에 수감한 다음, 감방 한가운데를 차지한 투박한 나무 의자에 앉혔다.

앉으면서 언뜻 보니 의자의 구조가 기묘했다. 마룻바닥에 붙였다 떼었다 할 수 있는 그 의자는 가운데가 변기통 모양으로 둥글게 타원형 구멍이 뚫려 있고, 바로 그 밑에 윗덮개(뚜껑)가 없는 나무 변기통이 놓여 있었다. 그러니까 앉은 채로 대소변까지 보라는 것이었다.

대체로 장총 메기를 한 채 지냈기 때문에 거의 1년이 지나도록 대변을 본 후 한 번도 밑을 닦지 못했다. 자주 대변을 봐야 할 만큼 먹은 것도 없으려니와 며칠에 한 번씩 보는 대변이나마 변비증이 생겨 한참을 끙끙거려도 토끼 똥만한 것 몇 개가 간신히 나올 정도니 굳이 밑을 닦고 할 것도 없기는 했다.

두 사람은 옷을 벗기고 등 뒤로 가죽 수갑을 채워 장총 메기를 시켰다. 손톱이 모두 뽑힌 것처럼 아파서 견딜 수가 없는데, 장총 메기까지 시키다니? 인정이라곤 손톱에 낀 때만큼도 없고, 오히려 내가 고통받는 모습을 보고 즐기는 눈치였다. 잔인한 놈들. 저 놈들도 인간이란 말인가? 그것도 모자라 발가벗은 채 장총 메기를 한 상태에서 가죽 혁대 같은 것으로 몸통이며 넓적다리를 군데군데 의자와 싸잡아 감고 동여맸다. 그렇게 한 다음 다른 옷을 어깨 위로 덮어 걸치게 하고 앞자락에 달려있는 짧은 끈으로 매었다. 변기통이 달려 앉은 채로 대소변을 볼 수 있는 의자가 필요한 이유를 조금은 알 것 같았다.

이렇게 묶어 놓고 어쩌려나 했더니 하다가 당직 헌병에게 내가 앉은 의자 앞에다 조그마한 탁자 하나를 갖다 놓게 했다. 높이가 가슴까지 오는 탁자였다.

"4호 감방에 갖다 놓은 점심 식사 가지고 와."

하다가 지시를 내리자 당직 헌병이 다시 나갔다가 벤또와 물컵을 가지고 들어와 탁자 위에 올려 놓았다. 하다는 벤또를 열고 조막만한 수수밥 덩이를 뚜껑에 쏟아 놓으면서 말했다.

"점심 식사다, 먹어 둬."

개처럼 입으로 핥아 먹으라는 것이다. 하기야 거의 1년 동안 캄캄한 데서도 그렇게 먹었는데, 전기불이 환하게 켜져 있는 데서 그렇게 먹지 못하랴? 그러나 나는 먹을 수가 없었다. 사치스럽게 자존심 때문에 그런 건 아니었다. 열 손가락의 고통 때문에 정신이 혼미한데다 이빨이 솟아올라 잇몸이 붓고 턱을 움직일 수가 없었던 것이다.

"안 먹는다. 너무나 고통스러워 아무것도 먹지 못하겠다."

"억지로라도 먹어두는 게 안 먹는 것보다는 나을 텐데?"

"도저히 먹을 수가 없다."

그들은 기다렸다는 듯이 벤또를 치워버린 다음 내 입을 억지로 벌려 말에 재갈을 물리듯 만년필 굵기의 30센티미터쯤 되는 나무 막대기를 물렸다. 그러더니 질겨 보이는 노끈을 입에 물린 나무의 양쪽에 걸어 목 뒤로 몇 번씩 거듭 왔다갔다하면서 단단히 조여 맸다.

맙소사. 혀를 깨물고 죽을지도 모르니까 캄캄한 감방에 혼자 둘 수도 없고, 입에 재갈까지 물린다는 것인가? 잔인하게 고문하고 나서 다시 꽁꽁 묶어 놓는 이유를 알 듯했다. 빈틈 없이 대비하는 걸 보면 그런 고문을 당한 피의자가 더러 자살을 하기도 하는 모양이었다.

기가 찰 노릇이다. 어쩌면 내 속을 그다지도 훤히 들여다보고 있을까? 이렇게 되면 벽에 머리를 부딪쳐 죽을 수도 없고, 혀를 깨물고 죽기도 불가능했다. 이럴 줄 알았으면 수수밥 덩이는 안 먹더라도 물은 좀 얼른 마셔둘 것을. 바짝바짝 목이 타 들어갈수록 후회막급이었다.

하다와 니시무라는 이렇게 해놓고 가버렸다.

그런데 정작 이상한 것은 잔인한 고문을 하면서도 5X든 뭐든 사건에 대해 자백하라고 호되게 추궁하지 않았다는 사실이다. 왜 그랬을까? 자꾸 추궁해 봤자 내가 입을 열 놈이 아니라서? 아니면 추궁할 것이 없어서였을까?

감시 헌병이 조그마한 테이블 앞의 의자에 앉아 내 옆 모습을 물끄러미 바라보고 있었다. 나 말고도 복도 양쪽의 여러 감방에 다른 피의자들이 있는 모양이었다. 그들도 나처럼 참담한 고역을 치렀던 것일까?

세상에 이렇게까지 고통을 줄 수는 없었다. 차라리 얼른 죽여주면 얼마나 좋을까? 죽이지도 않고 고문만 계속하는 이유가 도대체 뭐란 말인가? 소위 5X의 배후 조직을 알아내기 위해서일까? 하지만, 내가 그걸 모르고 있으니 어쩌면 좋으랴? 그렇거나 말거나 자백할 때까지 고문은 계속될 것이다.

참으로 딱한 노릇이었다. 다음에는 발톱 밑에까지 이쑤시개를 쑤셔넣겠다고 했다. 그 다음엔 펜치로 손톱 발톱을 모두 뽑아버리겠다고 하지는 않을까? 무서웠다. 더 당하기 전에 얼른 자살이라도 해야겠는데, 하느님도 무심하시다.

저녁때가 되자 식사를 넣어주는 사람이 감식 벤또와 물 한 컵을 가지고 와서 앞에 놓인 탁자 위에 놓았다. 헌병이 따라 들어와서 물었다.

"밥 먹을 거야?"

나는 고개를 끄덕였다. 밥은 못 먹더라도 물이나마 마셔야겠다고 생각했기 때문이다. 헌병이 입에 물린 재갈을 풀어주었다.

그 순간 퍼뜩 혀를 깨물어 버리고 싶은 생각도 들었지만, 그래 봤자 죽지도 못하고 병원으로 실려가는 소동만 벌어질 것 같아 그만두었다.

헌병이 벤또를 열어 수수밥을 뚜껑에 쏟아 놓고 말했다.

"식사해."

"밥은 못 먹겠으니 물이나 좀 마시도록 해주게."

헌병은 아무말도 없이 물컵을 들고 입에 대주었다.

나는 물을 마시면서 생각했다. 살아야 한다. 어떤 고통을 당하더라도 죽지 말고 살아야겠다. 살아서 일본이 패망하는 모습을 지켜봐야지. 그러기 위해선 뭐라도 먹어야 한다. 먹어야 산다. 헌병이 벤또 뚜껑에 쏟아 놓은 수수밥 한 덩이를 나는 개처럼 핥아먹었다. 양냥이뼈가 아파서 꽤 오랫동안 씹어야 했다.

"미안하지만, 물 한 컵만 더 마시도록 해줄 수 없겠나?"

내가 사정하자 헌병은 개처럼 핥아먹는 내 꼴을 물끄러미 바라보다가 측은해 보였던지 곧바로 제 책상 위의 물 주전자를 갖고 와서 그냥 내 입에 대고 따라 주었다. 나는 물을 실컷 마셨다.

그 당직 헌병이 고마웠다. 붙들려 온 지 거의 1년이 지나도록 한 번에 한 컵 이상 이렇게 물을 많이 마셔본 일은 없었다.

"윗사람들에게 말해서, 혀 깨물고 죽지 않을 테니 제발 재갈 좀 물리지 않도록 해주겠나?"

또다시 재갈을 물리려는 헌병에게 이렇게 사정했지만, 그는 대답없이 내 입을 벌려 막대기를 물리고는 먼저처럼 노끈으로 단단히 동여매 버렸다.

어쨌든 물을 실컷 마시게 해준 그가 고마울 따름이었다. 언제까지 이렇게 내버려둘 것인지 참으로 답답했다. 하다와 니시무라는 얼씬도 하지 않고 간수 헌병만 번갈아 바뀌었다. 재갈이 물린 채 꼼짝없이 밤을 지새울 것만 같았다. 아니나 다를까, 나는 장총 메기에다 온몸이 묶이고 재갈이 물린 채 잠 한숨 못 자면서 고통스러운 하룻밤을 지새웠다. 손톱의 아픔 때문에 잠을 이룰 수가 없었던 것이다.

나는 아침 식사로 갖다 준 수수밥 덩이도 먹었다. 역시 양냥이뼈와 잇몸이 아파 오래도록 힘들여 씹어먹는데, 아래 위 이빨이 맞닿으면 몹시 아팠다.

이렇게 먹는 것도 식사라고 할 수 있을지 모르지만, 어쨌든 식사가 끝난 지 한 시간쯤 후에 하다와 니시무라가 다시 나타났다.

요꼬야마가 아닌 대위 한 사람이 그들의 뒤를 따르고 있었다. 검은 색 가방 하나를 든 대위의 몸에서는 알콜 냄샌지 소독약 냄샌지 병원에서 맡을 수 있는 냄새가 물씬 풍겼다. 나는 직감으로 그가 군의관이란 걸 알았다.

군의관이 왜 왔지? 나는 순간 저으기 놀랐다. 남경 다마부대(多摩部隊;일명 제1664부대)나 이시이(石井) 제731부대, 태·버마 철도 부설공사 현장 등지에서 생체실험이 행해졌다는 말을 얼핏 떠올렸기 때문이었다.

일본 본토 내에도 생체실험을 하는 곳이 있나? 나는 군의관이 느닷없이 들이닥친 것은 아마도 나를 생체실험 재료로 쓸 만한지 검사(Check)하기 위해서라고 생각해 버렸다.

하다와 니시무라가 달려들어 입에 물린 재갈을 풀고, 의자에 묶인 것과 등 뒤로 채워진 손목의 가죽 수갑도 풀었다. 나는 공포심이 가득찬 눈으로 그들의 움직임을 주의깊게 바라보았다. 니시무라는 내 몸에 걸쳐진 옷을 벗겨 허리 아래 음부 근처를 가렸다.

군의관이 내 앞에 있던 탁자를 옆으로 비켜놓고, 그 위에서 검은 가방을 열어젖히더니 청진기를 꺼내들었다. 그는 청진기를 귀에 꽂고 내 가슴 근처를 여기저기 대보면서 진찰하였다.

"숨을 크게 쉬어 보시오."

시키는 대로 숨을 크게 들이쉬는데, 가슴이 뜨끔하고 아파서 더 이상 숨을 크게 쉴 수가 없었다. 분명 정상이 아닌 것 같았다.

군의관은 내 눈도 이쪽 저쪽 까발려 보고, 혓바닥도 내보이라 하여 검사하고, 다리도 만져보았다. 그런 다음 가슴과 배에 다시 청진기를 대고 이상하다는 듯 고개를 갸우뚱거리며 한참동안 진찰을 했다. 그는 진찰 결과에 대해서는 가타부타 소리없이 청진기를 챙겨넣은 가방을 들고 일어섰다.

"군의관!"

나가려고 돌아서는 그를 내가 불러세웠다. 나는 주춤하면서 돌아보는 그에게 정중한 태도로 물었다.

"한 가지만 물어보겠소. 내가 여기서 받은 고문과 체벌에 대해서는 이 사람들에게 들어서 잘 알고 있을 테고, 지금 진찰도 했습니다. 내가 만일 죽지 않고 살아서 바깥 세상에 나간다면 신체에 어떤 영향이 미치는지 말해 주시오."

그러자 하다가 가로막고 나섰다.

"닥쳐, 이놈아."

하다의 태도에는 아랑곳하지 않고 군의관은 선선하게 대답을 했다.

"좋소. 내 말해 주리다. 만일 당신이 운 좋게 여기서 풀려 나간다면 아직 젊으니까 곧 건강이 정상으로 회복될 거요. 그렇지만, 대략 오륙 년마다 주기적으로 중병을 너댓 차례 앓다가 결국은 죽고 말아요. 이것이 나의 정직하고 정확한 말이오. 그럼, 이만."

나는 군의관의 말에 수긍이 갔다. 군의관이 나가자 하다가 따라 나갔다. 한쪽 구석에서 멀거니 자리를 지키고 서 있던 니시무라가 말했다.

"그런 건 왜 물어봐? 대답을 안 듣느니만 못하잖아. 그러니 얼른 자백이나 하라구."

하다는 20분쯤 지나서 돌아왔다. 그는 니시무라와 함께 이쑤시개를 쑤셔 넣던 어제 그 감방으로 나를 다시 데리고 갔다. 니시무라가 말한 대로 발톱 밑에도 이쑤시개를 쑤셔 넣을 참인가? 그들은 어제처럼 나를 옴짝달싹 못 하게 붙들어 매기 시작했다.

하다는 군의관에게 무슨 이야기를 들었기에 또 고문을 시작하려는 것일까? 군의관이 고문을 더 해도 아직 죽지는 않을 거라고 했을까? 발톱 밑에 이쑤시개를 쑤셔 넣을 준비가 다 된 모양이다.

아니나다를까, 왼발 엄지 발가락을 매만지는가 싶더니 어느새 이쑤시개를 쿡 쑤셨다. 내 입에서는 또 저절로 비명이 터져나온다. 온몸을 어찌나 꽁꽁 묶어놨던지 머리짓만 할 수 있을 뿐 다른 곳은 조금도 움직일 수가 없었다. 고통을 참을 수 없어서 뒤통수를 벽에 마구 부딪쳐봤더니 분명 단단할 거라고 생각했던 벽에는 뒤통수가 닿는 부분에 미리 솜방석 같은 것이 붙어있었다. 하도 소리를 질러대니까 하다가 무슨 걸레같은 것으로 내 입을 틀어막았다.

결국 나는 왼발이 다 끝나고 오른발 발톱 밑도 전부 당했다.

하다와 니시무라는 거의 의식을 잃고 송장같이 늘어진 나에게 언제나처럼 장총 메기를 시켰다. 나는 양팔을 등 뒤로 하여 두 손목에 가죽 수갑이 채워진 채 간밤에 거의 뜬 눈으로 지새웠던 감방으로 끌려가 변기통이 달린 의자에 꽁꽁 묶였다. 그들은 내 입에 재갈을 물린 뒤 가버렸다. 손톱 발톱이 모두 으깨지는 듯한 아픔을 견디며 또 하룻밤을 지새웠다.

갑자기 중단된 전기 고문

다음날도 나는 하다와 니시무라에게 끌려나갔다. 역시 손톱·발톱 밑에 이쑤시개를 쑤셔넣던 의자에 묶였다.
그런데 이번에는 준비하는 게 좀 달랐다. 펜치로 손톱 발톱을 뽑는 고문은 아닌 것 같다. 그들은 조그만 손잡이를 돌려 교환수를 부르는 자석 전화통 같은 것을 갖다놓았다. 자석 전화통 같은 것은 전기 고문에 쓰는 발전기라고 생각되었다. 아마도 말로만 듣던 전기 고문을 당하게 되는 모양이었다.
왜놈들이 우리나라의 애국지사나 독립군을 잡아다가 전기 고문을 많이 했다는 것을 중학교 때 만났던 김동웅 형에게 들은 적이 있다. 물론 전기 고문을 어떻게 하는지는 들은 바 없지만…….
하다와 니시무라는 발전기 통을 가까이 갖다놓고 내 음부 근처에 덮힌 옷을 헤치더니 발전기에 연결된 전기줄 한 가닥을 끌어다 음경에 챙챙 감아 붙들어맸다. 세상에 별 희한한 짓도 다한다는 생각이 들었다.

'하느님 맙소사. 이렇게 해놓고 저 손잡이를 돌리면 내 몸에 전류가 통해서 엄청난 고통을 줄 게 아닌가?'

바로 그때였다.

급히 감방문을 두드리는 소리가 들렸다. 그 소리에 하다가 밖으로 나가고, 니시무라도 열린 감방문 쪽으로 가서 내다보았다. 잠시 후에 하다가 다시 들어와 잠깐 동안 니시무라와 속닥거리며 무슨 이야기를 했다.

그들은 고문하기 위해 준비했던 것들을 걷어치우고는 나를 의자에 묶었던 가죽 혁대 같은 것들도 모두 풀었다. 뜻밖에도 등 뒤로 채웠던 가죽 수갑까지 풀어주었다. 그리고는 옷을 걸쳐 입힌 다음 나를 데리고 나갔다.

나는 순간 겁이 덜컥 났다. 어제 군의관이 검사를 하고 가더니 나를 생체실험의 재료로 쓰기 위해 데리러 온 것은 아닐까? 아니면 그냥 데려다가 총살시켜 버릴 작정인가? 나는 잔뜩 긴장했.

내가 발이 아파서 잘 걷질 못하자 그들은 양쪽에서 겨드랑이에 손을 넣어 나를 번쩍 들고 위층으로 올라갔다. 내가 줄곧 지하에서 고문당하고 수감되고 했으니까, 위층이란 바로 지상 1층이었다.

지상 1층에도 복도 양쪽에 감방이 몇 개씩 있었다. 그들은 나를 1층 5호 감방에 수감했다. 체포되어 온 다음날 수감되어 소화(昭和) 19년(1944년) 신년을 맞이했던 바로 그 방이었다. 장총 메기도 하지 않은 채 수감되었던 것이다.

웬일일까? 전기 고문을 하려다 갑자기 무슨 일이란 말인가? 그런 생각을 하고 있을 때 나를 부르는 소리와 함께 감방문이 열렸다.

"제7호."

니시무라가 옷 보따리를 들고 와서 내 앞에 던져 놓고 말했다.

"옷 갈아입으시오."

체포되어 오던 날 입었던 옷이었다. 대위 계급장이 붙은 상하 정복과 속내의, 양말까지 내가 벗어 놓았던 것이었다. 소지품과 닙뽄또우, 망토와 장화는 없다.

나는 불길한 예감이 자꾸 들었다. 이놈들이 갑자기 왜 이러지? 군의관이 진찰하고 가더니, 생체실험을 하는 곳으로 압송되는 것일까? 불안하다. 나는 놀란 표정으로 니시무라에게 물었다.

"대체 어떻게 된 일인가? 나를 어딘가로 보내려는 건가, 아니면 재판도 없이 총살시켜 버리려고 데려가는 건가?"

"둘 다 아닙니다. 그냥 옷만 바꿔 입는 것입니다."

그러고 보니 나를 대하는 니시무라 중사의 말투도 달라져 있었다.

"여기 헌병대장 이름이 뭔가?"

"지금 대장님은 시마사끼(島崎 勇) 대좌님이십니다. 몇 달 됐지요. 8월 1일자로 오셨습니다."

"그전까지는 누구였나?"

"시미즈(淸水 平八郞) 대좌님이셨습니다."

혹시나 해서 물었는데, 아는 사람들은 아니었다. 히로시마는 내가 대동아전쟁이 일어나기 전까지 근무했던 곳이라 헌병대장급 대좌 몇몇 사람은 알고 있었기에 물어보았던 것이다. 나는 다시 물었다.

"나를 지금 어디로 데려가려고 옷을 입게 하는가?"

"아닙니다. 그냥 옷만 바꿔입는다고 하지 않았습니까?"

아무리 생각해도 이상한 일이었다. 니시무라 중사가 전과 달리 꼬박꼬박 경어를 쓰는 것으로 보아 불안해 하고 두려워하는 내 걱정이 기우(杞憂)라는 생각이 들면서도 갑자기 태도가 달라지니까 까닭을 몰라 답답하기만 했다. 도대체 무엇 때문이란 말인가? 왜 속 시원히 해명을 해주지 않는 것일까?

어쨌거나 입으라니 입어야 한다. 손톱 발톱이 모두 빠질 듯이 아파서 속내의를 입는데도 무척 힘이 들었다. 간신히 속내의를 입고 보니 이게 웬일인가? 분명히 내 옷인데 남의 옷을 입은 것처럼 헐렁헐렁하지 않은가! 내 몸의 살이 빠지고 말라서 그만큼 옷이 헐렁해진 모양이었다.

하긴 거의 1년이 가까와지고 있지 않는가? 가죽 원통으로 조이는 고문만 해도 12번이나 되고, 그밖에도 온갖 고문을 다 당하며 피까지 토하는 지경에 이르지 않았던가? 거기다 조막만한 수수밥 덩이를 먹으면서 견뎌 왔으니 뼈와 가죽만 남은 앙상한 몰골일 수밖에……. 당연히 옷이 커진 것처럼 느껴질 만도 했다.

허리춤에 달린 끈으로 휘어잡아 군복 바지를 입으니 헐렁하기는 마찬가지였다. 허리 둘레가 103센티미터였는데 몸통 하나는 더 들어갈 만큼 바지통이 커진 것 같다. 군복 상의를 마저 입어 보았다. 이럴 수가 있나? 꼭 황새에게 우장(雨裝 ; 비옷)을 입혀놓은 꼴이다. 참으로 기가막힐 노릇이었다.

하기야 나 자신이 생각하기에도, 바람만 좀 심하게 불면 금방 날아가 버릴 검불처럼 느껴질 정도로 어지간히 마른 것은 사실이었다. 눈물이 확 쏟아진다. 내 몰골이 내가 생각해도 말이 아닌 것이었다. 일본인들이 뼈와 가죽만 남은 사람을 보고 사람 이름처럼 빗대어 호네가와 스지에몽(骨皮 筋衞門)이라고 하는데, 내가 그 호네가와 스지에몽이었다.

내가 옷을 다 입고 나자 니시무라 중사는 앞자락이 피로 얼룩진 잠옷을 챙긴 다음 감방문을 닫고 가버렸다.

전기 고문을 하려다 중단하고, 장총 메기를 한 가죽 수갑도 풀어주고, 캄캄한 지하 감방에서 지상 1층의 환한 감방으로 옮겨주고, 군복까지 입게 하다니 이런 돌연한 변화가 길조인지 흉조인지 당장은 가늠할 수가 없었다.

도대체 왜, 누가 와서 무슨 말을 했길래 이들의 태도가 달라졌을까? 일본이 드디어 연합군에게 항복이라도 했나? 아직 그럴 단계는 아닐 텐데, 도무지 모를 일이었다.

아버지께서 아시고 손을 쓰신 것일까? 행여 그럴 경우 내가 체포된 걸 아버지께서 어떻게 아셨는지 궁금했다. 혹시 미쓰꼬가 인간적인 정리를 생각해서 고민고민하며 괴로워하다가 헌병대 특수반의 함구령을 어기고 뒤늦게나마 도쿄 집에 연락해 주었을까? 내 육감으로는 어쩐지 그럴 것 같기도 했다. 좌우간 이만하기가 다행이었다. 지난일이야 어떻든 뒤늦게나마 그렇게 해주었다면 고마운 일이 아닌가?

아니면 대만에서 헤어진 중학교 동창 미우라(三浦) 대위나 신경행 열차에서 만났던 사사끼(佐佐木) 대위가 나를 만나러 서부 제8부대로 갔다가 어떻게 내 사정을 알고 집에 연락해 주었을까?

설사 그렇게 아셨다 해도 내 혐의가 국가 반란 예비 음모죄인데, 배후에서 교섭한다고 그게 어디 손톱이나 들어갈 사안(事案)인가? 더구나 대심원(大審院 ; 대법원) 부장(판사)의 배경이 군부에 무슨 힘을 미치랴? 어림없는 상상이었다.

"제7호."

나를 부르는 소리와 함께 감방문이 열렸다. 나는 순간 버릇처럼 가슴이 덜컥 내려앉는 걸 느꼈다. 니시무라 중사가 감방문 앞에 서서 말했다.

"속옷의 허리끈과 군복 바지의 허리끈을 떼어내 주십시오."

속옷이나 군복의 하의에는 양쪽 적당한 위치에 허리춤을 여미는 끈이 각각 달려있다. 군복 바지의 허리춤을 끈으로 졸라맨 다음, 위로 칼을 찰 수 있는 가죽 혁대를 차도록 되어 있었다.

그가 하라는 대로 허리끈을 뜯어내려 해도 손가락 끝이 아파서 손에 힘을 줄 수가 없었다. 니시무라 중사가 지켜보고 있다가 거들어 주어서 겨우 그것을 뜯어낼 수 있었다. 그는 뜯어낸 끈을 가지고 가버렸다.

아마도 허리끈 4개를 모두 떼어낸 후 이어서 목이라도 매달고 죽을까 봐 뒤늦게 깨닫고 급히 회수해 가는 모양이었다.

'그러나 나는 안 죽는다. 죽기는 내가 왜 죽어? 끝까지 살아남아 일본이 전쟁에서 백기를 드는 꼴을 두 눈 크게 뜨고 똑똑히 볼 것

이다. 적어도 그때까지 자살은 안한다.'

점심 식사가 왔다. 역시 감식이 아닌 정상적인 벤또에 반찬 그릇도 넣어주었다. 2홉짜리 정량 수수밥 벤또와 생선 조린 것 두 토막, 그리고 대나무 컵의 더운 물까지 나왔다. 내 딴에는 눈 깜짝할 사이에 죄다 먹고 마신다는 게 한 시간은 족히 걸렸다.

참으로 오랜만에 생선 조린 것을 반찬으로 해서 밥을 먹으니 이제 죽어도 소원이 없을 것 같다. 나는 생선 가시까지 하나도 버리지 않고 따로 모아두었다가 사력을 다해 죄다 씹어먹었다.

한 열흘쯤 지나고 또다시 열흘쯤 지난 것 같았다.

그러나 정작 며칠이 지났는지는 짐작도 가지 않는다. 그토록 악랄한 고문을 해대고 소금까지 뿌려가며 두들겨 패던 하다와 니시무라도 꽤 여러 날째 얼굴을 볼 수가 없었다.

나를 어떻게 하려고 이러는지 알 수가 없었다. 그 동안 줄곧 감식이 아니라 정상적인 식사를 제공해 왔는데, 이렇게 잘 먹여서 건강이 회복되면 나를 생체실험 재료로 써먹으려는 건가?

어쨌든 고문이나 체벌이 없고 식사도 제대로 주는 것으로 보아 나쁜 징조는 아닌 것 같았다. 옷을 제대로 입었는데도 무척이나 음산하고 추운 것으로 보아 이제 겨울철임이 분명하다.

어느날 아침이었다. 아침 식사를 하고 30분쯤 되었을까?

"제7호!"

호명을 하더니 감방문이 열리고, 오랜만에 하다 상사와 니시무라 중사가 나타났다. 니시무라가 허리띠 하나를 주며 말했다.

"허리띠로 바지를 잘 여며 매십시오."

하도 바지가 헐렁하니까 그러는 모양이었다.

"어디로 가는 건가?"

"군법회의에 회부되었습니다."

아마도 군 검찰관에게 불려간다는 말이리라. 그러니까 재판은 받게 해 주는 것 같았다.

"오늘이 몇 월 몇 일인가?"

"12월 18일입니다."

조선에서 고등계 형사로 15년을 근무했다는 하다 상사가 나를 대하는 태도도 사뭇 달라졌다. 말씨도 깍듯했다.

"그럼 무슨 요일이지?"

"월요일입니다."

12월 18일. 내가 체포된 지도 어언 거의 1년이 됐다. 소화 18년(1943년) 12월 29일 체포됐었으니까 1년에서 열흘이 모자랐다. 고문과 체벌로만 채워졌던 1년 세월. 생각할수록 그 끔찍함에 몸이 부르르 떨렸다. 저승이란 곳도 그보다는 나을 것이고, 설혹 지옥이라 한들 그보다 더하랴 싶었다.

나는 검찰관 앞으로 불려갔다. 그는 소좌 계급을 달고 있었는데, 나이는 서른이 좀 넘어 보였다. 그는 사건 기록을 여기저기 건성으로 뒤적이다가 인적 사항 등 의례적이고 형식적인 질문만 몇 마디 던지고는 서둘러 사무를 끝냈다.

"나흘 후인 12월 22일 금요일에 재판이 있습니다. 고생 많았습니다. 용기를 잃지 마십시오."

어쨌든 일반적으로 알려진 상식과는 동떨어진 처리 방식이었다. 군 검찰관은 헌병대에서 사건 취조를 끝내고 군 검찰로 피의자 신병과 함께 조서를 넘겨 온 사건을 배정받아 우선 피의자를 접견하고 대충 인정(人定) 신문을 한 후 사건 기록을 면밀히 연구·검토해야 한다. 기소 여부를 정하기에 앞서 사건 기록에 의거한 취조를 철저히 하여 적용 법규를 세밀히 검토한 다음 이를 기소하여 재판부로 넘긴다. 이것이 법률에 종사하지 않더라도 웬만한 사람이면 알고 있는 상식이다.

그런데 나를 불러낸 검찰관은 심문(審問)인지 인정신문(人定訊問)인지 두루뭉실하게 질문을 두서없이 몇 마디 하고는 나흘 후에 재판이라고 했던 것이다. 그러니까 검찰의 심문이나 취조 등은 생략되었단 말인가? 이처럼 싱겁게 끝낼 사안이 아닐 듯한데 이상했다.

재판을 받으면 어떤 판결이 내려질지 궁금하고 신경이 쓰여서 나는 오만 가지 상상을 하며 거의 뜬 눈으로 밤을 지새웠다. 가죽 원통 조이기를 비롯한 어떤 고문도 당하지 않건만 숨쉬기가 여간 힘든 게 아니었다. 가끔이긴 해도 밭은 기침을 하다 보면 피를 토해내기도 했다. 아무래도 폐가 많이 상한 것 같았다.

등 뒤로 양 팔을 가죽 수갑에 채워 묶는 장총 메기를 하도 오랫동안 당했던 탓으로 팔 놀림도 전같지 않고 어깨죽지에 자주 통증을 느꼈다.

또한 개구리처럼 공중에 매달린 채 몽둥이로 마구 두들겨 맞아 등허리 전체가 만신창이가 되어 있었다. 소금을 뿌려가며 두들겨 맞았던 탓에 이루 말할 수 없이 쓰리고 아프긴 해도 곪지 않은 게 다행이라면 다행이었다.

그런데 이번에는 만신창이가 되었던 자리에 딱지가 거의 아물어 떨어지면서 등허리의 피부가 무슨 창호지 같은 종이에 풀을 발라 척 갖다붙인 것 같은 느낌을 주었다. 몸을 움직이면 좀 땡기기도 하고 감각도 무뎌진 게 등허리에 뭘 붙여서 짊어지고 있는 기분이었다.

이쑤시개 고문을 당한 손발은 손톱 발톱이 모두 뽑혀나가는 것처럼 아프고, 그 바람에 온몸이 저려오던 고통은 이제 좀 견딜 만했다. 그러나 여전히 손발을 움직이기는 힘들 뿐 아니라 손끝이나 발끝이 어디 조금이라도 닿기만 하면 자지러질 듯이 아팠다.

검찰관의 태도가 아무리 의례적이고 형식적이라 하더라도 내 마음은 재판에서 어떤 판결이 내려질지 실로 불안하고 초조했다. 검찰관을 만난 후에는 오히려 마음이 안정되지 않고 온갖 상상을 하게 되었다. 혹시 전혀 다른 상황으로 뒤집혀 총살로 결말이 나지는 않을까? 내가 살아난다는 아무런 보장도 없는 것이었다. 군법회의를 앞둔 마지막 밤은 마음이 졸아들 대로 졸아들면서 지나갔다.
 소화(昭和) 19년(1944년) 12월 22일 금요일이었다.
 군법회의가 열린다는 날이었다. 아침 식사도 하는둥 마는둥 하고는 계속 바깥쪽에 귀를 기울였다. 이제나 저제나 하던 차에 이윽고 감방문이 열리면서 헌병이 나를 불러냈다.
 "제7호, 나와."
 나 말고도 이방 저방에서 7명이나 더 불려나왔다. 감방에서 나오자마자 모두에게 수갑이 채워졌다. 보아하니 나를 제외하고는 모두 사병들이었다.
 피고 8명은 군법회의 법정에 들어가서 헌병이 세워주는 순서대로 섰는데, 내가 맨나중이었다. 헌병이 수갑을 전부 풀어주더니 말했다.
 "모두 한 발씩 물러서서 의자에 앉아."
 방청석에는 전부 일곱 사람이 앉아 있었다. 물론 민간인은 한 사람도 없고, 소위 두 사람, 견습 사관(曹長) 두 사람, 상사(曹長) 두 사람과 하사(伍長) 한 사람 등이었다.
 얼마 있으니 검찰관 두 사람이 들어왔다. 한 사람은 대위고, 또 한 사람은 며칠 전 내가 만났던 소좌였다. 곧이어 세 사람이 들어왔는데, 재판장을 위시하여 배석 재판관이거나 법무관인 것 같았다. 재판장인 듯한 사람은 대좌였고, 나머지 두 사람은 중좌와 소좌였다.
 "기립!"
 헌병〔廷吏;정리〕의 구령 소리에 모두 일어났다.
 "경례! 착석!"
 재판이 시작되는 모양이었다. 재판석을 향해 내가 맨왼쪽에 앉아있었다. 나를 제외한 7명의 피고가 이름을 부르는 순서대로 앞으로 나가서 나란히 섰다. 그런데 차례로 불리는 이름 가운데 여지껏 일본 사회에서는 별로 들어보지 못한 몇몇 이름이 있었다. 재판

진행 상황을 자세히 듣고 보니 그 피고들은 놀랍게도 모두 조선인 사병들이었다. 그 가운데는 내가 소속돼 있던 서부 제8부대 소속의 신병도 세 사람이나 있었다.

이미 구형 재판을 받았던 그들은 그 날 형을 언도하는 재판을 받으러 나온 것이었다. 차례로 관등씨명이 불리는데 한 사람만 일등병이고 나머지는 모두 신병 훈련 중에 부대를 탈출한 도망병들이었다.

재판장이 한 사람씩 호명하여 육군 형법의 적용 법조문을 일일이 적시하고 그에 의거하여 언도하노라며 형량을 언도했다. 거의 모두에게 '도망죄', '절도죄 및 도망죄' 등으로 8개월 내지 1년 6개월의 징역형이 각각 언도되고, 그 중 한 피고만 '병역 면탈죄'로 1년 6개월 징역형이 언도되었다. 도망죄는 8개월, 도망 및 절도죄는 1년 혹은 사안에 따라 1년 6개월 징역형도 3명이 있었다.

그들은 모두 훈련을 마치고 남방 최일선으로 가서 죽느니 차라리 도망이라도 치겠다고 한 사병들이었다. 붙잡히지 않으면 다행이고, 붙잡히면 형무소에 가는 편이 오히려 낫다고 생각하여 부대를 탈출했으리라. 탈출하다 보니 군복 대신 민간복이 필요하여 절도죄도 추가됐을 것이다.

공교롭게도 그 법정의 피고 전원이 조선인이라니 재판관들이나 검찰관들의 심경도 착잡했으리라. 7명의 피고는 형을 언도받고 다시 수갑이 채워져서 모두 밖으로 끌려나가고, 재판장은 언도가 끝난 피고들의 기록을 정리했다.

재판정에 나 혼자 남았다.

재판장이 내려다보며 내 이름을 불렀다.

"피고 무사시야 도라노스께(武藏谷 虎之助)."

"하이."

나는 대답하고 일어섰다. 재판장이 의례적으로 인정신문을 했다. 그런 다음 한참동안 기소장을 비롯한 제반 사건 서류를 뒤적이며 배석 판사들인지 법무관인지 좌우에 앉은 사람들과 의논하더니 사건에 관한 심문은 일체 생략하고 검찰관 소좌에게 물었다.

"본건 사건은 그 심의를 생략하겠는데 검찰측 신문 있습니까?"

"없습니다."

검찰관 소좌가 간명하게 대답한다.

"그럼, 구형하시오."

"네. 피고 무사시야 도라노스께에게 육군 형법 제32조를 적용하여 금고(禁錮) 5년을 구형합니다."

순간 나는 환호성을 지를 뻔했다. 총살을 면하다니! 꿈인가 싶었다.

이제 살았다. 오냐, 5년이라면 육군 형무소에서 군말 없이 기다리겠다.

내가 구형의 의미를 되새기는 동안에 재판장의 말이 떨어졌다.

"그러면 언도 공판은 오는 29일 열겠다."

이렇게 구형 재판은 끝났다. 먼저 조물주께 감사드리고, 돌아가신 친부모님과 일본인 부모님께도 감사 드렸다. 나는 이제 이 세상에 다시 태어난 것이다.

그 순간 무심코 뒤를 돌아본 나는 조금 놀랐다. 방청석에 아무도 없었던 것이다. 재판이 시작될 때 방청석에 있었던 7명의 방청인은 언도를 받은 일곱 피고의 부대에서 나온 사람들이었을까?

그러니까 나는 방청객이라곤 아무도 없이 오직 재판관석의 세 사람과 두 검찰관, 서기와 헌병, 나를 데려온 하다와 니시무라만 있는 데서 어떤 심의나 심문도 없이 속성으로 약식(略式)의 해괴한 구형 재판을 받았던 것이다.

혹시 5X가 특수반의 공작에 의한 조작이었기 때문에 아무것도 심문할 내용이 없었던 것일까? 그렇다면 무죄 석방이어야지 5년 금고형은 뭐란 말인가? 두 차례나 괴편지를 받고도 관헌에 고발하지 않았기 때문에 '불고지죄(不告知罪)'의 값으로 5년 금고형이란 말인가? 참으로 알 수 없는 노릇이었다.

어쨌거나 나는 죽지 않고 살게 됐다는 사실 말고는 아무것도 생각하지 않기로 했다. 그리고 1주일 동안의 고문 없는 수감 생활이 지나갔다.

12월 29일 금요일 오전 10시에 나는 언도가 있을 군법회의 법정에 불려갔다. 나는 여전히 혹시라도 구형과 달리 이변이 일어나면 어쩌나 하는 불안감을 떨쳐버릴 수가 없었다.

재판장이 나타났다. 헌병의 구령에 따라 기립하고 경례가 끝난 다음 즉시 호명을 받고 나는 재판석 앞에 섰다. 재판장은 엄숙한 표정으로 개정을 선포한 후 곧장 언도를 했다.

"피고 무사시야 도라노스께, 육군 형법 제32조를 적용하여 금고 5년형에 처한다."

언도 전에 으레 있기 마련인 '할 말 없는가?' 따위의 질문도, 최후 진술의 기회도 없이 그냥 속결로 처리되었던 것이다.

이것으로 사건은 일단 막을 내렸다.

그러나 체포된 지 꼭 1년만에 금고 5년형을 받고도 나 자신마저 사건의 진실에 대해 아는 것은 없었다. 'XXXXX(5X) 비밀 결사단'이라는 이름으로 육군성으로부터 온 영문 편지의 정체는 여전히 오리무중(五里霧中)일 따름이었다.

참담한 고문과 비정상적인 군법회의 재판 과정 등으로 미루어 보건대 사건은 분명히 악의에 찬 헌병대 수사반의 위계(Trick)가 아니었을까 하는 의구심을 지울 수 없었다. 조선인이라는 이유만으로 무고한 죄값을 치렀던 것이다.

5년 금고형을 언도받은 지도 며칠이 지났다.

아침 식사를 넣어주는데 '오조우니(おぞうに)'가 반찬 그릇에 가득 담겨 있었다. 야채에다 고기와 떡을 썰어넣어서 만드는 일본식 떡국인 '오조우니'는 주로 정초에 먹는 음식이다.

그러니까 그 날이 소화(昭和) 20년(1945년) 정월 초하룻날이었다. 언도받은 날이 12월 29일이니까 사흘 후면 당연히 정월 초하루가 아닌가! 나는 정신적 여유가 없어서 그 사실마저 까맣게 잊고 있었던 것이었다.

   식구들이 몹시 그리웠다. 사람들은 역경에 맞닥뜨릴수록 식구들 생각부터 난다고 하는데, 나는 그 동안 식구들을 생각할 겨를조차 없었다.

   우리집 꼬마 공주들도 한 살씩 더 먹었으니 이제 일곱 살과 네 살이 되었을 것이다. 지금쯤 식구들은 밥상머리에서 어머니와 아내가 끓인 따뜻한 '오조우니'를 먹으며 내 이야기를 하고 있으리라. 어쨌든 죽지 않고 전쟁이 끝나면 집에 갈 수 있겠지. 나는 식구들을 생각하며 '오조우니'를 곁들인 아침 식사를 했다.

   너댓 살 때의 어린시절 생각도 났다. 정월 초하룻날 아침이면 때때옷 차려입고 엄마, 아빠께 세배드린 다음 세뱃돈을 듬뿍 받고 떡국을 먹던 일은 얼마나 즐거운 추억인가? 동무들을 만나 때때옷 자랑도 하고, 밤 대추 곶감 등 맛있는 것들을 호주머니에 가득 넣고 동무들과 나누어 먹기도 하던 아득한 옛날 일들이 머리를 스치고 지나갔다.

   나에게 부모님과 고향과 조국은 존재의 의미에서 하나이다. 나는 죽지 않고 살아남아서 꼭 조국과 고향과 부모님을 찾아갈 것이다. 이제 내가 여기 일본 땅에 더 머물러 있어야 할 이유가 없지 않은가!

   아마도 연말연시라서 육군 형무소로 호송하는 것이 늦어지는 모양이었다. 서부군 관할 육군 위수 형무소가 어디 있는지는 들은 바도 없었다.

   "제7호."

   다시 며칠이 지난 어느날 아침이었다. 식사가 끝난 지 얼마후 호명과 함께 불려 나갔다. 하다 상사가 기다리고 있었다.

"어디로 가는가?"

"오늘, 육군 형무소로 호송됩니다."

하다 상사를 따라 갔더니 나의 소지품과 망토, 닙뽄또우(日本刀), 가죽 장화, 군모 등이 책상 위에 놓여 있었다.

"닙뽄또우만 빼놓고는 군모도 쓰고, 장화도 신고, 소지품도 챙기십시오."

하다 상사가 시키는 대로 했더니 도무지 내 꼴이 말이 아니었다. 내 모습은 벼가 익어가는 가을에 새떼들을 쫓기 위해 논 가운데 여기저기 세워놓는 허수아비와 비슷했다.

하다 녀석도 내 꼴이 우스웠던지 피식 하고 웃는 것이었다.

그는 내 손목을 앞으로 하여 수갑을 채우고 수갑 찬 손목을 포승줄로 여러 번 감아서 허리에 꽁꽁 묶었다. 그런 다음 내 망토를 어깨 뒤로 덮어 씌워 입히고 후크를 끼워놓으니 얼핏 봐서는 내가 수갑을 차고 가는 죄인이라는 것을 눈치챌 사람은 없을 것 같았다. 그러나 자세히 눈여겨볼 것도 없이 장교 복장을 한 군인이 핏기 없는 하얀 얼굴에 차야 할 닙뽄또우나 지휘도를 차지 않았으니 금방 압송되어 가는 장교임을 알아차릴 것이었다.

하다 상사는 내 망토 깃에 부착된 대위 계급장을 떼어내 군복 상의 호주머니에 넣어 주었다. 그러나 망토에 가려진 군복 상의 깃에 부착된 계급장은 그대로 두었다. 그가 나를 육군 형무소까지 호송해 갈 책임을 맡은 모양이었다.

"잠시만 자리를 지키고 있어."

하다 상사가 감방을 감시하는 헌병에게 지시하고는 어디론가 나갔다가 10분쯤 지나서 처음 보는 헌병 중위와 함께 돌아왔다. 하다가 그를 내게 소개했다.

"육군 형무소까지 호송하게 될 하야시(林) 헌병 중위님입니다."

그러니까 하다 상사는 가지 않는 모양이었다. 그가 내게 말했다.

갑자기 중단된 전기 고문 161

"무사시야 대위님, 그 동안 고생 많이 하셨죠? 가혹하게 대한 저를 용서해 주십시오. 저도 상관의 명령이라 어쩔 도리가 없었습니다. 건강이 회복되시길 빌겠습니다."

나는 잠자코 듣고 있다가 하다에게 마지막 인사를 했다.

"잘 있게. 건투를 비네."

"안녕히 가십시오."

하야시 중위가 내 넵뽄또우를 들더니 길을 재촉했다.

"자, 이제 가십시다."

그는 나를 앞세우고 히로시마 헌병대에서 나와 헌병대 사이드카에 나를 태우고 자신은 운전병 등 뒤에 탔다.

사이드카가 쏜살같이 달려 히로시마 역에 도착하자 하야시 중위는 나를 데리고 역전의 헌병 파견대 사무실로 들어갔다.

거기서 잠시 대기하다가 하야시 중위는 약 20분 후에 나를 앞세우고 개찰구를 통해 플랫홈으로 나갔다. 열차를 기다리며 서 있는 사람들이 자꾸만 나를 힐끗힐끗 훔쳐 보는 것 같았다.

그러나 나는 사지(死地)에서 살아나오지 않았던가! 누가 나를 힐끗거리든 말든 그게 무슨 상관이란 말인가? 총살형의 호구에서 살아나왔는데 창피니 뭐니 하는 것은 사치스럽기 그지없는 소리였다.

기다리던 열차에 올라 자리를 잡고 앉았다. 다시는 세상 구경 못할 줄 알았는데, 이런 날이 오다니! 차창 밖을 내다보면서 별안간 생의 의욕이 솟구치고 용기가 불끈 솟아오르는 걸 느꼈다. 세상이 환하게 밝아진 것 같았다. 나는 한결 기분이 좋아져서 하야시 중위에게 물었다.

"서부군 관할 육군 위수 형무소가 어디에 있소?"

"큐슈 후꾸오까껭 고꾸라 시(九州 福岡縣 小倉市)에 있습니다."

그의 대답을 듣고 나는 잠시 어리둥절했다. 고꾸라 시는 내가 어려서 살던 곳이요, 내가 졸업한 기요미즈(淸水) 심상고등소학교가 있는 곳이 아닌가!

어렸을 때의 기억을 더듬어 보았지만, 형무소 같은 건물을 본 기억은 없었다. 어디쯤 있는 것일까? 내가 소학교를 졸업하고 그 곳을 떠난 후에 생겼을까? 고꾸라 시에 육군 형무소가 있다니 궁금하면서도 기분이 묘했다.

하야시 중위는 앞으로 내가 형무소 생활을 하면서 참고해야 할 일을 몇 가지 가르쳐주었다.

"당신은 금고형이니까 복역한 후엔 대위 계급 그대로 원대 복귀하게 됩니다. 징역형은 어떤 계급이었건 아무리 단기간을 복역해도 1등병으로 강등되지만, 금고형은 그렇지가 않소. 또 형무소에 입소하면 자연히 알게 되겠지만, 누구나 군대 계급은 없어지고 다 같이 수형자의 신분이 됩니다. 일단 입소하면 〈군인 재감자 준수 사항〉이라는 규칙 책자 한 권을 받게 되는데, 그 내용을 잘 읽어보고 그대로 규칙을 잘 지키면 형기 만료 이전에 가출옥의 은전도 받을 수 있다는 사실을 명심하십시오. 형기의 3분의 1을 경과하면 수형 성적이 좋은 수형자에 한하여 누구나 가출옥이 가능합니다. 금고형 수형자는 원칙적으로 작업을 시키지 않지만, 본인이 원하면 형무소 내의 작업장에서 작업을 할 수도 있습니다. 아무쪼록 건강에 유의하시고, 우수한 성적으로 가출옥의 은전을 받으시기 바랍니다."

"염려해 줘서 고맙소. 잘해 보겠습니다."

나는 하야시 중위에게 진심 어린 인사를 했다. 그는 소학교 수신 선생님처럼 얌전해 보였다. 그는 잡고 있던 내 닙뽄또우를 칼집에서 반쯤 뽑아들고 들여다보더니 깜짝 놀라며 말했다.

"이 칼 명검(名劍)이네요. 마사무네(正宗) 아닙니까?"

"그렇소. 마사무네 두 자 세 치(2尺3寸)요. 가마꾸라(鎌倉) 시대부터 수백 년에 걸쳐 가보로 전해 내려온 명검(名劍)이오."

갑자기 중단된 전기 고문 163

"이런 명검은 부르는 게 값이지요. 작년에 어떤 사람이 가세가 기울어 조상 대대로 물려받아 내려온 명검을 팔았다는데, 이것과 꼭같은 마사무네가 값이 무려 2만 원이라더군요. 하기야 임자를 잘 만나면 그 값의 곱을 주고도 살 사람은 많을 겁니다."

나는 속으로 깜짝 놀랐다. 그 닙뽄또우가 기가 막히게 명검이라는 사실은 알고 있었지만, 그렇게 값이 나가는 줄은 미처 몰랐기 때문이다.

명검 중의 명검이라고 하더라도 꼭같은 것이 2만 원에 거래되었다는 말을 듣는 순간 저으기 놀라지 않을 수 없었다. 2만 원이면 당시 나의 3년 등액(三年等額; 연봉) 1,470.00원의 14년치나 되는 거액이었던 것이다.

하야시 중위가 더욱 정중한 태도로 말했다.

"지금 불운을 겪고 계시지만, 꼭 극복하십시오. 인연이 있으면 언젠가는 또 만나뵐 수 있겠지요. 죄송합니다."

"하야시 중위가 내게 죄송할 거야 없지 않소? 죽지 않으면 또 만나겠죠."

이야기를 하는 동안 열차는 어느덧 시모노세키(下關)를 지나 해저 터널을 빠져나온 후 모지(門司)도 지나고 있었다.

"요즘 전황은 어떻게 돌아가고 있소?"

1년 동안 갇혀 있었던 답답함을 억누르지 못하고 하야시 중위에게 물었다.

"답답합니다. 전황 악화로 도우죠(東條) 수상에게 비판의 화살이 집중되던 작년 7월, 사이판 수비대 옥쇄로 그 섬이 함락되자 내각이 총사퇴를 했지요. 조선 총독 고이소(小磯) 대장이 후임 수상으로 취임하여 오늘에 이르고 있지만, 희망이 없습니다."

이렇게 말하는 하야시 중위의 표정이 어둡기만 했다. 나는 종전이 성큼 다가오고 있음을 느꼈다. 그는 한숨을 지으며 말을 이어갔다.

"한 달 좀 넘었나요? 본토 대공습이 잦습니다. 작년 11월 하순에는 마리아나 기지에서 발진한 70여 기의 B29가 도쿄 시가지를 공습해 불바다를 만들기도 했습니다. 이보다 앞서 6월에는 기타큐슈(北九州) 야하다(八幡) 공업 지대가 B29에 의해 엄청난 피해를 입었습니다. 작년 3월 말에는 고가 연합함대 사령장관(古賀 奉; 해군대장)도 순직했구요. 필리핀 레이데 섬에도 연합군이 상륙했습니다. 남방은 도처에서 옥쇄·전멸의 연속입니다. 전쟁이 얼른 끝났으면 좋겠어요."

내가 조선사람이란 사실을 모를 리 없을 텐데, 당장의 위급한 상황이 그런것쯤 신경 쓸 계제가 아니라고 여겨지는 모양이었다. 무슨 말이건 거침 없이 독백처럼 토해내는 것이었다. 내 판단으로는 지상군의 본토(沖繩) 상륙도 시간 문제인 것 같았다. 어쩌면 해가 바뀌기 전에 끝장이 날 수도 있었다. 제발 하루 빨리 결판이 났으면 좋겠다.

어느덧 열차는 고꾸라 역(小倉驛)에 진입했다. 목적지였던 것이다.

소학교를 졸업하고 도쿄로 떠난 후에는 한번도 고꾸라 시에 온 일이 없었다. 15년 전 옛날보다는 좀 달라졌지만, 그다지 많이 변한 것 같지는 않았다. 육군 위수 형무소는 어디쯤 있단 말인가?

하야시 중위는 역전에서 두리번거리다가 마침 역전 파견대 헌병인 듯한 병장(兵長)이 눈에 띄자 급히 그를 불러세우고 차편을 묻는 것 같았다. 마침 사이드카가 있었던지 헌병이 저쪽으로 돌아가는가 했는데, 부르릉 하는 소리와 함께 사이드카를 몰고 다시 나타났다. 하야시 중위는 나를 옆에 타게 하고 자신은 헌병 뒤에 올라탔다.

시내를 벗어나 동쪽으로 2킬로미터쯤 갔을까, 저 멀리로 아다찌(足立) 산이 보였다. 사이드카는 계속 그 방향으로 아다찌 산 계곡을 향해 달려가는 것이었다. 아다찌 산 계곡에 높은 시멘트 담장으로 둘러싸인 건물이 희끄므레하게 보였다.

옛날 생각이 났다. 소학교 다닐 때니까 15년도 훨씬 전이었다. 여름방학 때면 같은 반 급우들과 망사로 된 잠자리 잡는 채를 가지고 들판의 논밭길을 지나 담장 높은 건물 주변으로 잠자리를 잡으러 뛰어다니곤 했다.
 그때는 그 담장 높은 건물이 어떤 곳인지도 모른 채 그 주변을 신나게 뛰어다녔는데, 사이드카는 그 건물을 향해 달려갔다. 그곳이 바로 서부군 관할 육군 위수형무소였던 것이다.

고꾸라 육군 위수형무소

헌병이 모는 사이드카가 드디어 '육군위수형무소'라는 간판이 달린 건물의 정문 앞에 도착했다.
"잠시만 여기서 기다리게."
하야시 중위는 헌병에게 이렇게 말한 다음, 나를 데리고 정문으로 들어섰다. 그는 나를 내 닙뽄또우와 함께 형무소의 간수장 준위(准尉)에게 인도했다. 인수인계 절차는 약 10분 동안 간단하게 끝났다.
"건강에 유의하시고 무사히 원대 복귀하시길 바랍니다."
그는 부동자세로 나에게 경례를 하고는 내 반응은 아랑곳없다는 듯이 나가버렸다. 내 처지가 아무래도 보기에 민망스러운 모양이었다.
나는 간수장과 또 다른 간수(軍曹 ; 중사)의 지시대로 입고 있던 군복과 내의, 망토, 장화 등을 벗었다. 망토를 펼치고 군복, 내의, 장화, 닙뽄또우를 올려 놓았다. 마지막으로 일체의 소지품을 일일이 체크하여 봉투에 넣은 다음 올려 놓았다. 알몸만 뺀 내 모든 것을 보자기처럼 펼쳐진 망토 위에 올려 놓고 한꺼번에 싼 다음 노끈으로 흐트러지지 않게 묶었다.

그들은 죄수복 한 벌과 상하 내의, 모자, 양말, 신발(단화), 손수건 등을 갖다주었다. 그리고는 옷을 입기 전에 체중을 달아야 한다며 저편에 있는 저울대에 올라서라고 했다. 나는 발가벗은 채로 얼른 저울대 위로 올라갔다. 간수가 저울 눈금을 이리저리 맞춰 보더니 말했다.

"39킬로."

그 순간 나는 깜짝 놀라고 말았다.

"뭐가 잘못된 것 아닙니까?"

"잘못됐다고?"

"39킬로라니요? 말도 안돼요."

그는 다시 저울 눈금을 살피더니 오금을 박듯 말했다.

"분명히 39킬로인데 뭐가 잘못됐다는 거야?"

신상 기록을 작성하던 간수장은 간수가 재확인한 39킬로그램을 내 몸무게로 기록했다. 나는 넋 나간 사람처럼 저울대 위에 몸이 굳은 채 서 있었다.

"이거 봐, 옷 안 입어?"

나는 내의를 입었다. 항상 90킬로그램을 유지했던 내 체중이 39킬로그램이라니? 절반에서 6킬로그램이나 더 빠졌다. 나 자신도 뼈와 가죽만 남은 몰골이니 어지간히 체중이 줄었으리라고 생각했지만, 절반에도 못 미칠 정도라고는 상상도 하지 못했다.

간수장은 신상 기록 작성이 끝났는지 다시 한번 내 인적 사항을 비롯하여 판결문과 죄명, 형기 등을 재확인한 다음 덧붙여 말했다.

"잘 알겠지만, 일단 여기 오게 되면 이름도 계급도 다 없어진다. 형기가 끝나 형무소에서 나갈 때까지 너는 제306호라는 번호로만 불린다. 잘 기억해 둬라. 네 수형자 번호는 306호다. 원칙적으로 금고형은 작업을 시키지 않지만, 본인이 원하면 작업도 가능하다. 형기 마치고 출소하면 계급은 그대로 대위다."
　나는 얼른 간수장의 말을 받았다.
　"저 당장 작업할 수 있도록 도와 주십시오."
　"처음이라서 한번 용서해 준다. 간수장이나 간수와 대화를 하고자 할 때는 먼저 자기 번호를 불러야 한다. 상대 간수가 자기 번호를 복창해 주어야만 비로소 말을 할 수 있다. 앞으로〈재감자 준수사항〉이라는 책자를 보게 되면 소내의 제반 규칙을 알게 될 것이다. 그리고 보아 하니 건강 상태가 작업을 할 수 있을 것 같지도 않은데?"
　"할 수 있습니다. 부탁입니다."
　"그래? 좋아. 그럼 내일부터 작업장에 나가도록 해주지. 잘해 봐."
　"네, 고맙습니다. 정말 고맙습니다."
　나는 다음날부터 육군 계급장을 만드는 작업장에 나가서 일을 하게 되었다. 작업장은 그밖에도 피복공장, 세탁소, 영선소(營繕所 ; 목공소) 등이 있었다.
　피복공장과 세탁소는 수형자들이 입는 죄수복을 수선하고 세탁하는 작업장이었다. 영선소라고 하는 목공소는 형무소 내의 책상이나 나무 의자 등 목제품을 새로 만들거나 수리하는 작업을 했고, 가끔 간수장이나 간수 등 형무소 직원들이 집에서 소용되는 자질구레한 것들을 만들게 하기도 했다.
　각 작업장에서 일하는 수형자들은 800여 명 가량 되었다. 작업을 하지 않는 수형자와 규칙 위반으로 감식 징벌을 받는 재감자, 병자 등을 모두 합하면 재감자의 총수는 줄잡아 1,200여 명은 될 것 같았다. 사람의 키로 두 길도 넘는 시멘트 담장 안에서 1,200여 명의 수형자들이 생활하고 있었던 것이다.
　형무소의 배치 상황을 자세히 살펴보자.
　육군형무소는 정문이 북쪽에 있었기 때문에 북쪽에서 남쪽을 향해 안으로 들어갔다. 정문 쪽의 담장은 약 2.5미터 정도로 그다지 높은 편이 아니었지만, 둘러쳐진 그밖의 담장은 그보다 1미터 가량은 더 높아 보였다.

  정문을 들어서면 좌우에 형무소 본부 건물들이 있었고, 바로 맞은편인 남쪽에는 더욱 높은 담이 있었다. 정문 왼쪽의 건물에는 약 200평 규모의 형무소 본부 사무실이 있었고, 정문 오른쪽은 150평 규모의 단층 건물로 입소할 당시에 벗어놓은 옷과 사물들을 챙겨 보관하는 창고 건물인 듯했다.

  상록수 등 관상목이 적당한 간격으로 배열되어 심어진 100여 평 정도의 정원 남쪽의 바로 맞은편에 꽤 높은 담장이 있었고, 아래켠에 출입문이 하나 있었다. 문을 열고 들어서면 거기가 바로 1,200여 명이 갇혀 옥살이를 하는 곳이었다.

  출입문 안으로 들어서면 우선 가운데에 약 3,000평 정도의 연병장이 나타난다. 연병장 왼쪽의 북에서 남으로 길게 뻗은 감방 건물이 동관(東館)이었다. 동관 남쪽 끝에서 오른쪽으로 꺾어져 서쪽으로 길게 뻗어있는 감방 건물이 남관(南館)인데, 남관은 형무소 본부 건물 쪽에서 보면 전면(前面)으로 보였다. 남관의 서쪽 끝에서 일단 남관 건물이 끝나고 서너 계단을 내려가서 바깥으로 나가면 바로 오른쪽으로 꺾어지면서 서쪽 건물이 북쪽으로 길게 뻗어 있었다. 그러니까 동관과 남관, 서쪽 건물이 연병장을 가운데 두고 'ㄷ'자를 만드는 셈이었다.

  동관의 북쪽 끝에는 다소 넓직한 의무실이 있었다. 의무실 다음부터 3미터 폭의 복도를 가운데 두고 좌우로 감방이 꽤 길다랗게 이어졌다. 오른쪽으로 꺾어져서 연결되는 남관에도 역시 복도를 가운데 두고 좌우로 감방이 있었다.

  의무실에서 남쪽을 바라보면서 왼쪽은 동관 동측감방(東側監房), 오른쪽은 동관 서측감방(西側監房)이라고 했다. 동관에서 꺾어져서 서쪽을 바라보면서 왼쪽은 남관 남측감방(南側監房),

오른쪽은 남관 북측감방(北側監房)이라고 했다.

동관 감방에는 주로 금고형을 받고 작업을 하지 않는 수형자와 환자, 그리고 규칙을 위반한 감식 징벌자 등이 수감되었다. 남관 감방에는 작업장에 나가는 취업 죄수들이 주로 수감되었다.

남관 서쪽 끝에서 서너 계단을 내려가서 밖으로 나와 오른쪽으로 꺾어지는 서쪽 건물에는 감방이 없었다. 그 건물에 들어서서 처음 나타나는 꽤 넓은 방은 취업 죄수들이 작업장에 나갈 때 감방에서 입고 있던 상하 내의등을 벗어서 걸어놓는 탈의장(脫衣場)이었다. 그 다음의 큰 방은 각자 자기의 작업복을 챙겨입는 착의장(着衣場)이었다. 그 다음은 세면장, 또 그 다음은 작업장에서 일하는 800여 명의 수형자들이 식사를 할 수 있는 대형 식당이었다.

대형 식당 왼쪽 유리창 쪽으로 1.5미터 너비의 통로가 있고, 통로를 이용하여 북쪽으로 가면 바깥으로 나가는 출입문이었다. 출입문을 열고 나가면 약 3미터 너비의 복도가 나오는데, 복도 양쪽에는 800여 수형자들의 신발장이 가지런히 놓여져 있었다.

그 건물 끝에서 10여 미터 떨어진 곳에 20여 평 정도의 목공소가 있었다. 대형 식당에서 나와 신발장을 지난 다음 바로 오른쪽으로 나가면 연병장이었고, 왼쪽으로 꺾어져 3미터 너비의 복도로 5미터 정도 가면 북쪽으로 길게 건물이 하나 더 있었다.

그 건물의 처음 큰 방이 육군 계급장 만드는 공장이었고, 다음이 죄수들의 옷을 수선하는 피복공장, 그 다음이 세탁소, 또 그 다음은 두 군데의 꽤 넓은 목욕탕이었다. 어딘가 수형자들이 신는 가죽 단화 수선공장이 있다고 들었는데, 확실한 위치는 모르겠다. 따로 떨어져서 100평 규모의 취사장도 있었다. 그 다음이 간수장, 간수 등 직원들의 집무실이 있는 마지막 건물이었다.

이상이 바로 높은 담당 안에서 1,200여 수형자들이 복역하는 현장이었다.

나는 서부군 관할 육군위수형무소에만 이렇게 많은 수형자들이 있다는 사실에 놀라지 않을 수 없었다.
 '그렇다면 일본군이 관할하는 모든 육군형무소의 군인 재감자 총수는 과연 얼마나 많을까?'
 일선에서는 전군 옥쇄니 전군 전멸이니 하여 도처에서 무더기로 피를 흘리며 '천황폐하 만세'를 외치고 죽어가는데, 이렇게 많은 병력이 형무소에서 무위도식하고 있다니 일본의 입장에서 볼 때 도무지 말도 되지 않는 망국지사였다.
 형무소에서는 현역 사병들이 입다가 못 입게 된 군복이나 내의 등 헌옷들을 모아다가 빨고 깁고 꿰매서 수형자들에게 입히는 것 같았다. 수형자들의 신발은 군화 만드는 종류의 가죽을 뒤집어서 만든 단화였다. 쇠붙이징만 안 박혔지 바닥은 역시 두꺼운 가죽창으로 만들어져 있었다.
 내가 일하는 작업장에서 만드는 육군 계급장은 여지껏 내가 5년 이상 군대생활을 해오면서도 보지 못했던 희한한 계급장이었다. 당시 사용되고 있던 군인 계급장은 빨간 색의 두툼한 면직물 바탕에 흰색 별과 금띠로 계급이 표시되는 것이었다. 바탕에 별 1개가 찍히면 이등병, 별 2개가 찍히면 1등병, 별 3개는 상등병, 노란색 금띠가 쳐지면 병장, 금띠 위에 별 1개가 더해지면 오장(伍長; 하사), 금띠 위에 별 2개가 더해지면 군조(軍曹; 중사), 별 3개가 더해지면 조장(曺長; 상사) 등을 의미했다.
 계급장의 빨간색 바탕 폭만큼 길게 이어진 두루마리 위에 계급을 의미하는 모양이 적당한 간격으로 찍혀 있었는데, 형무소에서는 가위로 두루마리를 적당하게 잘라내고 올이 풀리지 않도록 양쪽 끝부분을 조금씩 접어서 바늘로 꿰매기만 하면 되었다. 이렇게 해서 사병들의 계급장 뿐만 아니라 위관급과 좌관급의 계급장까지 만들어냈다.
 수형자들은 원래 외부에서 만들어져서 형무소에 들여온 이 두루마리를 적당한 길이로 잘라 양쪽 끝의 실이 풀리지 않도록 5밀리미터 정도 접어 넣어서 꿰매기만 하면 되었다. 그래서 종래 계급장을 만들던 것에 비해 비용과 인력과 시간이 훨씬 절감되었던 것이다. 어쨌든 이런 지경이라면 일본의 전력은 이미 바닥을 보인 것이라고 생각되었다.

나는 여느 수형자들보다 훨씬 작업 능률이 뒤떨어졌다. 손톱 밑에 이쑤시개를 쑤셔 넣는 고문을 받았던 손끝을 아직도 잘 놀릴 수가 없었기 때문이다. 한번은 작업 담당 간수로부터 작업 능률이 뒤떨어진다고 책망을 들은 적도 있었다.

육군형무소에 입소한 지 열흘이 지났다. 형무소 생활을 하는 열흘 동안에 겪은 엄청난 사실에 나는 마음속으로 부르짖었다.

'바로 이 곳이 지옥이구나!'

불교나 기독교에서 말하는 지옥(地獄)이 육군형무소보다 더하랴 싶었다. 정말 끔찍했다. 24시간에 걸친 형무소의 하루 일과를 소개해 보겠다.

동관에서 남관으로 꺾이는 코너에 두께 3센티미터, 폭 30센티미터, 길이 50센티미터 가량의 무쇠로 된 철판이 사람 키보다 약간 높은 공중에 매달려 있었다. 그리고 바로 그 옆의 벽에 설치된 작은 선반 위에는 해머(망치) 한 개가 놓여 있었다.

동관과 남관의 감방을 30분 교대로 밤새 경비하던 간수는 아침 7시가 되면 작은 선반에 얹혀 있는 해머로 허공에 매달린 무쇠 철판을 두들겼다. '땡땡 땡땡 땡땡 땡땡땡!' 그러니까 기상 나팔 대신에 무쇠 철판을 두들겨서 자고 있는 수형자들을 깨우는 것으로 하루 일과가 시작되었다.

한 감방에 8명씩 수용되는데, 앉아있을 때나 잠을 잘 때나 언제든지 자기 자리가 정해져 있었다. 내가 수감된 곳은 남관 남측 38호 감방이었다. 구조는 히로시마 헌병대 구치소의 감방과 똑같았다. 크기도 마찬가지였다.

복도에서 감방을 들여다볼 때 왼쪽과 오른쪽 두 군데에 시찰구가 있었다. 시찰구는 근무중인 간수가 서서 잘 들여다볼 수 있는 곳에 뚫려있는 가로 약 20센티미터, 세로 약 6센티미터 정도의 구멍이었다.

왼쪽 시찰구는 수형자들이 출입하는 감방문의 윗부분에 뚫려 있고, 오른쪽 시찰구는 감방 벽 적당한 위치에 뚫려 있었다. 어느 시찰구로 들여다보더라도 바로 앞에서부터 4명씩의 수형자가 적당한 간격으로 나란히 벽을 향해 앉아 있는 옆 모습이 보이기 마련이었다. 수형자들이 벽면을 보고 앉은 채로 옆의 수형자와 대화를 할 경우, 시찰구로 들여다보는 간수에게 입이 나불나불 움직이는 현장을 들킬 수밖에 없었다. 그러면 절대로 수형자끼리 대화를 해서는 안된다는 규칙을 위반한 사실이 적발되어 대화자 두 사람은 즉각 불려 나갔다. 무슨 이야기를 했는지 추궁당한 끝에 구타 등 가혹한 체벌을 받은 다음 각각 2주일씩의 감식 징벌을 받게 되는 것이었다.

감식 징벌은 주로 동관에 있는 각각 다른 징벌 감옥에 2주간 격리 수용되는 것이었다. 징벌 감식이 끝난 후에는 먼저 있던 감방으로 돌려 보내졌다.

어느 방이든 밖에서 들여다볼 때 수형자 번호가 가장 낮은 수형자가 오른쪽 맨앞에 앉고, 번호 순서대로 네 사람이 가지런히 앉았다. 그 다음 높은 번호는 왼쪽 맨앞에 앉고, 번호 순서대로 네 명이 앉았다. 이렇게 해서 좌우 각 4명씩, 한 감방에 8명이 수용되었다.

잠을 잘 때도 이런 순서로, 자기가 바라보고 앉았던 바로 그 벽쪽에 머리를 두고 좌우 양쪽 수형자들이 서로 한 사람 한 사람 사이로 발을 뻗고 잤다. 정해진 자리에서 자야지 순서를 바꿔 자기라도 하면 금방 감식 징벌 경영창으로 직행해야 했다.

각 감방마다 출입문 바깥의 바로 왼쪽 벽, 간수가 서서 볼 수 있는 위치에 문패가 달려 있었다. 문패에는 그 감방에 수용되어 있는 8명이 오른쪽에서 왼쪽으로 수형자 번호가 낮은 수형자부터 순서대로 기록되어 있었다. 문패는 길이 20센티미터, 폭 3센티미터, 두께 3밀리미터 가량의 갸름한 나무 조각을 까맣게 칠하고 그 아랫쪽 절반에는 얼른 눈에 잘 보이도록 하얀 페인트로 수형자의 번호를 써놓고, 윗쪽에는 수형자의 성명, 계급, 병과, 소속 부대 명칭, 형기 등의 내용을 흰 종이에 까만 펜으로 일목요연하게 써서 풀로 붙여놓았다.

그러니까 여덟 개의 문패를 제일 낮은 번호부터 높은 번호까지 순서대로 사진틀 같은 곳에 꽂아놓은 다음, 인적사항이 적힌 윗부분은 덮개를 만들어 붙여놓아 뚜껑을 닫을 경우 보이지 않았다.

그래서 간수가 들여다볼 때 왼쪽 혹은 오른쪽의 몇 번째 앉은 수형자가 규칙을 어길 경우, 문패를 보면 규칙 위반자의 수형자 번호를 금새 알 수 있을 뿐 아니라 덮인 두껑을 열고 보면 규칙을 위반한 수형자의 인적 사항을 한눈에 알아볼 수가 있었던 것이다. 그러니까 계호자(간수)들 입장에서 보면 번호 순서대로 앉히는 문제는 여간 중요한 게 아니었다.

앉을 때 옆 사람과의 거리와 자세도 규정되어 있었다. 옆 사람과의 사이에 다른 한 사람이 앉을 만한 간격을 띄워 놓고 앉아야 하며, 앞의 벽에서 30센티미터 정도 뒤로 물러나서 앉아야 했다.

앉아있는 자세는 시찰구에서 들여다볼 때 감방 마룻바닥과 앉아있는 등허리가 90도의 ㄴ자 각도를 유지해야 했다. 좌우 시찰구에서 들여다보면 네 사람씩 앉아 있는 자세가 확실하게 보이기 마련이었다. 따라서 정확히 90도 각도로 보여야지 상체가 앞으로 기울거나 뒤로 자빠져도 안되었다. 그뿐만이 아니었다. 물론 무릎을 꿇고 앉아야 하는데, 왼쪽 엄지 발가락이 오른쪽 엄지 발가락 위에 얹혀져야 했다. 그 반대로 얹혀져 있는 것이 발각되면 역시 규칙 위반으로 감식 징벌을 받아야 했다. 그냥 영창으로 가는 게 아니라 불려 나가서 실컷 두들겨 맞은 다음 2주일 동안 감식 징벌방에 수감되었다.

헌병대에 체포된 피의자나 육군형무소 내의 수형자에게는 육군 징벌령(陸軍 懲罰令)의 경영창, 중영창 규정과는 전혀 딴판으로 적용되었다. 육군형무소 내에서의 경영창은 최하의 징벌이 2주일 감식이었다.

양손은 방정하게 앉은 양쪽 무릎 위에 각각 올려 놓는데 손을 쫙 펴서 손 끝이 무릎 끝과 가지런히 놓이도록 해야 했다. 손가락 끝이 무릎 끝보다 더 나가도 안되고 더 들어와도 안되었다. 그리고 얼굴은 반듯하게 들고 벽 앞면을 주시하고 있어야 했다.

형무소 당국이 수형자들에게 구독을 허락하는 책은 감방에서 들여다볼 수 있었다. 다만 책을 볼 때는 두 손으로 눈 높이만큼 책을 펼쳐들고 목독(目讀)을 해야 했다. 즉 소리를 내서 음독(音讀)을 할 수는 없었다. 입은 꽉 다물고 목독을 하라는 것이었다. 아마도 책을 읽는 척하면서 옆 사람이나 등 뒤의 사람과 대화하는 걸 방지하기 위해서인 듯했다.

수형자 전원에게는 〈군인 재감자 준수 사항〉이라는 책자가 한 권씩 배부되었다. 19개조 201항의 〈군인 재감자 준수 사항〉은 1,200여 명 수형자의 모든 자유를 꼼짝달싹도 못하게 묶어 놓는 무서운 책자였다. 수형자들은 그야말로 숨 쉬고 눈 꿈쩍이는 두 가지 자유밖에 없었다.

감방은 복도를 가운데 두고 양쪽으로 늘어서 있었다. 복도의 폭은 3미터 정도로 아주 넓은 편이었는데, 복도의 양쪽 가장자리에는 감방문 바로 밑에까지 60센티미터 폭의 두툼한 매트가 쭈욱 깔려 있었다. 복도에 깔린 매트 위로 걸어가면 저벅저벅하는 발자욱 소리가 들리지 않았다.

간수나 간수장은 시멘트 바닥 대신 매트 위로 걷고, 허리에 찬 지휘도가 흔들거리며 장화에 부딪히지 않도록 손으로 꽉 쥐고 다니기 때문에 감시하거나 시찰할 때 소리를 내는 법이 없었다. 그들은 도무지 기척이라곤 없이 이 감방 저 감방으로 다가가서 시찰구로 수형자들을 살피는 것이었다. 지휘도가 가죽 장화에 부딪히는 소리만 나지 않으면 매트 위로 웬만큼 뛰어도 감방 안에서는 다가오는 소리를 듣기가 어려웠다.

그러니까 감방 안에서는 언제 누가 시찰구로 들여다볼 지 전혀 감을 잡을 수가 없었기 때문에 규칙 위반이란 감히 엄두도 내지 못했다. 더구나 벽에서 30센티미터 뒤로 물러나 앉아 앞의 벽만 바라보는 처지여서 시찰구로 누가 들여다보는지 어떤지 살필 수도 없었고, 또 굳이 그럴 필요도 없었다.

어쩌다가 공연히 시찰구 쪽으로 눈길을 돌리거나 힐끗거리다가 마침 시찰구로 들여다보는 간수와 눈이라도 마주치면 당장 끌려 나가 치도곤을 당했다.

"무슨 짓을 하려고 시찰구 쪽에 눈을 돌려? 창살이라도 뜯고 감옥에서 빠져나가겠다는 거야?"

이렇게 얼토당토 않은 추궁을 받으며 마구 두들겨 맞고 감식 징벌방에 처박혀야 했던 것이다.

감방 안에서 출입문 쪽으로 보면 문 오른쪽 바로 옆 가슴 높이의 벽에 도톰하게 나온 호지끼(ほじき;버튼)가 하나 있었다. 그것을 누르면 같은 지점의 바깥 벽 속에서 '쨍그랑' 하고 뭔가 떨어지는 쇳소리가 났다. 길이 30센티미터, 폭 8센티미터, 두께 5밀리미터 정도의 철판이 벽 속에 세워져 있다가 감방 안에서 호지끼를 누르면 쇳소리와 함께 튀어나와 평면으로 떨어지는 것이었다.

그러니까 그것은 감방 안의 어느 수형자가 간수에게 용무가 있을 때 간수를 부르는 신호 수단이었다. 용무가 있는 수형자는 일어나서 호지끼를 눌러 간수를 부른 다음 곧바로 제자리로 돌아가 앉아서 간수가 오기를 기다리면 되었다.

간수는 수형자들을 감시하고 규칙 위반자를 적발하기 위해 복도를 걸어 다니면서 이방 저방의 시찰구를 소리없이 들여다보다가 어디선가 '쨍그랑' 하고 쇳소리가 나면 자기를 부르는 신호인 줄 알아차릴 수 있었다. 저멀리 있다가도 쇳소리를 듣고 이쪽 저쪽의 감방 벽만 살펴보면 벽에서 옆으로 튀어나와 있는 쇠붙이는 금방 눈에 띄게 마련이었다.

예를 하나 들어 보자. 내가 등허리나 머리 뒤통수가 가려울 때 긁고 싶으면 간수의 허락을 받아야 했다. 마음대로 긁다가 재수가 없어 들키면 2주일 감식이었다. 간수의 허락없이는 마음대로 긁을 수도 없었던 것이다.

바로 이럴 때 호지끼를 누르고 제자리로 돌아가 규정대로 앉아서 간수가 오길 기다린다. 간수는 호지끼 떨어지는 쇳소리를 듣고 다가와서 옆으로 튀어나와 있는 호지끼를 올려 벽 속의 제자리로 밀어넣고 시찰구를 들여다보며 묻는다.

"뭐냐?"

그러면 나는 그냥 앉아 있는 자세로 오른쪽 손을 번쩍 들고 외친다.

"제306호."

간수가 내 번호를 복창하며 다시 묻는다.

"제306호, 뭐냐?"

그제서야 나는 용무를 이야기할 수 있다. 물론 큰 목소리로 말해야 한다.

"네, 등허리가 가렵습니다. 긁도록 허락해 주십시오."

"좋다. 긁어라."

"네, 시작하겠습니다."

이런 절차를 그치고 나서야 간수가 지켜보는 데서 등허리를 시원하게 긁을 수 있었다. 끝나면 지켜보고 있던 간수에게 다시 보고한다.

"제306호, 끝났습니다."

"요우시(ようし;됐다)."

일단 등허리를 긁겠다고 허락받았으면 꼭 등허리만 긁어야 한다. 등허리를 긁겠다고 해놓고 머리도 긁고 발등도 긁으면 이것 역시 2주일 감식 징벌방으로 직행하는 규칙 위반이었다.

이런 식으로 간수를 부르는 것도 어쩌다 한 번이지 너무 자주 부르다 보면 사정이 달라지기 일쑤였다.
"네놈은 원하는 일이 뭐가 그렇게 많아? 안 돼, 참아."
간수가 이렇게 승낙을 하지 않으면 그만이었다. 그러면 등허리나 머리가 아무리 가려워서 미칠 지경이라도 절대로 긁으면 안 된다. 이럴 때 특히 심술궂은 간수는 가는 척하고 몇 발짝 가다가 되돌아와서 시찰구를 살며시 들여다보기 때문이다. 긁어대고 싶어 안달이 난 수형자가 이제 간수는 다른 데로 갔겠지 하고 슬쩍 시찰구 쪽을 곁눈질했다가는 당연히 들키고 만다. 곁눈질한 것이 들통나면 역시 2주일 감식 징벌을 받아야 했다.
'측견을 말라(側見をすべからず).'
〈군인 재감자 준수 사항〉에 있는 규칙이었다.
변기에 대소변을 볼 때도 호지끼로 간수를 부르는 절차를 밟아야 했다. 다만 취침 시간부터 기상 시간까지는 그런 절차 없이 자고 있는 다른 수형자들에게 방해가 되지 않도록 조용히 용변을 마치면 되었다.
감방의 변소는 히로시마 헌병대 구치소와 다를 바 없었다. 감방문 맞은편 철창문 바로 아래 바닥의 왼쪽 구석에 약 90센티미터 평방에 60센티미터 깊이로 견고한 콘크리트의 구덩이가 있고, 그 안에 나무로 만든 변기통을 넣어두었다.
변기통은 큰 뚜껑으로 덮혀 있고, 큰 뚜껑 가운데 작은 뚜껑이 또 있었다. 그 작은 뚜껑을 열고 용변을 본 후에 덮는 것이었다. 두 손으로 변기통을 번쩍 들 수 있도록 뚜껑에는 손잡이 구멍도 뚫려 있었다.
작업이나 식사나 운동이 없는 시간에는 좌우 양쪽 벽면을 향해 각각 네 명씩 여덟 명의 수형자들이 감방에 앉아 있지만, 아무도 말 한 마디 할 수 없는 처지라 마치 절간처럼 조용했다.
간수가 무쇠 철판을 두들겨 기상을 알리면 잠자고 있던 1,200여 명의 수형자들이 일제히 일어나 철창문을 열어제치고 저마다 자고 난 담요들을 개느라 우당탕퉁탕 다소 소란스러워졌다. 이 틈을 타서 수형자들이 감방 이구석 저구석에서 소근소근 이야기를 나누다 들켜서 혼쭐이 나고 감식 징벌을 받기도 했다.

수형자들에게 지급되는 담요는 4장씩이었다. 그런데 말이 담요지 털은 죄다 닳아서 없어지고 광목천 같은 촉감이 느껴졌다. 담요 귀퉁이에 표시된 생산연도를 살펴보면 거의 모두가 명치(明治) 시대나 대정(大正) 시대로 담요가 생산된 지 3, 40년은 지났다는 걸 말해주고 있었다.

나는 자고 일어나서 담요를 개는 데 애를 많이 먹었다. 다른 수형자들이 담요 개는 요령을 보니까 이만저만 공을 드리는 게 아니었다. 병영 내무반에서 사병들이 사물을 반듯하게 정돈해 놓듯이 감방에서는 누구나 자기가 깔고 덮는 담요를 공들여 개는 것이었다.

담요의 크기는 길이 8자, 폭 6자의 장방형이었다. 먼저 8자 길이를 반으로 접고, 4자로 접힌 담요를 또 3등분하여 3겹으로 접었다. 이렇게 접으면 이제 6자 길이로 6겹이 접혀졌다. 이것을 5등분하여 먼저 오른쪽에서 한 번 접고 다음 왼쪽에서 한 번 접은 것을 또 한 번 거푸 접은 다음, 먼저 한 번 접힌 오른쪽의 것을 다시 포개서 접으면 결국 6겹이 5번 접힌 두께의 담요가 네모꼴로 반듯하게 접혀졌다.

이렇게 갠 4장의 담요를 모두 포개서 쌓고, 쌓은 담요 모서리를 매만져 네모가 반듯하게 서도록 잘 정돈해 놓아야 했다. 그러면 검정색 스탬프로 각자의 수형자 번호를 찍은 조그맣고 하얀 천이 앞으로 나왔다. 담요를 제대로 접으면 그렇게 정돈이 되도록 천을 담요에 꿰매두었기 때문이다. 개 놓은 담요 위에는 베개와 베갯닛을 올려 놓았다. 베갯닛을 벗긴 베개는 네모꼴이 되도록 반듯하게 잘 매만져서 시찰구 쪽을 향해 베갯모가 보이도록 개어 놓은 담요 왼쪽 위에 올려 놓고, 베갯닛을 2번 접어 거기에 찍힌 자기 번호가 위로 보이도록 얹어 놓았다.

반듯하게 개어 놓은 담요 오른쪽에는 〈군인 재감자 준수 사항〉 책자와 차입이 허락된 몇 권의 책들을 역시 책마다 찍힌 자신의 수형자 번호가 위로 나타나 보이도록 얹어 놓았다.

수형자 번호는 감방에 있을 때 입는 옷과 작업장에 나갈 때 입는 옷에도 찍혀 있었다. 뿐만 아니라 모자, 신발, 수건, 칫솔 등에 이르기까지 수형자들이 사용하는 모든 물건에 찍혀 있었다.

애당초 양말은 없었다. 바깥에 나갈 때도 맨발이긴 마찬가지였다. 다행히 고꾸라는 그다지 추운 지방이 아니어서 겨울철에도 양말 없이 견딜 만했다.

담요와 책 등의 정돈이 끝난 다음에는 소제 당번 죄수가 방안을 깨끗이 소제해야 했다. 소제 당번은 8명 중에서 수형자 번호가 가장 낮은 죄수부터 1주일씩 맡았다. 당번이 변소 안쪽 구석에 세워져있는 빗자루와 쓰레받기를 꺼내 감방 구석구석을 깨끗이 쓸어내는 동안 다른 7명은 이리저리 비켜가며 소제 당번을 도와준다.

소제가 끝나면 개어 놓은 담요를 시찰구에서 들여다볼 때 번호가 낮은 순서대로 좌우 네 뭉치씩 두 줄로 감방 중앙에 가지런히 놓았다. 이렇게 놓으면 각자가 앉아 있는 바로 뒤에 자기 담요 뭉치가 있게 마련이었다.

그래서 간수가 시찰구로 들여다볼 때 네모 반듯하게 제대로 정돈이 잘 안된 담요 뭉치가 눈에 띄면 그것이 누구의 것인지 앉은 자리와 감방의 문패를 보고 금방 알아낼 수 있었다. 그러면 즉각 불호령이 떨어지는 것은 당연했다.

"제000호, 담요 정돈 불량. 다시 정돈해."

이런 식으로 정돈이 끝나면 8명의 수형자는 모두 제자리로 돌아가 앉는다. 기상하고 나서 30분 안에 이런 과정이 모두 끝이 나야 했다.

육군 형무소의 하루

수형자 1,200여 명에 대한 점호는 7시 30분에 시작되었다.
"차렷!"
무쇠 철판이 매달려 있는 복도 중앙에서 구령이 떨어지면 감방 안의 수형자들은 일제히 앉은 자리에서 일어나 뒤로 한 발 물러서서 부동자세를 취했다.
점호가 시작되는 곳은 남관 남측 서쪽 맨끝에 있는 1호 감방이었다. 일직(日直) 담당 간수장은 남관 남측 1호 감방 오른쪽 시찰구부터 들여다보았다. 한편 점호 간수는 재소자 명부를 펼쳐들고 꽤 높은 음성으로 번호가 낮은 수형자부터 번호를 호명해 나갔다.
"하이!"
"하이!"
"하이!"
수형자들은 간수가 자기 번호를 부를 때 최대한 목청을 돋우어 대답하면서 왼쪽 발을 높이 들어 한 발짝 앞으로 나갔다. 이런 식으로 네 명을 차례대로 호명한 다음, 간수장이 왼쪽 시찰구를 들여다보는 동안 점호 간수가 수형자들의 번호를 호명하는 순서로 점호를 해나갔다. 이렇게 하여 불과 몇 십 분에 1,200여 명의 수형자 점호를 끝내는 것이었다.

자신의 수형자 번호가 호명될 때 최대한 큰 목소리로 왼쪽 발을 최대한 높이 들어 앞으로 나가면서 대답해야 하는 이유는 간수장이 점호하면서 밤 사이에 건강상 이상이 생겼는지의 여부를 확인할 수 있도록 하기 위해서였다. 이같은 절차의 점호는 동관에서도 함께 진행되었다.

점호가 끝나면 800여 명의 취역 죄수 감방인 남관 복도의 좌우측 감방 재소자들을 밖으로 내보내는데, 남측 감방부터 차례로 출방(出房)을 시켰다. 작업을 하지 않는 금고형 수형자나 환자들, 그리고 징벌 감방에 있는 수형자들은 점호가 끝나면 '쉬엇!' 하여 바로 제자리에 앉혔다.

"남관 남측 출방 준비!"

출방을 시킬 때는 바깥의 간수가 이런 구령을 내렸다. 그러면 감방 안에서는 소제 당번 수형자가 재빨리 변소의 변기통을 번쩍 들고 와서 감방문 맨앞에 서고, 다른 수형자들은 차례대로 그 뒤에 서 있었다.

준비가 되면 1호 감방부터 끝까지 덜커덕 덜커덕 빠른 속도로 감방문이 열리기 시작하는데, 이때 복도에는 철저한 감시를 위해 항상 간수장과 간수 등 30여 명쯤 대기했다. 감방문이 다 열리고 비로소 나오라는 구령이 떨어질 때까지 수형자들은 그냥 그대로 서 있어야만 했다.

"출방!"

그러면 수형자들은 일제히 감방에서 나와 맞은편 북측 감방 앞에 깔려 있는 매트 위에서 북측 감방을 등 뒤로 하고 정렬을 했다.

육군 형무소의 하루 183

"우로 나란히!"
소제 당번은 구령에 따라 변기통을 든 채 정렬해야 했다.
"바로!"
정렬이 끝나면 또 다시 인원을 파악하는 순서였다.
"번호!"
"하나, 둘, 셋, 넷······."
맨 오른쪽부터 번호를 불러 인원 점검을 한 후 인원수가 맞으면 그제서야 이동 명령이 떨어졌다.
"우향 우! 앞으로 갓!"
명령에 따라 한 줄로, 소제 당번은 변기통을 든 채 걸어갔다.
"하나 둘, 하나 둘!"
물론 그냥 걸어가는 게 아니라 구령에 맞추어 절도있게 행진해야 했다. 이런 과정에서도 곁눈질하는(측견 금지) 규칙 위반자를 비롯하여 갖가지의 규칙 위반자들을 적발해서 끌고 갔다. 남관 남측 감방의 수형자들이 다 나간 다음에는 남관 북측 감방의 수형자들도 같은 절차를 거쳐 출방을 시켰다. 동관의 동측과 서측 감방에는 주로 작업을 원하지 않는 금고형 수형자와 징벌 중인 재소자, 환자 수형자 등이 수감되어 있었다. 좌관급 이상의 금고형 수형자는 본인이 작업을 원하더라도 작업을 시키지 않았다.

그리고 극히 숫자는 적어도 백가면을 쓰고 있는 특별한 수형자들이 있었다. 밤이나 낮이나 하루 24시간 내내 눈, 코, 입만 뚫려있는 흰색 가면을 쓰고 있는 죄수들이었다. 그들이 특별한 이유는 차차 밝히기로 하겠다.

"하나 둘, 하나 둘!"
남관 수형자들은 구령에 맞춰 1호 감방이 있는 남관 서쪽 끝에서 서너 계단을 내려가 바깥으로 빠져나간 다음 오른쪽으로 꺾어져서 10미터쯤 계속 행진해 가야 했다. 이때 소제 당번은 들고 온 변기통을 왼쪽 담장 밑 거름 탱크 주변에 재빨리 갖다 놓고는 지체없이 되돌아와 오른쪽으로 행진하는 대열에 끼어든다.

이렇게 행진하여 선두부터 탈의장 건물로 들어갔다. 탈의장으로 들어가면 수형자 번호가 붙은 굵은 못이 박혀 있었다. 수형자들의 옷을 걸어두기 위한 못이었다. 낮은 수형자 번호부터 차례로 쭈욱 40명의 수형자 번호가 붙은 못은 20여 줄(列)이나 되었다.

수형자들이 감방에서 입는 옷은 위아래 내의 뿐이었다. 따라서 그들은 탈의장에 들어가는 대로 자기 번호가 붙은 굵은 못을 찾은 다음 입고 있던 내의를 벗어서 걸어두기만 하면 되었다. 꽤 혼잡스러울 것 같지만, 이미 습관이 돼서 각자가 자기 번호의 못을 찾는 데는 전혀 시간이 걸리지 않았다. 아주 익숙하고 민첩한 동작으로 위아래 내의를 벗어 걸고 나면 완전 나체가 될 수밖에 없었다.

나체가 되고부터는 수형자 번호 순서는 지키지 않아도 되었다. 누구랄 것도 없이 먼저 나체가 된 수형자부터 차례로 다음의 착의장(着衣場)으로 옮겨 들어가는 폭이 1.5미터 정도 되는 복도에 일렬로 줄을 서서 기다렸다. 작업할 때 입는 죄수복을 갈아입는 착의장으로 들어가는 줄이었다.

줄을 서는 복도의 길이는 5미터쯤 되었고, 착의장의 어귀에는 간수 한 명이 떡 버티고 서 있었다. 착의장 어귀의 간수 말고도 도처에서 간수장이나 간수들이 눈을 부릅뜬 채 수형자들을 계호하고 감시한다는 것은 두말할 필요도 없었다. 벌거벗은 채 일렬로 줄을 선 수형자들은 맨선두로부터 5미터 전방에 떡 버티고 서 있는 간수를 향해 다리를 올릴 수 있는 데까지 힘껏 올리면서 다섯 발짝 정도 힘차게 앞으로 걸어갔다. 그리고 간수의 2미터 앞에서 우뚝 부동자세로 선 채 목청을 높여 자신의 수형자 번호를 외쳤다.

"제306호."

"요우시(됐다)."

간수가 '됐다.'고 해야 수형자들은 착의장으로 들어갈 수 있었다. 그러면 벌거벗은 수형자들에게 목청을 돋우어 외치게 하고,

다리를 높이 쳐든 채 너댓 발짝씩 걷게 하는 까닭은 무엇이었을까? 건강상의 이상 유무를 체크하는 감방에서의 아침 점호와는 물론 다른 경우였다.

형무소 내에는 목공소가 있었다. 혹시 탈옥을 기도하는 죄수가 펜치나 쇠톱을 몰래 몸에 숨기고 있는지 체크하려는 것이었다. 목공소에서 사용하는 온갖 기구들을 항문이나 입 속에 끼워 넣고 감방을 들락거리는 경우가 있을 수 있다고 생각하기 때문에 그런 식의 검사를 하는 것 같았다.

만일 용케 부러진 쇠톱 조각을 몰래 갖고 들어가서 감방에 숨겨 둘 수도 있겠거니 생각할 테지만, 그것도 천만의 말씀이었다. 간수들은 매일 수형자들이 작업장에 나간 사이에 남관 남북측 각 감방을 이 잡듯이 샅샅이 뒤졌기 때문이다. 하도 경비가 삼엄하고 규칙이 엄하니까 언감생심 탈출 계획 같은 것은 꿈도 못 꿀 일이었지만, 그래도 형무소 당국은 항상 신경을 곤두세웠다.

항상 촉각을 곤두세우고 삼엄한 경비를 하며 대비하는 것은 어쩌면 당연한 일이었지만, 형무소 당국의 염려와 고충은 따로 있었다. 그것은 육군형무소에 중대장, 대대장, 연대장급의 수형자들이 많았기 때문이다.

나부터 대대장으로 근무하다 들어왔지만, 그런 지휘관급 수형자들이 탈출을 기도하기 위해 외부와 결탁하여 간수나 간수장들을 매수하려는 공작을 벌일 수도 있다고 판단하여 항상 경비를 게을리 하지 않았던 것이다.

그래서 육군형무소에서는 감방을 지키는 간수건 작업장에서 근무하는 간수건 일정한 장소에 오랫동안 근무하는 '담당 간수'가 없었다. 모두 30분 또는 1시간씩 교대로 계속 돌아가며 근무하게 되기 때문에 어느 특정한 죄수와 친숙해진다거나 사귈 수 있는 기회란 전혀 없었던 것이다.

아까 착의장으로 들어가던 대목으로 되돌려서 이야기를 계속해 보자.

착의장으로 들어간 알몸의 수형자들은 각자 자기 번호가 매겨진 옷걸이에 걸려있는 옷을 신속하게 입어야 했다. 옷걸이란 역시 탈의장처럼 굵은 못이었다. 작업장에서 하루를 지내야 하기 때문에 감방에서 입는 내의와는 별도로 여기에도 내의가 한 벌 더 있었다. 그러니까 내의에 겉옷 한 벌, 그리고 손수건과 모자까지 있는 셈이었다. 손수건은 접어서 왼쪽 허리춤에 걸치고, 모자는 오른쪽 허리춤에 접어서 걸쳤다.

착의장에서 이렇게 차려 입고 나오면 바로 세면장이었다. 이 세면장은 옥외에 기둥을 세우고 지붕만 올렸지만, 비나 눈이 와도 세면하는 데는 아무 지장이 없었다.

세면장을 중앙에 두고 사방 모퉁이 네 군데에 치솔 꽂아놓는 곳이 있었다. 거기에도 낮은 번호부터 번호 순서대로 한 모퉁이에 200여 개씩 치솔을 꽂을 수 있게 되어 있었다. 그러니까 모퉁이 네 군데에 800여 개의 치솔이 꽂혀 있었던 것이다. 치솔은 보통 치솔대 모양의 크기로 깎은 나무의 끝부분에 싸구려 구둣솔처럼 까만색 솔을 엉성하게 꽂아서 만든 것이었다. 수형자 번호는 치솔대에도 어김없이 찍혀 있었다. 치솔을 꽂아두는 곳에도 수형자 번호와 함께 구멍이 뚫려 있어서 거기에다 각자의 치솔을 꽂기 때문에 남의 치솔과 바뀔 염려는 없었다.

세면장은 한 쪽에 8개씩의 수도 꼭지가 적당한 간격을 두고 나란히 있어서 8명이 한꺼번에 세수를 할 수 있었고, 반대 쪽도 마찬가지였다. 그리고 세숫물이 흘러가도록 시멘트 콘크리트로 부엌의 설거지통(개수통)처럼 길다랗게 만들어져 있었다.

착의장에서 세면장으로 나온 수형자들은 우선 치솔 꽂아두는 곳에서 자기 번호가 찍힌 치솔을 빼가지고 이쪽 저쪽 8개씩 있는 수도꼭지 앞에 횡대로 8명씩, 또 그 뒤로도 8명씩 늘어섰다. 수도꼭지가 달려 있는 세면대의 어느 쪽 줄이든 8명 단위로 차례차례 세면을 하게 되는 것이었다. 세면대를 사용할 차례가 올 때까지는 뒷줄에 서서 치약도 소금도 없이 그냥 이를 닦고 있어야 했다.

"좌우 양측, 뒷줄 일보 앞으로! 세면 시작!"

양쪽 세면대 중앙에 서 있는 세면 담당 간수가 구령을 하면 세면대 양쪽의 뒷줄에 서서 치솔로 이를 문지르고 있던 수형자 16명이 한꺼번에 달려들어 수도 꼭지 하나씩을 차지했다. 수도 꼭지가 달려있는 시멘트 벽이 수도 꼭지 위로 30센티미터 높이밖에 되지 않기 때문에 수형자들은 서로 얼굴을 마주 보며 이를 닦고 세수를 하게 된다.

"그만! 양측 우향 우, 좌향 좌! 앞으로 갓!"

세면 시간은 3초. 3초만에 교대를 해야 하니 미처 세면할 사이도 없어서 허리춤의 수건을 꺼내 얼굴을 닦을 여유는 더더구나 없었다.

"좌우 양측, 뒷줄 일보 앞으로! 세면 시작!"

세수할 시간 3초 동안만 입이 붙어있을 뿐 간수의 구령은 계속 이어졌다. 그러니까 3초 동안 겨우 두어 번 얼굴에 물을 적시고 세면장에서 벗어난 수형자들은 허리춤의 수건을 꺼내 얼굴의 물기를 닦으며 치솔을 꽂으러 걸어갔다.

치솔을 꽂은 수형자들은 일렬로 식당 왼쪽 창문께의 가장자리 복도를 거쳐 식당 왼쪽 출구로 나갔다. 식당 건물은 세면장에서 8미터쯤 떨어져 있었다. 수형자들은 좌우 신발장에서 각자의 수형자 번호 위에 있는 신발을 꺼내 신고 연병장으로 나가서 4열 종대로 800여 명의 수형자들이 전부 세수를 하고 나올 때까지 구보를 하며 몇 바퀴고 연병장을 돌았다.

이때 연병장 가장자리에는 간수와 간수장들이 약 10미터 간격으로 연병장을 뺑 둘러서서 경비를 했다. 구보를 할 때는 그냥 구보만 하는 게 아니라 전단 후단으로 나누어 목청껏 군가를 불러야 했다.

육군형무소에서 복역하는 수형자들은 이때가 아니면 소리지를

기회가 없었다. 그러니까 몇 년씩 장기 복역하는 죄수들은 이렇게 목청을 높여 군가를 부르게 해야 성대에 이상이 생기는 걸 방지할 수 있었다. 군가는 이것저것 바꿔 부르게 했다. '天に代りて不義を討つ', '萬朶の櫻か襟の色' 등등이었다.

이때 군가를 부르는 죄수들의 목소리는 야릇한 감상을 느끼게 했다. 어떻게 생각하면 아귀(餓鬼;굶어 죽은 귀신)들이 울부짖는 소리 같기도 했고, 억울하게 죽은 혼령들이 저승에서 울부짖는 소리 같기도 했다. 괴성인지 함성인지 모르겠지만, 매일 아침 우렁찬 산울림에 아다찌(足立) 산이 무너져내리는 듯했다.

약 20분에 걸쳐 구보를 하다 보면 모든 수형자들이 세면을 끝내고 연병장으로 나왔다. 그러면 전후좌우에 간수와 간수장들이 에워싸고 감시하는 가운데 동쪽을 향해 정렬을 했다.

이런 과정에서도 규칙 위반자들은 쉴새없이 적발되어 끌려나갔다. 정렬이 끝나고 전면 중앙의 연단에 소좌 계급인 형무소장이 등단하면 아침 조례가 시작되었다. 수형자들은 조례 때마다 궁성요배를 하고 일본 국가인 기미가요(君が代)를 부른 다음 센진꿍(戰陣訓)을 소리 높여 복창해야 했다. 그리고 10분 정도 소장의 훈시도 들었다.

조례가 끝나면 세면장에서 맨먼저 연병장으로 나와 구보하던 죄수들을 선두로 4열 종대를 만들어 역시 구보를 하며 군가를 불렀다. 그리고 이번에는 연병장에 먼저 나왔던 차례대로 질서있게 신발장의 자신의 번호가 붙여진 자리에 구두를 벗어 얹어 놓고 식당으로 들어갔다.

세면을 하고 맨나중에 연병장으로 나오는 바람에 나오자마자 조례가 시작되어 운동 삼아 구보를 하고 싶었는데도 구보를 못했다고 유감스럽게 생각할 필요는 없었다. 먼저 연병장으로 나온 수형자들은 조례가 끝나자마자 식당으로 들어가지만, 나중에 나온 죄수들은 차례가 될 때까지 계속 구보를 하며 군가를 불러야 했기 때문이다. 그러니까 먼저 나와서 조례 전에 많이 뛰든 나중에 나와서 식당에 들어가기 전에 많이 뛰든 수형자 800여 명이 대체로 20여 분 동안은 공평하게 구보를 하게 되는 셈이었다.

식당은 800여 명의 수형자들이 식사를 할 수 있는 아주 넓은 방이었다. 앞에서 보면 4명씩 앉을 수 있는 좁고 길다란 나무 의자와 식탁이 좌측에서 우측으로 다섯 개가 놓였고, 앞뒤로 40줄이었다. 그러니까 네 사람씩 앉는 식탁이 옆으로 다섯 개면 한 줄에 20명씩 앉을 수 있었다. 40줄이면 800명이 앉는 셈이었다.

식탁이라야 좁고 길다란 게 폭이 고작 30센티미터 정도였다. 의자라는 것도 폭이 불과 20센티미터밖에 되지 않았다. 마치 호떡집의 간이 의자처럼 엉성한 것이었다.

자리가 미리 정해진 것은 아니지만, 맨앞의 두 줄에 앉는 40명은 따로 있었다. 조례가 끝나고 먼저 식당에 들어오는 수형자들도 앞의 두 줄은 비워 놓고 그 다음 줄부터 차례로 들어가서 앉았다. 말하자면 임자가 따로 있는 자리였다.

그 자리의 임자는 바로 행형(行刑) 성적이 우수한 수형자들이었다. 형무소에서는 규칙을 잘 지키는 등급을 차례로 정해 1개의 갑급(一本甲級) 수형자들에게는 상의 왼쪽 팔소매 상단부에 하얀 형겊으로 V자형을 만들어 붙여주고, 매주 토요일 저녁 식사 때 정상적으로 주는 부식 외에 여러 가지 야채를 삶아 양념을 넣어 무친 소우자이(總菜) 한 덩어리씩을 접시에 얹어주었다. 소우자이는 기름 냄새를 풍기는 먹음직스러운 음식이었다.

행형 성적이 더 우수하면 2개의 갑급(二本甲級)으로 승진시켜 V자형 2개를 달아 주고 1주일 동안에 두 차례 소우자이를 저녁 식사 때 제공했다. 행형 성적이 탁월한 3개의 갑급(三本甲級) 수형자들에게는 V자형 3개를 달아주고 1주일에 세 차례 소우자이를 저녁 식사 때 제공했다. 그 이상은 없었다.

불과 40명 내외의 이들 갑급 수형자들을 뺀 대부분의 수형자들은 기름기 있는 육류는 물론 식용유 냄새조차 맡아볼 수 없었다. 그런 처지라 소우지이에서 풍기는 기름 냄새가 수형자들에게는 여간 고통스러운 게 아니었다. 소우자이에 육류가 들었는지 어떤지는 한번도 먹어 볼 기회가 없어서 잘 모르겠다.

형무소의 일반적인 급식은 히로시마 헌병대에서처럼 쌀과 보리가 5분의 1쯤 섞인 만주산 수수밥이었다. 하루 6홉 밥에 아침에는 미소시루(된장국), 낮과 저녁은 그저 그런 대로 이것저것 주는데 감식 처분만 받지 않으면 겨우 연명할 수 있었다. 취사장은 좀 떨어진 위치에 별도로 있었는데, 수형자들 중에서 10여 명의 사역수(使役囚)를 뽑아 취사일에 종사시켰다.

취사부 10여 명은 수형자들이 식당으로 들어오기 전에 취사장에서 800여 명 분의 식사를 운반해다가 식탁에 차려 놓았다. 아침 조례가 끝나고 수형자들이 식당에 들어가 앉았을 때는 이미 다 차려진 식탁을 만나게 되는 것이었다.

수수밥이 담긴 벤또(도시락) 한 개.
대나무를 통째로 마디 있는 데를 잘라서 만든 빈 물컵 하나.
그리고 대나무로 만든 젓가락 한 매.

한 식탁 위에 네 사람 분씩, 한 줄에 20명 분씩 모두 800여 명의 수형자들 앞에 이렇게 식사가 준비되어 있었다.

앞에서 바라볼 때 맨왼쪽 식탁 위에는 같은 줄의 20명이 식사하면서 마실 더운 물이 한 주전자씩 그 뒤로 40개가 쭈욱 놓여 있었다. 마찬가지로 맨오른쪽 식탁 위에는 같은 줄의 20명이 미소시루(된장국)를 떠마실 알루미늄 국그릇이 20개씩 포개져 놓여 있었다. 국그릇이 놓여 있는 식탁의 바로 밑에는 20명 분의 된장국을 담은 나무로 만든 통이 놓여 있었다.

그리고 취사부의 사역수 10여 명은 오른쪽의 유리창문을 등지고

서 있었다. 유리창문 바로 앞은 폭 1.5미터의 복도인데, 세면을 하고 연병장으로 나갈 때 걸어나가는 바로 그 복도였다.

　시각은 8시 30분쯤, 수형자들은 식탁 앞에 조용히 앉아있었다. 7시에 기상해서 이렇게 식당에 조용히 앉아 있기까지 한 시간 반이 걸린 셈이었다.

　여기서도 수십 명의 간수와 간수장이 앞뒤 양옆으로 무수히 지키고 서 있으면서 눈을 부릅뜨고 규칙 위반자들을 잡아냈다. 여기저기서 적발한 수형자들을 끌어내 쇠징이 박힌 무지막지한 가죽장화 구둣발로 인정사정 없이 마구 걷어차고, 주먹으로 머리통을 후려치고 하다가 감식 징벌방으로 끌어다 처넣기 일쑤였다.

　가장 가벼운 징벌인 경영창도 2주일 감식이었다. 사안에 따라서는 얼마든지 가혹한 징벌도 있었다. 중영창의 징벌은 상상을 초월할 정도로 가혹했다. 나중에 구체적으로 밝히겠지만, 경영창과 중영창 등의 징계 대상은 거의 전부가 조선인 수형자들이었다.

　수수밥일망정 정상 급식은 하루에 6홉이니까 한 끼에 2홉씩인데, 2주일 감식 징벌이란 끼니마다 정량의 3분의 1 정도에 소금을 조금 뿌려 주는 밥을 먹으며 독방에서 견뎌내는 것이었다. 물론 내가 히로시마 헌병대에서 당한 고문에 비하면 아무것도 아니었지만……

　그러면 2주일 감식 징벌을 받아야 하는 규칙 위반이란 어떤 것일까?

　육군형무소에서 복역하고 있는 죄수들은 누구나 〈군인 재감자 준수 사항(軍人在監者遵守事項)〉이라는 규칙 책자를 한 권씩 가지고 있는데, 그 책자에 '側見をすべからず'란 항목이 있다. 말하자면 '곁눈질을 하지 말라.'는 뜻이다.

　규칙 책자 제2조는 '相貌は常に謹嚴を保つべし笑いを含み怒りを現わす等のことあるべからず'라는 항목이 있다.

'얼굴은 항상 근엄한 표정을 유지해야지 웃음을 짓거나 화난 표정을 나타내서는 안 된다.'

대충 이런 뜻이다.

그러니까 웃는 표정이나 화난 표정도 적발되면 2주일 감식의 징벌감이다.

어쩌다 무의식 중에 손이 머리로 올라가 긁적긁적해도 2주일 감식 징벌이다. 사전에 허락을 얻어야만 머리를 긁든지 다리를 긁든지 할 수 있다. 규칙 위반을 했을 때 그냥 적발해서 2주건 3주건 감식 징벌을 가한다면 덜 억울했을 텐데, 무조건 개새끼 끌어내듯 끌어내다 발길질을 하며 마구 두들겨 패고 나서 감식 처분을 내리는 것이다.

하도 이렇게 해 쌓으니까 지레 겁을 집어 먹고 기를 펴지 못한 채 움츠리는 바람에 주눅이 들어서 규칙 위반을 더욱 더 자주 하게 된다.

말하자면 징벌의 악순환이라고나 할까? 규칙 위반으로 2주일 감식 징벌이 끝나서 작업장으로 나오면 이내 또 다른 규칙 위반으로 2주일 감식 징벌을 받는 식이다. 이렇게 거듭되다 보니 계속된 감식에 영양 실조가 되고 질병까지 겹쳐서 비실비실하기 마련이다.

더욱이 내가 견디기 어려웠던 것은 이렇듯 쉴 새 없이 2주일 감식, 3주일 감식 등 징벌방만 계속 들락날락하며 두들겨 맞는 죄수들이 한결같이 조선인이라는 사실이었다.

그들은 거의가 조선인 징병령에 의해 징집되어 온 신병들로 나이가 징집년령이 되는 바람에 영장을 받고 시골에서 영문도 모른 채 끌려온 처지였다. 그러니 초등 교육을 받지 못한 사람, 소학교 한두 해 다니다 중퇴한 사람, 겨우 소학교는 졸업했다 하더라도 일본 말귀를 잘 알아듣지 못하는 사람이 대부분이었다.

이런 처지에서 입대하고 보니 내무반 동료들의 웃음거리가 되어 놀림을 받기 일쑤였다. 신병 훈련은 고되고 기합은 심한 데다 '군인 칙유(勅諭)'나 '센징꿍(戰陣訓)' 등 외우라는 것은 많건만 일본글도 모르고 말귀나 구령도 제대로 알아듣지 못하기 때문이었다.

이렇게 되니까 견디다 못해 밤중에 병영의 담을 넘어 도망병 신세가 되기 십상이었다. 군복을 벗어 던지고 민가에 들어가 옷을 훔치거나 먹을 것을 훔치며 방황하다가 결국은 붙잡혀서 탈영죄나 절도죄 등을 범한 도망병으로 군법회의에 회부되어 육군형무소로 끌려오는 것이었다.

글을 읽을 줄 알아야 〈군인 재감자 준수 사항〉의 내용을 이해하고 제반 규칙을 지킬 수 있을 텐데 도통 글을 모르니 오죽 답답하겠는가? 글을 모르면 말귀라도 알아들어야 좀 덜 고통스러울 텐데 말귀마저 알아듣지 못하니 참으로 딱한 노릇이었다.

수형자들의 신분은 누구나 금방 알 수 있었다. 조선인 수형자들도 마찬가지였다. 형무소 당국에서 신분을 쉽게 알 수 있도록 가슴에 부착하는 번호로 분류해 놓았기 때문이다.

200대의 수형자 번호는 지방 형무소에서 복역한 바 있는 전과자로서 육군형무소에 처음 입소한 수형자들의 번호였다. 300대는 장교 입소자, 400대는 군속 출신자, 600대는 육군형무소에 두 번 이상 입소한 수형자들이었다. 조선인 입소자는 800대 이상으로 분류해 놓고 있었다.

백가면(白假面)을 쓰고 있는 재감자와 좌관급 이상은 어떻게 분류되는지 모르겠다. 백가면은 일본 육군 군부의 2·26과 5·15 두 차례의 쿠데타 미수 사건 연루자들인데, 몇몇은 아직도 백가면을 쓴 채 육군형무소에 수감되어 있다고 했다.

규칙을 위반했다고 두들겨 패고 징벌 감방에 집어넣는 수형자들은 대개 800대 이상의 수형자들이니 조선인이 분명했다. 참으로 가슴 아픈 일이 아닐 수 없었다.

조선사람이란 사실이 밝혀지긴 했지만, 나는 본적지가 일본 도쿄이고 호적상 일본인의 적자로 입적된 탓인지 역시 일본인 장교급으로 분류되어 306호란 수형자 번호가 정해진 것 같았다.

다시 식당 이야기로 돌아가 보자.
"식사 준비!"
수형자들이 모두 조용히 자리에 앉고 앞에 서 있는 간수장이 이렇게 명령을 내리면 창문을 등지고 서서 대기하고 있던 10여 명의 취사부 사역수들이 일제히 움직이기 시작했다. 우선 국통에 한 사람씩 붙어 서서 미소시루(된장국)를 떠주는 일이었다.

취사부 사역수들은 스무 개씩 쌓아 놓은 알루미늄 국그릇을 하나씩 집어 된장국을 뜬 다음 맨 왼쪽의 수형자 앞에 놓았다. 그러면 맨 왼쪽 수형자부터 릴레이식으로 오른쪽 옆사람에게 차례차례 전달하여 맨 오른쪽부터 된장국을 채워나갔다. 이렇게 10명의 사역수가 한 줄에 20그릇씩 4번을 거듭하면 800여 명 모두에게 된장국을 배급할 수 있었다.

그런데 국그릇을 전달할 때 얼굴은 정면으로 향한 채 두 손만 움직여야 했다. 수형자들은 앞 줄에 앉은 사람의 뒤통수를 보고 있으면서 왼쪽 사람에게 국그릇을 받아 오른쪽 사람에게 전달했다. 다시 말해서 국그릇을 전달할 때 얼굴까지 좌우로 돌리면 안되는 것이었다.

된장국 배급이 끝나면 맨 오른쪽 끝에 앉은 사람은 자기 식탁 위에 미리 갖다놓은 식수 주전자를 들고 자기 물컵에 마실 만큼 따른 다음 왼쪽 옆사람에게 넘겨 주고, 옆사람도 마찬가지로 자기 물컵에 물을 따른 다음 차례로 넘겨 주어 왼쪽 끝에 앉은 사람에게까지 물 주전자가 전달되는 것이었다.

식탁 위에 벤또, 된장국, 젓가락, 물컵 등을 놓는 위치도 정해져 있었다. 반드시 벤또는 식탁 왼쪽에 세로로, 된장국 그릇은 오른쪽, 그 옆에 젓가락, 물컵은 벤또 뒤에 놓아야 했다. 물론 이 위치가 틀리면 안되는 것이었다.

　이렇게 준비가 다 되면 간수장이 수형자들 정면의 좀 높직한 연단 위에서 '각자 자신들의 과거에 대해 반성하라.'는 뜻으로 다음과 같이 말했다.

"자! 눈을 감아라!"

　이때 조선인 수형자들이 눈을 감으라는 말 뜻을 몰라서 눈을 뜨고 있을 경우 가차없이 적발되었다.

"너 나와! 너두, 저기 너두, 이쪽에 너두."

　식사 시간만 되면 조선인 수형자들이 눈을 감으라는데도 말귀를 못 알아들어서 멀뚱멀뚱 눈을 뜨고 있다가 무더기로 불려나가 곤욕을 치렀다.

"바카야로우(馬鹿野郎;바보 같은 놈들)!"

　간수들은 출입문 밖의 신발장에서 수형자들의 단화를 한 짝씩 집어들고 들어와 욕설을 퍼부으며 무더기로 불려 나가 서 있는 수형자들의 머리통을 사정없이 두들겨 패고는 모두 2주일 감식 처분의 징벌 감방으로 보냈다. 조선인 수형자라도 말귀를 알아듣고 규칙 책자의 내용을 이해하면 그런 봉변을 당하는 일은 없었다. 문맹자라도 입소한 지 좀 지나서 몇 번 감식 징벌을 받아본 경험이 있는 수형자들은 눈치를 채고 식사 직전에 간수장이 뭐라고 하면 으레 눈을 감았다.

"야메(눈을 떠)!"

　잠시후에 이렇게 말하면 또 눈을 뜨라는 소리로 직감하고 눈을 떴다.

　말하자면 새로 입소한 수형자들은 몇 번 감식 징벌을 받기 마련이었다. 그러나 원체 언어 불통이니 다른 규칙 위반으로 계속 징벌 감방을 드나들 수밖에 없었다. 간수장이 앞에서 뭐라고 하면 무슨 소리인가 하고 고개를 돌려 옆사람이라도 볼 수 있으면 그 사람 하는 대로 따라 하면 되는데, 절대로 곁눈질을 하지 못하는 처지니까 그럴 수도 없었다. 처음 입소해서 아무것도 모르는 문맹의 조선인 수형자들은 간수나 간수장이 뭐라고 하면 옆사람을 돌아보다가 징벌 감방으로 들어가는 경우도 자주 있었다.

정면에 대여섯 명, 오른쪽에 댓 명, 왼쪽에 댓 명, 뒷편에 대여섯 명 등 수형자들을 계호 감시하는 간수와 간수장 2, 30명이 식사 시간에도 눈을 번뜩이며 규칙 위반자들을 적발해 내려고 촉각을 곤두세웠다. 계호자들은 800여 명이나 되는 인원 중에서 누가 잠깐 눈동자를 굴려도 귀신 같이 금방 잡아냈다.

앞사람의 뒷통수를 바라보는 눈길이 조금이라도 흐트러지거나 눈동자만 돌려 곁눈질을 해도 감식 처벌을 받았다. 눈을 감으라고 할 때 감지 않고 눈을 뜨라고 할 때 뜨지 않아도 징벌 감방 직행이었다.

"식사 시작!"

눈 감고 반성하는 절차가 끝나야 식사를 시작하라는 명령이 떨어진다. 명령이 떨어졌다고 해서 마구 먹어치울 수도 없다.

우선 벤또 뚜껑을 열 때 전혀 아무 소리도 나지 않게 열어야 하고, 뚜껑은 오른쪽의 국그릇 뒤에 옆으로 제껴 놓는다. 뚜껑이 열린 벤또를 보면 손가락 굵기의 다꾸왕(단무지) 두 쪽이 한 귀퉁이에 박혀 있는데, 그것을 꺼내 벤또 뚜껑의 왼쪽에 2개를 가지런히 옆으로 놓아야 한다.

식사를 시작하기 전에 반드시 밥을 한 젓가락 떠서 벤또 뚜껑 오른쪽에 놓아야 한다. 이것이 '오빵(御飯)'이라고 하는 것이다. '오빵'은 신에게 먼저 한 젓가락을 드리는 의미라고 할 수 있다. 아마도 일본인들이 섬기는 아마데라스 오우미까미(天照大神)에게 진상한다는 뜻이리라.

식사를 시작하고 나서도 격식이 까다롭다.

왼손으로 벤또를 받쳐 들고 밥을 한 젓가락 떠서 입에 넣은 다음에는 반드시 벤또를 제자리에 소리나지 않게 놓고, 다시 국그릇을

육군 형무소의 하루 *197*

왼손으로 들고 후루룩 하는 소리가 나지 않도록 조용히 마셔야 한다. 왼손으로 벤또와 국그릇을 번갈아 들고서 밥과 국을 먹거나 마시는 것이다.

그러니까 왼손으로 하나씩만 들고 먹거나 마셔야지 절대로 왼손에 벤또를 든 채 오른손으로 국그릇을 들고 후루룩거리며 마실 수는 없었다. 국에 말아 먹거나 물을 부어 말아 먹어도 안되고, 절대로 젓가락이 벤또나 국그릇에 닿아 달그락거리는 소리를 내도 안되었다.

식사 중에 어디서건 젓가락 소리, 벤또 놓는 소리, 국그릇 놓는 소리, 후루룩거리는 소리, 쩝쩝거리며 먹는 소리 등 어떤 소리라도 들리는 순간에는 당장 불호령이 떨어졌다.

"다레까(누구냐)?"

"하이(네). 제000호, 제가 소리를 냈습니다."

그때 소리를 낸 사람은 손을 번쩍 들고 재빨리 이렇게 자수해야만 한다. 그러나 자수하면 식사 중이라도 어김없이 불려 나가 구두짝으로 마구 얻어터진 다음 징벌 감방으로 보내지기 때문에 대개 열에 아홉 사람은 징벌방과 2주일 동안의 감식이 두려워서 자수하지 않고 시치미를 뗀 채 잠자코 있다. 어쩌면 그런 상황에서는 이성에 따라 행동하기보다 어린애처럼 되는 것이 인지상정인 모양이다.

냉큼 나서서 자수하는 사람이 없으면 800여 명의 수형자들이 모두 식사를 하다 말고 단체 기합을 받아야 했다.

"식사 중지! 기립!"

수형자들은 명령이 떨어지기 무섭게 자리에서 일어날 수밖에 없었다. 기합이란 바로 4사람씩 깔고 앉은 폭 좁은 나무 의자 위에서 무릎을 꿇고 앉는 것이었다. 의자의 폭이 20센티미터 정도로 너무 좁아서 거기에 무릎을 꿇고 앉으려면 여간 고통스럽지 않았다. 양쪽 정강이만 겨우 의자에 걸쳐지고 무릎과 발등 언저리는 의자 밖으로 빠져나오니 아파서 견딜 수가 없었던 것이다.
 수형자들의 정면에 서서 눈동자 하나 굴리는 것까지 귀신 같이 잡아낼 수 있는 간수들도 식사 중에 소리가 나는 것은 어느 구석쯤이려니 하는 짐작은 해도 족집게처럼 딱 잡아내질 못했다. 그래서 장본인이 자수할 때까지 단체 기합은 계속되기 마련이었다. 1, 2분도 아니고 자수하는 사람이 나타날 때까지 무작정 단체 기합을 받는다는 것은 너무나 고통스러운 일이 아닐 수 없었다.
 이럴 때는 아무리 감식 처분이 두려워도 남들을 위해 냉큼 자수를 해야 할 텐데, 그렇지가 않았다. 감식 처분보다도 당장 불려 나가서 구두짝으로 마구 얻어터지는 것이 더욱 두려웠던 것이다. 한 번도 즉각 자수하는 적은 없었지만, 행여나 그대로 넘어가려니 하는 막연한 기대를 품어 보기도 했다.
 '내가 죽더라도 자수를 하는 게 옳지, 내 잘못으로 남들까지 턱없이 고통을 당하게 하는 건 말도 안 돼.'
 이런 생각은 마음속에서만 일어나는 갈등일 뿐 행동으로 옮길 만한 용기를 내기는 어려웠다. 이렇게 시간이 흘러가면 할 수 없이 고발 정신을 발휘하는 사람이 나타났다. 간수들은 딱 꼬집어서 누구라고 할 수 없어도 전후좌우에 있는 다른 수형자들은 소리를 낸 장본인을 알기 마련이었다. 이제나저제나 하고 본인이 자수하기를 고대하며 고통을 참다가 영 자수할 기미가 보이지 않으면 결국 고발 정신을 발휘하게 되는 것이었다. 고자질쟁이로 낙인 찍히는 위험에도 불구하고, 한 사람보다는 많은 사람들을 위해서라는 명분으로……
 "제000호."
 고발하려는 사람이 손을 번쩍 들면서 자신의 수형자 번호를 외치고 나서는 순간, 소리를 낸 장본인의 표정은 총살당하기 직전의 중죄수처럼 사색이 되고 마는 것이었다.
 "제000호, 무엇인가?"

간수가 수형자 번호를 복창하며 까닭을 물었다.
"제 옆사람이 소리를 냈습니다."
"요우시. 데데고이 키시마, 오마에모 데데고이."
이 말은 '좋다. 너 나와, 그리고 너도 나와.' 하는 뜻이었다. 그러니까 소리를 낸 장본인은 물론이고 고해바친 사람까지 불려 나갔던 것이다.
소리를 낸 장본인은 두말할 것도 없이 구두짝으로 사정없이 두들겨 맞고 발길질에 마구 걷어채인 다음 징벌방으로 가야 했다. 800여 명에게 못할 짓을 했다는 이유로 다른 때보다 더 혹독하게 당했다. 체벌도 가중되고 감식도 2주일이 아니라 3주, 4주 등으로 늘어나 자수하지 않은 대가를 톡톡히 치르는 것이었다.
옆사람이 소리를 냈다고 일러바친 고발자도 '왜 진작 고발하지 않았느냐?'는 이유로, 소리를 낸 사람만큼 두들겨 맞고 체벌과 감식 등의 제재를 받았다.
본인이 자수하려니 하는 생각으로, 고자질쟁이가 되기는 싫다는 생각으로, 또는 당사자를 동정하는 안쓰러운 생각으로 일러바치기를 주저하거나 뭐 이런저런 생각으로 즉각 고발할 기회를 놓치게 되면 고발하고서도 응분의 제재와 징벌을 받아야 했다. 그것이 두려워 고발을 미루다 보면 시간은 자꾸만 흘러가고 시간이 길어지는 만큼 800여 명이 단체 기합으로 고통받는 시간도 길어졌다. 교묘한 사슬처럼 얽혀 있지만, 소리를 내고도 시치미를 뚝 떼는 사람이나 일러바치는 사람이나 모두 어린애들 같기는 마찬가지였다. 그러나 이런 곳에서 어른인들 별 수 있으랴?
이렇게 두 사람이 두들겨 맞는 꼴을 모든 수형자들에게 실컷 구경시킨 다음에야 단체 기합을 풀고 계속 식사를 할 수 있게 했다. 다시 식사가 계속되어도 절간처럼 조용하기는 마찬가지였다.
식당 건물은 단층 기와집이었다. 관동지방처럼 춥지는 않지만, 그래도 이른 아침에는 기와에 희끄무레한 서리가 내려앉았다. 식사를 할 즈음이면 해가 떠오르면서 지붕의 서리가 아침 햇살에 녹아 기와 사이로 흘러내렸다. 절간 같은 분위기에서 식사를 할 때면 물받이가 없는 지붕에서 땅으로 뚝뚝뚝 물방울 떨어지는 소리가 유난히 크게 들렸다. 여름에도 마찬가지였다. 밤에 내린 이슬이 아침이면 떠오르는 햇살을 받고 지붕의 기와 사이를 타고 내려와 뚝뚝뚝 땅으로 떨어졌다.

대나무 물컵에 따라 놓은 물은 항상 미적지근하여 아무 소리도 내지 않고 마실 수가 있어서 다행이었다.

이렇게 조용한 가운데 식사가 끝나면 빈 그릇들을 소리나지 않게 하나씩하나씩 집어서 왼쪽 사람에게 전달했다. 이렇게 전달된 그릇들은 왼쪽 끝 유리 창문께에서 식사가 끝나기를 기다리고 있던 취사부 사역수들에게 건네지고, 사역수들은 빈 그릇을 전부 거두어 취사부로 가지고 갔다.

식사가 끝나고 빈 그릇들도 말끔히 치워지면, 이번에는 전쟁터에서 먼저 간 영령들의 명복을 빌기 위해 또 눈을 감으라고 했다. 한참만에 간수장의 구령에 따라 눈을 뜨고 잠시 기다리노라면 형무소 소장이 들어와서 연단으로 올라갔다. 소장은 60여 세쯤 돼 보였다. 온화한 인상에 키가 작달막한 소좌였는데, 예비역으로 있다가 전시가 되면서 현역이 된 사람이었다.

"경례!"

구령과 함께 수형자들은 앉아 있는 자세로 일제히 머리를 숙였다. 소장의 연설은 작업을 쉬는 일요일만 제외하고 매일 아침 그 시간에 진행되었고, 연설 시간은 약 20분 정도였다. 연설 요지는 수형자들의 반성을 촉구하는 내용들로서 다분히 불교적이었다. 연설이라고는 해도 딱딱한 웅변처럼 권위 의식이 뚝뚝 떨어지는 연설은 아니었다. 무슨 좌담회에서 이야기하듯이 아주 부드러운 어조로 허심탄회하게 말하는 품이 마치 인자한 할아버지가 귀여운 손자들에게 옛날 얘기를 들려 주듯 거부감이 없고 재미있었다.

어느 불량한 탕아(蕩兒)가 가출하여 온갖 못된 짓을 일삼으며 형무소에 드나들다가 어떤 계기에 참회를 하고 부모 곁에 돌아가 효도를 하게 된다는 등 눈물겹고 감동 어린 이야기를 소장은 날마다 각각 다른 화제로 바꿔가며 들려주었다. 이야기가 그럴 듯하고 퍽 듣기에도 좋아 매일 아침 그 시간이 기다려지기조차 했다. 솔직히 말해서 하루 24시간 중 그 시간이 가장 편안한 시간이었던 것이다.

그렇긴 해도 20여 분 동안 소장의 얘기를 들으면서 소장을 주시하지 않고 부지부식 간에 곁눈질을 하거나 무의식 중에 뒷통수를 긁적거렸을 때 그냥 지나치는 법이 없었다.

잠자코 몇째 줄 몇 번째 앉은 놈인가를 기억했다가 설교가 끝나고 소장이 퇴장하면 어김없이 끄집어내어 신발짝이나 구둣발로 사정없이 두들겨 패고 징벌 감방에 처넣었다. 그렇게 당하는 사람들도 거의 어김없이 조선인 문맹자임은 두말할 필요조차 없다.

작업장의 하루 일과

"기립! 좌향 좌, 앞으로 갓!"
 식사 시간이 다 끝나면 맨 앞줄부터 차례로 식당 왼쪽 출입문을 지나 신발장 앞을 통과한 다음 각기 작업장으로 향했다. 작업장으로 갈 때는 모두 맨발로 걸어가도록 되어 있었다.
 목공장으로 가는 10여 명 내외의 수형자만 신발을 신고 갈 수 있었는데, 말할 것도 없이 작업장으로 가는 통로의 좌우에는 으레 간수들이 도열하여 수형자들이 전부 작업장으로 들어갈 때까지 지켜보았다.
 "작업 시작!"
 수형자들이 모두 작업장으로 들어가면 간수들이 점호를 해서 작업 인원을 확인한 다음 모두 전날 하던 일을 계속하게 했다. 작업 중에는 성실한 자세로 다소곳이 하는 일에나 신경을 써야지 승낙 없이 머리를 긁는 따위의 규칙 위반을 하거나 간수의 눈에 거슬리는 동작을 했다가는 가차없이 끌려나가 두들겨 맞고 징벌방으로 보내졌다. 물론 수형자들끼리의 대화도 절대 금물이었다.
　각 작업장에는 작업반장이 한 사람씩 있었다. 작업반장은 작업에 익숙한 수형자로서 작업을 하는 여러 수형자들에게 작업하는 데 필요한 재료들을 계속 나누어주는 역할을 했다. 반장이 작업상 필요한 대화를 하려고 할 때도 먼저 간수를 불러 허락을 받아야 하는 것은 두말할 필요도 없었다.
　"제000호."
　"제000호, 뭔가?"
　"제000호, 작업 관계로 제×××호와 대화하도록 허락해 주십시오."
　"요우시(좋다)."
　"시작합니다."
　이런 식으로 허락을 받고 작업에 관해 대화할 뿐만 아니라 대화가 끝나면 또 끝났다고 간수에게 보고해야 했다. 작업 중에 대소변이 마려울 때도 같은 절차를 거쳐 간수의 승낙을 받아야 변소에 갈 수 있었다. 작업을 하다가 규칙 위반으로 얻어터지고 징벌을 받는 경우는 너무나 빈번했다.
　점심 식사도 아침 식사 때와 똑 같았다. 작업을 중단하고 절도있는 동작으로 식당에 들어가 이미 차려져 있는 식탁에 정렬해서 앉았다. 식사하기 전에 눈을 감고 반성, 식사 후에 다시 눈을 감고 영령들의 명복을 비는 묵상을 했다. 이렇게 조용한 식사 절차가 끝나면 다시 작업장으로 가는 것이었다.
　오후 2시쯤부터는 작업장의 수형자 전원을 차례로 목욕을 시켰다. 목욕탕은 꽤나 넓었다. 우선 계급장을 만드는 제1작업장부터 목욕을 시켰는데, 목욕 중에는 담당 간수 두 사람이 따로 배치되었다.
　한 간수가 두 군데 목욕탕 중의 한 곳으로 각각 20명씩 데리고 갔다. 수형자들은 목욕탕 바깥의 탈의장에서 옷을 다 벗은 후 2열 종대로 질서있게 욕탕으로 들어가야 했다. 수형자들이 목욕탕으로 들어가 정렬하면 간수가 명령을 내렸다.
"음부와 항문, 그리고 겨드랑이를 씻어라!"
구령과 함께 수형자들은 빠른 동작으로 각자 물을 떠서 겨드랑이와 음부와 항문에 비누칠을 하고 씻었다. 비누는 반토막으로 자른 것을 하나씩 집어서 썼다. 물론 눈 깜짝할 시간에 겨드랑이와 음부와 항문을 씻어야 했다.
"그만!"
어떻게 좀 씻으려다 보면 금세 구령이 떨어졌다.
"입욕!"
곧이어 이런 구령이 떨어지면 뜨거운 목욕탕으로 일제히 들어갔다. 얼굴과 목만 남기고 전신이 물 속에 잠겨야 하고, 조금 뜨겁더라도 눈을 딱 감고 풍덩 들어가야 했다. 시간은 단 10초 동안이었다.
"그만!"
그러면 금방 탈의장으로 나가서 각자 자신의 수건으로 몸의 물기를 닦는둥 마는둥 하고 옷을 주워 입어야 했다.
"앞으로 갓!"
이내 목욕을 끝내고 2열 종대로 서서 작업장으로 돌아가는 것이었다. 이렇게 20명씩 목욕을 하고 작업장으로 돌아오는 데 약 5분 정도 걸렸다. 불과 5분 동안에 목욕이라는 것을 하고 돌아와야 하니 콩 튀듯 팥 튀듯 서두를 수밖에 없었다. 조금만 굼뜨게 허둥댔다가는 옷을 입었거나 알몸이거나 가릴 것 없이 구둣발에 걷어채여야 했다.
이런 식으로 두 팀을 나눠 20명씩 목욕시키니까 800여 명의 수형자들을 전부 목욕시켜도 두 시간이 채 걸리지 않았다.
오후 4시쯤에는 작업과 목욕을 끝낸 수형자들이 전부 식당에 들어가 앉아 있었다. 아침 식사나 점심 식사 때처럼 저녁 식사 절차가 진행되는 것이었다.
매주 일요일을 제외한 6일 중에서 3일 동안은 저녁 식사 때가 여간 괴로운 게 아니었다. 맨 앞두 줄의 40명 식탁 위에 놓여 있는 소우사이(總菜)에서 풍기는 기름 냄새가 갑급이 아닌 수형자들의 후각을 못 견디게 자극했기 때문이다. 갑급이래야 맨 앞줄 오른쪽의 3개 갑급(三本 甲級) 2명, 2개의 갑급 약간명, 1개의 갑급 등 40명에 불과했다.

수형자들은 워낙 기름진 음식 구경을 하지 못한 탓인지 3일 중 하루는 오로지 3개 갑급 두 명에게만 소우사이가 나올 뿐인데도 온통 식당 안을 가득 메운 기름 냄새에 몹시 회가 동해 견디지 못할 정도였다.

어렸을 때 어느 우화책에서 읽은 서양 거지의 이야기가 생각났다.

거지가 겨우 빵부스러기를 얻었지만, 반찬이 없었다. 마침 어느 레스토랑에서 선전을 하기 위해 정문 옆의 진열장에서 먹음직스러운 고기를 구우며 지나가는 사람들의 구미를 돋우고 있었다. 거지는 그것을 들여다보고 맛있게 먹는 생각을 하면서 싱거운 빵을 죄다 먹어치웠다는 것이다. 여기에 한 술 더 떠서 레스토랑의 종업원 한 사람이 구워놓은 진열장 안의 고기를 보면서 빵을 맛있게 먹고 가는 거지를 보고 쫓아나가서 이렇게 말했다.

"구경을 했으면 고기 반찬값을 내야지?"

그랬더니 가만히 생각하던 거지가 동냥해서 깊이 간직해 두었던 지폐 한 장을 안주머니 속에서 슬쩍 꺼내 종업원에게 보여 주고는 떠나가 버렸다.

'진열장 속의 고기를 구경만 하면서 빵을 먹었으니 너도 내 돈을 구경만 하면 되겠지?'

거지의 행동인즉 이런 뜻의 대답이었으리라.

어쨌거나 갑급이 아닌 대다수 수형자들은 기름 냄새 풍기는 소우사이를 먹는 기분과 생각으로 수수밥 덩어리를 씹어먹어야 했던 것이다. 수형자들은 소처럼 먹어치워야 할 한창 나이의 장정들이었다. 이렇게 굶주리다시피 고통스럽게 하루하루를 지내야 하는 수형자들, 특히 조선인 수형자들이 가엾고 불쌍해서 견딜 수가 없었다.

"번호!"

이같은 인원 점검은 아침, 점심, 저녁 세 끼 식사때마다 실시되었다. 식당에 모두 들어와 앉으면 의례히 인원 점검부터 했다. 800여 명의 수형자들 머리 숫자가 다 맞으면 아침에 출방하여 작업장으로 나왔던 길을 거꾸로 거슬러서 감방으로 돌아갔다.

우선 수형자들이 식당에 앉아 있는 상태로 맨뒷줄의 수형자들이 일어서서 좌향 좌를 하고 바로 식당 뒷문으로 걸어나갔다. 세면장을 지나 아침에 옷을 갈아입던 착의장으로 들어가서 옷을 벗고 자기 번호 옷걸이에 전부 걸었다. 나체가 되어 다음 칸의 내의를 걸어 놓은 탈의장으로 들어가는 복도 어귀에서 차례로 늘어선 다음 맨앞의 수형자부터 아침에 했던 것처럼 발을 올릴 수 있는 한 높이 올리며 간수 앞으로 몇 발자욱 걸어갔다.

"제000호."

간수 앞에서 부동자세로 딱 서서 이렇게 외친 다음 자기 번호의 옷걸이로 찾아가 아침에 벗어서 걸어 놓은 내의를 찾아 입었다. 내의를 입은 수형자들은 모두 남관 복도 중앙에 2열 종대로 쭉 늘어서서 기다렸다. 대부분 자기 감방 앞에 와서 서게 되는 셈이었다.

"좌향 좌!"

모든 수형자들이 내의를 입고 와서 늘어서면 2열 횡대로 정열시켜 놓고 다시 인원 점검을 했다. 간수와 간수장들이 전후좌우로 물 샐 틈 없이 지키고 있어서 개미 한 마리 빠져나가고 들어올 틈도 없건만 한 사람이라도 하늘로 솟았나 땅으로 꺼졌나 하고 복도에서 또 머리 수를 세는 것이었다.

인원 점검이 끝나면 모든 감방문의 자물쇠를 열고 몇몇 간수들이 일제히 달려들어 양쪽 감방문을 모조리 열어 제쳤다.
"입방!"
감방문을 죄다 열어 제친 다음 구령이 떨어지면 모두 지체없이 자기 감방으로 들어가 복도는 금새 텅 비어 버렸다. 이내 몇 분 동안 계속 쾅쾅쾅 요란하게 감방문 닫히는 소리가 들린 다음 이윽고 절간처럼 조용해지는 것이었다.
"차렷!"
다시 아침 점호 때와 같은 식으로 간수는 수형자 명부를 펼쳐 들고, 간수장은 시찰구를 들여다보며 점호를 시작했다.
"제000호."
"하이!"
차례로 자기 번호를 부르면 대답을 하면서 한 발 앞으로 다가서고, 그 다음에도 마찬가지로 반복하며 남관의 800여 명은 물론 계속 동관의 재감자들까지 함께 인원 점검을 철저히 했다.
점호하는 간수장과 간수를 제외한 많은 간수들이 감방의 바로 앞 마루바닥에 깔아놓은 매트 위를 소리없이 걸어다니며 감시를 했기 때문에 수형자들은 점호가 끝날 때까지 각자 자기 자리에서 부동자세로 꼼짝없이 서 있어야 했다.
점호를 하는 동안에도 규칙 위반자가 심심찮게 적발되어 곤욕을 치렀다. 부동자세가 조금이라도 흐트러지거나 들여다보이는 쪽의 손이 쭉 뻗어 있지 않거나 하면 곧 문패를 보고 수형자 번호를 확인한 다음 끌어내다가 두들겨 패고 징벌 감방에 처넣었던 것이다.
어찌 생각하면 식량이 부족하여 일부러 감식 징벌 죄수들을 양산(量產)하려는 의도에서 마구잡이로 징벌을 가하는 게 아닌가 싶을 정도였다. 그저 걸핏하면 두들겨 패고 징벌방에 가두었다.
점호가 끝난 감방 안은 어지러웠다. 낮 작업 중 비어 있는 모든 감방에 간수 두 명이 한 조가 되어 아침에 개어 놓은 담요와 베개 등 침구와 책 갈피 등을 샅샅이 뒤지고 체크한 다음 담요 1장을 넓게 펴 놓고 거기에 모두 쌓아 놓은 8명 8개의 담요 뭉치가 얕은 번호 순대로 2줄에 놓여 있었다. 혹시 창살을 자르는 쇠톱 부러진 것 등 탈옥을 시도하려는 수상한 물건들이 어디에 감추어져 있나를 의심해 철저히 체크하는 것이리라.

변소에는 말짱히 소제하여 깨끗해진 변기통이 놓여 있고, 감방 어귀에는 18센티미터 정방형의 휴지가 8장 놓여 있었다. 한 사람당 한 장씩, 혹시 밤 사이에 대변을 보게 되는 경우를 배려해 주는 것이었다.

오후 5시쯤 점호가 끝나면 두 사람씩 한 조가 되어 차례로 각자 담요 뭉치를 챙겨서 마치 봉투처럼 침낭을 만들었다.

침낭을 만들기 위해서는 먼저 바닥에 담요 한 장을 펼쳐놓고, 나머지 세 장의 담요를 각각 반으로 접어서 바닥에 먼저 깔아놓은 담요 끝에서 약 30센티미터 정도 위로 올라가도록 길게 올려 놓았다. 위에 올려 놓은 담요를 다시 양쪽에서 4분의 1 정도씩 접어야 하는데, 발치 쪽은 되도록 많이 접어서 좁게 만들고 상체 쪽은 각자의 몸이 들어갈 만큼 적당히 접었다. 그렇게 한 다음, 먼저 바닥에 펴놓은 담요로 접어 놓은 담요를 감아 쌌다. 이때 바닥에 깔아 놓은 담요의 발치 쪽은 30센티미터쯤 길어서 그것을 위로 덮어 싸면 그 속으로 들어가서 잘 때 발이 한데로 나오질 않았다. 다 만들어진 침낭을 보면 꼭 발치 쪽이 좁은 봉투 같았다. 이렇게 침낭을 접고 나서 발치 쪽의 좁은 데서부터 두루루 말아 둥그렇게 만든 다음, 아침에 번호 순대로 각자 담요를 개어 양쪽에 가지런히 놓을 때처럼 2줄로 정돈해 놓는 것이었다. 그 위에 베갯닛을 씌운 베개를 왼쪽으로 놓고, 오른쪽에는 책들을 놓았다. 그리고는 각자 자기 자리로 돌아가 여느 때처럼 무릎을 꿇고 정좌를 한 채 기다리는 것이었다.

점호가 5시에 끝나고 각 감방에 수감된 여덟 사람이 담요로 침낭을 만들어 정리하는 데까지 30분쯤 소요되니까 5시 30분부터 취침 시각인 9시까지 무려 3시간 반 동안을 무릎을 꿇은 채 목석처럼 그린 듯이 앉아 있었다.

9시 정각이 되면 간수들이 취침 시각을 알리기 위해 철판을 두들겼다. 그러면 양쪽 벽을 향해 두 줄로 앉아 있던 수형자들은 순서대로 일제히 침낭을 펴는데, 머리를 각기 바라보던 벽쪽으로 두고 발은 반대쪽으로 펴도록 규정되어 있었다. 말하자면 맨앞이나 맨뒤 수형자를 빼고는 누구나 맞은편 벽 쪽으로 머리를 두고 자는 두 사람 사이로 발을 뻗게 되어 있었다.

잠을 잘 때도 물론 엄한 규칙이 있었다. 똑바로 누워서 자되 잠결에라도 무릎을 세우면 안되고, 모로 누워서 자는 것도 규칙 위반이었다. 담요로 얼굴을 덮고 자는 것도, 또 손이나 팔을 담요 밖으로 내놓고 자는 것도 모두 규칙 위반이었다. 규칙 위반을 하면 자다가도 즉시 깨어나서 벌을 받아야 했다.

간수는 취침 중에 가늘고 긴 대나무를 들고 감방 복도의 매트 위를 살살 걸어다니며 시찰구로 들여다보았다. 그러다가 규칙을 위반한 수형자를 발견하면 대나무를 시찰구로 집어넣어 잠자는 수형자의 얼굴을 톡톡 건드리며 조용한 목소리로 명령을 내렸다. 당연히 잠자는 순서도 정해져 있기 때문에 문패를 보면 규칙을 위반한 사람이 누구인지 금방 알 수가 있었다.

"제000호, 일어낫!"

그러면 자다가도 깜짝 놀라서 일어나야 했다.

"내의 전부 벗엇!"

다른 사람이 깰새라 목소리는 한껏 낮추었지만, 명령은 추상 같다. 명령대로 내의를 홀랑 벗고 나면 다음 명령이 떨어졌다.

"벽을 향해 부동자세로 섯!"

아무리 매섭게 추운 고장은 아니라 하더라도 겨울은 겨울이었다. 자다가 벌거벗고 부동자세로 서 있노라면 여간 고통스러운 게 아니었다. 간수는 규칙 위반자를 기상 시간인 7시가 될 때까지 그대로 세워두었다.

　겨울에 벌거벗은 채 서 있으려면 추워서 움츠리거나 손을 쭉 펴지 못하기 일쑤였다. 간수가 기상하기 전에 가끔씩 시찰구로 들여다보다가 부동자세가 흐트러져 있으면 또 시찰구에다 대고 작은 소리로 힐책을 했다.

　"무슨 부동자세가 그 모양이야? 손을 쭉 펴고 정신 차렷!"

　규칙 위반자는 간수 교대를 할 때마다 다음 근무자에게로 인계되었다.

　"감방번호 남관 남측 0호 감방 제000호 재감자, 이러저러한 규칙 위반을 하여 나체로 세워 놓았음."

　그러면 후임 교대자가 또 그 방을 계속 감시하다가 기상 후 점호가 끝나면 불러내서 엉망진창으로 두들겨 패고 감식 징벌 감방에 수감해 버렸다.

　육군형무소 안에서의 하루 24시간에 걸친 수형자 생활이란 대충 이러했다.

조선인 수형자들의 참상

총 19개조 201항에 이르는 〈군인 재감자 준수 사항〉의
제1조.
 "軍人在監者は深く勅諭の主旨を體し暫時にも其の本分を忘却すべからず(군인 재감자는 깊히 천황 폐하의 가르치심의 주된 취지를 체득, 잠시도 그 본분을 망각하지 말 것)."
 제2조
 "相貌は常に謹嚴を保つべし笑いを含み怒りを現わす等の事あるべからず(얼굴은 항상 근엄한 표정을 유지해야지 웃음을 짓거나 화난 표정을 나타내서는 안 된다)."
 마지막 제19조.
 "水火風震等の際に釋放せられたる時には24時間內に憲兵隊若くは警察官署等に出頭すべし(수해, 화재, 태풍, 지진 등이 발생하여 석방됐을 때에는 24시간 이내에 헌병대 또는 경찰관서 등에 출두할 것)."

212

규칙 책자인 〈군인 재감자 준수 사항〉의 내용에 따르면 오직 숨쉬고 눈 끔쩍이는 것만이 수형자들에게 허용된 자유였다.

특히 조선인 수형자들이 당하는 참상은 도저히 그냥 보아 넘길 수 없었다. 아침에 연병장에서 구보하다가 쓰러지는 죄수, 조회하다가 쓰러지는 죄수, 조회가 끝나고 식당에 들어갈 때까지 구보를 하다가 쓰러지는 죄수 등 쓰러지는 죄수는 모두가 조선인들이었다.

더구나 들것(担架)에 실려 의무실로 갔다 하면 잇달아 사망했다는 비보가 들려왔다. 매일 아침 두서너 명씩 쓰러져 들것에 실려 갔으니까 하루에 두서너 명씩은 죽어갔다는 것이다. 그들 조선 청년들은 심한 매질을 당하고 너무 잦은 감식 징벌로 영양실조에 걸린 데다 이런저런 질병까지 겹쳐 도시 기(氣)를 펴지 못한 채 고통을 겪다가 결국 질식하다시피 심장이 멎어 죽어갔던 것이다.

'수형자들이 소내 일상생활에 있어서 불만이 있거나 시정 사항이 있을 경우, 또는 대우에 있어 개선을 원할 때는 간수장에게 의논할 수 있다. 여기서 뜻하는 바가 이뤄지지 않을 때는 소장 면접을 요청하되, 그 면접이 잘 되지 않을 때는 소장 순시 때 직접 요망할 수도 있다.'

규칙 책자에는 이런 항목과 함께 다음과 같은 내용까지 덧붙여져 있었다.

'소장을 직접 면담하고도 정당한 요망 사항이 원하는 바대로 이뤄지지 않을 경우에는 매년 두세 번에 걸쳐 실시되는 서부군사(西部軍司) 법무부장의 순시 때 직접 요망할 수 있다.'

서부군사는 소화(昭和) 20년(1945년) 2월 1일자로 제16방면군사(方面軍司) 겸(兼) 서부군관구사(西部軍官區司)로 개칭되었는데, 당시 법무부장은 스에오까(未岡 憲一;가명) 소장이었다. 법무부장의 순시는 대개 육군 기념일(3월 10일)이나 해군 기념일(5월 27일), 또는 천장절(天長節), 기원절(紀元節), 명치절(明治節) 등 경축일에 있다고 했다.

나는 규칙 책자의 이 대목을 몇 번이고 읽어보면서 결심을 굳혔다.
'소장을 한번 만나서 조선인 문맹자들을 구출해야겠다.'
소화(昭和) 20년(1945년) 1월 8일 월요일에 내가 입소했으니까 오늘이 두 번째 맞는 일요일이니 꼭 2주일째 되는 날(21일)이다.
'내일 작업장에 나가면 간수장에게 소장과의 면접을 부탁해야겠다. 아니지 막바로 소장 면접을 신청하는 게 낫겠지.'
나는 이렇게 생각했다.
일요일은 꽤나 지루했다. 하루 세 끼 식사하는 일 말고는 그저 그림 같이 앉아 있어야 하니 오죽했으랴? 할일이 없으니 〈군인 재감자 준수 사항〉만 몇 번이고 되풀이하여 읽을 수밖에 없었다. 책을 읽더라도 두 손으로 눈 높이만큼 받쳐들고 소리없이 목독해야만 했다. 한참을 읽다 보면 양팔이 무척 아팠다.
그러나 고문을 당하거나 체벌을 당하는 일이 없으니 히로시마 헌병대 특수반에 비하면 규칙은 심하다 해도 지상천국이라고 할 수 있었다. 그저 죽지 않고 살아있다는 사실만으로도 나는 세상에 다시 태어난 기분이었다.
지루한 하루가 지나가고 저녁 9시 취침 신호와 함께 침구를 펴고 누웠다.
'내일은 소장을 만나려고 하는데, 잘 될까? 겉보기로는 인자한 할아버지 같고 설교할 때는 꼭 성직자 같은 인상을 풍기는 소장이 내 건의를 받아들여 준다면 얼마나 좋을까?'
때로는 나름대로 전쟁에 관한 시국 전망도 피력했는데, 풍기는 인상과는 달리 군인 정신은 아주 철저한 것 같았다.
"이번 대동아전쟁에서는 일본군이 반드시 승리할 것이다. 일본은 지난날 어떤 나라와의 전쟁에서도 패한 일이 없었던 강국이기 때문이다."
소장이 그렇게 기염을 토하는데도 전세는 결코 유리한 것 같지 않았다.

'죄 짓고 형무소에서 복역하는 것도 일선 장병들에겐 면목없는 일인데, 처우개선 운운한다는 게 통할까?'

이런 생각이 들기도 했다. 내가 일본인이라면 그렇게 생각할 수도 있겠지만, 어디까지나 나는 조선인의 피를 받은 조선인이었다.

'내 신상기록에도 분명 조선인이라고 되어 있을 텐데, 하루에 두서너 명씩 죽어가는 조선인 청년들을 위해 처우 개선을 해달라고 요구한다고 해서 저희놈들이 나를 어쩔 것인가?'

나는 결심을 굳혔다.

'히로시마 헌병대에서 당한 것보다 더한 고난을 당한다 하더라도 매일 두셋씩 죽어가는 저들을 방관만 할 순 없지 않은가? 그렇다. 저들을 방관한다면 스스로 지성인이길 포기하는 것이다. 어떤 고난과 시련이 닥칠지라도 내가 그들을 구하기 위해 나서야겠다. 이것이 바로 지금 나에게 주어진 사명이 아니겠는가?'

이런저런 생각에 골몰하다 새벽녘에야 얼핏 잠이 들었는가 했는데, 금방 철판 두들기는 소리가 울려퍼지면서 기상을 알렸다. 나는 간신히 눈을 뜨고 침구를 풀어 정성껏 갰다.

이상한 일이었다. 습관적으로 침구를 개놓고 나자 간밤에 꾸었던 꿈이 생생하게 떠올랐다. 막 떠오르는 아침 햇살을 받으며 사사끼 대위를 배웅할 때 별안간 정신이 몽롱해지고 눈앞이 캄캄해졌다가 3분쯤 지나서야 겨우 원상회복이 되었던 신의주 역전에서의 기현상은 바로 그때처럼 생생했다. 나는 불길한 일이 일어날 것 같은 예감에 불안했다.

'나에게 무슨 일이 닥칠 것인가? 설마한들 내가 고작 처우 개선을 요구한다고 히로시마 헌병대에서 자행하는 따위의 고문이야 있을라구?'

나는 초지일관 내 뜻대로 밀고 나갈 것을 재차 다짐했다.

그 날도 연병장에서 구보를 하다가 두 사람이 쓰러졌다. 역시 조선인 청년들이었다. 나는 더 이상 주저할 수가 없다고 생각했다.

아침 식사가 끝난 후 여느 때처럼 계급장 만드는 작업장으로 갔다. 작업을 시작한 지 한 시간쯤 됐을 때 나는 앞에 서 있는 간수를 향해 외쳤다.
"제306호!"
"제306호, 뭔가?"
"네, 소장님 면접을 원합니다."
"소장님 면접?"
"네, 그렇습니다."
"무슨 용건이냐?"
"소장님 면접시에 말하겠습니다."
"그래도 무슨 용건인 줄은 알아야 '제306호가 이러저러한 용건으로 소장님 면접을 원한다'고 보고서를 쓸 게 아닌가?"
내 번호를 보고 내가 장교라는 걸 금새 알아차렸는지 윽박지르는 언동은 없었다. 장교 수형자 번호인 300대는 몇 명 되지 않아서 금방 식별이 되었다. 나는 잠시 생각하다가 용기를 내서 말했다.
"수형자들에 대한 대우 개선 문제입니다."
"대우 개선 문제?"
"그렇습니다."
간수는 중사(中曹) 계급장을 달고 있었다.
"요우시(알았다)."
간수는 나를 유심히 쳐다보더니 뜻밖이라는 듯 고개를 갸우뚱거렸다. 그러더니 책상 설합에서 보고서 용지 한 장을 꺼내 보고서를 작성하는 것 같았다. 보고서는 그가 교대를 해야 제출할 수 있었다.
점심 식사가 끝난 후 작업장으로 돌아가 한 시간쯤 됐을 때였다. 작업 담당 간수가 아닌 다른 간수 한 사람이 들어와 호명을 했다.
"제306호!"
"제306호!"
나는 벌떡 일어서서 내 번호를 복창했다.

"이리 나와."

나는 그를 따라 어느 사무실로 들어갔다. 간수장 무라오까(村岡平八;가명) 준위의 사무실이었다. 무라오까 간수장은 나이가 50대 초반쯤으로 보이고, 꽤 날카롭게 생긴 얼굴이었다. 얼핏 보니 그의 책상 위에는 내 신상 기록이 놓여 있었다. 간수장은 앉아 있다가 일어나 내게로 다가오면서 말했다.

"소장 면접 이유가 대우 개선 문제라구?"

"네, 그렇습니다."

"어떤 대우에 대해선가?"

"문맹의 조선인 수형자들에 관한 대우 개선 문제로 소장님을 면접하려고 합니다."

간수장은 내 말이 끝나자마자 가죽 장화 신은 발로 내 허벅지 부위를 힘껏 걷어차며 소리쳤다.

"건방진 새끼, 죄 짓고 들어온 주제에 반성이나 하면서 국으로 엎드려 있을 것이지 뭐 대우 개선? 총살당할 놈의 새끼가 살아났으면 고마운 줄을 알아야지 조선인 문맹자가 어쩌고 어째? 너 이 새끼 어디 혼 좀 나봐라."

나는 구둣발에 걷어차여 검부러기 나뒹굴듯 힘없이 마룻바닥에 나자빠졌다. 간수장은 상의를 벗어 제치고 닙뽄또우를 떼어 놓더니 구석에 세워두었던 굵직한 몽둥이를 들고 나를 사정없이 마구 두들겨 패기 시작했다. 고꾸라져 있는 상태에서 일어날 수도 없고 몸을 움직일 수도 없었다.

그때 간수가 들어왔다. 간수장이 간수에게 뭐라고뭐라고 하자 간수는 나를 강제로 일으켜 밖으로 끌고 나갔다. 연병장을 가로질러 동관 쪽으로 질질 끌려가면서 생각하니 징벌 감방에다 가둬 두려는 것 같았다.

'그렇게 기절하도록 두들겨 팼으면 됐지 징벌방은 또 뭐란 말인가?'

아니나다를까, 간수는 나를 창문도 없는 감방에다 집어 넣고는 문을 잠그고 가 버렸다. 온몸이 아프지 않은 데가 없을 정도여서 견디기가 어려웠다.

한 시간쯤 지나서였다. 간수 두 명이 감방문을 열고 들어섰다.

그런데 이게 웬일인가? 그들은 가죽 수갑 두 개에다 흠뻑 젖어 물이 뚝뚝 떨어지는 가죽 반원통 두 개를 들고 있었다. 히로시마 헌병대에서 1년 동안 당했던 그 지긋지긋한 체벌을 육군형무소에서 또 받아야 하다니 도대체 이럴 수가 있단 말인가? 나는 펄쩍 뛰었다.

"도대체 날 어쩌자는 건가? 내가 뭘 잘못했기에 이따위 짓을 하려는 건가?"

"이새끼야, 닥쳐!"

그들이 내 옆구리를 걷어차는 순간 나는 '으악!' 하고 외마디 소리를 지르며 의식을 잃고 말았다.

시간이 얼마나 지났을까? 의식이 좀 돌아오는 것 같았는데, 온몸을 움직일 수가 없었다. 가슴이 답답하고 숨이 찬 데다 뻐근하게 옆구리가 결리고 몹시 아팠다. 더구나 눈앞이 캄캄한 게 아무것도 보이질 않았다.

차츰 의식이 명료해지면서 생각해 보니, 양쪽 팔을 등 뒤로 돌려 수갑을 채우고 가슴을 잔뜩 졸라맨 가죽 원통을 입힌 채 캄캄한 징벌 감방 마룻바닥에 던져 놓은 것이었다. 히로시마 헌병대에서 일 년 동안 무려 12차례나 당한 가죽 원통 조이기를 육군형무소에서 또 당하고 있었다. 나는 적어도 육군형무소에서까지 이따위 체벌이 있으리라고는 미처 상상도 하지 못했다.

그들은 내가 의식을 잃고 있는 동안 옷을 모두 벗긴 채 엎어 놓고 양 팔을 등 뒤로 잡아당겨 가죽 수갑을 채우고 젖은 가죽 반원통을 앞뒤로 맞춰 잔뜩 졸라맨 다음 등 뒤로 해서 옷을 걸쳐 놓았던 것이다. 옆구리를 걷어차여 기절한 채 의식을 잃고 있는 사람을 발가벗겨서 짐승처럼 이리 굴리고 저리 굴리고 엎었다 제꼈다 하면서 꽁꽁 묶어놓았던 것이다.

'죽거나 말거나.'

그들은 그렇게 생각하리라. 그들은 겁날 게 없으리라.

'하루에도 몇 사람씩 조선인 죄수가 죽어 나가는 판국에 대우 개선 문제로 소장을 면접하겠다는 저 따위 건방진 조선놈의 새끼 하나쯤 더 죽어 봤자지.'

그들의 사고방식은 이런 것이 아니었을까?

'내 목숨이 이다지도 질기단 말인가?'

생각하면 생각할수록 살아있다는 사실이 고통이었다. 그러나 한편으로는 오기가 생기기도 했다.

'오냐! 죽지 말고 목숨만 잇자. 칠전팔기(七顚八起)란 말이 적합할지 모르겠지만, 어쨌든 나는 안 죽는다. 아니 이대로는 절대로 못 죽는다.'

가죽 원통이 차츰 마르면서 조여드는 바람에 숨을 쉬기가 여간 고통스러운 게 아니었다. 얼마나 지났는지 알 수 없어도 꽤 오랜 시간이 흐른 것 같았다. 별안간 감방에 전깃불이 켜지면서 감방문이 열리고, 무라오까 간수장이 두 사람의 간수를 대동하고 나타났다.

"어때 견딜 만한가? 네놈이 소장님을 만나 무슨 얘기를 하려고 하든간에 들을 필요는 없다. 대우 개선 문제라고? 네놈들은 지금 이 상태만 해도 일선 장병에 비하면 너무 늘어진 팔자야. 너무 과분해서 견딜 수 없단 말인가? 네놈이 그따위 건방진 생각을 하고 있는 한 중영창은 계속될 것이다. 알았나?"

"나는 소장을 면회해야 한다. 네놈들이 이런다고 내가 단념할 줄 아나? 무라오까 준위, 내 말 잘 들어라. 여기서 내가 네놈들에게 죽는 한이 있더라도 나는 내 뜻을 관철할 것이다. 내가 소장을 만나 뭘 건의하려는지 얘기를 들어보지도 않고 이렇게 가혹한 고통을 가하다니, 네가 지금 직무 유기를 범하고 있다는 사실을 알고 있는가? 너는 군법회의에서 직무 유기와 직권 남용죄로 처단될 것이다. 알았나, 무라오까 준위?"

간수장은 노기충천하여 얼굴이 붉으락푸르락 어쩔 줄 모르며 소리쳤다.

"저놈이, 저거 미친 놈 아니야? 미쳐도 단단히 미쳤어. 이거 봐, 당장 저놈을 매달앗!"

"네."

간수 한 놈이 어디론가 뛰어가더니 로프 한뭉치를 가지고 왔다. 저놈들이 또 어쩔 셈인가? 두 간수가 달려들어 엎드려있는 나를 뒤집어 등이 밑으로 가게 제껴 놓았다. 그러더니 양손이 등 뒤에서 수갑이 채워진 채로 가슴 부위와 허리로 해서 양 팔과 몸통을 로프로 서너 번 감아서 꽁꽁 묶었다. 그렇잖아도 꼼짝을 못 하는데, 어쩌자고 로프로 또 이렇게 한 번도 아니고 세 번씩이나 감아 묶는단 말인가? 의아하게 생각하면서 내가 묶이는 것을 바라보고 서 있는 무라오까 간수장에게 나는 또 발악을 했다.

"무라오까 이놈. 나는 죽지 않는다. 그리고 전쟁도 곧 끝난다. 나는 분명 네놈을 가만두지 않을 것이다. 확실한 건 네놈이 후회할 날도 멀지 않았다는 사실이다. 이 말을 꼭 기억해 둬라, 이놈."

그러자 간수 한 놈이 내 허리를 사정없이 걷어차며 말했다.

"이새끼 닥쳐."

간수들은 천정 중앙에 매달린 고리에 로프를 걸고는 두 놈이 함께 달려들어 잡아당기기 시작했다. 징벌 감방이라서 이런저런 장치가 되어있는 모양이었다. 나는 공중에 매달렸다. 천정을 바라보는 자세였다.

그러니까 머리통과 발이 밑으로 처진 채로 바닥에서 1.5미터 정도 공중에 매달린 셈이었다. 배가 천정을 향하고 매달리니 온몸이 활대처럼 구부러져서 머리통은 완전히 거꾸로 매달린 꼴이 되었다. 이렇게 매달아 놓은 채 그들은 감방문을 잠그고 감방의 불까지 끄고는 가 버렸다.

나는 차라리 잠자코 있었더라면 하고 후회를 했다. 간수장에게 욕설을 퍼붓고 대들지만 않았던들 이런 꼴로 매달리는 건 피할 수 있었으리라. 한편으로는 그렇게라도 퍼붓고 나니 후련한 마음이 비길 데 없이 통쾌하다는 생각도 들었다. 간수장 말마따나 그 순간 악에 받쳐서 내가 정말 미쳤는지도 모르겠다. 미치지 않고서야 여기가 어디라고 감히 '이놈, 저놈!' 하고 대들 수 있단 말인가? 모르긴 해도 간수장이 수형자로부터 그런 모욕을 당하기는 처음이었으리라.

무라오까 간수장. 나이가 50세쯤 되어 보이는 준위로 젊어서 군 의무를 마치고 사회 생활을 하다가 육군형무소 간수로 다시 들어온 모양이었다. 빨간 바탕에 계급을 표시하는 현역 군인과는 달리 흰 바탕에 계급을 표시하여 군 법무부 소속임을 표시했었다. 그랬는데 아마도 전시가 되면서 간수 및 간수장 등 육군형무소의 법무부 소속 군속들은 모두 과거 예편 당시의 계급을 달고 현역으로 바뀐 모양이었다. 처음에는 현역 계급장을 달면서도 하단에 흰 줄 하나를 부착해 법무부 소속임을 표시했는데 언제부터인가 그 흰 줄마저 없어지고 현역 군인과 똑같은 계급장을 달기 시작했다. 현역으로 바뀌었던 것이다.

정규 군인이 아니라 뭘 몰라서 그랬을까? 내가 건의하려고 하는 내용은 매우 바람직하고 건설적이며 국가적으로도 유익한 것이 분명했다. 그런데도 대우 개선 운운하니까 무조건 나쁜 쪽으로만 미루어 짐작하고 계속 가혹한 징벌만 가해오는 것이었다. 정말 답답한 노릇이 아닐 수 없었다.

그들은 식사도 물도 주지 않고 하루 또 하루가 지나도록 나를 공중에 매단 채 내버려두었다. 결국 이틀 밤이 지난 다음날 아침 10시경에야 간수 둘이 와서 로프를 풀고 나를 내려놓았다. 가죽 원통은 벗겨주었지만, 등 뒤로 묶인 수갑은 그냥 둔 채 옷을 걸쳐 놓고 가버렸다. 감방의 전기불은 물론 끄고 갔다. 꼬박 이틀을 굶었고, 48시간 동안 몽롱한 정신 상태에서 아픔도 고통도 잊은 채 송장처럼 공중에 매달려 있었던 셈이었다. 나는 마룻바닥에 그냥 엎드린 채 잠이 들었다.

얼마 동안을 잤는지 모르겠다. 잠이 깨어 눈을 떴으나 밤인지 낮인지 모르겠고 배가 고픈지 안 고픈지도 모르겠다. 전신이 마비된 것처럼 손가락 하나 움직일 수가 없었다. 나는 잠이 들었다 깨었다 하기를 몇 차례, 여전히 마룻바닥에 엎드린 채 꼼짝을 할 수가 없었다. 식사를 넣어주는 철판문이 열리더니 누군가가 벤또와 물컵을 감방문 밑에 넣어주고 갔다. 정량의 3분의 1인 감식 징벌밥일 텐데, 아침밥인지 점심밥인지 저녁밥인지 모르겠다. 물이라도 마시고 싶었지만, 도무지 운신을 할 수가 없었다. 바로 그 순간, 정신이 번쩍 들었다. 이러다가는 그냥 짜부라져 죽을 것만 같았다.

'먹어야 한다. 죽지 않고 살아남으려면 먹어야 한다. 악착같이 먹고 기운을 차려 살아남아야 한다.'

나는 혼신의 힘을 다하여 일어났다. 어지러웠다. 더듬더듬 온몸으로 기어서 물컵을 찾아낸 다음 히로시마 헌병대에서 했던 것처럼 이빨로 컵 가장자리를 물고 밥 넣어주는 구멍 위에 올려 놓는 데 성공했다.

컵을 기울여 물을 한 모금 마시니 생기가 도는 것 같았다. 물맛이 그렇게 좋을 수가 있을까? 나는 엎지르지 않고 물 한 컵을 다 마셨다. 사막에서 오아시스를 만나 목을 축였더라도 그보다는 못하리라.

나는 다시 벤또를 찾아내서 발로 엎치락뒤치락하여 뚜껑을 열었다. 벤또를 엎어 한 줌밖에 되지 않는 수수밥을 쏟아 놓고 개처럼 엎드려서 그것을 죄다 핥아 먹었다. 그나마 히로시마 헌병대에서 경험을 했던 덕택으로 아주 익숙하게 먹어치울 수가 있었다.

감식 벤또 속의 수수밥은 히로시마 헌병대와는 달리 그야말로 어린애 조막만하게 손으로 꽁꽁 뭉친 것이었다. 그래서 바닥에 쏟아놓아도 수수 밥알이 여기저기로 흐트러지지 않기 때문에 캄캄한 데 엎드려서 먹어도 혀 끝으로 수수 밥알 하나라도 더 찍어 먹느라고 그 주위의 먼지까지 핥아먹는 수고는 하지 않아도 좋았다. 그것도 여간 고역이 아니었는데, 그나마 다행이었다.

나는 빈 벤또와 뚜껑과 물컵을 감방문 밑으로 밀어 놓고 취사부의 잡역부들이 거두러 오기를 기다렸다. 이윽고 밥 넣어주는 구멍의 철판문이 열렸다. 나는 모습도 볼 수 없는 그에게 얼른 물었다.

"오늘은 며칠이고 무슨 요일이오?"

"오늘은 25일 목요일이오."

"지금이 아침 식사요?"

"아니, 저녁밥이오."

그러니까 월요일 아침 식사와 점심 식사를 마치고 간수장실로 끌려간 후로는 처음이니까 만 3일, 아홉 끼를 거르고 열 끼째에 어린애 조막만한 수수밥 한 덩어리를 먹은 셈이었다.

48시간 동안 공중에 매달려있다가 바닥에 내려진 것이 오후 4시경이었으니까 그후에는 감식 벤또일지라도 끼니 때마다 넣어주었으리라. 그러나 자다깨다 하느라고 나는 그것도 몰랐던 것이다.

손도 대지 않은 식사를 도로 꺼내 가곤 했을 텐데도 간수장에게 보고조차 하지 않은 모양이었다. 어쩌면 보고를 받고도 그냥 무시했는지 모른다.

아무튼 나는 살아남기 위해서 감식 벤또라도 거르지 말고 꼭 제때에 먹어야겠다고 결심했다. 또 아무리 몸이 아프고 고통스럽더라도 일어나서 왔다갔다 걸어다니는 운동이라도 해야겠다고 생각했다.

잠깐 동안 일어나서 서성거리는데도 다리가 후둘후둘 떨리고 어지러웠다. 머리속도 이리저리 흔들리는 것 같았다. 먹은 것도 별로 없건만 속이 니글니글 메스껍고 자꾸 헛구역질이 나왔다.

조선인 수형자들의 참상 223

어린시절 거지 노릇을 할 때 몹시 배를 곯아 본 후로 나는 배고 픈 경험을 해본 적이 없었다. 그러다가 히로시마 헌병대 특수반에 서 고문을 당할 때 지긋지긋하게 배고픈 서러움을 겪어야 했고, 죄 없이 억울하게 옥살이를 하는 육군형무소에 와서까지 배를 곯게 되었던 것이다.

한동안 옛날 생각에 잠겨있을 때 감방 문이 덜커덕 열리더니 간 수 한 사람이 문 앞에 서서 말했다.

"제306호, 밖으로 나와."

햇빛이 들지 않는 감방 복도인데도 눈이 부셔서 잠시 동안 현기 증을 느끼며 서 있었다. 몹시 어지러웠다. 캄캄한 암실 징벌방은 정말 지긋지긋했다.

간수는 먼저 나를 탈의장으로 데리고 갔다. 거기서 내 번호에 걸 려 있는 내의와 죄수복을 벗겨 들고 원래 내가 있던 남관 38호 감 방으로 나를 데리고 가서 옷과 함께 수감한 다음 그제서야 등 뒤로 채웠던 가죽 수갑을 풀어주고 징벌방에서 입었던 옷을 들고 감방 문을 닫고 가버렸다.

그러니까 나는 2주일만에 중영창 처벌이 끝나서 먼저 있던 남관 38호 감방으로 되돌아왔던 것이다. 소장 면접 신청했던 날이 1월22 일 월요일이었으니까 2주일이 지난 그 날은 2월5일 월요일이었다.

막 저녁 식사를 끝낸 터라 이제 조금 지나면 작업하러 갔던 800 여 명의 수형자들이 입방(入房)할 시간이었다. 이윽고 감방문 따 는 소리가 덜커덕덜커덕 요란스럽게 들렸다. 곧이어 작업 나갔던 수형자들이 복도로 들어오느라고 꽤 소란스러웠다. 인원 파악이 끝났는지 남관 양쪽 감방의 문이 일제히 열렸다.

"입방!"

구령과 동시에 수형자들은 모두 자기네들 감방으로 들어갔다. 그러자 양쪽 감방의 문들이 일제히 '쾅쾅' 소리를 내며 닫혔다.

나는 내 자리에서 벽을 향해 정좌를 하고 앉아 있다가 같은 감방의 수형자들이 들어오는 것을 보고 점호 준비를 하기 위해 일어났다.
　"차렷!"
　구령 소리와 함께 저쪽 끝 감방으로부터 인원 점검을 위한 점호 소리가 들려왔다. 점호가 끝나자 이번에는 각자 모포로 침낭들을 만드느라 감방 전체가 약간 소란스러워졌다.
　수형자끼리 어떤 대화를 나누는 것도 절대 금물로 되어 있었지만, 바로 이때가 침낭을 만드는 척 일어났다 엎드렸다 하며 소곤소곤 이야기를 하는 시간이었다. 주고받는 말이라는 것도 별 게 아니었다. 무슨 탈출 계획이나 범칙(犯則) 모의를 하는 따위는 감히 있을 수도 없고 또 불가능한 일이기도 했다.
　"너 소속이 어디냐?"
　"부대는 어디 있는데?"
　"고향은 어디고?"
　"보다모찌(牡丹餠)가 먹고 싶다."
　"나가노껭(長野縣) 호시가끼(곶감)가 얼마나 맛있는 줄 아니?"
　"형기가 얼마 남았는데?"
　"애인이 보고 싶다."
　"내가 입대한다니까 우리 마누라가 얼마나 울어댔는지……."
　"누구보다도 아들이 보고 싶어 미치겠어."
　이렇듯 별로 중요하지도 않고 하나마나한 이야기들을 하다가 재수없이 들키면 말 상대가 되었던 수형자와 함께 끌려나가 '무슨 얘기를 했느냐?'고 추궁을 당하면서 실컷 두들겨 맞고 각각 2주일 혹은 3주일씩 감식 징벌 감방에 들어가서 고생들을 해야 했다.
　감방 바깥의 복도에 깔아놓은 매트 위로 소리나지 않게 살살 다니며 시찰구로 들여다보기 때문에 설사 침낭을 만드느라 소란스러워서 소리는 듣지 못해도 입놀림은 금방 볼 수 있었다. 마침 소곤소곤 이야기를 하다가 간수에게 들키면 가차없이 징벌감이 되는 것이었다.

원래 육군 징벌령(陸軍懲罰令) 제1장 총칙(總則) 제12조의 중영창(重營倉) 규정은 다음과 같았다.
'사안에 따라 1일부터 30일 이내로 영창에 구금하되 침구를 주지 않고, 밥과 더운 물에 소금만 지급하며, 연습(演習) 및 교육을 제외하고는 외근을 금한다. 단 3일에 하루는 침구도 주고, 밥도 통상적인 급식을 해야 한다. 혹시 병자일 경우에는 벌권(罰權)을 가진 장(長)이 침구 사용을 허가할 수 있다.'
제13조의 경영창(輕營倉) 규정은 훨씬 간단하다.
'사안에 따라 1일부터 30일 이내로 영창에 구금하되 연습 및 교육을 제외하고는 외근을 금한다.'
중영창이든 경영창이든 감식이란 징벌은 아예 없는 것이었다. 그런데 육군형무소에서는 경영창의 가장 가벼운 징벌이 통상 급식의 3분의 1을 지급하는 2주일 감식이었다.
나는 38호 감방에 처음 입감한 지 2주일만에 잠적했다가 2주일만에 다시 나타났다. 그것으로 같은 방의 수형자들은 모두 내가 경영창인지 중영창인지는 몰라도 어쨌든 2주일 동안 징벌 감방에 갔다 왔다는 사실을 알게 되었다. 물론 규칙 위반을 해서 두들겨 맞고 끌려가는 것을 보지 못했으니까 무엇 때문에 갔다 왔는지는 몰랐을 테지만…….

내가 수감되었던 38호 감방에는 두 명의 조선인 수형자가 있었다. 물론 이름은 알 수 없었지만, 800대로 분류된 번호를 보고 금방 알아차렸다.
"여기는 어떻게 오게 되었나?"
범죄 사실을 묻는 게 실례인 줄 알았지만, 역시 봉투 모양으로 침낭을 만드느라 감방 안이 복잡한 틈을 타서 두 조선인에게 각각 연유를 물었다. 소장 면접을 신청하기 며칠 전이었다.
그들은 내가 장교급 번호를 달고 있어서인지 별로 거부감 없는 태도로 연유를 말해 주었다.
"나는 명치대학 재학 중에 학도병 출정을 기피하려고 오른손 집게손가락(人指) 두 마디를 절단했는데, 병역 면탈죄(免脫罪)로 8개월 징역형을 받았습니다."
그는 성이 김씨라고 했다. 또 한 사람의 조선인 수형자도 역시 어느 대학에 재학 중 학도병 출정을 기피하려고 일을 저질렀다가 붙잡혀온 사람이었다.
"나는 도쿄의 긴자(銀座)와 신주쿠(新宿) 등 번화한 상가 거리에서 밤중이나 새벽에 장난을 좀 쳤습니다. 사람들의 눈을 피해 사다리를 이용하여 남의 가게 간판을 떼어 바닥에 내려놓고 페인트로 전부 하얗게 칠한 다음 어지간히 마른 후에 까만 페인트로 글씨를 썼죠. '세상은 머지 않아 거꾸로 된다. 전쟁은 일본의 패망으로 끝날 것이다.' 등등의 문구를 독일어로 쓴 다음 다시 그 간판을 거꾸로 매달아놓다가 붙잡혀서 1년 징역형을 받았습니다."
그러니까 '독일어를 알아보는 자들만 알아볼지어다.' 하는 뜻이었으리라. 번화가라면 새벽녘이든 밤중이든 시시각각으로 오마와라상(巡査)이 순찰을 돌았을 텐데, 그들의 눈을 피하며 그 짓을 했다니 아무리 기발한 아이디어라고는 해도 여간 고역이 아니었을 것이다.
38호 감방의 수형자들은 내가 위관급 장교라는 것을 알고 있었을 테지만, 아무도 내게 말을 걸어오는 사람은 없었다. 두 조선인 수형자도 나를 일본인 장교인 줄만 알고 있었다. 2주일만에 풀려나온 나는 담요로 침낭을 만드는 북새통에 두 조선인 수형자에게 넌즈시 물었다.
"문맹의 조선인 수형자들이 허구헌 날 감식 징벌 감방에 드나들며 영양실조에 걸리고 질병까지 얻어서 아침마다 구보할 때 몇 사람씩 쓰러져 죽는 현실을 어떻게 생각하나?"
그들은 아무말 없이 나를 쳐다보기만 했다.

"내가 그들을 구출하려고 소장 면접을 신청했다가 면접도 하지 못한 채 무라오까(村岡) 간수장에게 가혹한 중영창 징벌을 받고 오늘 2주일만에 풀려 나왔는데, 조선 출신의 지식인으로서 어떻게 생각하나?"

내가 다시 물었다. 그들은 놀라는 눈치였지만, 역시 아무말도 하지 않았다. 아마도 그들은 '일본인 장교가 무슨 애긴가?' 하고 의아하게 여겼으리라.

"나는 내일 또 소장 면접을 신청할 거야."

그랬더니 두 사람은 더욱 놀라며 말했다.

"여기는 육군 위수형무소입니다. 어떤 개선책을 건의해도 용납될 수 없는 지옥입니다. 잘못하면 여기서 살아나가질 못합니다. 유감스럽습니다."

그들은 이렇게 말한 다음 더 이상 말이 없었다. 그러다가 모두들 제 자리로 가서 앉는 바람에 그 이상의 대화는 끊겼다.

'내일 다시 면접 신청을 하더라도 지난번처럼 무라오까 간수장에게 덤벼드는 행위는 말아야겠다.'

나는 이렇게 결심했다. 순전히 내가 그들에게 사납게 덤벼들었기 때문에 48시간 동안 공중에 매달렸다고 생각했던 것이다.

양팔을 등 뒤로 돌려 가죽 수갑을 차고 가죽 원통을 입는 것쯤은 히로시마 헌병대에서 2주일씩 12번이나 당했으니까 별것도 아니라는 생각이 들었다. 목적을 달성할 수만 있다면 몇 번 더 당한들 어떠랴? 어쨌든 나는 꼭 내 뜻을 관철하고야 말겠다는 신념과 의지를 굳혔다.

다음날이었다. 그 날도 연병장에서 구보할 때 한 사람, 조회할 때 또 한 사람이 쓰러져 들것에 실려 의무실로 갔다. 물론 조선인 수형자들이었다.

나는 아침 식사를 마치고 작업장으로 가서 한 시간쯤 지난 다음 간수에게 소장 면접 신청을 요청했다. 간수야 수형자가 원하면 그대로 보고만 하면 될 터였다. 간수가 교대하면서 소장 면접 신청서를 들고 나갔다. 아마도 무라오까 간수장에게 먼저 보고가 될 것이었다.

11시경 간수 한 명이 작업장으로 들어와 내 번호를 불렀다.

"제306호, 나와!"

그의 계호로 무라오까 간수장에게 다시 불려가 그의 책상 앞에 부동자세로 서서 수형자 번호를 외쳤다.

"제306호."

마치 '어디 해볼 테면 해 봐라.' 하는 태도처럼 보였으리라. 무라오까 간수장은 부지런히 서류를 정리하다 말고 한 마디 던졌다.

"제306호! 나에게 사뭇 도전적이군. 나하고 끝까지 싸워보겠다는 비장한 각오를 한 모양인데, 그래 네놈이 이기나 내가 이기나 해 보자."

이번엔 두들겨 팰 차비는 차리지 않은 것 같았다.

"간수, 지난번처럼 묶어서 징벌방에 처넣어."

나는 간수장의 말이 끝나기가 무섭게 사정조로 말했다.

"무라오까 간수장님, 소장님 면접 동기라도 한번 들어봐 주십시오"

내 말이 끝나기도 전에 무라오까 간수장의 볼멘 소리가 터져 나왔다.

"다맛떼오레키사마(だまっておれきさま;닥쳐, 이새끼야)!"

나는 결국 간수에게 이끌려 간수장실 밖으로 나와 징벌 감방에 수감되었다. 한 시간쯤 지난 후에 두 간수가 물에 흠뻑 젖은 가죽 반원통 두 개와 가죽 수갑을 가지고 와서 지난 번처럼 발가벗긴 채 등 뒤로 수갑을 채우고 가죽 원통을 입혔다. 그들은 내게 옷을 덮어 씌운 다음 앞섶에 달린 끈으로 동여매 주고는 벗겨 놓았던 내 옷들을 챙겨들고 나갔다. '쾅'하고 감방문이 닫히면서 감방 안의 전기불이 꺼졌다. 또 다시 캄캄한 징벌 독방으로 변해버렸.

'참으로 미련하고 답답한 사람 같으니, 어째서 소장을 면접하려는 사유도 물어보지 않고 무작정 징벌만 가하려고 하는 것일까?'

나는 무라오까 간수장에게 충고까지 했다. 직무 유기가 될 거라고, 또 직권 남용이라고. 그렇게 일깨워주기도 했건만, 그는 정말 어리석은 사람이었다. 내 목적이 달성되는 날, 간수장 무라오까 준위는 반드시 직무 유기와 직권 남용으로 군법회의에 회부되도록 하리라. 나는 이를 갈았다.

가죽 원통이 마르면서 점점 조여 들자 호흡하기가 무척 고통스러웠다. 어떤 놈이 이 따위 체벌 방법을 고안해냈는지 그 놈을 잡아다가 가죽 원통을 한번 입혀 봤으면 좋겠다는 생각이 들었다.

48시간이 지난 8일, 낮에 간수가 와서 가죽 원통만 벗겨주고 갔다. 끼니 때마다 어린애 조막만한 수수밥 덩이를 캄캄한 감방 마룻바닥에 쏟아 놓고 개처럼 더듬어 핥아 먹게 하는 따위의 체벌을 하는 나라가 지구상에 또 어디 있단 말인가? 적어도 사람이 사람에게 그럴 수는 없었다.

캄캄한 감방에서 이런저런 상념에 잠겨 있을 때 퍼뜩 과거사 한 토막이 머리에 떠올랐다. 처남댁 오도메(乙女)가 요상한 성년식을 베풀어 주었던 다음날, 산책을 나갔다가 만났던 점술가 노인이 당사주를 봐주면서 나의 이런 운명을 일찌감치 일러주지 않았던가? 초년 운세가 로우고꾸(牢獄)에 갇힌 그림처럼 딱 그 꼴이었다.

'그렇다. 이것이 내가 태어날 때부터 운명적으로 타고난 팔자소관이라면 피할 도리가 없지 않은가? 사주팔자로 타고 난 운명이 그렇다는데, 어쩌랴?'

나는 이렇게 마음먹고 닥쳐올 어떤 운명도 초연한 자세로 받아들여 슬기롭게 극복하리라 다짐했다. 각오를 새롭게 다지고 나니 오히려 마음이 편해졌다.

'내 생각과 말과 행동이 정의라고 판단되면 앞으로 어떤 난관이 앞을 가로막더라도 나는 결코 후퇴하거나 타협하거나 좌절하지 않을 것이다. 나의 이런 신념은 내 생명이 끝나는 날까지 결코 변하지 않을 것이다.'

조선인 문맹자 교육

2월 20일 화요일 오후가 되었다. 2주일 동안의 징벌 시한이 끝나고 나는 다시 캄캄한 독방에서 벗어나 남관 38호 감방으로 돌아갔다.

"또 중영창 징벌을 받고 왔습니까?"

작업장에서 돌아온 감방 식구들이 점호가 끝난 후 침낭을 만들 때 조선인 수형자 둘이 내게로 다가와서 물었다.

"그렇게 되었네. 내 목적이 관철될 때까지는 결코 중단하지 않을 거야."

"당신은 일본군 장교인데 어째서 조선인 문맹자들을 위해 그런 체벌까지 당하면서 혼자 외로운 투쟁을 하는지 잘 이해가 가지 않습니다."

나는 잠자코 있다가 한 마디로 잘라 대답했다.

"이는 국가적으로도 손실이 크기 때문이야."

번화가에서 간판을 떼다가 붙잡혀 왔다는 청년이 다시 물었다.

"장교님은 형기가 얼마나 됩니까?"

나는 더 이상 군말을 덧붙이고 싶지 않아서 굳게 입을 다물어버렸다.

군 당국에서는 원래 징역형이건 금고형이건 6년 이상 언도를 받으면 병역을 면제시킨 다음 육군형무소가 아닌 지방형무소로 보내 복역시켰다. 형기가 끝나면 군대로 복귀하는 게 아니라 바로 사회인이 되는 것이었다.

그러나 정치색을 띤 경우는 예외인 것 같았다. 바로 내가 수감되어 있던 육군형무소에서 5·15사건과 2·26 사건에 연루된 황도파(皇道派)의 몇몇 장군과 좌관급들이 여전히 백가면을 쓴 채 독방 생활을 하고 있었다. 그들에게는 물론 작업도 허용되지 않는 모양이었다.

항간에는 사건 당시 상고심 없는 비공개 단심 특설군법회의를 통해 고우다(香田 淸貞) 이하 15명은 같은해(1936년) 7월 12일에, 무라나까(村中)·이소베(磯部) 등 4명은 그 다음해 8월 19일 각각 처형된 것으로 알려져 있었다.

내가 처음 중영창 징벌로 캄캄한 독방에 수감된 지 6일째 되던 날이었다. 그러니까 소화(昭和) 20년(1945년) 1월 28일 일요일 밤 11시경으로 기억된다. 그 날 밤은 음력으로 섣달 보름이어서 유난히도 달이 밝았다.

공습 경보가 울리자 동관, 남관 할 것 없이 재감자들은 자다 말고 일제히 출방되어 연병장 가장자리로 빙 돌아가며 파 놓은 방공호로 대피했다. 비록 높은 담장 안에서의 석방이지만, 이런 대피는〈군인 재감자 준수 사항〉의 맨끝 조항인 제19조에 의거한 긴급조치로 이루어지는 것이었다.

연병장 가장자리로 돌아가며 60여 곳에 만들어져 있는 방공호는 전체 길이의 반 정도가 지붕(덮개)으로 덮혀 있고 20명 정도의 수형자들이 들어가서 웅크리고 앉아 대피할 수 있었다. 직격탄만 맞지 않으면 인근에 떨어진 폭탄의 파편은 피할 만했다.

그 날 대피 과정에서 나는 깜짝 놀랄 일을 목격했다. 방공호로 마구 뛰어 들어가는 수형자들 중에 눈, 코, 입만 뚫린 백가면을 쓴 복역수 너댓 명이 여기저기서 눈에 띄었다. 백가면을 한 수형자가 있다는 말은 들었지만, 막상 달빛 아래서 그들의 모습을 보니 소름이 끼칠 정도로 무서웠다.

"백가면을 쓴 저 사람들은 누구요?"
"2·26사건 때 들어온 사람들이라고 해요."

내 질문에 대답해 준 사람은 물론 일본인 수형자였다. 2·26사건이라면 소화(昭和) 11년(1936년)에 발생했으니까 만 9년이 지난 일이었다. 일본인 수형자의 말이 얼마나 확실한지는 알 수 없었다. 다만 그저 그런가 보다 하고 생각하면서도 나로서는 좀 납득이 가지 않는 말이었다.

그 날 B29가 투하하는 중폭탄의 폭발음은 그야말로 지축을 흔들 정도로 굉장히 요란했다. 아마도 야하다(八幡) 중공업지대가 쑥밭이 되는 모양이었다.

'소장 면접을 여러 번 신청했더라도 뜻을 이루지 못할 경우에는 소장 순시 때 직접 면접을 요청할 수 있다.'

규칙 책자에는 그렇게 나와 있었다. 소장 면접이 뜻대로 되지 않거나 소장을 면접하여 정당한 개선 요구를 했는데도 개선되지 않을 경우에는 1년 중 몇 번 있는 관할군 사령부(고꾸라 육군형무소의 경우 서부군사)의 법무부장 순시 때 직접 면접을 요청할 수도 있었다.

나는 그렇게라도 소장 면접을 신청할 참이었다. 그런데 도무지 기회가 없었다. 중영창이 풀려 징벌 감방에서 나온 다음날 아침 조회 때는 소장을 볼 수 있었지만, 손을 들고 나서면서 면접 요청을 하기가 적합하지 않았다. 아침 식사 후 설교를 할 때도 분위기가 못 되는 것은 마찬가지였다. 결국 소장이 작업장을 순시할 때라야 면접 요청을 할 수 있는데, 그 기회가 없었던 셈이다.

'내일은 소장이 설교할 때라도 손을 번쩍 들고 면접 요청을 해야겠다.'

이렇게 생각하니 잠이 달아나 버렸다. 2주일만에 등 뒤로 채운 가죽 수갑까지 벗겨 주어서 편안하게 잘 수 있는 기회인데 잠을 이룰 수가 없었다.

작업장에서 작업 담당 간수에게 소장 면접 신청을 했다가 징벌방으로 직행하는 것은 아무도 보는 사람이 없어서 괜찮았는데, 소장이 설교할 때 면접 요청을 할 경우 무라오까 간수장이 잔뜩 약이 올라서 어떻게 나올지 걱정이었다. 수형자들이 보는 앞에서는 우선 '요우시(좋다).'라고 대답해 놓고 소장의 설교가 끝나기를 기다릴 테지?

"제306호! 이리 나와."

무라오까 간수장은 소장이 설교를 끝낸 후 밖으로 나가면 기다렸다는 듯이 불러내다가 800여 명의 수형자들이 보는 앞에서 마구 구둣발로 걷어차며 두들겨 팬 다음 징벌방으로 끌고 가리라. 그렇게 되면 아무리 같은 수형자라고 해도 장교 체면이 뭐가 될 것인가?

"아침에 그놈, 정신이 좀 돈 놈입니다."

소장에게는 나중에 이렇게 보고해버리면 그만일 테지? 무라오까란 놈은 능히 그러고도 남을 위인이었다. 그러면 소장 면접도 못하고 수형자들 앞에서 장교 체면만 구겨버릴 게 분명했다. 나는 결국 이 방법은 단념하고 말았다.

다음날 작업장에서 나는 간수가 교대할 무렵 또 다시 소장 면접을 요청했다. 간수는 내가 딱하다는 듯이 이렇게 말했다.

"306호는 참 어리석군, 안되는 일을 어쩌자고 자꾸 되풀이하는 거지?"

뜻밖에도 간수의 말투는 한결 부드러웠다. 그는 호리구찌(掘口)라는 중사(軍曹)였다. 동정을 하는 건가? 어려운 처지에서는 이만한 친절에도 콧마루가 시큰해지는 것 같았다.

"미안합니다. 내가 소장님을 만나서 제안하고자 하는 얘기는 매우 합리적이고 건설적인 내용입니다. 국가적으로도 퍽 도움이 되는 일이구요. 무라우까 간수장님은 내 얘기를 들어보지도 않고 무조건 징벌을 가하니 이해할 수가 없습니다. 좀 도와 주십시오."

"제306호, 무엇을 어떻게 개선하자고 제안하려는지는 몰라도 어쨌든 이 육군형무소 개소 이래 수형자의 대우 개선 건의는 채택한 바도 없거니와 건의한 재소자도 없었다는 사실을 알아야 해. 말도 안되는 소리야."

"그렇다면 〈군인 재감자 준수 사항〉의 내용 가운데 소장이나 법무부장을 면접할 수 있다는 조항은 왜 있는 겁니까?"

"그런 걸 갖고 따져 봤자 아무 소용 없어. 어쨌든 306호 자신에 관한 일이니까 알아서 해."

대화는 그것으로 끝이었다. 간수와 수형자 사이에 이 정도의 대화라도 가능했던 것은 아마도 장교라는 내 신분 때문이었으리라. 호리구찌 중사가 교대한 지 20분쯤 지난 후 나는 세 번째로 무라오까 간수장 앞에 불려 나갔다.

"어떻게 된 놈이 지칠 줄도 모르냐? 미련한 놈, 너는 형기가 자그마치 5년이라는 사실을 알고 하는 행동이냐? 네놈이 여기서 죽어 나가길 바라는 모양인데, 그렇다면 원하는 대로 해주마."

"간수장님, 죽더라도 소장님을 한번만 만나 보고 죽게 해주십시오. 제발 부탁입니다."

"쓰레데 이께(つれていけ; 데려가라)!"

무라오까 간수장이 대답 대신 간수에게 호통을 쳤다. 두들겨 패지 않는 것만도 천만다행한 일이어서 고맙게 생각될 지경이었.

나는 또 같은 방법으로 양팔을 등 뒤로 돌려 가죽 수갑이 채워지고 가죽 원통이 입혀진 채 캄캄한 징벌 독방에 수감되었다.
'인명은 재천이라고 했거늘 끝까지 버티어 보리라.'
이렇게 작정했다. 캄캄한 징벌 감방에서 체벌을 받자면 신체적인 고통보다도 지루한 시간이 가장 주체하기 어려웠다. 주체하기 힘든 시간 속에서 식구들 생각이 떠올랐다.
'내가 육군형무소에서 복역하고 있는 사실을 식구들이 모르지는 않을 텐데, 이상하다. 쓸모없는 자식놈이라고 포기하신 것일까? 전기고문을 하려다 중지한 후 대우가 확 달라지고 절차를 생략한 군법회의 재판을 통해 속결하는 등의 분위기로 보아 분명 아버지의 입김이 작용했을 텐데, 면회 한번 오지 않는다는 건 이상한 일이다. 대심원 부장의 위신 때문일까? 국가에 반역한 자식이라고 포기했단 말인가? 아니면 죄명이 나빠 가족 면회가 금지되고 있단 말인가?'
도무지 알 수 없는 일이었다.
아버지 말씀대로 내가 법관이 되었다면 어떻게 되었을까? 그래도 '초년에 옥에 갇힐 운세'를 타고 났다고 할 수 있을까? 세월이 흐르고 나이가 들수록 부모님의 뜻을 저버리고 법률 공부를 포기했던 일이 가슴에 맺힌다. 그것은 막심한 불효일 뿐 아니라 아버지 말씀대로 부모님의 희망과 기대를 '배신'한 행위였음이 분명하다. 나는 이 죄의 멍에를 죽을 때까지도 벗지 못하리라. 어쩌면 부모님을 배신한 벌로 내가 지금 이렇게 고통을 겪고 있는지도 모르겠다.
육군형무소의 캄캄한 징벌 독방. 온갖 생각들이 머리를 휘젓고 있었다. 불현듯 중학생 때 히비야(日比谷) 공원에서 만났던 조선 유학생들의 이야기가 떠올랐다. 조선 어느 고장이라고 했는데, 잘 생각이 나지는 않았다.
'일본 헌병들이 3·1만세 운동 때 봉기했던 한 부락 사람들을 남녀노소 가리지 않고 모두 어느 교회당 안에 몰아넣고 문을 잠근 다음 건물에 기름을 뿌리고 불을 질러 생화장을 시켜버렸지. 이렇

게 잔인무도한 종족이 일본인 말고 이 지구상에 또 어디 있겠어?'

나는 그때 그 이야기를 듣고 전율을 금하지 못했었다. 그런 잔인무도한 종족이 법을 앞세워 다반사로 끔찍한 고통을 주는 형무소라면 더 말해 무엇하랴? 그야말로 지옥이 따로 없으리라는 생각이 들었다.

현실이 고통스럽고 끔찍할수록 도망치고 싶어하는 것은 인지상정이리라. 그럴 때마다 나의 단골 도피처는 역시 일본인 부모님 슬하에서 지내던 시절이었다. 그리고 그 시절의 아름답고 좋은 기억들보다는 철없고 어리석었던 일들이 더욱 가슴 아프게 와닿았다. 단식투쟁으로 부모님의 속을 뒤집으며 상선학교에 입학하고서도 졸업한 후에는 육군에 입대하였다.

"그게 실수였군!"

영문도 모르는 채 체포되어 갔던 히로시마 헌병대에서 요꼬야마(橫山) 대위가 했던 말을 돌이켜 보면 문제의 발단은 바로 그것 때문이라는 생각이 들었다.

그러나 나는 해군 소위가 되거나 선원으로 생활하는 것을 포기하고 5년 6개월 동안 관비생으로 입은 국가의 혜택에 대해 보은(사실은 의무)하겠다고 육군에 입대한 것을 잘못이라고 생각해 본 적은 없었다. 오히려 부모님에 대한 죄책감을 속죄할 수 있어서 잘한 일이라고 생각했을 정도였다. 결코 불순한 음모나 계략 같은 것이 개입될 수 있는 계제가 아니었다. 그러나 공교롭게도 '까마귀 날자 배 떨어지는' 격으로 육군성에서 보냈다는 영문 괴편지가 등장하는 바람에 나는 꼼짝없이 올가미를 쓰고 만 셈이었다.

세 번째로 징벌방에 들어간 지 48시간이 지난 2월 23일 오후, 간수 둘이 찾아와 가죽 원통을 벗겨주고 갔다. 가죽 원통만 벗겨도 날아갈 것 같았다.

'장총 메기'를 하여 등 뒤로 양쪽 팔목에 가죽 수갑이 채워져서 항상 차가운 마룻바닥에 배를 대고 엎드려 자야 하기 때문에 배가 노상 얼음장 같았지만, 배탈이 나지 않은 것은 그나마 다행한 일이었다. 하기야 배탈이 나도록 먹는 것도 없었으니 배탈이 날 까닭도 없기는 했다.

히로시마는 위도(緯度)로 봐서 겨울철에 그다지 춥지 않을 것 같지만, 진눈깨비가 뿌리고 바닷바람이 부는 음산한 날씨 때문인지 담요 한 장 없이 맨 마룻바닥에 엎드려 자려면 여간 춥지 않았다. 그나마 고꾸라(小倉)의 기후는 히로시마보다는 좀 덜 추운 것 같았다.

히로시마 헌병대와 육군형무소를 통털어 '장총 메기' 때문에 엎드려서 잔 기간을 셈해 보면 모두 366일째가 된다.

육군형무소에서 2주일씩 3번에다 이틀을 더하여 44일이었고, 히로시마 헌병대에서는 2주일 주기로 12번 고문받으면서 168일, 합해서 212일 동안 중영창 고문과 체벌을 받고 있을 때 말고도 '장총 메기'를 하지 않은 날이 드물었다. 체포되어 오던 날부터 고문이 시작되기 전날까지 6일과 요꼬야마 대위가 자백을 준비하라고 말미를 주었던 3일을 합하여 모두 9일 동안을 제외하고는 전기 고문을 시작하려다 중지했던 소화(昭和) 19년(1944년) 11월 24일 하루 전날까지 계속해서 등 뒤로 두 손이 가죽 수갑에 묶인 채 366일 동안(육군형무소에서의 중영창 44일 포함) 차가운 마룻바닥에서 잤던 것이다.

돌이켜 생각해 보면 히로시마 헌병대 특수반에서의 1년 동안은 무엇을 자백하라는 취조가 아니라 취조하는 척하면서 온갖 체벌과 고문으로 고통만을 주기 위한 기간이었던 것 같다.

자기네들이 파 놓은 함정인데, 내가 할 수 있는 자백이 무엇이었으랴?

대만 아까쓰끼 4500부대에서 제1신을 받았을 때가 24살이었고, 마닐라 아까쓰끼 2944부대에서 제2신을 받았을 때가 25살이었다.

나이가 좀 더 많았더라면 그들의 함정에 걸려 들지 않을 수도 있었으리라는 생각마저 들었다.

시즈꼬의 아버지가 복수를 하려고 배후에서 조종했다는 추측도 해보았다. 외동딸이 조선인인 나를 사랑하는 바람에 졸지에 딸과 부인을 잃은 처지라면 복수하지 말란 법도 없었다.

그러나 아무래도 그런 추측은 어불성설이었다. 설마하니 일본군의 현역 장성이 그 따위 심술궂고 못된 짓을 했으랴? 내가 제1, 2신을 받았을 때 시즈꼬의 아버지는 육군 대장으로 만주 관동군 사령부의 고위직에 있었다. 그렇다면 나를 이 지경으로 망가뜨린 5X 비밀 결사단은 도대체 정체가 뭐란 말인가? 생각하면 생각할수록 답답해 미칠 지경이었다.

2주일 중영창 징벌이 해제되어 나는 다시 남관 38호 감방으로 돌아갔다. 담요 침낭을 만들 때 같은 감방의 수형자들이 모두 의아스럽다는 시선으로 나를 쳐다보았다. 조선인 수형자 두 사람도 나를 힐끗 쳐다볼 뿐 이번에는 말도 걸어오지 않았다. 소장 면접 신청만 했다 하면 소리 소문도 없이 2주일씩 없어졌다 돌아오니 이상한 모양이었다.

조선인 수형자들은 이유라도 짐작할 테지만, 다른 일본인 수형자들은 아무것도 알 턱이 없었다. 조선인 수형자들도 일본인 장교가 문맹의 조선인 수형자들을 위해 대우 개선 운운하는 게 마찬가지로 납득이 가지 않는 눈치였다.

다음날 아침 조회 때였다. 조회 전에 구보할 때 한 사람, 조회 때 두 사람이 졸도를 해서 들것에 실려 의무실로 갔다. 역시 조선인 수형자들이었다. 날마다 이렇게 조선인 청년들이 쓰러져 죽어가는데도 형무소 당국은 아무런 대책도 없었다.

식사가 끝난 후 소장의 설교 시간이 돌아왔다. 소장의 설교는 다분히 불교적이었다. 나는 설교가 막 끝났을 때 손을 들고 일방적으로 용건을 말해 버렸다.

"제306호, 소장님께 면접을 부탁합니다."

전후좌우에 섰던 간수장과 간수들의 시선이 내게로 쏠렸음은 물론이다. 원칙적으로 자기 번호만 부른 다음 간수나 간수장이 '제306호, 뭔가?' 하고 내 번호를 복창한 다음이라야 용건을 말하도록 되어 있었다. 순간 소장은 나를 힐끗 쳐다보고는 그대로 밖으로 나가버렸다. 동시에 무라오까 간수장이 옆에 서 있던 간수에게 명령을 내렸다.

"아이쓰 힙빠리 다세(あいつひっぱりだせ: 저놈, 끌어내라)."

그러자 간수가 목덜미의 옷을 움켜쥐고 나를 끌어냈다. 간수는 마침 중간 열(列) 왼쪽으로부터 두 번째 자리에 앉아 있는 나를 금방 끌어낼 수 있었다.

나는 간수에게 거칠게 끌려나가 무라오까 간수장실 마룻바닥에 꿇어 앉혀졌다. 장교 대우를 해주느라고 그랬는지 수형자들 앞에서 구둣짝으로 얻어맞지 않은 것만 해도 어쨌든 천만다행한 일이었다.

10여 분쯤 지나자 무라오까 간수장이 붉으락푸르락한 얼굴로 들어왔다. 아마도 그는 소장실로 가서 허튼소리를 지껄이고 오는 길이었으리라.

"아까 그놈은 정신이 좀 돈 놈입니다. 별로 용건도 없으면서 가끔 느닷없이 실성하여 횡설수설하죠."

라고 말이다. 무라오까 간수장은 들어오자마자 부지런히 닙뽄또우를 떼고 군복 상의를 벗어 책상 위에 올려 놓았다. 그러더니 구석에 세워 둔 몽둥이를 집어들고 다짜고짜 내게로 다가와 두들겨 패기 시작했다. 약 20분 동안 등허리고 넙적다리고 팔을 가리지 않고 닥치는 대로 사정없이 몽둥이를 휘둘러대더니 몽둥이마저 시덥잖았던지 끝내는 장화를 신은 구둣발로 한참을 걷어찼다. 인정사정 없는 매질에 나는 그만 의식을 잃고 말았다. 얼마 동안이나 의식을 잃고 있었는지는 기억할 수도 없었다. 한동안 내가 어디에 어떤 상태로 있는지 얼떨떨했다.

　겨우 정신을 차려 보니 여느 때처럼 가죽 원통이 입혀져 있고 등 뒤로 가죽 수갑이 채워진 채 배를 천정 쪽으로 내밀고 머리와 다리를 늘어뜨린 채 공중에 매달려있었다.

　'정말 이렇게 당하다가는 이 안에서 죽는 게 아닐까?'

　그 와중에서도 죽는다니까 은근히 두려운 생각이 들었다. 그러면서 한편으로는 너무 고통스러우니까 차라리 죽었으면 편하겠다는 생각마저 들었다.

　3월 10일에 간수 두 사람이 공중에 매달린 나를 내려주고 등 뒤로 채워진 가죽 수갑은 그냥 둔 채 가죽 원통은 벗겨주었다. 천정에 매달려 물 한 모금 입에 대지 못한 지 꼬박 48시간이 지난 후였다. 나는 가죽 원통과 가죽 수갑으로 결박당한 채 공중에 매달려서도 졸음이 오고 잠을 잘 수 있다는 사실이 놀라웠다. 무릇 동물은 먹지 않으면 죽고, 온갖 식물은 수분을 흡수하지 못하면 죽는 것처럼 사람은 잠을 자지 못해도 죽는 모양이었다. 그나마 히로시마 헌병대에서나 육군형무소에서나 잠 안 재우는 고문을 당하지 않았던 것은 천만다행이라는 생각이 들었다.

　이틀 동안 물 한 모금 주지 않고 꼬박 굶기다니 정말 너무들 하는 것 같았다. 짐작컨대 아침 식사 때는 이미 지났을 테니 점심 때나 되어야 3분의 1로 감량된 수수밥 덩어리라도 먹을 수 있고 물도 마실 수 있을 것 같았다.

　그 날은 어쩐 일인지 작업도 시키지 않고 놀게 하는 모양이었다. 아침 조회 전후에 구보하며 부르는 군가 소리도 들리지 않았다. 일요일도 아닌데 이상했다.

　내가 식당에서 소장 면접을 소리 높이 외쳤던 날이 3월 8일 목요일이었다. 징벌방에 들어간 지 이틀만에 가죽 원통이 벗겨졌다면 그 날은 토요일이 되는데, 작업을 쉬다니 알 수 없는 일이었다. 바깥에서는 작업 없이 놀고 있거나 말거나 나는 마룻바닥에 엎드려

운신을 하지 못하고 있었다. 온몸이 굳어서 손가락 하나 움직일 수가 없었다.

한 시간쯤 지났을까? 별안간 복도 저 끝에서 우렁찬 구령 소리가 들렸다.

"기오쓰게(きをつけ;차렷)!"

동시에 저벅저벅하는 군화 소리에다 장화에 닙뽄또우(지휘도)가 부딪치는 소리가 꽤 요란하게 들려오는 게 아닌가. 복도 한복판 시멘트 바닥으로 걸어오는 소리였다. 내가 입소한 이래 처음 있는 일이었다.

'아, 오늘이 바로 3월 10일 육군기념일이구나. 그렇다면 혹시 서부군 법무부장의 순시가 아닐까?'

순간 이런 생각이 퍼뜩 떠오르면서 정신이 번쩍 들었다. 그렇다. 나는 법무부장의 순시가 틀림없다고 판단했다. 천재일우의 기회였다.

저벅저벅하는 군화 소리가 점점 가까이 들려왔다. 나는 기계적으로 벌떡 일어났다. 양 팔이 등 뒤로 묶여 있으니 어쩔 도리가 없었다. 이때를 놓치면 영영 기회는 없을 것 같았다. 일년에 몇 번 있는 법무부장 순찰시 원하는 바를 직접 제의할 수 있다고 〈군인 재감자 준수 사항〉에 명문화되어 있지 않는가.

나는 온몸으로 미친 듯이 더듬어 감방문을 찾았다. 오른팔을 오른쪽 어깨 위로 넘겨 가죽 수갑을 채웠기 때문에 오른팔 팔꿈치로 더듬어 겨우 감방 문짝 바로 오른쪽 벽에 있는 '호지끼(標識)'를 찾는 데 성공했다.

복도의 동정에 귀를 기울이니 군화 발자국 소리가 점점 가까이, 그리고 점점 크게 들려왔다. 내가 갇힌 징벌방 앞에까지 왔다고 느껴졌을 때 나는 팔꿈치로 호지끼 버튼을 힘껏 밀었다.

순간 '쩽그렁'하는 소리와 함께 저벅저벅하던 발자국 소리가 일시에 딱 멎었다. 모르긴 해도 사찰단 일행과 소장을 비롯한 간수장 등 다수의 형무소 관계자가 복도 가득히 걸어오다가 '쨍그렁' 하고 떨어지는 호지끼 소리에 일제히 걸음을 멈추고 시선을 집중했으리라. 누군가가 떨어진 호지끼를 올리고 밥 넣어주는 배식구의 철판문을 열면서 물었다.

"나니까(なにか: 뭐냐)?"

나는 순시하는 일행이 전부 들을 수 있도록 목청을 최대한으로 높여 배식구에다 대고 외쳤다.

"法務部長殿にご面接お願いいたします(법무부장님께 면접을 원합니다)."

잠시 수군수군하는 것 같더니 대답이 돌아왔다.

"요우시(ようし: 알았다)!"

다시 배식구의 철판문이 닫혔다. 그리고 군화 소리는 차츰 멀어져 갔다. 남관 쪽으로 돌아가는 모양이었다. 아마도 내가 공중에 매달렸을 때 시찰단이 복도를 지나갔더라면 속수무책이었으리라. 나는 죽든 살든 어떤 결판이 나겠지 하는 비장한 각오로 다음에 닥쳐올 운명을 여러 모로 상상하며 기다리고 있었다. 기왕에 던져진 주사위였다.

'설마 법무부장 면접 요청을 묵살할 수는 없을 테지? 무라오까 간수장은 미처 예상하지 못하고 있다가 나의 이런 돌연한 행동에 가슴이 뜨끔했을 것이다. 그나저나 이 순간부터 내 운명은 어떻게 변모해 갈 것인가? 에라 모르겠다. 죽기 아니면 살긴데, 될 대로 되라지.'

한 시간쯤 지났을까? 점심때가 된 모양이었다. 갑자기 징벌방 문이 덜커덩 하고 열렸다. 무라오까 간수장이 아닌 중위 계급의 다른 간수장이 간수 한 사람과 함께 징벌방 문 앞에 서 있었다. 캄캄한 감방에 불이 켜졌다. 원래 징벌 감방은 창문이 막혀 있어서 대낮이라도 전등을 켜지 않으면 칠흑처럼 캄캄했는데, 갑자기 불이 켜지자 한동안 어지러울 정도로 눈이 부셨다. 간수가 안으로 들어와 등 뒤로 채워진 가죽 수갑을 풀어주고, 들고 온 옷을 던져주며 말했다.
"제306호, 옷 입어!"
내가 작업장에서 입고 있다가 징벌방에 들어올 때 벗어 놓았던 옷이었다.
"이 사람, 통상 식사를 할 수 있도록 해줘."
간수장이 취사부 사역 죄수에게 이런 지시를 내린 다음 감방문을 닫고 가버렸다. 전기불은 켜 둔 채였다. 이런 조치가 내게 좋은 징후인지 나쁜 징후인지 어리둥절하기만 했다. 전혀 상상도 하지 못했던 일이 아닌가.
취사부 사역수가 벤또와 반찬 그릇, 물컵, 젓가락 등을 넣어주었다. 이틀을 굶었는데도 앞일이 걱정스러워 젓가락이 선뜻 손에 잡히질 않았다. 그러나 워낙 허기와 갈증이 심했다.
'에라, 죽더라도 먹고나 죽자.'
벤또를 열어 보니 수수밥일 망정 가득했다. 반찬은 콩을 비지처럼 갈아서 홍당무와 무우 등을 썰어 넣고 지진 것이었는데, 일반 군대에서도 자주 나오는 메뉴 중의 하나였다. 조금 먹어보니 맛이기가 막혔다. 나는 밥과 반찬을 단숨에 게눈 감추듯 후딱 먹어 치웠다. 물 한 컵을 다 마시고 나니 제법 살 것 같았다.
점심을 먹은 지 한 시간쯤 되었을 때였다. 이제나저제나 하고 조바심을 하며 기다리던 차에 부르는 소리가 들렸다.
"제306호! 나와라."
가슴이 덜컥 내려앉았다가 두근거리기 시작했다. 문이 열리자 조금 전에 왔던 간수장 사꾸라이(櫻井) 중위가 복도에 서 있었다. 그는 높은 북쪽 담 밑의 문을 거쳐 나를 소장실로 데리고 갔다. 간수장은 소장실에 있던 2명의 간수에게 나를 맡기고 회의실인 옆방으로 들어가더니 금방 다시 나와서 말했다. 아마도 회의실에 있는 사람들에게 나를 데려왔다고 보고한 모양이었다.

"제306호, 들어와!"

회의실로 들어서자마자 나는 깜짝 놀랐다. 시찰단과 형무소 직원들을 합해 40여 명의 고급 장교들이 가슴에 약장(略章)이 아닌 훈장을 주렁주렁 달고 앉아 있었다. 죄수인 나로서는 감히 바로 쳐다볼 수 없을 정도로 눈이 부셨다.

법무부장 스에오까(末岡 憲一) 소장이 맨 앞줄 중앙에 앉아 있고, 법무부장의 좌우와 뒤로 10여 명의 좌관급 장교와 형무소장 이하 간수장등 직원들이 앉아 있었다. 사꾸라이 간수장이 나를 부축해서 법무부장 앞의 3미터쯤 거리에 미리 갖다놓은 동그란 나무 의자에 앉혔다. 쥐 죽은 듯 조용한 가운데 모두들 호기심이 가득찬 눈으로 나를 주시하고 있었다. 귀신 같은 몰골로 무슨 소리를 하려나 하고 주시하는 것이리라.

나는 벌떡 일어나서 거수경례를 했다. 마음의 준비도 되지 않은 상태에서 느닷없이 닥친 일이라 나는 무슨 말부터 해야 할지 모른 채 주저하고 있었다. 법무부장이 먼저 내게 말을 붙였다.

"그대의 이름이 무사시야 도라노스께라 했는가?"

"네, 그렇습니다. 각하."

"그래, 내게 할말이 있는 것 같은데 거기 앉아서 천천히 말해 보게. 그대가 하고 싶은 얘기를 다 들을 테니 긴장하지 말고 차근차근 얘기해 봐."

법무부장의 부드러운 말에 다소 긴장이 풀리는 것 같았다. 법무부장은 첫인상이 아주 좋은 사람이었다.

'이 분도 법률을 전공했을 텐데, 혹시 대심원 부장인 아버지를 알고 계시는 분은 아닐까?'

나는 퍼뜩 이런 생각을 해보기도 했다. 법무부장 바로 앞의 자그마한 탁자에는 '제306호'라고 씌어진 나의 신상 기록(身分帳)이 보였다.

그러니까 내 신분에 관해 미리 형무소 당국자들과 충분히 검토한 다음에 나를 불러낸 것 같았다. 이미 국가 반란 예비죄로 복역 중인 조선인이라는 것도 알고 있으리라. 나는 설레는 마음을 착 가라앉히고 조용히 이야기를 시작했다.

"각하, 용서해 주십시오. 이렇게 영어(囹圄)에 갇혀 있는 신분으로 무슨 할말이 있겠습니까? 면목이 없고 죄송할 따름입니다. 더구나 이처럼 각하의 존안을 뵐 기회를 허락해 주신 데 대해 감사하는 마음 결코 잊지 않겠습니다."

우선 이렇게 서두를 꺼낸 다음 입소하여 10여 일 동안에 파악했던 시정 요망 사항과 소장을 면접하여 개선을 건의하려다 수차례 감식 징벌방에 갇힌 일 등을 소상하게 이야기했다. 불과 두어 시간 전만 해도 2주일씩 겪는 중영창 징벌을 네 번째로 당하고 있었던 나는 마음놓고 이야기를 할 수 있다는 사실만으로도 가슴이 북받쳐 올랐다.

"이제부터 제가 법무부장 각하께 소장을 면담하여 건의하고자 했던 시정 사항을 말씀드리겠습니다.

이 곳 육군형무소에서는 매일 아침 조회를 합니다. 800여 명이나 되는 수형자들이 모두 조회에 참가하기 위해 연병장에 모일 때까지, 또 조회가 끝나고 식당으로 전부 들어갈 때까지 4열 종대로 군가를 부르며 구보를 합니다.

문제는 구보할 때 쓰러지는 수형자들이 매일 아침 한두 명씩 되고, 어떤 때는 서너 명씩 된다는 사실입니다. 구보하다 쓰러져 '의무실'로 실려가면 대부분 불귀의 객이 되고 마는 것으로 알고 있습니다.

각하께서도 보고를 받고 계시다면 사망자의 숫자를 알고 계실 줄 믿습니다만, 사망자는 모두 예외없이 조선인 수형자들입니다. 그것은 가슴에 부착된 수형자 번호를 보고 쉽게 알 수 있습니다.

그들이 그렇게 쓰러져 죽는 원인은 바로 문맹이기 때문입니다. 그들은 조선의 벽촌 출신이거나 도시에서 살았다 해도 너무 가난

해서 초등교육조차 받지 못하고 농사일이나 막노동, 또는 화전민 생활 등으로 겨우 연명했을 것입니다. 그러다가 조선인 징병령에 따라 징집되어 군문에 들어왔다고 생각합니다. 일본말과 글을 모르다 보니 고된 신병훈련을 견뎌내기가 더욱 어려웠다고 봅니다.

 말귀를 알아듣지 못하는 탓으로 허구헌 날 기합을 받아야 하니 얼마나 고통스러웠겠습니까? 더구나 어려움은 그것 뿐만이 아닙니다. 센징꿍(戰陣訓)이나 군징죠꾸유(軍人勅諭) 등 외워야 할 것들도 많은데, 말귀도 못 알아듣는 조선인이 어떻게 그것을 해낼 수가 있겠습니까? 그러니 노상 도맡아 기합을 받으면서 일본인 사병들의 놀림감이나 웃음거리가 되기 일쑤입니다. 이렇게 고통스러운 나날을 보내다가 인내가 한계에 부딪히자 견딜 수 없어서 탈주를 시도했다고 생각합니다. 영문을 이탈하여 도주병이 되면 어쩔 수 없이 절도를 저지르게 되고, 탈영에다 절도죄가 추가로 덧붙여져 6개월에서 1년 혹은 1년 6개월 등의 징역형에 처해져서 이곳으로 오게 됩니다.

 제가 이 자리에서 탈영과 절도를 두둔하자는 것은 아닙니다만, 애당초 문맹자들을 징집했다는 사실 자체에 모순이 있었다고 생각할 때 심히 유감스러운 실책이라고 하겠습니다. 각하께서도 주지하고 계시는 바와 같이 우선 여기서 복역하는 수형자라면 〈군인재감자 준수 사항〉이라는 책자를 읽고 이해할 줄 알아야 규칙 위반으로 감식 징벌을 받는 일이 없을 것입니다. 규칙 책자에 따르면 수형자들은 숨 쉴 자유와 눈 깜빡일 자유밖에 없습니다. 그런데 일본 말과 글을 모르는 조선인 문맹자들은 그런 까다로운 규칙을 이해하는 것이 불가능하기 때문에 날이면 날마다 규칙 위반으로 두들겨 맞고 2주일 이상 감식 징벌을 당합니다. 뿐만 아니라 징벌이 해제되면 또 다른 규칙 위반으로 잇달아 감식 징벌을 받기 일쑤입니다.

 그러다 보면 영양 실조로 건강을 해치고 온갖 질병까지 얻어 신음하게 됩니다. 결국 고통 속에서 제대로 기를 펴지 못한 채 주눅이 들어 비실비실하다가 쓰러져 죽고 마는 것입니다.

 만일 수형자들이 죽지 않고 살아서 형기를 마치면 고향집으로 가는 것이 아니라 원대로 복귀하는 것이 아니겠습니까? 그렇다면 그들은 또 도주와 절도 등의 전철을 밟는 범죄를 되풀이하게 될 뿐입니다.

 본 수형자는 전방이고 후방이고 전쟁 수행을 위한 인력 자원이 부족한 때에 그런 악순환으로 국력이 소모되고 낭비되어서는 안 되겠다고 생각했던 것입니다. 본 수형자가 소장 면회를 신청했던 이유는 바로 그들 문맹의 조선인 수형자들에게 웬만한 말귀라도 알아듣도록 일본말과 글을 가르치고 싶었기 때문입니다.

 저의 신상 기록을 검토하셔서 잘 아실 줄 믿습니다만, 다행히 저는 조선의 말과 글을 배운 바 있습니다. 각하께서 허락해 주신다면 문맹자를 가려내서 제가 그들에게 일본어 교육을 시키겠습니다. 또한 문맹자들에게는 적당한 표지(標識)를 달게 하여 혹시 말귀를 알아듣지 못하고 가벼운 규칙을 위반할 경우에는 구타하거나 징벌하지 않도록 형무관들에게 주지시켜 주셨으면 합니다.

 오전 2시간, 오후 3시간씩 하루 5시간 정도 문맹자들을 가르치면 빨리 배울 수 있을 줄 압니다. 아울러 〈군인 재감자 준수 사항〉의 내용을 한 구절 한구 절씩 설명해 주면 규칙 위반도 훨씬 줄어들 것으로 믿습니다. 형기가 끝날 때까지 열심히 가르치면 그들이 원대로 복귀한 후에도 또 다시 도주와 절도의 전철을 밟는 일은 방지될 수 있을 것입니다.

 혹시 제가 문맹자 교육을 핑계 삼아 엉뚱한 사상 교육을 시킬 염려가 있다고 생각하실지 모르겠습니다만, 조금도 염려하실 필요는 없습니다. 수소문하시면 조선 말을 잘 알고 있는 일본인 군인도 찾을 수 있을 것입니다. 그렇지 않으면 민간인을 군속으로 위촉해서 교육에 입회시켜도 무방하지 않겠습니까?

본 수형자도 새 사람으로 군무에 복귀하여 국가에 이바지하고 싶은 심정 간절합니다만, 그것은 염치없는 저의 소망일 뿐 어렵다는 사실을 잘 알고 있습니다. 그래서 비록 반성하고 복역하는 동안에라도 무엇인가 이바지하고 싶다는 생각으로 이런 건설적인 구상을 했던 것입니다.

그런데 저의 이런 생산적이고 유익한 구상과 건의를 들으려 하기는 커녕 오히려 대우 개선 운운하며 소장 면회를 신청하는 건방진 놈이라고 징벌에 처하여 무참한 고통을 가했습니다.

법무부장 각하, 이제까지 말씀드린 저의 건의를 허락해 주신다면 각하의 은혜 평생 잊지 않겠습니다. 각하께 외람스러운 마음 금치 못하면서 감히 말씀드렸습니다. 선처를 바랍니다. 이런 시간을 허락해 주신 각하께 진심으로 깊은 감사를 드립니다. 감사합니다."

내가 길게 이야기를 하는 동안 나는 계속 높은 사람들의 표정을 살폈는데, 그들은 모두 내 이야기에 귀를 기울이고 있는 게 분명했다. 법무부장은 앞에 세운 닙뽄또우를 두 손으로 꽉 잡고 계속 눈을 감은 채 내 이야기를 들었으며, 다른 사람들도 숨을 죽인 채 나를 주의깊게 응시하는 자세로 이야기를 들었다.

형무소 소장과 무라오까 간수장만 표정이 사뭇 일그러진 채 얼굴빛이 붉으락푸르락하며 좌불안석인 것 같았다. 소장은 육군 징벌령 제8조 1항의 중근신(重謹愼)에 해당되고, 무라오까 간수장은 육군 형법에 따라 직권 남용과 직무 유기로 군법회의에 회부되어야 할 사안이었기 때문에 불안할 수밖에 없었으리라.

내 이야기가 끝났는데도 법무부장은 여전히 눈을 감은 채 앉아 있었다. 설마 졸고 있을 리는 없을 텐데 무슨 생각을 하고 있을까? 장내가 조용한 것이 어쩐지 겁이 났다. 법무부장 주변에 앉아 있는 좌관급들 몇몇이 힐끗 법무부장의 표정을 살폈다. 나는 지극히 건설적이고 생산적인 건의를 했다고 생각되지만, 법무부장의 입에서 무슨 말이 나올지 자못 걱정스러웠다.

3분쯤 침묵이 흘렀을까? 조바심이 나고 긴장이 되어 불안하기
조차 했다. 바로 그 순간, 법무부장이 큰 소리로 느닷없이 내 수형
자 번호를 불렀다.
 "제306호!"
 나는 깜짝 놀라 반사적으로 법무부장을 쳐다보며 큰 목소리로
대답했다.
 "하이."
 법무부장은 내 번호를 부를 때와는 달리 차분히 가라앉은 목소
리로 말했다.
 "무사시야 군, 좋아. 그대의 소망하는 바를 전적으로 받아들여
즉각 시행하도록 명령하겠네."
 "각하, 감사합니다. 이 은혜 평생 잊지 않고 기억하겠습니다."
 너무나 감격한 나머지 의자에서 벌떡 일어나 마룻바닥에 엎드려
큰 절을 하며 나는 겨우 이 말만 내뱉았다. 내 두 눈에서는 왈칵 뜨
거운 눈물이 흘러내렸다. 나는 목이 메어 더 이상 아무말도 하지
못한 채 엎드려 있었다. 법무부장을 비롯한 시찰단과 형무소 관계
자들이 밖으로 나가는지 웅성거리는 소리가 들렸다. 잠시후 누군
가가 내 어깨를 툭툭 치며 말했다.
 "제306호, 일어나!"
 눈물로 얼굴이 범벅이 된 나는 누군가에게 계호되어 다시 남관
38호실로 갔다. 나는 작업장에 나갈 때 입었던 옷을 그대로 입은
채 입감되었다. 감방으로 들어가니 수형자들이 모두 제자리에 앉
아 있었다. 그 날은 육군기념일이라서 작업장에 나가지 않고 쉬는
것 같았다.
 내 자리에 앉자 또 다시 눈물이 흘러내리며 자꾸만 어깨가 들먹
여졌다. 얼마나 감격스럽고 기쁜지 터질 것처럼 가슴이 벅차 올랐
다. 풍전등화(風前燈火) 같던 목숨을 구한 데다 소망하던 건의
사항까지 받아들여진 것이다.

법무부장의 고마움이 사무칠 정도로 마음에 와닿았다. 감방에 있던 수형자들은 어찌 된 영문인지도 모르는 채 나를 힐끗힐끗 곁눈질했다. 징벌방에서 날짜를 채우지 않고 풀려난 경우가 없었기 때문이리라. 굳게 입을 다물고 있으면서도 기분은 좋았지만, 너무 흥분해서 그런지 가슴과 목 부위가 뻐근한 게 이상했다.

복도가 소란스러운 것으로 봐서 저녁 식사 때가 된 모양이었다. 취사장으로부터 재감자들에게 줄 식사가 운반되어 오느라고 좀 붐비는 것 같았다. 그 날의 소제 당번은 변소가 있는 반대쪽 벽을 향해 내 등 뒤에 앉아 있던 조선인 수형자였다. 그는 남관 38호 감방에 수감된 8명에게 배식할 준비를 하느라고 우물쭈물하면서 내 눈치를 살피더니 조심스럽게 물었다.

"무슨 일이 있었습니까?"

나는 아무말 없이 잠자코 눈앞의 벽만 바라보고 있었다.

'재수없이 간수에게 들켜 징벌방에라도 가게 되면 무슨 망신이란 말인가? 소장 이하 형무소의 전직원이 내가 오늘 법무부장을 만난 줄 알고 있는데, 사소한 일로 규칙을 위반하여 다시 감식 징벌을 당한다면 체면이 뭐가 될 것인가?'

이런 생각을 하니 한층 더 조심해야겠다는 경각심이 생겼다.

다음날은 일요일이었다. 법무부장이 소장이나 무라오까 간수장에게 어떤 조치를 내렸는지 궁금하게 여기면서 하루종일 지루하게 지냈다.

월요일. 여느 때와 마찬가지인 형무소의 일상생활로 돌아갔다. 나는 작업장으로 나가 계급장 만드는 일을 계속했다. 어떻게 된 일인지 며칠이 지나도록 소식이 없었다. 무라오까 간수장도 며칠째 보이지 않았다. 소장은 조회 때나 아침 식사 후에 빠짐없이 나타나서 여전히 설교조의 연설을 했다.

법무부장을 만난 지 1주일째 되던 금요일 아침. 아침 식사 후 소장의 설교가 끝나자 어떤 간수장이 종이 몇 장을 들고 식당으로 들어왔다.
"호명된 자는 앞으로 나와!"
이렇게 말한 다음 가지고 온 종이를 펴 들고 연단 맨앞에 서서 수형자 번호를 부르기 시작했다. 800대, 900대, 1000대 번호의 꽤 많은 수형자들이 불려나갔다. 다른 간수들이 불려나간 수형자들을 밖으로 나가게 해서 연병장에 정렬시켰다. 수형자들은 모두 영문을 몰라 어리둥절한 표정을 지었다.
법무부장에게 건의했던 일 때문이란 걸 나는 금방 알아차렸다. 며칠 동안 준비를 하느라고 지체된 모양이었다. 연병장에 불려 나간 수형자들은 100명도 훨씬 넘는 것 같았다.
'드디어 고생한 보람으로 열매를 맺는구나.'
나는 기쁜 마음을 가눌 길이 없었다. 간수장이 밖으로 나갔다가 다시 들어와서 나를 찾았다.
"제306호!"
"하이, 제306호"
내가 신명에 겨워서 어찌나 큰 소리로 외쳤던지 몇몇 간수들은 씽끗 웃는 모습까지 보였다.
"데데고이(でてこい；나오너라)."
"하이."
나는 간수장을 따라 북쪽 높은 담장에 뚫린 문을 거쳐 소장실로 들어갔다. 소장이 미소를 머금은 얼굴로 의자에서 일어나 내게로 다가오며 말했다.
"그 동안 고생 많이 했네. 무라오까 간수장의 불찰로 빚어진 일이니 너무 노여워 말고 분발해 주길 바라네. 며칠 동안 최선을 다해 준비를 서둘렀는데, 그대 마음에 들는지 들어가 보세."
소장이 회의실 문을 열고 먼저 들어가더니 내게 들어오라고 했다. 나는 안으로 들어가 보고 깜짝 놀랐다.

마치 소학교 교실에 들어간 것 같은 착각을 일으킬 뻔했지만, 교실 앞쪽에 제법 넓직한 칠판까지 매달아 놓은 것이 형무소에 마련된 교실 치고는 훌륭하기 그지없었다. 두 사람씩 앉는 책상이 5줄로 쭈욱 정렬되어 있고, 문맹의 조선인 수형자들이 소학교 학생들처럼 앉아 있었다.

책상 위에는 소학교 1학년용 국어독본, 산수, 수신 등의 교과서와 〈군인 재감자 준수 사항〉이 놓여 있었다. 공책 몇 권과 함께 서너 자루의 연필과 지우개와 연필깎기가 들어 있는 필통도 있었다.

"서로 인사들 하지?"

소장은 앞에 서 있는 중사(軍曹) 한 사람을 나에게 소개했다. 처음 보는 사람이었다. 그가 먼저 손을 내밀어 악수를 청하며 자기소개를 했다.

"저 후루다(古田) 중사입니다. 잘 부탁합니다."

그가 조선말로 인사를 하는데, 영락없이 조선사람이었다. 나는 얼떨결에 손을 내밀며 역시 조선말로 인사를 했다.

"네, 제306호입니다. 잘 좀 도와주십시오. 부탁합니다."

나이는 내 또래 같았다. 정말 반가웠다. 일본 사람이 조선 말을 그토록 잘할 수 있다니 참으로 놀라운 일이었다.

"잘들 해 보라구. 부탁하네."

소장이 우리 두 사람에게 말했다. 소장의 말이 떨어지기가 무섭게 내가 얼른 대답을 했다.

"네, 감사합니다. 소장님."

소장이 회의실에서 나가자 후루다 중사가 일본 말로 아주 다정하게 자기 이야기를 덧붙였다.

"나는 어려서부터 조선 아이들과 함께 자랐지요. 그래서 조선사람들과 똑같이 조선 말을 할 수 있습니다. 소장님에게 지난 이야기를 많이 들었는데, 한번 잘해 봅시다."

말하는 태도로 미루어 봐서 후루다 중사는 온순하고 착해 보였다.

"고맙습니다. 여기 앉아 있는 조선인 수형자는 모두 몇 명입니까?"

"모두 157명입니다."

후루다 중사의 말을 듣고 나는 우선 수형자들에게 인사를 했다.

"여러분, 고생 많습니다. 여러분은 내 수형자 번호가 306호라서 얼핏 일본인 장교라고 생각할 것입니다. 그러나 나는 여러분과 같은 조선사람으로 선박부대 대위였습니다. 앞으로 여러분은 일본말도 글도 모르는 사람이라는 표시로 네모꼴의 빨간 천을 오른쪽 가슴에 붙이고 다녀야 합니다. 그러면 규칙을 위반한다고 무조건 매를 맞거나 감식 징벌 감방에 가지 않아도 됩니다. 그렇다고 너무 자주 규칙을 위반해서는 안되겠죠? 당연히 규칙을 위반하지 않도록 눈치껏 노력해야 합니다.

그대신 매일 여기 와서 오전 2시간, 오후 3시간 해서 하루에 5시간씩 일본 글과 말을 배워야 합니다. 내가 열심히 가르칠 테니 열심히 배우십시오. 일본글과 말을 가르치면서 규칙 책자의 내용도 설명해 드릴 테니 얼른 배워서 규칙을 위반하지 않도록 하십시오. 매 맞지 않고 감식 징벌방에 들어가지 않는다고 해서 주의를 게을리하여 자주 규칙을 위반하면 가슴에 단 빨간 표시를 떼놓고 이 교실에서도 쫓겨나야 합니다. 그러니 이번 기회에 열심히 일본말과 글을 배워 형기를 마치고 부대로 원대복귀하면 말을 몰라 답답해서 도망가는 일은 없을 것입니다. 그러면 두 번 다시 이곳에 오지 않아도 됩니다. 아시겠습니까?"

"네."

대답하는 목소리가 우렁찼다. 그들의 표정도 아주 명랑해 보였다. 무엇보다도 매 맞지 않고 감식 징벌을 받지 않아도 된다니까 '이젠 살았다.' 하는 안도의 기색이 역력했다. 모두들 웃음 짓고 즐거워하는 모습을 보니 긴장이 느슨해진 것 같았다. 나는 기뻐하는 그들에게 경고를 하지 않을 수 없었다.

"여러분, 그렇게 웃으면 안된다는 규칙이 있습니다. 우선 그 조항부터 설명하겠습니다. 책상 위에 놓여있는 〈군인 재감자 준수 사항〉이라는 책의 제2조가 바로 그 조항입니다.

'얼굴은 항상 근엄한 표정을 유지해야지 함부로 웃거나 화난 모습을 보이면 안 된다.'

지금 여러분은 매맞지 않고 감식 징벌 받지 않아도 된다니까 너무 기뻐서 웃는 표정들을 지었는데, 모두 규칙 위반으로 징벌방에 들어가야 하는 것입니다. 아무리 기쁘거나 화가 나더라도 절대로 웃거나 화난 표정을 지으면 안됩니다. 이 형무소 안에서 형을 사는 동안에 여러분은 오직 숨 쉬는 자유와 눈 끔쩍이는 자유밖에 누릴 수 없다는 걸 알아야 합니다. 알겠습니까?"

"네."

이번에는 잔뜩 주눅이 들어서 목소리가 안으로 기어들어 가는 것 같았다. 사소한 일에 일희일비(一喜一悲)하는 수형자들의 심정은 이해할 수 있었다. 그러나 다소 주눅이 드는 게 잦은 규칙 위반보다 낫다는 생각이 들었다.

간수 한 사람이 실과 바늘, 빨간 헝겊 등을 가지고 들어와서 수형자들에게 나누어 주었다. 그런 다음 오른쪽 가슴 부위의 적당한 곳을 정해 표지를 달 위치도 가르쳐주었다. 이제 문맹의 조선인 수형자들이 매도 맞지 않고 감식 징벌도 받지 않고 쓰러져 죽는 일도 없을 거란 생각을 하니 정말 기뻤다. 법무부장이 많은 조선 청년들을 살려낸 셈이었다.

이것을 위해 내가 적잖은 고통을 대가로 지불했지만, 그것으로 얻어진 성과 또한 엄청나다는 것은 두말할 나위가 없었다. 나는 비로소 그들과 더불어 지옥 같은 역경 속에서나마 하루하루를 보람과 희망 속에서 지낼 수 있었다.

그후로 무라오까 간수장의 모습은 영 보이지 않았다. 그리고, 공교롭게도 교육을 시작한 다음날부터 조회 때나 조회 전후에 구보할 때 쓰러져 들것에 실려가는 일은 전쟁이 끝나는 날까지 약 5개월 동안 단 한 건도 볼 수 없었다.

육군기념일이었던 소화(昭和) 20년(1945년) 3월 10일 토요일은 그런 의미에서 내가 영원히 잊을 수 없는 날 중의 하루였다. 행여나 그 날 내가 서부군 관구 법무부장 겸 제16연방군 법무부장인 스에오까(末岡 憲一) 소장(少將)을 만나지 못했다면 어떻게 되었을까?

문맹의 조선인 수형자에 대한 교육이 시작되면서 형무소의 분위기가 사뭇 달라졌다. 걸핏하면 끌려나가 두들겨 맞는 장면이 사라진 것이었다. 연병장에서 쓰러지는 수형자도 볼 수 없었다. 그토록 수형자들의 입에 자물쇠를 채웠는데도 형무소 안의 소문은 빨랐다. 어느날 저녁, 침낭을 만드느라 어수선한 틈을 타서 조선인 수형자 두 사람이 내게로 다가와 조선말로 물었다.

"조선사람이시라면서요?"

나는 못 들은 척하고 가만히 있었다. 그들이 미웠기 때문이었다. 일본인 장교로서 왜 그토록 곤욕을 치르며 조선인 문맹자들을 위해 무모한 짓을 하는지 이해할 수가 없다고 했던 그들을 나는 용서할 수가 없었다. 적어도 조선의 지식인이라면 지원(支援) 사격은 못해줄 망정 이해할 수 없다는 태도로 고개를 갸우뚱거려서는 안 되는 것이었다. 같은 동포가 허구헌 날 죽어가는 참상을 보면서도 자신들의 보신(保身)만 생각하는 그들을 어찌 지식인이라고 할 수 있으랴?

3월 들어 공습 경보가 부쩍 잦아졌다. 밤낮을 가리지 않고 울려대는 사이렌 소리는 연합군의 본토 상륙이 가까워진 게 아닐까 하는 생각이 들게 했다. 후루다 간수의 귀띔으로 그런 생각은 더욱 굳어졌다.

"얼마 전 그러니까 육군기념일인 3월 10일 바로 전날 미군의 도쿄 대공습으로 엄청난 피해를 입었어요."

어느날 오후였다. 갑자기 전에 없던 비상이 걸렸다. 수형자들은 아무것도 모르고 있다가 갑자기 작업장과 학습반에 있던 모든 죄수들을 무조건 감방으로 입방시키는 바람에 몹시 놀라고 당황했다. 행여나 불똥이라도 튈까 하여 걱정하기는 누구나 마찬가지였다.

형무소에서는 얼마전부터 농작물을 가꾸는 형무소 소유의 텃밭에 형기가 한 달 남짓 남은 10명 내지 20명 정도의 수형자들을 내보내 사역시키고 있었다. 비상이 걸린 이유는 바로 형무소의 바깥 담 주변에 있는 텃밭에서 사역하던 수형자 한 사람이 간수의 눈길을 피해 탈출해버린 사건 때문이었다.

그런데 탈출한 수형자가 조선인이라는 것이었다. 어렵사리 마련한 일본어 학습반에도 영향을 미칠 수 있는 사건이 아닐 수 없었다. 탈주자는 사건이 일어난 직후 형무소에서 긴급히 풀어놓은 외역(外役) 죄수들에게 붙잡혀 왔다. 하필이면 탈주자를 붙잡은 외역 죄수 역시 조선인이었다는 사실을 다음날 아침 소장 설교 시간에 전해 듣고는 입맛이 씁쓸했다.

"이새끼야, 너 같은 놈이 있어서 조선사람들이 도매금으로 업신여김을 받고 멸시를 당하는 거야."

소장은 조선인 외역 죄수가 탈주한 조선인 수형자를 붙잡자마자 이렇게 말하며 주먹과 발길질로 마구 두들겨 팼다고 소개했다. 그러면서 그를 모범수라고 격찬하고 3개의 갑급(三本甲級) 표지를 왼팔 소매에 달아주며 800여 명의 수형자들 앞에서 잔뜩 추켜세웠다.

도망쳤다가 붙잡혀 와서 탈옥죄가 가중된 탈주자에게 가해지는 체벌은 어떤 것일까? 여기서 굳이 설명하지 않더라도 지옥 같은 육군형무소에서 복역해 본 경험이 없는 사람은 감히 그 고통을 상상하기조차 어려우리라.

문맹의 조선인 수형자들이 아니더라도 형기를 한 달여 남겨 놓은 외역 죄수들마저 감히 탈주를 시도하는 곳이 바로 육군형무소였다. 그것만 보더라도 육군형무소가 얼마나 지독하고 견디기 어려운 곳인지는 가히 짐작할 수 있으리라.
 "지방형무소에서 3년 복역하는 게 낫지 육군형무소에서 1년 복역하는 건 견디기 어려워. 여기는 지옥이야, 지옥."
 수형자 번호가 200대인 죄수들이 공습 경보 때 방공호 안에서 이렇게 토로하던 말을 들은 적이 있었다. 그들은 지방형무소에서 복역한 전과가 있고, 육군형무소에서는 처음 복역하는 일본인 죄수들이었다.
 5월로 접어들어 공습 경보의 빈도가 잦아지면서 형무소 당국은 일본인과 조선인을 가리지 않고 잔여 형기가 짧은 수형자들을 동원하여 납득할 수 없는 해괴한 일을 시키기 시작했다.
 100여 명도 넘는 수형자들을 차출하여 쇠사슬로 허리를 엮어 두 사람씩 동여매고는 여러 명의 간수들이 철저하게 계호하는 가운데 형무소 밖으로 데리고 나갔다. 형무소에서 얼마쯤 걸어가면 기차인지 전차인지 교외선 간이 정류장이 있었다. 수형자들은 거기서 차에 태워졌다가 몇 정류장 지나서 내린 다음 다시 산 아래까지 걸어가야 했다.
 형무소 당국의 계획은 바로 그 산 아래에다 토굴을 파 들어가는 것이었다. 형무소가 있는 아다찌(足立) 산 계곡 언저리에서 산 아래로 삥 돌아 몇 정류장 타고 갔던 것으로 미루어 짐작컨대 토굴의 위치는 바로 형무소 뒷산 너머 아랫자락쯤 되는 것 같았다.
 "대대적인 공습으로 위급해지면 육군형무소의 재소자(在所者)들을 전부 피신(대피)시키기 위해 땅굴을 판다."
 형무소 당국에서는 수형자들에게 이렇게 말했지만, 삼척동자도 곧이 듣지 않을 이야기였다. 나는 땅굴을 파는 이유를 전혀 다른 각도에서 추측해 보았다.
 '위급한 상황에 한두 명도 아니고 1,200여 명의 수형자들이 전차나 기차를 타고 대피하다니 무슨 귀신 씨나락 까먹는 소리란 말인가? 모르긴 해도 연합군이 본토에 상륙하여 위기가 닥치면 조선인 죄수들이 폭동을 일으킬지도 모르니까 적당한 시기에 조선인 수형자들만 토굴에 처넣어 죽여버리자는 수작이겠지. 분명 이런 이유로 서부군(서부군 사령부 겸 제16방면군 사령부) 고위층에서 땅굴을 파라고 지시했으리라.'

어쨌든 나는, 나중에 한두 명씩 새로 입소한 문맹자가 추가되어 180여 명에 이른 수형자들에게 일본어를 가르치며 일본군이 손들 날만 기다렸다. 하루하루 초조한 가운데서도 학습반에 속한 문맹자들이 구타와 징벌을 면할 수 있게 되었다는 사실이 그나마 보람이라면 보람이었다. 일본어 학습반을 맡으면서 조선사람이란 사실을 드러내놓고 밝혀버리니까 한결 속이 편했다.

어느날 아침 식사 후 소장 설교 시간이었다. 소장은 이런저런 이야기 끝에 다음과 같이 덧붙였다.

"월요일인 어제 오전 히로시마에 이상하게 번쩍번쩍하는 폭탄이 떨어져 엄청난 인명 손실과 함께 대규모로 건물이 파괴되었다고 한다. 참으로 파괴력이 대단했는데, 그것은 일찍이 볼 수 없었던 삐까 폭탄이라는 신형폭탄이었다고 한다."

소장도 당연히 '번쩍인다'는 뜻의 '삐까(ぴか)'라는 말이 붙은 폭탄은 여지껏 본 적이 없었으리라. 소장의 말을 듣는 순간 머리에 스치는 것이 있었다.

대동아전쟁 발발 직전인 1941년 11월 29일 처남이 어머니의 생일을 축하하러 도쿄의 우리집으로 찾아왔을 때였다. 처남은 홍아원에 관한 이야기를 하다가 이런 말을 덧붙였다.

"독일, 미국, 영국, 쏘련 등 강대국은 저마다 과학자들을 동원하여 원자핵 연구에 몰두하는 중이고, 우리 일본도 마찬가지야. 아마도 어느 나라에서 핵폭탄을 먼저 개발해 내느냐에 따라 최종 전승국이 결정될 거야."

뿐만 아니라 사사끼 대위도 비슷한 이야기를 한 적이 있었다.
"태·버마 철도부설공사 현장에 일본 과학자들이 몹시 갈구하는 우라늄 광석이 매장돼 있어서 기를 쓰고 공사에 매달린다는 얘기도 들려요. 이미 독일이나 미국, 영국, 소련은 핵폭탄을 연구하고 있답니다."
사사끼 대위도 처남과 같은 이야기를 했던 것이다.

'삐까 폭탄'이라고 하는 신형폭탄은 바로 그 우라늄의 원자핵 분열에 의해 연쇄 반응을 일으켜 폭발하는 핵폭탄이라는 생각이 들었다.
결국 미국이 먼저 그 핵폭탄을 만들어냈다는 것이 아닌가! 이렇게 되면 일본의 패전은 훨씬 앞당겨질 테니까 항복할 날도 멀지 않았으리라.
"황기(皇紀) 2600여 년에 걸쳐 우리는 어느 나라와의 전쟁에서건 단 한 번도 패한 일이 없었다."
이 지경에 이르러서도 승리의 여신이 일본을 외면하지는 않을 것이라고 소장은 되뇌었다. 자못 어리석은 사고 방식이 아닐 수 없었다.
"그 신형폭탄이 어제 또 나가사끼(長崎) 시에 투하되어 엄청난 인적, 물적 피해를 입혔다."
며칠이 지난 어느날 아침 소장이 이렇게 말했다. 잔뜩 풀 죽은 표정에 어두운 그림자가 짙게 드리워진 걸 보고 나는 소장이 잔뜩 겁을 집어먹고 있다는 걸 감지했다. 신형폭탄의 가공할 위력을 피부로 느끼는 모양이었다.
'도대체 얼마 만큼 위력이 대단하길래 저러는 것일까?'
소장의 이야기만으로도 궁금하기 짝이 없었다. 자유의 몸이라면 당장 히로시마와 나가사끼로 가보고 싶기도 했다.
'신형폭탄이 고꾸라 시에도 투하될까? 고꾸라 해변을 비롯하여

야하다(八幡) 공업지대가 연합군의 공격 목표가 될 수도 있으리라. 그러나 고꾸라에는 육군 형무소가 있어서 어떻게 될지 모르겠다. 연합군이 중요하게 생각하는 대상자가 육군 형무소에 수감되어 있을 리는 없겠지만, 어느 나라가 전쟁을 수행하든 적국의 형무소는 전략상 폭격에서 제외시키는 것이 상례라고 배우지 않았던가?'

오히려 우리 조선인 수형자들이 경계해야 할 일은 연합군의 폭격이 아니라 일본군의 단말마적인 악행이라는 생각이 들었다. 사역수(使役囚)들을 동원하여 파고 있는 땅굴의 용도가 새삼스럽게 의심쩍고 걱정이 되었다.

며칠이 지났다. 그 날도 나는 문맹의 조선인 수형자들에게 일본어를 가르쳤다. 생각 같아서는 조선어를 먼저 가르치고 싶었지만, 자칫 일이 꼬일까 염려하여 현상 유지만 해 나가고 있었다. 다행히 일본어 교육반에 입회하여 간수 역할을 하는 후루다 중사는 나에게 퍽 호의적이었다. 그는 원래 간수가 아니었다. 경성의 용산 제23부대에서 복무하다가 일본 본국 서부군 사령부 겸 제16방면군 사령부 본부중대로 전속된 지 한 달만에 다시 형무소로 왔다고 했다. 조선말을 잘하기 때문에 선발이 되었던 것이다. 그는 가끔 나에게 일본군의 전황도 들려 주곤 했다.

형무소에서 맞은 일본의 패전

어느날 아침이었다. 후루다 간수가 내게로 다가오더니 목소리를 낮추고 은밀하게 말했다.

"오늘 정오에 천황(裕仁) 폐하께옵서 중대한 방송을 하신다고 합니다."

나는 놀란 토끼처럼 귀를 쫑긋 세우고 후루다 중사의 얼굴을 주시했다. 그의 얼굴 표정이 심상치 않았다. 나는 무슨 중대 방송이냐고 묻는 대신 벽에 걸린 달력을 쳐다보았다. 그 날은 바로 소화(昭和) 20년(1945년) 8월 15일 수요일이었다.

나는 시선을 창 밖으로 옮겼다. 하늘은 푸르고 구름 한 점 없었다. 그 날 따라 동쪽으로 보이는 형무소의 얕은 담장 위에 참새떼들이 모여 앉아 지저귀고 있었다. 무슨 이야기들을 하고 있는 것일까? 어디고 훨훨 날아다닐 수 있는 참새떼들이 마냥 부럽기만 했다.

11시 30분경 간수장 한 사람이 문을 열고 교육장으로 들어와 후루다 간수에게 귓속말을 하고 나갔다. 후루다 간수는 180여 명의 교육생들이 앉아 있는 뒷편에 서 계호 임무를 수행 중인 또 한 사람의 간수에게 다가가 몇 마디 주고 받더니 다시 내게로 와서 말했다.

"그만 중지하고 식당으로 가십시다. 12시 정각에 천황 폐하의 중대 방송을 들어야 하는가 봅니다."

수형자들에게까지 들려 주려고 하는 것을 보니 어쩐지 심상치가 않았다. 그러고 보니 그 날 아침 식사 후에는 소장 설교도 없었고, 날마다 식사 직후에 불려나가던 땅굴 사역수들도 보지 못했다.

우리 교육반원들이 모두 식당에 들어갔을 땐 이미 다른 작업반의 죄수들도 거의 다 들어와 앉아 있었다. 우리는 맨뒷줄로 들어가 앉았다. 들어갈 때 먼저 와서 앉아 있는 일본인 죄수들의 표정을 슬쩍 곁눈질해 봤더니 모두 뭔가를 예감하는지 심각한 표정을 짓고 있었다.

꽤 일찌감치들 집합이 된 모양이었다. 식탁 위에는 여느 때처럼 식사 준비가 다 되어 있었다. 정오가 되려면 아직 몇십 분 더 있어야 할 것 같은데 왜 그렇게 서둘러 준비를 했는지 알 수 없었다.

전후좌우에 서 있는 간수장과 간수들의 표정을 훔쳐 보고 싶었지만, 그럴 수는 없었다. 그래서 정면에 서 있는 대여섯 명의 직원들 표정만 슬쩍 보았다. 미구에 닥쳐 올 미지의 공포감에 두려움을 느끼는 것일까? 모두 하나 같이 긴장된 표정들이었다.

식당 앞의 오른쪽 상단부 벽에 확성기가 붙어 있었다. 모든 사람들의 이목이 확성기로 집중되자 전부터 늘상 거기 있었다는 생각마저 잊을 정도였다. 라디오는 소장실에 있는지 어디 있는지 몰라도 확성기와 연결되어 있는 것 같았다.

무거운 침묵만 흐르고 있었다. 800여 명의 죄수들이 앉아 있는 식당 안이 이토록 고요하다니 정말 신비스럽기조차 했다. 하기야 800여 명이 함께 식사를 해온 평소에도 아침 햇살을 받은 지붕의 이슬이 기왓골을 타고 땅으로 떨어지는 소리를 들을 수 있지 않았던가.

식당 바깥의 허공을 날아다니는 참새 몇 마리가 지저귀는 소리만 적막을 흔들어놓을 뿐이었다. 적어도 20여 분 동안 모두들 침묵을 지키며 쥐죽은 듯 앉아 있었다. 이윽고 형무소장이 무거운 발걸음으로 걸어 들어와 등단했다.

"차렷, 경례!"

수형자들이 앉은 채 고개만 숙여 인사를 하자 소장은 인사를 받는둥 마는둥 하면서 간단한 훈시를 했다.

"황송하옵게도 천황 폐하께서 전일본 국민에게 고하는 중대 방송을 하실 것이다. 경건한 마음으로 경청하길 바란다."

소장의 훈시가 끝나자마자 드디어 확성기에서 폐하의 옥음(?)이 흘러나오기 시작했다.

"짐은 깊이 세계의 대세와 제국의 현상에 감하여 비상조치로서 시국을 수습코자 여기 충량한 그대들 신민에게 고하노라."

여기까지는 모두들 숨을 죽인 채 듣고 있었다.

"짐은 제국 정부로 하여금 미·영·소·중 4국에 대하여 그 공동 선언을 수락할 뜻을 통고케 하였다."

폐하의 옥음(玉音)이 다음 말로 이어지자 여기저기서 오열(嗚咽)이 터져나오기 시작했다. 형무소 직원들과 일본인 수형자들은 대부분 울음을 터뜨렸다. 소장도 눈과 코에다 손수건을 대고 흐느껴 울었다.

확성기에서는 식당 안의 분위기에 아랑곳없이 계속 천황의 옥음이 흘러나왔다. 일본 천황의 항복 방송이라고 할 수 있는 조서(詔書)의 내용을 옮겨 보겠다.

"짐(朕)은 깊이 세계의 대세와 제국(帝國)의 현상에 감(鑑)하여 비상조치로서 시국(時局)을 수습코자 여기 충량(忠良)한 그대들 신민(臣民)에게 고(告)하노라. 짐은 제국 정부로 하여금 미·영·소·중(美英蘇中) 4국(國)에 대하여 그 공동선언을 수락할 뜻을 통고(通告)케 하였다. 생각컨대 제국 신민의 강령(康寧)을 도모하고 만방공영(萬邦共榮)의 낙(樂)을 같이함은 황조황종(皇組皇宗)의 유범(遺範)으로서 짐의 권권복응(眷眷服膺)하는 바 전일(前日)에 미·영 양국에 선전(宣戰)한 소이(所以)도 또한 실(實)로 제국의 자존(自存)과 동아(東亞)의 안정을 서기(庶幾)함에 불과하고 타국의 주권(主權)권을 배(排)하고 영토를 범(犯)함은 물론 짐의 뜻이 아니었다. 연(然)이나 교전(交戰)이 이미 사세(事勢)를 열(閱)하고 짐의 육해(陸海) 장병의 용전(勇戰), 짐의 백료유사(百僚有司)의 정려(精勵), 짐의 1억(億) 중서(衆庶)의 봉공(奉公)이 각각 최선을 다하였음에도 불구하고 전국(戰局)은 필경(畢竟)에 호전되지 않으며 세계의 대세가 또한 우리에게 불리하다. 뿐만 아니라 적은 새로이 잔학(殘虐)한 폭탄을 사용하여 빈번(頻煩)히 무고(無辜)한 백성을 살상하여 참해(慘害)에 미치는 바 참으로 측량할 수 없게 되었다. 이 이상 교전을 계속하게 된다면 종내(終乃)에 우리 민족의 멸망을 초래할 뿐더러 결국에는 인류의 문명까지도 파각(破却)하게 될 것이다. 여사(如斯)히 되면 짐은 무엇으로 억조(億兆)의 적자(赤字)를 보(保)하며 황조황종(皇祖皇宗)의 신령(神靈)에 사(謝)할 것인가. 이것이 짐이 제국 정부로 하여금 공동선언에 응(應)하게 한 소이(所以)이다. 짐은 제국과 함께 종시(終始) 동아해방(東亞解放)에 노력한 제(諸) 맹방(盟邦)에 대하여 유감(遺憾)의 뜻을 표(表)하지 않을 수 없다. 제국 신민(臣民)으로서 전진(戰塵)에 죽고 직역(職域)에 순(殉)하고 비명(非命)에 폐(斃)한 자 및 그 유족에 생각이 미치면 오체(五體)가 찢어지는 듯하며 또 전상(戰傷)을 입고 재화(災禍)를 만나 가업(家業)을 잃어버린 자의 후생(厚生)에 관해서는 짐이 깊이 진념(軫念)하는 바이다. 생각하면 금후 제국의 받을 바 고난(苦難)은 물론 심상치 않다. 그대들 신님(臣民)의 충정(衷情)은 짐(朕)이 선지(善知)하는 바이나 짐은 시운의 돌아가는 바 감난(堪難)함을 감(堪)하고 인고(忍苦)함을 인(忍)하여서 만세(萬歲)를 위해서 태평(泰平)을 개(開)하고자 한다. 짐은 여기에 국체(國體)의 호지(護持)함을 얻어 충량한 그대들 신민의 적성(赤誠)에 신기(信倚)하여 항상 그대들 신민과 함께 있다. 만약(萬若) 정(情)에 격(激)하여 사단(事端)을 난조(亂造)하여 혹은 일명배제(日明排濟)하여 서로 시국을 어지럽게 하고 대도(大道)를 그르치게 하여 신의(信義)를 세계에 잃게 함은 짐이 가장 여기에 경계(警戒)하는 바이다. 모름지기 거국일치(擧國一致) 자손상전(子孫相傳)하여 굳게 신국(神國)의 불멸(不滅)을 믿고 각자 책임이 중(重)하고 갈 길이 먼 것을 생각하여 총력(總力)을 장래의 건설에 쏟을 것이며 도의(道義)를 두렵게 하고 지조(志操)를 튼튼케 하여 국체(國體)의 정화(精華)를 발양(發揚)하고 세계의 진운(進運)에 뒤지지 않도록 노력할지어다. 그대들 신민은 짐의 뜻을 받들라."

祐仁

　구구절절 애끓는 목소리와 비통한 마음으로 국민을 위로하고 달래며 애통해 하는 일본 천황이었다. 그래도 타국의 주권을 유린하고 남의 나라에 침범한 일본 군부의 행위에 대해서는 자신의 뜻이 아니었다고 발뺌을 하고 있었다. 어떤 의미에선 군부에 대해 자신이 무력했음을 고백하는 심정의 토로(吐露)이기도 했다.
　방송을 듣고 있는 동안에도 여기저기서 계속 울고들 있었다. 비록 감옥에 들어와 죄값을 치르고 있는 수형자 신세일지라도 나라가 전쟁에 패했다는데 애통해 하지 않을 일본인이 어디 있으랴?
　방송이 끝난 후 소장이 수형자들에게 몇 마디 이야기를 했지만, 목이 메어서 하는 소리라 말귀를 잘 알아들을 수가 없었다. 그러다가 끝내는 오열을 터뜨리며 이야기를 중단하고 나가버렸다.
　"식사를 시작하라."

눈두덩을 붉으레하게 물들인 채 앞에 서 있던 간수장이 힘없는 목소리로 말했지만, 누구도 얼른 젓가락을 드는 사람은 없는 것 같았다.

일본말을 알아듣지 못하는 조선인 수형자들 중에도 대충 분위기를 보고 감을 잡은 사람이 있었겠지만, 대부분은 일본이 패망했다는 사실을 확실하게 모르는 채 어리둥절한 표정을 짓고 있었다. 어느 정도 말귀를 알아듣는 조선인 수형자들도 형무소 직원들과 일본인 수형자들이 사소한 자극에 무슨 일을 저지를지도 모른다는 불안한 마음으로 조심스럽게 눈치를 살피는 분위기였다.

짐작은 하고 있었지만, 일본의 패망이 그렇게 빨리 올 줄은 나도 몰랐다. 나는 벅차오르는 기쁨을 억제하면서 근엄한 표정을 지으려고 노력했다.

식사를 하라고 했는데도 거의 식사를 하지 않았다. 조선인 수형자들도 일본인 수형자들의 눈치를 살피며 식사하는 것을 자제하는 눈치였다.

얼마간 시간이 흐른 후 수형자들은 모두 입방되었다. 나는 조선인 수형자들이 행여나 경거망동하는 일이 있을까 은근히 걱정이 되기도 했다. 자칫 화를 자초할 수도 있으니까 얌전하게 있으면서 군 당국이 어떤 조치를 내리는지 기다려봐야 할 처지였기 때문이었다.

며칠이 지났다. 모두가 무더운 감방에서 며칠째 지루하게 지내던 일요일 낮이었다.

"제306호!"

누군가가 바로 내가 앉은 오른쪽 윗벽의 시찰구를 들여다보며 내 번호를 부르는 것이었다.

"네, 제306호."

나는 벌떡 일어나 시찰구에 귀를 기울였다. 그전 같으면 그냥 앉은 채 자기 번호를 복창하고 나서 다음 명령을 기다려야 했지만,

그럴 필요가 없었다. 후루다 간수의 낯익은 목소리였기 때문이다. 마침 남관에서 근무 중인 모양이었다.

"제 얘기 들으세요. 육군성으로부터 서부 관구사령부를 통해 일본인 수형자들 가운데 형기 3분지 1 이상 복역한 수형자는 전부 석방하여 원대 복귀시키고, 나머지 일본인 수형자는 모두 지방형무소로 이감 조치하라는 명령이 전달되었습니다. 그리고 조선인 수형자는 잔여 형기와 상관없이 전부 석방하여 원대 복귀시키라는 명령이 하달됐습니다. 단 한꺼번에 석방시키지 말고 매일 일본인 20여 명에 조선인 10여 명 정도의 비율로 석방하라는 서부관구 법무부장 스에오까(末岡) 소장(少將) 각하의 명령입니다. 스에오까 각하의 지시 사항에는 '제306호 수형자도 조선인이니 그도 누락시키지 말고 석방할 것'이라는 단서가 붙어 왔다고 합니다. 각하의 지시 사항 내용을 소장과 함께 읽어본 사꾸라이 간수장의 말이니 틀림없을 겁니다. 그리 아십시오."

"고맙소, 후루다 중사."

"조금만 더 고생하십시오."

나는 후루다 중사가 그렇게 고마울 수가 없었다.

육군 형무소에서 석방되다

이제 곧 석방될 거라고 생각하니 꿈만 같았다. 헌병대에 체포되어 온갖 고문과 체벌을 받으며 1년, 육군 형무소에서 또 다시 문맹자 교육을 건의하려고 꼬박 44일 동안 징벌방을 드나들었고, 이제 입소 8개월만에 세상으로 나갈 수 있게 되었던 것이다. 지난 20개월 동안 이승과 저승을 오락가락하며
'이제 죽는구나.'
하고 좌절감에 사로잡혔던 적이 몇 번이었던가! 인명은 재천이라고
'이렇게 살아나는 수도 있구나.'
하고 생각하니 감개무량했다. 극성이 패가망신의 지름길이란 말도 있듯이 일본 군부가 천둥 벌거숭이처럼 극성을 부리더니 결국 이 꼴이 되었다고 생각하니 '인과응보'란 말의 의미가 새삼 피부에 와닿은 것 같았다.
잠시후였다. 복도가 어수선하더니 감방마다 전달하는 소리가 들렸다.

"〈군인 재감자 준수 사항〉을 모두 거두어 내놓기 바란다."

규칙 책자를 수거해 가는 모양이었다. 간수가 이내 우리 감방에서도 8권의 책자를 수거해 갔다.

짐작컨대 연합군이 규칙 책자를 발견할 경우 자칫하면 패전 책임을 져야 할 자신들의 영어(囹圄) 생활에 숨 쉬고 눈 꿈벅이는 자유밖에 없는 규칙이 족쇄가 될 것을 염려한 나머지 모두 수거하여 불살라 버리려는 것이리라.

감방 분위기가 눈에 띄게 달라졌다. 모두들 수군수군 마음놓고 잡담들을 하고 있었다. 그런데도 밤낮을 가리지 않고 규칙 위반자를 적발해 내려고 눈을 까뒤집고 설쳐대던 간수들은 모습조차 볼 수 없었다. 서릿발 같은 육군 형무소의 기강이 와르르 무너져버린 셈이었다. 일본이 패망한 마당에 좀 수군댄다고 한들 어떠랴 하는 심산이리라.

"연합군이 상륙하면 하사관 이상의 일본군은 명령권을 갖고 있기 때문에 모두 형무소에 수감될 거야."

어떤 일본인 죄수는 이런 말도 했다. 그럴 듯한 논리였지만, 너무 과민반응인 것 같았다. 그렇게 되면 육해군을 합해 수십만 명 이상의 군인이 형무소에 갇혀야 한다는 것이 아닌가.

다음날 아침이었다. 담요를 갤 때 간판에 독일어로 구호를 써서 거꾸로 매달았다가 잡혀왔다는 조선인 수형자가 다가와서 물었다.

"어제 낮에 후루다 간수가 무슨 얘기를 했습니까?"

나는 들은 대로 이야기를 해주었다. 그는 무척 기뻐했다.

포성이 멎은 지 5일만인 8월 20일 월요일이었다. 그 날부터 복도에서 석방될 수형자들의 번호를 부르기 시작했다. 그러니까 자기 번호가 불린 수형자들이 몇 사람씩 덜커덕 열린 감방문 밖으로 나갔는데, 우리 38호 감방에서도 일본인 수형자 2명이 이미 석방되어 나갔다.

오늘일까 내일일까 고대하면서 눈이 빠지게 기다렸지만, 내 번호인 제306호를 부르는 소리는 아직 들리지 않았다.

형기가 5년이면 60개월인데 이제 8개월 복역했으니까 52개월 남아 있었다. 원칙대로라면 나는 호적상 일본인이니까 3분의 1만 복역한다고 해도 지방 형무소로 이감되어 12개월을 더 복역해야 풀려날 것이다. 후루다 간수 말로는 스에오까 법무부장이 제306호도 조선인이니까 누락시키지 말고 석방하라고 지시했다지만, 행여나 하여 불안하고 초조했다.

9월 15일 토요일이 되었다. 따져 보니 총성이 멎은 지 벌써 한 달째였다. 내일이면 종전 후 다섯 번째 맞는 일요일인데, 몹시 지루했다. 일요일은 왜 있어 가지고 지겨움을 더해주는 것일까? 작업도 시키지 않고 무더운 감방에 가둬두니 정말 미칠 지경이었다.

어쨌거나 나는 호적상으로 일본인이라고 해도 실질적으로 조선인이었다. 소장 면회라도 신청해서 이 문제를 따져 봐야 하는 건가. 초조하고 불안했다.

또 다시 석방될 수형자들의 번호를 부르고 있었다. 숨을 죽인 채 귀를 기울이는데 감방문이 덜커덕 열리면서 마침내 내 번호를 부르는 게 아닌가.

"제306호."

나는 귀를 의심하면서 간수를 쳐다봤다.

"육군 선박 대위 무사시야 도라노쓰께 석방입니다."

나는 심장이 멎는 것 같았다. 정녕 꿈은 아닐 테지? 나는 벌떡 일어나 38호 감방문을 나왔다. 조선인 수형자 1명도 함께 불려 나왔다. 독일어 간판 사건으로 잡혀 온 청년이었다. 아쉽게도 오른손 집게손가락을 잘라 병역 면탈죄를 범한 명치대학 출신의 조선인 청년은 불리우지 못했다.

'함께 석방이 되었으면 좋았을 텐데.'

이렇게 생각하며 간수를 따라 갔다. 동관으로 돌아가는 모서리에서 석방될 수형자들이 모두 나올 때까지 한동안 기다렸다. 그 날 석방되는 수형자들은 30명쯤 되었다. 얼마 후 우리는 2열 종대로 동관을 지나 감방 건물을 빠져나왔고, 연병장을 가로질러 북쪽 높은 담 밑 출입문을 나섰다.

보관 창고로 가자 입소할 당시에 벗어서 뭉쳐두었던 옷을 미리 꺼내 놓은 채 기다리고 있었다. 저마다 제 옷을 찾아 입고 보니 병장 한 사람과 일등병, 이등병 등 모두가 사병들이었다. 하나 같이 복역 중에 몸이 수척해져서 구겨진 군복들이 헐렁해 보였다.

내 꼴은 어떠했던가? 90킬로그램의 체중이 39킬로그램으로 빠졌던 입소 당시보다는 좀 나아졌다고 해도 황새에 우장(비옷)을 씌워 놓은 꼴이었다. 금고형이어서 계급장은 그대로 대위였지만, 군복은 온통 구겨질 대로 구겨진 데다 겨울옷(冬服)을 한여름에 입고 있는 모습이 참으로 꼴불견이었다. 장화를 신고 사물(私物)인 닙뽄 또우를 허리에 찬 내 모습을 누가 봤다면 그야말로 가관이었으리라.

옷을 다 갈아입은 석방수(釋放囚)들은 소장실로 안내되어 3렬 횡대로 소장 앞에 정렬했다. 소장은 석방수들을 차례로 둘러보다가 곧장 내게로 다가와 위로의 말을 건넸다.

"무사시야 대위, 그 동안 고생 많이 했소. 앞으로 조선은 독립이 될 것입니다. 귀관이 조국을 위해 마음껏 이바지할 수 있는 기회를 진심으로 축하합니다. 아무쪼록 하루 속히 건강이 회복되길 빌겠소."

그러면서 소장은 악수를 청했다. 나는 묵묵부답으로 악수를 받아주었다. 이렇게 해서 지옥 같던 육군 형무소의 높은 담장을 등지고 마침내 철문을 나설 수 있었다.

이제 나는 완전한 자유인이었다. 계호자 없이 자유의 햇볕을 보게 되었던 것이다. 자유! '자유'라는 것이 그토록 소중하고 소중한 줄을 예전에 어찌 알았으랴?

함께 석방된 일본인 수형자들도 무척 기쁜 모양이었다. 나라는 망해도 감옥에서 풀려나는 것은 즐거운지 희희낙낙 떠들어대며 시내 쪽으로 사라져갔다.

다시는 뒤돌아보고 싶지 않은 곳, 생지옥 같은 육군 형무소에서 나오자마자 나는 길 옆의 풀밭에 털썩 주저앉아 비로소 안도의 숨을 내쉬었다.

고꾸라 시내가 저만치 내려다보였다. 9월 중순이라고는 해도 낮 기온은 삼복더위 못지 않았다. 눈앞에 펼쳐진 산과 들의 푸르름과 논밭의 황금 물결이 미풍에 하늘거릴 때 풍기는 싱그러운 내음이 새삼 생동감을 불러 일으켰다. 그러나 한편으로는 그 동안의 억울했던 감정이 치밀어올라 목이 콱 잠기면서 석방의 기쁨조차 무색해지는 듯했다.

만감이 교차하는 심정으로 넋을 잃고 풀밭에 앉아 있는데, 누군가가 내 옆으로 슬며시 다가와 앉았다. 독일어 간판 사건으로 붙잡혀 와서 조금전까지 38호 감방에 함께 수감되어 있다가 풀려난 조선인 청년이었다.

"반갑소."

내가 먼저 손을 내밀어 악수를 청했다. 그러자 그가 기다렸다는 듯이 내 손을 꽉 잡으며 이야기를 덧붙였다.

"정말 반갑습니다. 사실 나는 도쿄 제국대학(東京帝國大學) 독법(독일 법문학부)과 재학 중에 학도병을 피하느라 간판 사건을 일으키고 잡혀 들어왔죠. 이렇게 역경에서 고생하다 보니 마냥 푸르기만 했던 청운의 꿈은 간 데 없고 인생관마저 바뀌었습니다. 고향은 함경남도 원산인데, 형이 고향에서 농장과 과수원을 경영하고 있습니다. 고향으로 돌아가면 형의 과수원 일이나 도우면서 말이나 타고 세월을 보내려고 합니다. 좋아하는 시(詩)도 쓰구요. 나중에 조선으로 나오시면 원산의 곽(郭)씨네 집안을 찾아주십시오. 내 이름은 곽상민(郭尙敏;가명)이라고 합니다. 기억해 두셨다가 한번 만납시다."

나는 그의 말을 듣기만 했다. 생지옥 같은 역경에서 저승 문턱을 넘나들며 고생하다 보니 염세주의자라도 된 것일까? 그의 말이 공허한 울림으로 들렸다.
"안 가시렵니까?"
그가 물었다.
"먼저 가시오."
나는 좀 더 앉아 있고 싶었다. 이제 누구의 승낙도 받지 않고 머리든 등허리든 긁을 수 있지 않은가? 어느 누구와도 마음대로 말할 수 있고 계호자 없이도 어디든지 마음대로 갈 수가 있지 않은가?
나는 내게 주어진 자유를 좀더 음미하고 싶었다. 자유! 1년 8개월 이상의 고역을 통해 얻은 최대의 수확이라면 '자유'를 완벽한 개념으로 터득한 것이 아니었을까?
평생을 통해 가장 좋고 기쁜 날을 꼽으라면 나는 감옥에서 자유로이 풀려난 1945년 9월 15일이라고 하겠다. 그 이유는 흑인 노예를 해방시킨 미국의 16대 대통령 링컨이 자유의 상징으로 인류의 추앙을 받는 이유와 크게 다르지 않으리라.
나는 잠시 자유를 되찾은 기쁨을 만끽하느라 식구들을 만날 생각마저 잊고 있었다. 식구들이 내 꼴을 보면 과연 뭐라고 할까? 알아보기나 할까? 내가 봐도 사람의 몰골이 아니었다.
나는 풀밭에서 일어나 농촌 풍경을 바라보면서 천천히 고꾸라 역을 향해 걷기 시작했다. 20여 개월 동안 바깥 세상과 격리되었을 뿐인데도 한 10년은 세상 구경을 못한 것처럼 마주치는 사람들과 사물이 이상하고 신기해 보였다. 특히 아장아장 걷거나 뛰어가는 어린애들은 마치 인형이 쪼르르 미끄러져 가는 것처럼 보일 정도였다.
고꾸라 시는 내가 여섯 살의 어린 나이로 기차를 타고 배를 타고 다시 기차를 타고 이사를 했던 20여 년 전과 별로 달라진 게 없어 보였다. 일본인 부모를 따라 조선에서 일본으로 처음 건너왔을 때 언어가 다르고 사람이 다르고 풍습이 달랐던 고꾸라 시는 얼마나 낯설었던가.

오가는 사람들이 힐끗힐끗 나를 쳐다보았다. 몰골만 보면 굳이 설명하지 않더라도 내가 아다찌 산 계곡의 육군 형무소에서 풀려 나오는 죄수라는 걸 담박 알아차릴 수 있었으리라. 창피스럽기는 했지만, 감방에 갇혀 있을 때보다야 훨씬 낫다는 생각이 들었다.

피곤한 몸을 이끌고 고꾸라 역 구내로 들어가니 한 켠 구석에 빈 자리가 있었다. 좀 앉아서 쉬어야겠다는 생각이 들었다. 헛개비 같은 몰골이라 허리에 매달린 닙뽄또우(日本刀)마저 무겁고 힘에 겨웠다. 나는 닙뽄또우를 무릎 앞에 세우고 두 손으로 잡은 채 빈 자리에 앉았다.

역 구내는 기차를 타고 내리는 사람들로 꽤나 붐볐다. 유난히 국가관이 투철하고 애국심이 강한 일본인들이기 때문이었을까, 아니면 패전으로 인해 맞게 될지도 모르는 미지의 두려움 때문이었을까? 그 많은 사람들의 얼굴이 한결같이 어둡고 침울했다. 생기 발랄하고 서슬이 시퍼렇던 사람들의 표정은 간 데 없고 저마다 맥이 풀리고 힘이 없어 보였다.

나는 지긋이 눈을 감고 식구들을 머리에 떠올려 보았다.

'부모님과 아내와 아이들, 그리고 친척들과 내가 알고 있는 모든 사람들의 표정도 한결같이 핏기를 잃었겠지?'

이것이 인간의 정이런가? 가까왔던 사람들의 실의를 생각하니 도무지 마음이 편치 않았다.

하지만 나는 머리를 가로저었다. 다른 한편으로는 나의 자유와 조선의 해방이 일본의 패전과 직결되어 있다는 생각이 들었기 때문이다.

또한 내가 바로 며칠 전까지 겪었던 역경을 돌이켜 보니 나의 저주스러운 운명이 너무나 억울하여 분노와 슬픔이 와락 치솟고, 고문과 체벌의 고통이 새삼스럽게 전율을 일으키면서 저절로 울음이 터져나왔다. 어찌나 울었던지 눈물이 비오듯 뚝뚝 떨어져 닙뽄또우를 잡고 있는 손등을 마구 적셨다.

'전우들이 목숨 바쳐 싸우고 있을 때 무슨 죄를 짓고 감옥에 들어갔다가 이제사 출옥하면서 울기는 왜 울어? 국가와 국민에게 할복을 해서라도 사죄해야 하거늘 못난 놈 같으니.'

아마도 고꾸라 시민들이 울고 있는 나를 보았다면 남의 사정도 모르고 틀림없이 이렇게 매도했으리라.

얼마나 오랫동안 울었던지 울음을 그치려 해도 그마저 잘 되지 않았다. 누군가가 내 앞에 서서 줄곧 말을 걸었지만, 서너 차례씩 거듭 물을 때까지 울음을 그칠 수가 없어서 대답조차 하지 못했다.

"어디까지 가실 겁니까?"

손등으로 눈물을 닦는둥 마는둥 하면서 쳐다보니 육군 중위가 앞에 서서 묻고 있었다. 그는 필경 '갈 길이나 얼른 갈 일이지 많은 시민들이 보는 데서 무슨 주책이야?' 하는 심정으로 묻는 것 같았다. 나는 시큰둥한 표정으로 대답했다.

"야나이(柳井)까지 갈 거요."

"그럼 제가 표를 사가지고 오겠습니다. 야나이까지 가는 열차라면 20분 후에 옵니다."

그는 내 대답도 듣기 전에 차표를 사러 갔다. 무슨 사연으로 육군 형무소에 들어갔다 나오는지는 모르겠지만, 아무리 패전한 일본군 장교라 해도 울고 앉아 있는 내 꼴이 보기에 좋지 않았던 모양이었다. 잠시후 그가 돌아와서 말했다.

"저는 모지(門司)까지만 갑니다. 지금 플랫홈에 나가시면 3시 14분발 426열차를 타실 수 있는데, 모지까지만 갑니다. 모지에 내려서 6시간쯤 기다리시다가 밤 9시 40분발 118열차로 갈아타시면 됩니다. 나가시죠. 차표는 야나이까지 끊었습니다."

그러면서 내 오른팔을 잡고 일으키려고 했는데, 그 순간 나는 어지러워서 넘어질 뻔했다. 그가 쓰러지려는 나를 안아서 부축하며 느릿한 걸음으로 홈까지 데리고 나갔다.

얼마 지나지 않아서 열차가 왔다. 그는 나를 부축하여 열차에 오른 다음 여기저기 자리를 찾아 보다가 이내 빈자리를 찾아서 나를 앉히고 자기도 앉았다.

  모지 역에 도착할 때까지 10여 분 동안 그와 나는 아무말도 없이 잠자코 있었다. 그러다가 모지 역 플랫홈에 함께 내린 후에야 그가 입을 뗐다.

  "여기서 6시간쯤 기다리시다 9시 40분발 열차를 타셔야 합니다. 그럼 안녕히 가십시오."

  그는 거수경례를 한 다음 돌아서서 출찰구 쪽으로 걸어나갔다. 나는 고맙다는 인사도 잊은 채 그의 뒷모습만 바라보았다. 그는 자기 이름도 밝히지 않았고, 나 또한 아무것도 묻지 않았다.

  모지 역에서 6시간 이상 무료하게 기다리다 9시 40분발 118열차를 탄 나는 다음날 새벽 2시경에 야나이 역에 도착했다.

  이렇게 해서 대대장으로 부임한 지 불과 2주일만인 소화(昭和) 18년(1943년) 12월 29일 히로시마 헌병대 특수반에 체포된 후 20여 개월이 지나서야 불명예스러운 전과자의 신분일 망정 전쟁이 끝난 덕분에 다시 서부 제8부대로 돌아갔다.

  부대에 도착한 나는 곧장 부대장실로 가서 신고하고, 육군성이 발행한 '형 집행 정지 조치에 의한 석방 증명서'를 부대장에게 제출했다. 그는 내가 체포될 당시의 부대장은 아니었지만, 따뜻한 위로의 말을 해주었다.

  "전임자로부터 귀관에 관한 얘기는 들었네. 고생 많았어."

  나는 그후 5일만인 1945년 9월20일, 예비역에 편입되어 3개월 모자라는 6년 동안의 파란 많았던 군대 생활을 청산하고 군문을 떠났다.

  전쟁이 끝난 후 일본 정부는 군부의 해체를 앞두고 전군(全軍)의 예편 장교와 모든 제대 장병들에게 한 계급씩 진급을 시켰지만, 나는 '불명예 예편'이란 딱지가 붙은 채 그냥 대위로 예편되고 말았다.

5년 6개월 동안의 도쿄고등상선학교 수업 연한을 포함하면 무려 11년 3개월에 걸쳐 군대와 다름없는 규칙적인 생활을 하고도 결국 '불명예 예편'으로 끝나고 말았던 것이다.
  이처럼 기나긴 세월의 교육과 훈련과 군대 생활이 앞으로의 내 인생 항로에 어떤 도움이 될지는 모르지만, 역시 '불명예'는 참을 수 없는 치욕이었다.

히로시마, 히로시마

나는 일찌감치 야나이 역에서 상행선 열차를 탔다. 내가 탄 완행열차에는 꽤 여러 대의 객차가 연결되어 있었다. 그 중 다섯 차량에 귀향 장병들이 가득 타고 있었는데, 그들은 대개 선박사령부 소속의 조선인 선박병들이었다.
 "선박사령부 예하 부대의 선박병들을 모아 상행선 열차를 타고 가다가 대기 장소에서 기다리는 조선인 출신 귀환 장병들과 합류하여 순차적으로 귀국선을 타게 될 것입니다."
 인솔자의 설명이었다. 나는 귀향 장병 차량의 맨끝에 연결된 일반 객차에 탔다. 얼마후 열차가 출발했다. 차창 밖을 내다보니 거의 모든 지역이 폭격에 의해 무참하게 파괴되어 있었다. 폭탄이 떨어져 패어진 웅덩이가 수도 없이 많았다. 파괴된 가옥과 도로와 교량 등 그야말로 망가지지 않은 부분이 거의 없을 정도로 비참한 정황의 연속이었다. 인명 피해는 또 얼마나 많았을까?
 나는 히로시마(廣島)에 들러서 삐까 폭탄의 위력을 관찰해 볼

작정이었다. 히로시마에는 신형폭탄인 삐까 폭탄이 투하되어 수십만 명의 인명을 살상했다고 하지 않는가?

히로시마를 가면서 보니 도심으로 갈수록 점점 참상이 말이 아니었다. 열차가 히로시마 도심의 초입인 고이(己斐) 역에 도착했다.

고이 역에서 약 3.5킬로미터 거리에 요꼬가와(橫川) 역이 있고, 요꼬가와 역에서 약 3킬로미터 거리에 히로시마 역, 히로시마 역에서 약 4킬로미터 거리에 무까이나다(向洋)역이 있었다.

고이 역에서 바라보니 무까이나다 역까지 선로 양편이 모두 빗자루로 깨끗하게 쓸어낸 것처럼 완전히 폐허가 되어서 장장 10여 킬로미터 거리가 훤하게 뚫려 보였다. 단층집이나 2층 건물들은 모두 폭삭 무너져서 납작하게 주저앉은 상태였다. 그야말로 아주 철저하게 파괴된 현장이었다.

무엇보다도 놀라운 것은 철거된 철로 레일이었다. 새로 급하게 부설된 선로 위로 달리는 열차를 타고 고이(己斐) 역을 지나면서 보니 휘어진 레일을 철거하여 양 옆으로 걷어내 놓았는데, 한결같이 엿가락처럼 녹아서 제멋대로 휘어져 있었다.

'신형폭탄이 얼마나 고열을 발생시키기에 저토록 마구 뒤틀린 채 구부러졌단 말인가? 도대체 어떻게 생긴 폭탄이기에 단 한 개가 높은 공중에서 터졌을 뿐인데 35만 인구의 거대한 군사 도시 히로시마 전체가 일순간에 잿더미로 변했단 말인가?'

실로 가공할 현상에 나는 입이 다물어지지 않았다. 그러면서 뭔가 이상하다는 생각이 들었다.

철도 레일이 마구 녹아서 제멋대로 구부러질 정도로 굉장한 고열이 발생했는데도 불에 타서 잿더미로 변한 건축물보다는 불에 타지 않고 그냥 폭삭폭삭 주저앉아서 파괴된 건축물들이 더 많았던 것이다.

이와끼(岩木) 처남의 말대로 신형폭탄은 우라늄의 원자핵 분열을 이용한다는 핵폭탄이 분명했다. 핵폭탄이 공중에서 폭발할 때 일으키는 엄청난 폭음과 폭풍으로 인하여 건축물들이 맥없이 무너져버린 것 같았다.

남김없이 파괴된 철근 콘크리트 고층 건물에서는 시멘트 기둥 속에 넣고 굳혔던 철근들이 멋대로 튕겨져 나와 능수버들 가지처럼 축축 늘어져 있었다.

폭심지(爆心地)에서 벗어나서인지 우지나(宇品) 항구 쪽에는 그나마 건물들이 좀 남아 있었지만, 멀리 떨어져서 봐도 고층 건물들은 모두 파괴되어 앙상한 잔해뿐이었다.

히로시마의 우지나마찌(宇品町)는 소위 대동아전쟁이 발발하던 소화(昭和) 16년(1941년) 12월 8일까지 약 2년 동안 내가 선박수송사령부 본부 근무중대장으로 근무했던 곳이었다. 원래 이름이 제1선박 수송사령부였던 이 부대는 소화 15년 6월 1일 선박수송사령부로 개칭됐고, 소화 17년 6월에 다시 선박사령부로 개칭됐다.

전쟁이 발발하던 바로 그 날 나는 필리핀(比島) 공략 작전 투입 명령을 받고 히로시마를 떠났던 것이다. 이제 몇 년만에 신형폭탄에 의해 허허벌판처럼 폐허가 된 히로시마를 바라보고 있자니 만감이 교차했다. 더구나 히로시마는 개인적으로도 결코 잊을래야 잊을 수 없는 고장이었다.

마닐라 선박부대에서 다시 히로시마 부근인 야마구찌껭(山口縣) 야니이로 전속되어 온 지 불과 며칠만이었던 소화(昭和) 18년(1943년) 12월 29일 나는 히로시마 헌병대 특수반에 체포되었고, 소화 20년 1월 8일 고꾸라 육군 형무소에 수감될 때까지 만 1년 11일 동안 히로시마 헌병대에서 고문과 체벌에 시달렸던 것이다. 내 손톱 발톱 밑에 대나무 이쑤시개를 쑤셔넣던 악당 하다(秦)와 니시무라(西村)는 어떻게 되었을까? 요꼬야마(橫山大尉)는 또 어떻게 되었을까?

좋은 인연이든 나쁜 인연이든 그래도 나와는 인연이 있어 이승에서 만났을 텐데, 죽었는지 살았는지 그들의 안위가 궁금하고 걱정스러웠다.

누구보다도 15년 동안 조선에서 고등계 형사 노릇을 했다던 하다의 행방이 궁금했다. 어쩌면 그는 생사조차 몰랐던 친부모님의 소식을 유일하게 전해준 고마운 사람일 수도 있었다. 그가 아니었던들 내 어찌 친부모님의 소식을 알 수 있었으랴?

하다가 살아 있다면 꼭 한번 만나고 싶었다. 지난날의 감정이라도 풀어보겠다는 게 아니라 우리집이 강원도 어디였는지 묻고 싶었다. 그러면 알고 있을지도 모를 일이었다.

그런데 나는 왜 그에게 시달림을 받았던 1년 동안 그것을 물어보지 않았던 것일까? 하기야 그 당시의 나로서는 이렇게 살아남을 수 있을 줄 꿈엔들 상상이나 했으랴.

아주 답답할 정도로 힘없이 서행하던 열차가 히로시마 역에 도착했다. 도쿄의 집으로 갈 참이었지만, 나는 일단 히로시마 역에서 하차했다. 기차가 서 있는 플랫홈 말고는 전후좌우에 아무것도 없었다. 역사 건물은 어디로 날아갔는지 비를 피할 만한 헛간 같은 것조차 없었다. 역원들도 전혀 보이지 않았다. 그야말로 시골의 허허벌판에 있는 간이역만도 못했다.

플랫홈에는 일본 장교 30여 명과 칼빈총을 어깨에 멘 미군 헌병 두 사람만 서성거릴 뿐 민간인 승객은 한 사람도 없었다. 좌관급 20여 명과 위관급 10여 명 등 일본 육군 장교들은 누가 패전군 아니랄까 봐 어깨를 축 늘어뜨린 채 기차를 기다리며 끼리끼리 모여 잡담을 나누고 있었다.

열차가 플랫홈에 정차해 있는 동안 다섯 대의 객차에 탔던 조선인 귀환 장병들 때문에 분위기가 꽤나 소란스러웠다.

그들은 플랫홈의 장교들에게 야유를 퍼붓거나 신형폭탄에 잿더미가 된 히로시마의 참상에 환성을 지르며 왁자지껄하게 떠들어대는 것 같았다. 무슨 뜻인지조차 알 수 없는 괴상한 소리를 마구

질러대는 장병들마저 있어서 더욱 어수선했다.

  나는 플랫홈에서 잠시 서성거리며 담배를 꺼내 피우고 있었다. 바로 그때 조선인 귀환 장병들이 타고 있던 열차 속에서 누군가가 미군 헌병에게 말을 걸었다.

  "우리는 조선 출신 장병들이오. 저기 서성거리고 있는 자들은 모두 일본군 패전 장교들인데 어째서 무장을 해제하지 않소? 허리에 차고 있는 닙뽄또우는 무기가 아니란 말이오? 당장 닙뽄또우와 함께 계급장도 떼어버리시오."

  서투른 영어지만, 알아들을 만했다. 그러자 뜻밖에도 미군 헌병들의 입에서 흔쾌한 대답이 튀어나오는 게 아닌가.

  "오우케이(OK)!"

  미군 헌병들은 대답과 함께 일본군 장교들에게 다가가더니 아주 거칠게 30여 명의 장교들을 횡대로 정렬시켰다. 그러더니 한 사람은 닙뽄또우를 차례로 떼내고 다른 한 사람은 계급장을 거칠게 뜯어 선로 쪽의 땅바닥으로 던져버렸다.

  이것을 지켜보고 있던 열차 안의 조선인 귀환병들은 환호성을 지르며 요란하게 손뼉을 쳐댔다. 위관급보다 대좌, 중좌 등 좌관급들이 더 많았지만, 일본군 장교들은 두 미군 헌병이 거칠게 취급해도 아무런 반항도 없이 잠자코 당하고만 있었다.

  일본인의 기질로 보아 나중에 어찌 될지언정 닙뽄또우를 뽑아 두 헌병의 목이라도 칠 법한데 그들은 그런 수모에도 불구하고 얌전히 서서 고스란히 당하고만 있었다. 패전국의 비참함을 실감나게 하는 장면이었다. 일본군 장교들의 인내심에 나는 속으로 저으기 놀랐다. 아니 감탄했다고 해야 옳으리라. 한편으로 박수를 치고 좋아하는 조선인 장병들의 심경은 충분히 이해가 갔지만, 왠지 내 마음은 착잡하기만 했다.

  열차가 기적을 울리며 떠나자 플랫홈에는 닙뽄또우를 뺏기고 계급장을 뜯기는 수모를 당한 일본군 장교들과 두 미군 헌병, 그리고

히로시마, 히로시마 *283*

나만 남았다. 아까부터 나를 힐끗힐끗 바라보고 있던 미군 헌병들이 내게로 다가왔다. 그들 중 한 명이 물었다.

"당신은 일본 사람 아닙니까?"

"나는 조선 출신 장교요."

그러자 그들은 웃음을 띠고 돌아서 걸어갔다.

나는 장교들이 있는 곳으로 걸어가서 부동자세를 취하고 경례를 했다. 그들 중 반수 정도가 경례를 받아주었다. 내가 조선 출신 장교라는 것을 짐작했으리라.

일본군 장교들에게서 떼낸 30여 개의 닙뽄또우가 땅바닥에 놓여 있었다. 일본군 장교라면 누구나 닙뽄또우를 생명처럼 애지중지하기 마련이었다. 나는 땅바닥의 닙뽄또우를 내려다보다가 곧장 두 헌병에게로 다가갔다. 보아하니 스무 살도 채 안 되었을 정도로 아주 애송이들이었다. 내가 그들에게 물었다.

"당신들은 근무 중에 일본군 장교를 만나면 닙뽄또우를 빼앗고 계급장도 뜯어서 땅바닥에 버리라는 명령을 받았소?"

이렇게 묻자 그들은 계속 질겅질겅 껌을 씹고 눈을 껌벅이며 나를 쳐다보았다.

일본군 장교들은 미군 헌병들과 나의 대화를 듣고 있었다. 아마 영어를 알아듣는 장교도 있었으리라. 나는 헌병들에게 다그쳐 물었다.

"내 말을 알아듣지 못하겠소?"

그렇게 물어도 잠자코 나를 쳐다만 보고 있기에 단호하게 몇 마디 덧붙였다.

"당신들은 상사가 지시하는 명령만 수행하면 되는 거요. 조선 출신 장병들이 뭐라고 했다 해서 즉흥적으로 그런 실수를 하면 안 되지요. 지금이 어디 전투 중이오? 이런 일은 연합군의 일본 점령 정책에도 배치되는 일이오. 당신들은 아주 잘못했소. 닙뽄또우를 본인들에게 돌려 주고, 뜯어서 땅바닥에 던져버린 계급장도 주위서 돌려 주시오. 그리고, 당장 잘못했다고 사과하시오. 내말대로 하지 않으면 나는 당신들의 상관을 만나서 따지겠소."

애송이 헌병들은 저희끼리 뭐라고 소곤소곤하더니 곧 내게로 와서 말했다.

"당신 말대로 하겠소."

그런 다음 헌병 한 사람이 닙뽄또우 여나믄 개를 집어들더니 무슨 물건 나눠 주듯 장교들에게 덮어 놓고 한 개씩 나눠 주었다. 거의 똑같아 보이니까 아무 거나 하나씩 나눠주면 되는 것으로 알았던 모양이다. 다른 헌병은 땅에 집어던져 버렸던 계급장을 부지런히 주워서 돌려주었다. 그러나 그들은 장교들에게 사과는 하지 않았다. 나는 다시 헌병들에게 말했다.

"당신들은 내 말대로 하겠다고 약속했는데, 한 가지 약속은 아직 이행하지 않았소."

그들이 의아해하는 표정으로 나를 쳐다보았다.

"아직 저 분들에게 사과를 하지 않았잖소?"

그러자 그들은 알았다는 듯이 활짝 웃었다.

두 헌병은 곧장 근엄한 표정으로 돌아가더니 일본군 장교들을 향해 부동자세를 취하고 거수경례를 하며 약속이라도 한 것처럼 함께 사과했다.

"죄송합니다(I'm sorry, Sir)."

내가 그들에게로 다가가서 악수를 청하자 그들은 미소를 띠고 번갈아 내 손을 잡으며 말했다.

"고맙습니다(Thank you)."

저들의 잘못된 행위를 일깨워준 데 대한 인사이리라. 나는 다시 일본인 장교들에게 거수경례를 하며 인사를 했다.

"안녕히들 가십시오."

이번에도 반수 가량만 나의 경례에 답해 주었다. 그들 중 두세 명은 인사말을 건네기도 했다.

"고맙소."

나는 애당초 생각한 대로 폐허가 된 히로시마를 둘러보기 위해 돌아서서 플랫홈을 빠져나왔다. 히로시마는 여기저기 형체만 남아있는 몇몇 고층빌딩들처럼 보기 흉한 몰골이었다.

건물은 불에 다 타버리고 형체만 남은 일본 적십자사 히로시마 지부가 보였다. 히로시마 현(縣) 산업장려관, 게이비(藝備) 은행, 지요다(千代田) 은행, 후꾸야(福屋) 백화점, 상와(三和) 은행, 히로시마 중앙전화국, 후고꾸(富國) 생명, 일본은행 히로시마 지점 등도 모두 형체만 남아 있었다.

혹독한 고문과 체벌을 받느라 체중이 반 이상 줄어들었던 히로시마 헌병대 건물은 흔적조차 찾을 길이 없었다.

"어차피 너는 총살을 면치 못한다."

이렇게 위협하던 하다 상사와 니시무라 중사와 요꼬야마 대위는 죽었을까, 살았을까? 나는 이렇게 살아남았는데, 그들은 어떻게 되었을까? 아침 8시 15분에 신형폭탄이 떨어졌다니까 어쩌면 전사했을지도 모를 일이었다.

손톱 발톱 밑을 이쑤시개로 쑤셔대고, 발가벗긴 채 허공에 매달고, 상처에 소금을 뿌려가며 두들겨 패던 그들이건만 죽었을지도 모른다고 생각하니 연민의 정마저 느껴졌다. 비록 악행을 저질렀다고는 하더라도 상부의 명령을 받고 저지른 일일진대 어찌 그들만 미워할 수 있으랴. 어쨌거나 전사했다면 진심으로 명복을 빌고 싶은 심정이었다.

이렇게 되고 보니 사람의 생사가 오직 신(神)의 소관이란 사실을 믿지 않을 수가 없었다.

폐허 속에서 자기 집을 찾으려는 건지, 무너져 내린 집에서 짐을 정리하려는 건지 몇몇 사람들이 여기저기 흩어져서 서성거리고 있었다. 그나마 그들은 핵폭탄이 터질 때 도심에서 벗어나 있는 바람에 겨우 목숨이라도 건졌으리라.

도대체 35만 인구의 군사 도시를 송두리째 괴멸시켜버린 신형폭탄의 위력을 어떻게 설명한단 말인가? 그저 엄청나고 놀랍고 가공스러울 뿐이었다.

히로시마가 군사적으로 얼마나 중요한 도시였는지는 주둔한 부대의 면면만 살펴 봐도 쉽게 짐작할 수 있다.

우선 서일본(西日本)의 군사적 중추인 제2총군(西部軍) 사령부(大須賀町), 육군 선박 수송의 핵심 역할을 담당하던 선박사령부(宇品町), 중국 지방(中國地方) 육군 제부대(諸部隊)의 중추인 중국군 관구사령부(基町) 등이 모두 히로시마에 있었다.

그밖에도 제59군 사령부, 중국 헌병대 사령부, 히로시마 지구 철도부대 사령부와 이상 여러 사령부 예하에 총 70여 곳 이상의 크고 작은 부대들이 웅거했다. 그 중에는 병기 보급창과 피복창과 양말(糧抹;軍糧) 창 등이 있었고, 육군 병원만도 적십자사 병원을 포함하여 여기저기 여섯 군데나 있었다. 헌병대만 해도 중국 헌병대 사령부 말고도 히로시마 헌병대와 우지나 헌병대 등 두 군데가 더 있었다. 대부분의 군 부대들은 시내에 흩어져 있었고, 남부의 우지나 지역(宇品 地域)에는 크고 작은 선박 부대들이 많았다.

그런데 우지나 지역의 선박 부대들은 예하 부대 청사와 몇몇 병사 건물을 제외하고는 육군 선박사령부를 포함하여 거의 전부가 신형폭탄에 의해 사라져버리고 흔적조차 없었다. 그야말로 황량한 벌판이었다.

히로시마는 도처에서 코를 막고 다녀야 할 정도로 심한 악취를 풍겼다. 더위가 채 가시지 않은 계절이었으니 방치된 사람과 동물의 시체가 부패하는 냄새인들 오죽했으랴. 좀더 돌아다녀 보고 싶어도 악취가 심해서 도저히 다닐 수가 없었다.

어느 곳에서는 고무장갑을 낀 일꾼 2명이 5구의 시체를 거듬거

듬 치우는 작업을 하고 있었다. 그슬린 개처럼 잔뜩 팔다리를 웅크린 채 새까맣게 타 죽은 시체였는데, 차마 눈 뜨고 볼 수가 없었다. 고무장갑 낀 손으로 시체의 팔을 잡자 뭉그러져서 삐져나가며 뼈만 잡히는 것이었다. 다시 팔뼈를 당기자 이번에는 팔꿈치뼈가 튕겨져 떨어졌고, 일꾼들은 그것을 들것에 담았다. 두 손으로 머리통을 잡아들자 목뼈는 빠져버린 채 머리통만 덜렁 남아서 들것에 실렸다.

죽은 지 한 달 이상이나 염천 아래 방치돼 있는 시체들이라 코를 찌르는 악취는 말할 것도 없고 구더기나 개미 따위가 들끓어 벌어진 입과 콧구멍으로 마구 들락거렸다.

이처럼 참혹하게 죽은 시체들이 도처에 즐비하게 널려 나뒹굴다 보니 미친 들개 같은 짐승들까지 떼거리로 몰려 돌아다니며 으르렁거리는 것도 무리는 아니었다.

바로 이런 곳이 지옥이 아니고 무엇이랴? 우지나 항구 쪽도 둘러보고 싶었으나 더 이상 참혹한 아수라장과 맞부딪칠 용기가 나지 않았다. 결국 보지 말아야 할 것들을 찾아다니며 살펴본 꼴이 된 것만 같았다.

확전주의의 깃발을 들었던 군부의 몇몇 강경 골수분자들로 인해 일본군과 연합군은 물론 무고한 민간인까지 수천만 명이 죽어갔다. 어차피 연합군에 의해 전쟁 범죄자에 대한 단죄가 있겠지만, 그렇다고 이미 죽어간 수천 수백만의 생명이 되살아날 것인가? 도대체 이 책임을 누가 져야 한단 말인가?

부모 잘못 만나면 자식들이 고생하는 것처럼 나라의 정치 지도자들을 잘못 만난 탓으로 선량한 백성들이 저토록 참혹하고 애꿎은 죽음을 당하는 것이었다.

이번 세계대전을 끝으로 전쟁이란 이름의 살상은 이제 더 이상 지구상에서 영원히 없어졌으면 좋으련만······.

히로시마 역에는 열차를 기다리는 사람이 나 말고는 아무도 없었다. 혼자서 30분쯤 기다리자 오후 4시를 좀 지나서 열차가 왔다. 승무원에게 물어보니 시모노세키(下關)에서 오는 열차로 히메지(姬路)가 종착역이라고 했다. 나는 히메지에서 다시 갈아탈 생각으로 우선 그 열차에 탔다.

나는 열차를 타고 가면서 눈을 감고 신형폭탄이 히로시마 상공에서 폭발하던 순간을 상상해 봤다. 8월 6일 오전 8시 15분 이후 히로시마는 아비규환의 생지옥이 되고 말았던 것이다.

이런저런 생각을 하는 사이에 열차는 어느새 히메지 역에 도착했다. 밤 11시 경이었다. 히메지 역에서 연결되는 10시 53분발 도쿄 행 30열차가 조금 연발하는 바람에 나는 금방 그 열차를 탈 수 있었다.

열차에 타자마자 나는 이내 잠에 곯아떨어졌다. 얼마나 잤을까? 실컷 자고 눈을 떠 보니 벌써 나고야(名古屋)를 지나 하마마쓰(濱松)역에 도착해 있었다. 거의 정시 도착이라고 했는데, 시간을 보니 오전 8시 30분이었다. 열차는 곧장 출발했다.

그 날은 9월 21일 금요일이었다. 어제 아침에 부대에서 아침 식사를 한 후로 줄곧 아무것도 먹은 것이 없건만 배가 고프다는 생각이 들지 않았다.

차창 밖을 내다보니 연합군의 중폭격에 의해 파괴된 폐허의 비참한 풍경만 계속 눈에 들어왔다. 열차에 탄 사람들이나 거리를 오가는 사람들이나 모두 한결같이 피곤하고 비애에 찬 표정을 짓고 있었다. 공연히 민망해서 전쟁 때문에 사랑하는 가족을 잃은 슬픔과 언제 들이닥칠지도 모르는 미지의 공포로 뒤섞인 표정을 차마 똑바로 바라볼 수가 없었다.

그래도 산 사람은 살아가기 마련인가? 가족과 재산을 잃은 슬픔과 아픔 속에서도 일본인들은 초토화된 크고 작은 도시에서 폐허를 딛고 일어나 재건에 피와 땀을 쏟고 있었다.

일말의 양심이라도 있다면 전쟁을 일으킨 몇몇 군부 지도층은 재건의 부담을 국민에게 떠맡긴 책임까지 지고 전범(戰犯)으로서 연합군의 제재를 기다릴 것도 없이 할복자살이라도 하여 국민 앞에 사죄해야 하리라.

일본의 국민성은 좀 특이하다. 나는 일본인의 특이한 국민성 때문에 전쟁으로 치달았고, 또 전후의 재건도 가능했다고 생각한다. 분명 서구와 다른 가치 체계를 가지고 있는 것이다.

서구의 민주주의 선진국에서는 시민이 주인이라고 생각한다. 시민이 있으니까 사회가 있고 국가가 존재한다.

그러나 일본은 그 반대다. 국가가 있으므로 사회가 있고 국민이 존재한다. 심지어 남편, 아내, 가족, 벗과 같은 필수적인 인간 관계들마저 '국가'의 존재 다음에 오는 순서일 뿐이다.

일본 국민은 전쟁을 수행하기도 했지만, 국가관과 애국심이 강하기 때문에 그 특유의 근면성과 인내심으로 처참하게 파괴된 전후의 폐허를 딛고 일어설 수 있지 않았을까?

여기서 제2차 세계대전의 성격을 다시 살펴보자. 일본은 국가를 첫째로 생각하는 국민을 볼모로 확전주의와 영토 팽창주의의 길을 걸었고, 연합국은 거듭된 침략 전쟁을 통해 동남 아시아로 진출하려는 일본의 의도에 쐐기를 박으려는 의지를 보였기 때문에 전쟁이 촉발되었다고 할 수 있다.

따라서 일본 군부의 몇몇 강경주의자를 비롯한 전쟁의 주범들이 연합군의 전범재판(戰犯裁判)을 통해 응분의 제재를 받는 것은 당연한 결과다. 그렇다. 침략 행위가 나쁘다는 것은 너무나 분명하고, 그 책임 소재도 가려져야 한다.

그렇다면 과연 서구의 여러 나라는 침략 행위라는 범죄로부터 자유로운가? 물론 아니다. 서양에서는 발견의 시대로 일컬어졌던 수세기 전부터 앞다투어 해양 진출에 나섰고, 식민지를 획득하기 위해 약육강식의 침략 전쟁을 벌였다는 사실은 역사가 증명하고 있는 것이다.

그렇다고 내가 조선사람으로서 일본의 침략 행위를 비호하자는 의도는 결코 아니다. 다만 섬나라 일본이 뒤늦게 서구 열강의 흉내를 내면서 식민지 영토의 확장에 눈을 돌리다가 역부족으로 패배의 쓴 잔을 들고 말았지만, 전승국인 연합국들도 마냥 떳떳하다고 할 수만은 없다는 것이다. 약육강식의 침략 행위는 인간의 본능적인 욕심의 소산이지만, 이제 포성이 멎었으니 전승국이건 패전국이건 엄숙하고 냉철한 반성이 있어야 한다는 생각이 들었다.

히메지에서 완행열차에 몸을 싣고 10여 시간 이상 달리는 동안 너무나 비참한 파괴의 현장을 보면서 차라리 아득한 옛날의 석기시대를 동경해 보기도 했다. 그때는 인류의 문명도 미개했지만, 전쟁도 살상도 파괴도 없었을 게 아닌가!

히로시마를 출발한 지 20여 시간이 훨씬 지난 9월 21일 오후 3시 30분경에서야 가족들이 살고 있는 도쿄 시바꾸(芝區)의 집에 도착할 수 있었다. 나는 도쿄 역에 내려 집까지 가는 동안에 너무나 엄청나게 파괴된 현장을 보면서 내내 걱정을 했다.

'우리집도 흔적 없이 사라져버리지나 않았을까? 식구들은 모두 무사할까?'

그러나 막상 집에 도착하고 보니 우리집 뿐만 아니라 미다쓰나마찌(三田綱町) 일대의 최고급 주택들은 별로 손상을 입지 않은 것 같았다. 이렇게들 운이 좋을 수가 있으랴? 시즈꼬네가 살던 집도 온전했다.

원래 미다쓰나마찌 일대는 아득한 옛날부터 일본을 통치하던 실세들이 대대로 집단을 형성하고 살아 왔던 곳이었다. 아마도 특권층의 대저택(お屋敷)들이 집단을 이루고 있는 미다쓰나마찌 일대가 일본 고유의 문화적 가치가 있는 마을이라고 하여 연합군 측은 전략상 폭격을 자제한 것 같았다.

나는 드디어 집에 도착했다. 꿈만 같았지만, 분명 꿈이 아니라 현실이었다. 결국 살아서는 다시 못 올 것 같았던 집에 내 발로 걸어서 도착했던 것이다. 바깥 대문 안으로 성큼 들어서서 정원을 살펴보니 전과 조금도 다름이 없었다.
 그러나 집 안은 조용하기만 했다. 아무도 없는가? 나는 현관문을 열고 들어서면서 기척을 냈다.
 "밋쨩, 이나이노(みっちゃん, いないの; 아무도 없는가)?"
 밋쨩(みっちゃん)은 아내의 애칭이었다. 기척을 내도 아무 반응이 없어서 우선 안으로 들어가 보자는 생각으로 장화를 벗기 시작했다.
 "마, 도라쨩!"
 바로 그때 어머니가 나를 얼싸안았다. 나도 와락 어머니를 끌어안았다. 그러자 아버지와 아내와 애들까지 우르르 몰려나와 나를 맞이해 주었다. 어머니는 나를 붙들고 마구 눈물을 흘리며 어쩔 줄을 몰라하셨고 아내도 내 오른팔에 매달려 눈물을 쏟았다. 나도 목이 메어 뭐라고 말을 할 수가 없었다.
 일곱 살과 네 살이 되었을 계집애들은 어른들이 우는 모습이 이상스럽다는 듯이 물끄러미 쳐다보며 구경만 하고 있었다.
 나는 얼굴을 찡그린 채 연민의 눈길로 나를 바라보고 계시는 아버지에게로 갔다. 아버지가 나를 덥썩 끌어안고 볼을 비벼대자 아버지의 뜨거운 눈물이 내 볼을 적셨다.
 "살아서 돌아왔구나."
 아버지는 한동안 나를 놓아주실 줄 몰랐다.
 "어쩌면 도라쨩이 이렇게 반쪽이 됐을까? 세상에, 세상에."
 어머니가 안타깝다는 듯 혀를 차셨다.
 미군의 B29가 하루에도 수백 대씩 폭격을 해대는 바람에 도쿄 시가지가 온통 파괴되고 엄청난 인명 손실이 있었는데도 집과 식구들이 모두 무사하다니 정말 믿기 어려운 일이 아닐 수 없었다. 게다가 나까지 살아서 귀가했으니 더 말할 나위 없는 집안의 경사였다.

비록 전쟁에 져서 나라는 망했지만, 우리 식구들은 그나마 집안이 온전한 것을 다행으로 여기고 모두 기뻐했다.
　줄곧 내 몸을 아래위로 유심히 살피시던 아버지께서 물으셨다. 뼈만 앙상하게 남은 몰골을 보셨으니 당연한 일이었다.
　"아범아, 건강은 괜찮으냐? 뭣하면 의사에게 종합진찰이라도 받아보는 게 어떻겠니?"
　"괜찮습니다. 비록 살이 빠져서 여위긴 했지만, 의사의 진찰을 받을 만큼 이상이 있는 것은 아닙니다."
　그때 어머니께서 말씀하셨다.
　"방에 옷을 꺼내놨다. 우선 옷부터 갈아입어라. 에미가 지금 목욕물을 데우고 있으니 목욕도 하고."
　"그렇게 하죠."
　꼬마들은 제 에미 꽁무니만 졸졸 따라 다니느라 내가 손 한번 만져 볼 새도 없었다. 어쨌거나 반겨주는 식구들이 있다는 게 정말 고마웠다.
　나는 군복을 벗고 유까다로 갈아입고, 아버지가 앉아계신 건너편 소파에 앉았다. 어머니도 내 옆에 앉으셨다. 목욕물이 데워지기를 기다리는 동안 아버지께 여쭈어 보았다.
　"아버지, 제가 그 동안 어떤 역경에서 고생을 했는지 알고 계십니까?"
　"이미 다 지나간 일인데, 뭐가 그리 급하냐? 그래서 이렇게 살아남을 수 있지 않았겠니? 안 그랬으면 너는 이미 죽었을지도 몰라. 전화위복이라 생각하고 지나간 일은 잊도록 해라. 나는 네가 살아 돌아온 것만으로도 됐다. 알겠냐?"
　역시 추측대로였다. 아버지께서 힘을 쓰셨기 때문에 내가 살아났던 것이다. 전기 고문 채비를 하다가 중단했던 것은 바로 그 때문이었으리라.
　어쩌면 아버지의 말씀이 옳은 것도 같았다. 히로시마 헌병대와 육군 형무소는 바로 내가 살아남을 수 있었던 피난처 구실을 하지 않았을까? 실로 그랬다. 아버지 말씀대로 안 그랬으면 벌써 전사했을지도 모를 일이었다.

하지만 살아남기 위해 치른 대가(代價)치고는 너무나 값 비싸고 엄청나게 가혹했던 셈이었다.

"소화(昭和) 19년(1944년) 8월 1일 시미즈(淸水 平八郞) 대좌의 후임으로 시마사끼(島崎 勇) 대좌가 히로시마 헌병대장이 됐는데, 그것도 네가 살아날 수 있는 계기였지."

아버지께서는 나중에야 이런 말씀을 해주셨다. 내가 수감되었다는 사실을 아시고 오죽 동분서주하셨으랴.

"목욕물 데워졌어. 어서 목욕부터 해."

어머니의 재촉을 받으며 욕조에 들어가서 나는 조용히 눈을 감고 생각했다.

'이제 정말 살아서 집으로 돌아온 것인가?'

도무지 꿈만 같고 실감이 나지 않았다. 돌이켜 보면 지난 20개월 동안의 시련은 상상조차 할 수 없을 정도로 끔찍한 악몽이었다. 나는 꿈에라도 다시 나타날까 봐 몸서리를 쳤다.

목욕을 하고 나와 보니 우리 가족의 주치의인 미까미(三上) 박사께서 와 계셨다. 그는 가까운 동네병원의 원장으로 내가 상선학교를 졸업하던 소화(昭和) 14년(1939년), 아버지께서 대심원 부장으로 영전되어 도쿄의 집에서 사시면서부터 우리 가족의 건강을 돌봐 주시는 분이었다.

인사를 드리기가 바쁘게 미까미 박사는 곧 진찰할 채비부터 차렸다. 아무래도 내 건강을 한번 체크해 봐야겠다는 아버지의 성화가 대단하셨으리라.

나는 방으로 들어가 자리에 누웠다. 미까미 박사는 약 15분 가량 청진기로 진찰을 하더니 소견을 밝혔다.

"입원해서 종합검사를 해봅시다. 심장과 폐가 정상이 아닌 것 같으니까 엑스레이(X-Ray)도 찍고 각종 정밀검사도 하려면 지금 입원하는 게 좋겠어요."
"그럽시다. 빠를수록 좋을 테니까 당장 입원을 합시다."
아버지의 강력한 뜻에 따라 이웃에 있는 미까미 박사의 병원으로 가서 입원을 했다. 결국 귀가한 첫날부터 병원 신세를 져야 했다. 나는 몸이 괜찮은 것 같았지만, 의사가 그래야 한다니 별 도리가 없었다.
미까미 박사의 병원은 입원실이 몇 개 안되는 소규모 개인병원이었지만, 입원 환자들은 꽤 많았다. 주로 폭격으로 인한 외과환자들 같았다. 워낙 환자가 많다 보니 다른 병원들도 입원실이 여의치 않아 소규모 병원까지 붐비는 모양이었다.
나는 병원에서 흉곽 등 꽤 여러 장의 엑스레이(X-Ray)를 촬영하고 여러 가지 검사도 했다. 집에 돌아온 첫날부터 병원 신세를 지는 처지였지만, 그나마 아내가 곁에서 그 동안 지내온 이야기를 들려주고 시중을 들어주어 위안이 되었다.

나는 살아남았다

　내 옆에 누워 있는 환자는 30대 후반쯤 돼 보이는 남자였다. 횡설수설할 때 보면 좀 실성한 사람 같기도 하고, 어떨 땐 멀쩡한 사람 같기도 했다. 이야기를 들어 보니 군인은 아니고 하급 선원인 것 같았는데, 최전선에서 구사일생으로 살아온 모양이었다. 추측컨대 그 와중에서 정신이 좀 이상해진 듯했다.

　"평소 비상사태 대비 훈련으로 몸에 익힌 익숙한 솜씨가 아니었다면 내가 전쟁터에서 살아남는 것은 불가능했을 거요."

　이렇게 말하면서 자신의 무용담을 곁들여 당시의 상황에 대해 늘어 놓는데, 차마 들을 수 없을 정도로 잔인한 이야기를 자랑 삼아 떠벌렸다.

　"내가 승조원으로 있던 배는 바로 지옥선이었소."

　그는 자신이 탔던 배 이름을 밝히는 대신 스스럼없이 지옥선이라고 말했다. 정신이 오락가락했지만, 그의 이야기를 들어보니까 충분히 지옥선이라고 할 만했다.

5,000톤급 화물선인 지옥선이 출항한 것은 작년인 소화(昭和) 19년(1944년) 9월 19일이었다.
  지옥선은 오란다 인을 포함한 유럽인 포로 1,800여 명과 650여 명의 인도네시아군 포로, 5,500여 명의 인도네시아 출신 강제노동자 등 모두 8,000여 명을 4곳의 선창 밑바닥과 중간층에 짐짝처럼 실었다. 마구 처넣다시피 싣다 보니 누울 수도 없고 앉을 수도 없어서 통조림처럼 꼿꼿이 선 채로 항해를 할 수밖에 없었다는 것이다.
  지옥선은 인도양의 수마트라 서해안 해역에서 적의 어뢰 공격을 받았다. 그 배는 20여 분만에 침몰했는데, 최초의 어뢰가 폭발할 때는 그다지 많은 사람들이 죽지는 않았다.
  숱한 포로들과 강제로 붙잡혀 온 강제노동자들이 바닷물에 빠져 허우적거리고 있었다. 그들은 그래도 살아보겠다고 필사적으로 일본 군인이나 선원들의 구명 보트에 매달렸다. 물에 빠진 사람은 지푸라기라도 잡으려 한다는 속담처럼 본능적으로 구명 보트를 붙잡으려 했다. 당연한 일이었다.
  "배가 45도 경사를 이루며 바다 속으로 침몰하려는 순간, 나는 평소 훈련을 통해 익힌 솜씨로 휴대하고 있던 나이프를 이용하여 로프를 탁탁 자르고 구명 보트를 바다에 내린 다음 올라탔어요. 그러자 바닷물 속에서 허우적거리던 많은 포로와 노동자들이 살려달라고 비명과 아우성을 쳐대며 죽기살기로 구명 보트에 매달리는 거에요. 나는 보트에 비치돼 있던 손도끼를 잽싸게 거머쥐고는 미친 듯이 휘둘러 뱃전에 매달리는 사람들의 손목이든 머리통이든 가리지 않고 마구 내리쳐서 바다에 떨어뜨렸지요. 우선 내가 살고 봐야 하니까요."
  병원 침대 위에 앉아서 무용담이랍시고 탈출에 성공한 이야기를 신나게 떠벌리고 있는 선원을 지켜보자니 아무리 정신이 반쯤 나간 사람이라 하더라도 딱하기 그지없었다.
  군인들이 탄 구명 보트의 경우도 마찬가지였다. 군인들은 도끼

뿐만 아니라 닙뽄또우까지 휘둘러댔다. 도끼와 닙뽄또우에 마구 찍히고 잘려 무참하게 피를 뿜으며 바다에서 허우적대다 죽어가는 사람들……. 그렇게 하지 않고는 죽기살기로 매달리는 사람들 때문에 구명 보트가 가라앉아 자신들도 함께 상어밥이 되는 수밖에 도리가 없었다는 것이다. 잔인하고 악랄한 짓인 줄 알면서도 할 수 없이 그렇게 했다는 것이다.

이런 상황이었는데, 마침 그 해역에 나타난 일본군 구축함이 허우적거리며 살아있던 사람들을 구출했다. 구출된 사람은 유럽인 276명, 인도네시아 인 312명, 자바 인 300명 등 모두 888명이었다. 결국 포로와 강제노동자 7,000명 이상이 상어떼의 밥이 된 셈이었다. 적의 어뢰가 아니라 도끼와 닙뽄또우에 의해…….

한참동안 신명나게 무용담을 늘어 놓던 사내가 갑자기 박장대소를 하며 자랑스럽게 말했다.

"나는 군인이 아니었지만, 군인 못지않게 많은 적군을 죽인 셈이었소."

어딘가 좀 모자라는 듯한 사람이 털어놓는 이야기라 하더라도 마냥 부정적인 시각으로 매도할 수만은 없다는 생각이 얼핏 들기도 했다.

'어쩌면 삶과 죽음의 기로에 선 아비규환의 극한상황에서 그가 취했던 행위야말로 인간의 가식없는 본래 모습이 아닐까? 만약 내가 그때 그 자리에 있었다면 나는 과연 어떻게 행동했을까?'

이렇게 자문해 보는 동안 아내가 한 마디 했다.

"전쟁이란 정말 무서운 거네요?"

내 시중을 들던 아내도 하급선원이 신나게 떠들어대는 소리를 들은 모양이었다. 아내는 부르르 몸을 떨기까지 했다.

지옥선 이야기라면 병원에서 만난 하급선원 말고도 다른 사람에게 이미 들은 적이 있었다. 신경행 노조미 특급에서 만난 사사끼(佐佐木) 대위도 그런 이야기를 했고, 이름을 기억할 수 없는 어느 하사관과 하야시(林) 중사(軍曹)도 그런 이야기를 했다.

하사관의 이야기는 여러 사람이 모여 서로 다투어 무용담을 지껄이는 자리에서 들었다. 그는 자기가 연합군 포로들을 얼마나 고통스럽게 다루었는지 눈도 깜짝하지 않고 과장을 섞어가며 너스레를 떨었다. 나 말고도 몇 사람이 그 이야기를 함께 듣고 있었는데, 모두들 재미있게 생각하는 것 같았다. 그러면서 남에게 뒤질세라 자신들의 무용담까지 곁들였다. 주로 전선에서 연합군 군인들을 얼마나 많이 죽였고, 어떻게 고통을 주었는지에 대한 이야기였다. 당연한 자랑거리겠지. 군인이란 적을 많이 죽일수록 무공을 인정받고 훈장도 타니까 자랑할 만도 하리라.

그러나 나는 불행하게도(?) 단 한 사람의 적병도 살해할 기회가 없었다. 어쩌면 의식적으로 전투 기회를 기피해 왔는지도 모르겠다. 대만에서 헤어진 중학 동창 미우라 대위는 전투에 참가하지 않으려고 무던히도 고생을 했다지만, 나는 그다지 고생하지 않고도 자연스럽게 전투를 피할 수 있었으니 제법 운이 좋았다고 생각한다.

어쨌거나 하사관과 하야시 중사의 이야기는 좌중을 압도할 정도로 비인도적이고 잔인한 측면이 있었다. 내용을 간추려서 옮겨 보기로 하겠다.

지옥선의 이름은 돗토리 환(鳥取丸). 몇 톤급인지는 몰라도 꽤 큰 화물선이었다. 그 배는 미군 포로와 민간인 억류자, 강제노동자 등 8,000여 명을 싣고 마닐라에서 일본으로 향하고 있었다. 배의 중심부인 브리지 앞뒤로 각각 2개씩 모두 4개의 선창(船倉)이 있는데, 짐 싣는 곳이었다. 그 4개의 선창 속 맨밑바닥과 중간층에 사람들이 짐짝처럼 실려 있었다.

그야말로 손바닥만한 공간은 커녕 발 디딜 틈도 없었다. 사람이 포개져서 실리지만 않았을 뿐 누울 수 없는 것은 물론이고 앉았다 일어났다 할 수도 없었다. 찌는 듯한 폭염 아래 선창은 끓는 가마

솥을 방불케 하는 생지옥이었다. 숨이 막혀 질식할 지경인데다 상한 음식 때문에 설사, 토악질, 복통에다 이질까지 걸려 그야말로 목불인견(目不忍見)이었다.

사람이 그렇게 많은데도 선창마다 변기통은 밑바닥과 중간층에 각각 6개씩밖에 없었다. 대부분의 사람들은 자신이 토하거나 배설한 오물 가운데서 비비적거릴 수밖에 달리 도리가 없었다. 변기통이 있는 곳까지 갈 수도 없거니와 근처에 있는 사람들의 배설물만으로도 변기통이 넘쳐흘러 주위가 온통 오물 투성이었다.

더구나 그 배는 사람을 잔뜩 실었건만 갑판 위에 고사포 몇 문이 설치돼 있었을 뿐 다른 통상적인 수송선과 구별되는 아무런 표식도 없었다. 그러니 연합군의 항공기에서 봤을 때 그 배에 미군 포로를 비롯하여 민간인 억류자와 강제노동자 등 8,000여 명이 실려 있다는 사실을 알 까닭이 없었다.

불행하게도 지옥선 돗토리 환은 연합군 공군기의 중폭과 잠수함의 공격을 받고 침몰하여 억류되었던 사람들 대부분이 비참하게 생을 마감하고 말았다.

하사관을 비롯한 호송군인 2명과 선원 8명, 민간인 억류자 5명 등 모두 15명만 인근을 항해 중이던 일본 해군 구축함에 의해 기적적으로 살아남았다.

그 하사관의 이야기를 들으면서 나는 13세기 이태리의 시성(詩聖) 단테(Dante)의 작품 〈신곡(神曲)〉에 나오는 지옥편을 머리에 떠올렸다.

하사관의 돗토리 환 얘기가 끝나자 함께 그의 이야기를 듣고 있던 군인 가운데 하야시(林)라는 중사(軍曹)가 이번에는 자신이 탑승했던 나가도 환(長門丸)이란 지옥선 이야기를 꺼냈다.

나가도 환은 일본 본토에서 가까운 어느 섬에서 1,650명의 미군 포로와 2,000명의 일본 군인을 태우고 북 큐슈의 모지(門司) 항까지 항해하던 정기 수송선이었다.

일본 군인들은 갑판 위에 타고 갔지만, 포로들은 화물을 싣는 선창의 밑바닥과 중간층에 실려 갔다. 다른 선창에는 화물을 싣는 바람에 포로들은 선창 한 칸에만 잔뜩 태워져 콩나물 시루처럼 비좁기 이를 데 없었다. 미처 준비할 겨를이 없었던지 나가도 환의 선창에는 변기통이 아예 없었다.

밤낮 사흘 동안이나 계속되는 항해였는데, 도대체 1,650명이나 되는 포로들의 배설물은 처리할 방도가 없었다. 배탈이 나거나 속이 좋지 않은 포로들은 더욱 고통스러웠을 테지만, 그렇지 않은 포로들이라도 사흘 동안 사뭇 굶기지는 않았을 텐데 그들의 배설물은 도대체 어쩌자는 것이었을까?

포로들은 하는 수 없이 대소변을 가리지 않고 아무데서나 볼일을 봐야 했다. 이렇게 항해하는 사흘 동안 하루에 십수 명씩의 포로들이 목숨을 잃었다. 이렇게 죽은 시체들은 화물을 옮기는 커다란 망태기에 담아 윈치로 매달아 올려 쓰레기 버리듯 바다에 던져 버렸다.

이런 극한 상황에 독이 오른 포로들이 제네바 협정을 들먹이며 항의라도 하면 일본군은 이렇게 말했다.

"그렇게 불만이 많으면 몇 명이 대표로 올라와서 얘기를 해 보자."

그러면 말깨나 한다는 포로 몇 명이 너도나도 사다리로 올라왔다. 일본군은 포로들이 올라오는 족족 닙뽄또우로 차례차례 목을 잘라 토막을 낸 다음 하나씩 바다에 집어던져 버렸다. 뒤따라 올라오던 포로가 이 광경을 보고 놀라서 재빨리 바다에 몸을 던져 보기도 했지만, 선상에서 쏜 총탄을 맞고 결국은 목숨을 잃었다.

사다리로 올라간 포로들이 돌아오지 않는 걸 보고 포로들이 웅성거리며 떠들썩하자 내려다보고 있던 일본군이 떠들썩한 곳을 겨냥해 드르륵드르륵 기관단총을 쏘아대서 십수 명의 사상자를 내기도 했다.

사흘만에 드디어 목적지인 모지에 도착하여 배가 부두에 닿자 갑판에 있던 일본 군인들을 먼저 하선하게 했다.

그런 다음 화물칸에 있던 포로들을 차례차례 사다리로 오르게 하여 옷을 모두 벗기고 갑판 위에 알몸으로 세워 놓은 채 직장(直腸) 검사까지 했다.

부두 주위에는 민간인들도 많았다. 그들이 모두 양코잽이가 알몸으로 서 있는 볼거리를 구경하느라 뱃전으로 모여드는 바람에 큰 혼잡을 이루기도 했다.

일본인이 아니고 지구촌 어느 구석에 이런 만행을 즐기는 종족이 있으랴?

귀국을 결심하다

병원 침대에 누워 지내는 동안 나는 번민과 갈등을 겪으며 앞으로의 진로에 대해 많은 것을 생각했다. 며칠 동안의 고민 끝에 내린 결론은 해방된 조국으로 건너가자는 것이었다.

나는 해방된 조국으로 돌아가 작은 힘이나마 보태는 게 다른 무엇보다 우선이라고 생각했다. 죄송하기 이를 데 없지만, 조국을 찾기 위해 부모님을 이해시켜야겠다고 마음을 굳혔다.

'아내에게는 뭐라고 할까?'

아내는 그때까지도 내가 조선사람이란 사실조차 모르고 있었다. 이제 나는 아내에게 모든 과거사를 밝히고 이해시켜야 했다. 그런 다음 일본을 떠나 나의 조국 조선으로 어린애들을 데리고 함께 가자고 아내를 설득해야 했다.

'내가 조선사람이라고 하면 아내는 어떤 반응을 보일까?'

아마도 아내는 말할 수 없이 큰 충격과 고통과 갈등을 겪게 되리라. 어쩌면 부모님과 내가 자기 집안을 송두리째 기만했다고 펄펄

뛸지도 몰랐다.
 부모님을 설득하는 것도 결코 쉽지는 않을 터였다.
 부모님이 고아에다 거지 소년이었던 나를 주워다 친자식처럼 기르면서 얻은 보람이 무엇이었을까? 자식이 없는 외로움이라도 덜자는 마음으로 그야말로 온갖 정성과 애정을 쏟으면서 최선을 다했건만, 두 분이 누렸던 즐거운 순간이란 고작 소학교와 중학교에서 공부를 잘하여 각각 한 학년씩 월반하고 좋은 성적을 냈을 때밖에 없지 않았을까? 중학교 3학년 초에는 조선인 유학생의 하숙방에 들락거리며 속을 상하게 해드렸고, 굳이 고집을 부려 고등상선학교로 진학함으로써 나를 일본 최고의 법률가로 입신양명시켜 대를 잇게 하시려던 꿈과 희망마저 산산이 깨고 허물어 버렸다.
 '뱃놈이 되겠다고 했을 때부터 네놈은 어차피 우리 곁을 떠날 거라고 생각했지. 그래서 손주들에게라도 정 붙이고 여생을 덜 외롭게 지내려고 했더니 이제 정이 들 만하니까 고것들마저 데리고 조선으로 떠나겠다고? 내가 왜 싫다는 놈을 서둘러 결혼시켰는지 모르겠다.'
 이렇게 생각하시지는 않을까? 어쨌든 부모님의 배신감과 분노를 가라앉혀 드리고 이해하시도록 설득하는 일은 하늘의 별 따기만큼 어려운 일이 아닐 수 없었다.
 그러나 어떤 장애가 앞을 가로막는다 해도 나는 기필코 조국을 찾아가겠다고 결심했다.
 '아무도 기다려 주는 이는 없지만, 건국의 초석을 다질 때 시멘트 가루와 함께 섞일 모래알이라도 되고 싶다는 내 결심만은 어느 누구도 막지 못하리라.'
 나의 생부모는 이미 옥사하셨다고 히로시마 헌병대 특수반에서 악연을 맺었던 하다 상사가 알려 주었다. 그러니 이제 부모도 동기간도 없는 조국이지만, 나는 가야 한다고 생각했다. 해방된 조국에는 무엇인가 내가 해야 할 몫이 있을 테니까.

'남의 나라를 위해 군인이 되기도 했는데, 내 조국을 위해 내가 할 몫이 왜 없겠는가? 어떤 일이 주어지든 내 능력껏 최선을 다해 열심히 하리라.'

나는 입원한 지 1주일만에 퇴원했다.

"폐와 심장이 약하니까 몇 가지 약을 계속 복용하게. 아무래도 장기간에 걸쳐 치료와 요양을 해야겠네."

미까미 박사는 이렇게 당부했다.

어머니와 아내가 양쪽에서 나를 부축하여 집으로 돌아갔다. 나는 아무렇지도 않은데, 중환자라도 된 것 같았다.

"첫째 잘 먹어야 회복이 빠를 걸세."

미까미(三上) 박사가 일러주었다. 병원에서 달아 본 내 체중은 정확히 73킬로그램이었다. 본래의 체중보다는 17킬로그램이 모자랐다. 육군 형무소에서 조선인 수형자들에게 일본어 교육을 시키면서부터 체중이 조금씩 늘기 시작한 것 같았다.

집으로 돌아가자 어머니께서 끼니마다 온갖 정성을 다하여 맛있고 영양이 풍부한 음식을 만들어 주셨다. 처음 병원에 입원했을 때는 며칠 동안 흰죽만 먹었는데, 몇 해만에 비로소 집에서 식구들과 함께 식사를 하게 되니 그것만으로도 모든 것이 살로 가는 것 같았다.

'식구들이 나를 하늘 같이 믿고 이렇게 잘해 주는데, 어떻게 조선으로 영구 귀국하겠다는 말을 할 수 있을까?'

마음이 아팠다. 부모님에게는 나의 환국 결심이 또 하나의 충격적인 배신 행위가 아닐 수 없었다. 철저하게 은공을 망각한 '천하의 죽일 놈'이 되는 셈이었다. 하지만 결단을 내려야만 했다.

'어쨌든 결단은 빠를수록 좋으리라. 내일쯤 아버지에게 먼저 내가 결심한 바를 말씀드려야겠다.'

실로 오래간만에 아내와 잠자리를 같이했다. 나는 아내를 힘껏 안아 주었다. 머잖아 충격과 갈등과 실망으로 혼란을 겪게 될 아내가 그저 가엾기만 했다.

'조선으로 데려가면 말도 통하지 않는 데다 어린 아이들까지 딸려서 얼마나 많은 어려움과 소외감을 겪게 될까? 더구나 세쓰꼬(節子)는 올해 4월에 이미 소학교 1학년으로 입학했는데, 조선말도 모르는 어린 것이 조선 아이들과 같이 학교 공부를 하려면 얼마나 고통스럽고 어려움이 많을까?'

이런저런 생각을 하니 아내고 애들이고 가엾기 그지없고, 벌써부터 마음이 아팠다. 하기야 나도 여섯 살 되던 해 겨울에 일본으로 건너와 그 다음해 4월 소학교에 입학하여 언어불통으로 이만저만 고통을 겪은 게 아니었다. 그러나 노력하면 굳이 어려울 것도 없을 테지만, 어쩌면 20여 년 전의 내 처지와 그리도 흡사한지 아이러니한 운명이 아닐 수 없었다. 그렇게 생각하니 세쓰꼬가 더욱 불쌍하기만 했다.

조선에서 살던 일본인들이 모두 패전과 함께 본국으로 돌아오는 판국에 거꾸로 조선 땅에 가서 이웃들의 눈총을 받으며 살자면 보통 어려운 게 아닐 것이었다.

'일본군 육군 대위로 대동아전쟁에 참가했던 친일파가 무슨 염치로 일본 여편네와 일본 애들까지 데리고 건너와서 조선 땅에 발붙이고 살아가려는 거야?'

이런 따가운 눈총을 어떻게 참고 견디며 극복할지 아득하기만 했다. 혹시라도 내가 조선의 실정을 모르는 채 잘못 판단하여 귀국하겠다고 결심한 것일까? 더구나 해외에서 독립을 위해 피 흘리며 싸우다가 금의환국하는 조선의 애국자들이 해방된 조국으로 구름처럼 몰려올 텐데, 일본군 장교였던 내가 일본인 아내와 어린아이 둘까지 데리고 귀국해서 살겠다고 했을 때 사람들은 뭐라고 할 것인가? 나의 입지와 처지가 난처해질 것은 뻔했다.

'머잖아 조선에 독립된 정부가 수립되면 민족 정기를 바로잡는다는 명분 아래 당연히 민족 반역자와 부일 협력자 등 친일파를 가려내어 민족의 이름으로 단죄하자는 여론이 비등하리라. 그러면 나도 물론 그 친일파 대열에 포함되어 처벌될 것이다. 그렇다고 내가 그런 처벌이 두려워 조선사람임을 부정할 수는 없지 않은가? 어떤 가혹한 처벌이 내릴지라도 그것이 숙명이라면 나는 피하지 않고 엄숙하게 받아들이겠다. 그런 다음 떳떳한 신분으로 조국에 이 한 몸 바쳐 분골쇄신하리라.'

나는 다시금 결심을 다졌다. 수십 년에 걸쳐 우리 민족을 수탈하고 민족 정신을 말살하려 했던 나라인 일본 땅에 내가 머물러 살아야 할 명분이란 아무 데서도 찾을 수가 없었다.

'나를 구해 준 일본인 부모님의 은공이 아무리 고맙더라도 어디까지나 공(公)은 공, 사(私)는 사가 아닌가? 따지고 보면 결국 일본이 나를 이 꼴로 만들어 놓은 셈인데, 누가 나를 설득할 수 있으랴?'

이런저런 복잡한 생각으로 잠을 설치며 뒤척이다가 나는 새벽녘에야 잠이 들었다. 긴장이 풀려서일까? 얼마나 늘어지게 잤던지 정오가 넘어서야 잠에서 깨어났다.

귀가하던 날 바로 입원했기 때문에 다다미 방에서 푹신한 이부자리를 깔고 잠을 자 본 것은 실로 오랜만이었다.

'차라리 현실로 존재했던 일이 아니라 악몽이었으면 얼마나 좋으랴? 대명천지 어느 나라에 그런 악몽이 현실로 존재할 수 있단 말인가? 그것은 결단코 거짓말이어야 한다.'

나는 자리에서 일어나 욕실로 갔다. 목욕을 하고 나서 아내가 차려 준 식사를 하고 응접실로 나가자 식구들이 모두 함께 앉아 있었다.

일곱 살과 네 살인 세쓰꼬와 게이꼬(京子)는 각각 할아버지와 할머니 품에 안겨 말끄러미 나를 쳐다보았다. 여전히 내가 낯선지 이상스럽다는 듯이 검은 눈동자만 이리저리 굴렸다.

"게이짱(けいちゃん), 아빠에게 가 봐."

아내가 달래도 게이꼬는 어깨를 살살 흔들며 거부 의사를 보였다.

"집으로 돌아올 때 보니 상상 외로 피해가 엄청났습니다. 특히 히로시마는 어떻게 표현하기가 힘들 정도로 폐허가 되어 있었습니다. 도쿄 시가지만 해도 피해가 엄청나던데, 그 동안 어떻게 어려움을 견디어 내셨습니까?"

"아무려면 네가 겪은 고통만큼이야 했겠냐? 남들은 모두 피난을 가네, 소개를 하네 하고 법석을 떨며 도쿄를 떠나 촌으로들 갔지. 네 엄마도 고향인 아끼다껭(秋田縣)으로 가자고 몇 번 졸라댔지만, 네가 헌병대에서 죽을 고생을 하는 마당에 우리만 살겠다고 피난을 갈 수도 없어서 죽으나 사나 그냥 집에 남아 있기로 했단다. 다행히 식구들 가운데 한 사람도 잘못된 사람이 없었으니 천만 다행한 일이 아니냐? 너도 이렇게 살아 돌아왔구. 나라가 어렵게 되어 유감이긴 하지만, 이게 다 지도자들의 잘못 때문이니까 겸허한 자세로 닥쳐올 운명을 받아들이면서 어려움을 슬기롭게 극복해 나가야겠지. 최선을 다해 열심히들 노력하다 보면 가까운 장래에 우리 일본이 다시 일어설 수 있을 것으로 나는 믿는다."

그러시더니 품 안의 세쓰꼬를 더욱 꼭 껴앉고 볼에 뽀뽀를 하시며 한 마디 덧붙이셨다.

"세쓰꼬야, 죽었다고 생각했던 네 아빠가 이렇게 살아서 돌아왔으니 얼마나 반갑고 축하할 일이냐? 그래서 이렇게 오랜만에 식구들도 다 모였고."

아버지의 말씀은 세쓰꼬 뿐만 아니라 식구들 모두에게, 시련을 이겨낸 집안의 어른으로서 하시는 말씀이었다.

나를 살려낸 헌병대장

"아버지, 한 가지 여쭈어 볼 말씀이 있습니다."
"뭔데 그러느냐?"
"제가 히로시마 헌병대에 체포되어 있다는 것은 어떻게 아셨습니까?"
"이렇게 무사히 집에 돌아왔으면 됐지, 어떻게 알았건 그게 뭐 그리 대수냐? 더구나 이미 다 지나간 일인데, 뭘 굳이 알려고 그러느냐?"
"그래도 전 알고 싶습니다, 아버지."
"그렇다면 얘기해 주마. 시마사끼(島埼 勇) 대좌가 히로시마 헌병대장으로 부임했다는 건 알고 있지? 그는 전임자(淸水 平人郎)로부터 사무 인계를 받으면서 너의 사건에 대해 알게 되었지만, 네 아버지가 대심원 부장이라는 것은 거의 4개월이 지나서야 알았다는구나."
나는 아버지의 말씀을 듣고서야 죽음의 문턱에서 살아나게 된 계기를 짐작할 수 있었다.
 헌병대에 체포된 죄수가 누구의 아들이건 상관이 없었지만, 시마사끼 대좌는 내가 대심원 부장의 아들이라는 사실을 알고 처가 집안 어른 가운데 법관으로 계시는 분에게 그 이야기를 했다. 그 분이 바로 그 당시 아버지가 모시고 있던 대심원 원장이었다. 시마사끼 대좌와 대심원 원장이 서로 이야기를 나누다 보니 전후 사정이 밝혀졌던 것이다.
 "그때가 작년 11월 23일이던가, 자정이 지났을 때였어. 대심원 원장 각하께서 내게 전화로 알려주셔서 네가 헌병대에 체포되어 있다는 걸 알게 됐지 뭐냐. 원장 각하께서도 내게 알려주시기 조금 전에야 아셨던 모양이더라."
 그런 다음날 새벽 대심원 원장의 전화가 다시 걸려 왔다.
 "시마사끼 대좌에게 최선을 다해서 무사시야 대위를 돕도록 전화해 두었으니 히로시마에 가서 그를 한번 만나 보시오."
 그래서 아버지는 그 날로 당장 출근도 하지 않고 어머니와 함께 10시 30분발 모지(門司) 행 특급을 타셨다. 도쿄 시가지를 막 벗어나자마자 70여 기의 B29 폭격기가 날아와 도쿄 시가지를 온통 폐허로 만들고 있었다.
 부모님은 집 걱정 때문에 중간에서 내려 집으로 돌아올까 하다가도 내 걱정이 앞서서 그냥 열차에 주저앉고 말았다. 다음날 새벽 6시경 히로시마 역에 도착하신 부모님은 조금도 기다릴 수가 없어서 역전에 파견 근무 중인 헌병에게 시마사끼 대좌의 관사를 가르쳐 달라고 부탁했다.
 마침 그 날은 토요일이었는데, 첫새벽부터 시마사끼 대좌의 관사로 찾아가 실례를 무릅쓰고 자는 사람을 깨워서 만났다. 마음이 급해서 도저히 헌병대장이 출근할 때까지 기다릴 수가 없으셨다는 것이었다.
 아버지와 어머니는 시마사끼 대좌를 만나서 이야기를 듣고 나서야 비로소 구체적인 전후사정을 모두 아시고, 헌병대장에게 통사정까지 하셨다고 한다.

"우리 아들 때문에 비롯된 어떤 사건이라도 전부 내가 책임질 테니 제발 좀 도와 주세요."

그랬더니 시마사끼 대좌는 거듭거듭 안심을 시켰다.

"조금도 염려할 게 없으니 안심하고 돌아가 계십시오. 제가 진작 알았어야 했는데 불민한 탓으로 죄송하게 됐습니다. 부디 안심하고 돌아가 계십시오."

"기왕 여기까지 왔으니 아이 얼굴이라도 한번 보고 가게 해 주십시오."

어머니가 이렇게 사정했지만, 헌병대장도 그것만은 어려워하는 눈치였다.

"저를 믿으시고 그냥 집에 돌아가 계십시오. 직접 만나 보시면 마음만 아프니까 만나 보지 않으시는 게 낫습니다. 당사자를 위해서도 좋지 않구요."

아마도 나를 만나지 못하게 했던 이유란 나의 망가진 모습을 차마 보여 줄 수가 없었기 때문이었으리라.

"나는 헌병대장이 왜 그랬는지 대강 이유를 짐작했다만, 아무것도 모르는 네 엄마야 어디 그러냐? 그저 만나지 못하는 것만 안타까울 뿐이었지."

그러면서 시마사끼 대좌는 부모님에게 거듭거듭 당부했다.

"군법회의에서 적절한 재판 절차를 거쳐 사건이 종결되면 당분간 육군 위수형무소에 가서 수양을 좀 하게 될 것입니다. 군법회의를 개정할 때도 오지 마시고, 모든 일을 끝내고 돌아갈 때까지 면회도 하지 마십시오. 저만 믿고 그냥 집에서 기다리시면 다 잘 될 테니까 그냥 상경하세요."

아버지는 헌병대장의 태도를 두고 이런 말씀도 하셨다.

"모르긴 해도 시마사끼 대좌는 우리가 히로시마에 하루라도 더 머물러 있는 걸 불편하게 여기는 것 같더구나. 혹시라도 내가 더 높은 사람을 만나서 부탁하고 다니면 '면회를 시켜 드리라.'고 거절하기 난처한 명령이 떨어질 수도 있을 테니까, 그런 경우를 겁내서 그랬겠지."

사실 히로시마엔 사령부만 해도 대여섯 군데나 있고 장성(將星)들만도 꽤 많아서 아버지가 나서기만 하시면 높은 사람과 선이 닿을 수도 있었다.

"나나 네 엄마가 왜 너를 보고 싶지 않았겠니? 그렇지만 헌병대장의 말을 따르는 편이 좋겠다 싶어서 면회도 포기했다. 어차피 전쟁도 머잖아 끝날 전망이어서 전쟁터보다는 차라리 형무소에 들어앉아 있는 편이 낫겠다는 생각도 들었고……."

아버지는 무거운 짐을 내려 놓으신 듯 가벼운 한숨까지 내쉬셨다. 아들을 감옥에 두고 면회도 못하신 채 돌아서는 마음이 오죽하셨을까? 그 동안 부모님이 겪으셨던 마음 고생을 뒤늦게나마 짐작하고도 남음이 있었다.

"그러셨군요? 정말 죄송하고 면목 없습니다. 사마사끼 대좌님의 말씀이 옳습니다. 저를 찾아오시지 않은 것은 백번 잘하셨습니다."

"그런데, 아범아. 네가 육군성으로부터 세 차례나 받았다는 영문 괴편지 말인데……."

귀가 번쩍 띄었다. 나는 아버지의 말씀을 가로막고 얼른 여쭈었다. 히로시마 헌병대와 육군 형무소에 있는 동안 내내 의혹만 불러 일으킬 뿐 실마리가 풀리지 않던 일이 아닌가?

"아버지께서 그 괴편지에 대해 아십니까? 시마사끼 헌병대장을 만나셨을 땐 그런 말씀을 나누지 않으신 것 같은데?"

"그래, 나도 그땐 몰랐지. 나중에 시마사끼 대좌가 도쿄에 왔을 때 얘기를 들어 봤더니 결국은 네가 운이 나빴던 거야."

나는 긴장했다. 마침내 나를 옭아맸던 '영문 괴편지'에 얽힌 의혹이 풀릴 것 같았기 때문이다.

히로시마에서 시마사끼 대좌를 만났을 때도 아버지는 당연히 궁금한 것에 대해 물어보았다.
"우리 아이의 혐의가 무엇입니까?"
"확실한 것은 잘 모르겠습니다만, 지금 조사 중이니까 윤곽이 드러나면 알려드리지요. 별로 대단한 것은 아닐 테니까 크게 걱정할 바 없습니다. 안심하시고 돌아가 계십시오."
아버지는 안심하라는 헌병대장의 말을 따를 수밖에 없었다. 몹시 궁금하긴 했지만, 대심원 원장의 당부 말씀도 있었다고 해서 그 때는 바로 집으로 돌아왔다.
그로부터 한 달쯤 지났을까? 그 날은 막내 작은 아버지의 생일 다음날인 12월 27일 수요일이었다. 그 날 아침 일찍 대심원 원장으로부터 전화가 걸려 왔다.
"히로시마 헌병대장 시마사끼 대좌가 우리집에 와 있네. 육군성에 급한 공무가 있어 왔던 길에 자네를 만나서 할말이 좀 있다고 하니까 곧장 우리집으로 오시게."
아버지는 부리나케 대심원 원장의 댁으로 가서 시마사끼 대좌를 만났다. 그가 알려 주었던 사건의 전말은 다음과 같다.

사마사끼 헌병대장은 우선 사건 기록을 면밀히 검토했다.
2등 항해사와 예비역 해군 소위 자격자가 굳이 육군을 지망했기 때문에 헌병대 특수반에서 신원을 철저히 조사해 왔다는 점과, 조사 과정에서 와세다 대학에 재학 중인 조선인 유학생으로부터 불온사상에 물들었고 반도 출신이란 신분까지 발각되었다는 사실은 수긍이 갔다.
여기까지 조사를 진행시켜 오던 특수반에서는 소화(昭和) 18년 (1943년) 12월 15일 느닷없이 정체불명자로부터 보내져 온 투서를 접하고 아연 긴장했다.
결국 그 정체불명자가 보낸 투서가 사건을 복잡하게 확대시키는 계기가 되고 말았다. 헌병대 특수반에서 다음과 같은 내용의 투서를 받은 날짜는 마닐라 선박부대로부터 전속되어 온 내가 서부 제8부대로 부임하던 날이었다.

'마닐라 아까쓰끼 제2944부대 소속 무사시야 도라노스께 육군선박 대위가 1943년 12월 15일 부로 야나이(柳井) 서부 제8부대 제2대대장으로 전속되는데, 그 자는 반도 출신으로 사상이 불온하고 아주 위험한 인물이니 철저히 내사할 것을 요청한다. 무사시야 대위는 전전(前前) 임지인 다이왕(臺灣) 다까오(高雄) 소재 아까쓰끼 제4500부대에 근무할 때부터 수상한 행동을 해온 자로서 전속되어 가는 임지마다 데리고 다니는 죠쮸우(女中;하녀)를 포섭해 내사를 하게 되면 뭔가 꼬리가 잡힐 것이다."

가뜩이나 20여 개월째 내사를 해오던 끝이라 투서자의 신원을 확인할 겨를도 없이 죠쮸우(미쓰꼬)를 회유하고 포섭하여 내사를 하기에 이르렀다. 더구나 얼굴을 가린 투서자를 알아내자면 힘도 들고 시간도 걸리지 않겠는가?

반도 출신이라는 점도 맞는 것이고, 불온사상을 받아들인 경력도 있고 해서 특수반에서는 대어(大魚)를 낚을 희망에 들떠 촉각을 세웠다. 까마귀 날자 배 떨어지는 격이랄까? 내사해 온 내용이 그럴 듯한 데다 하녀 미쓰꼬(光子)의 협조로 육군성에서 보냈다는 영문 괴편지 제3신까지 입수하게 되어 문제가 복잡해졌다.

게다가 대만에서 함경환에 편승하여 나가사끼까지 온 것은 확인되었지만, 나가사끼에서 하녀만 도쿄의 집으로 보내고 부산에 상륙한 이후 5, 6일 동안의 행적이 묘연하여 소재가 확인되지 않는 등 의구심이 증폭되면서 가혹한 취조가 시작되었다.

그러니까 투서를 받은 날부터 헌병대 특수반에서는 즉각 내가 부대에 출근하고 없는 낮 시간에 하녀 미쓰꼬를 심문하여 영문 괴편지 제1, 2, 3신과 함경환 편승 등 그때까지의 경위를 알아내는 한편, 함경환 선장까지 조사했다.

뿐만 아니라 마닐라 지구 헌병대를 통해 나의 전임지인 아까쓰끼 제2944부대에까지 수사를 확대했다.

시마사끼 헌병대장이 개입한 것은 그때쯤이었으리라. 그는 그동안 내사한 기록으로 보아 의구심도 없지 않았지만, 영문 괴편지의 내용이 어쩐지 석연찮고 어색하여 납득하기 어렵다는 점에 주목했다. 분명 어떤 모함일 거라고 판단하여 하다 상사팀에게 특명을 내렸다.

"원한을 가지고 무사시야 대위를 모함할 만한 사람이 있는지 알아 보고, 투서한 자를 반드시 색출해 내라."

사마사끼 대좌가 특수반에 투서자를 색출해 내라고 명령한 것은 까닭이 있었다. 특수반이 내사한 서류 가운데 어딘지 좀 석연치 않은 구석을 발견했기 때문이다.

그는 나의 첫 연인 시즈꼬와 그녀의 모친이 자살했다는 기록에서 힌트를 포착하고 그 사건을 중점적으로 소급하여 내사하도록 지시했다.

당시(1944년) 시즈꼬의 아버지가 육군의 최고위직에 있었기 때문에 주변 인물들을 내사하는 데 어려움이 많을 것으로 생각했는데, 뜻밖에도 쉽사리 한 사람의 용의자를 집어낼 수 있었다. 바로 시즈꼬 아버지의 처조카로서 자살한 나의 첫 연인 시즈꼬의 외사촌 오라버니인 구리하라 소좌(栗原 哲夫 少佐)였다. 그는 시즈꼬 어머니의 오라버니의 아들이었다.

일본 육군사관학교를 49기로 졸업한 구라하라 소좌는 다이홍에이(大本營)에서 상당히 중요한 두뇌 역할을 하는 젊은 장교였다. 육사 생도 시절부터 하도 총명하고 지능지수가 높아 육사를 졸업하자마자 시즈꼬의 아버지가 그의 후견자로 나섰고 지금까지 줄곧 철저하게 돌봐주고 있었다.

히로시마 헌병대 특수반의 하다 상사팀은 결국 구리하라 소좌의 필적이 '투서'의 필적과 동일하다는 사실을 확인했다.

하지만 그의 영문학 실력은 중학교 수준 이상은 아니었다. 말하자면 영문 괴편지 제1, 2, 3신의 편지 내용을 작성할 만한 실력은 안 된다는 것이었다. 그래서 특수반의 내사는 반드시 영어에 능통한 공범이 있을 것으로 단정하고 이것을 밝히는 데 초점이 모아졌다.

투서를 받는 즉시 진작 투서자부터 색출하는 게 순서였다. 조선에서 고등계 형사 경력이 15년이라고 자만해 왔지만, 역시 사마사끼 대좌보다 한 수 아래인 하다 상사가 무식의 소치로 '제 꾀에 제가 넘어간' 셈이었다.

결국 영어에 능통한 공범도 찾아냈다. 구라하라 소좌와 같은 직장에 근무하지만, 소속된 반(班)만 다른 군속이었다. 2주일 동안 내사를 끝낸 하다 상사팀은 종합적인 내사 경위와 함께 다음과 같은 결론으로 매듭을 지었다.

'육군 최고위층 인사(육군 대장)는 처조카인 구리하라를 끔찍히도 아끼고 사랑해 왔으며, 구리하라가 대위였을 때인 1939년 그의 두뇌에 감탄하여 다이홍에이 참모본부에서 근무하도록 주선해 주기도 했다.'

육군 최고위층 인사는 물론 시즈꼬의 아버지였다.

참고로 여기서 일본의 '다이홍에이(大本營)'라는 곳이 도대체 어떤 기관이며, 구리하라가 어떻게 육·해군 총참모본부인 다이홍에이에서 근무하게 되었는지 설명해 둘 필요가 있겠다.

'천황은 국가의 통치권을 총람(總攬)함.'

일본 명치시대에 제정한 헌법에 이런 대목이 있다.

통치권은 국무(國務)와 통수(統帥)로 구분된다. 국무는 국회·재판소·내각이, 입법·사법·행정을 통해 각기 천황을 보필하는 것으로 되어 있고, 통수는 국무와는 별도로 '육군 참모본부와 해군 군령부(軍令部)가 천황을 보익(輔翼)한다.'고 규정되어 있다. 당시 일본에는 육군 항공대와 해군 항공대가 있을 뿐 공군은 따로 없었다.

일본은 전쟁이 발발할 때마다 전시 작전의 일원적(一元的) 통일지도를 위해 육군 참모본부와 해군 군령부가 함께 모이는데, 이것이 바로 다이홍에이(大本營)다.

명치(明治) 26년(1893년) 일·청전쟁(1894년)을 앞두고 '전시 다이홍에이 조령(戰時 大本營 條令)'에 의해 설치된 다이홍에이는 순수한 군 통수기관이었다. 한 마디로 육·해군 전시 통합 지휘로 양군 협동작전을 수행하자는 데에 목적이 있었다. 3권(三權) 외에 통수권이 존재하기 때문에 전시에는 전략(戰略)과 정략(政略)이 가끔 상치되어 전쟁 수행에 상당한 차질을 빚기도 했다.

이런 걸림돌을 제거하기 위해 태평양전쟁을 수행 중인 1944년 초 내각 총리대신과 육군대신을 겸하고 있던 도우죠(東條 英機) 육군대장이 육군 참모총장까지 겸직하고, 해군대신이었던 시마다(嶋田 繁太郞) 해군대장이 해군 군령부 총장까지 겸직하게 되었다.

구리하라 소좌는 바로 이 다이홍에이(大本營)의 참모본부 작전부에 근무하고 있었다. 그는 일본 육사 49기를 수석으로 졸업한 후 도미야마(富山)의 보병 제35연대에 배속되었다가 중위로 진급하자마자 그때부터 벌써 만주의 제4사단 본부에서 참모 수업을 받기 시작했다.

구리하라 중위는 당시 만주에 주둔하고 있던 오사까(大阪)의 제4사단 참모로 6개월 동안 복무하고, 역시 만주에 있던 제5군사(第5軍司)에서 다시 참모로 6개월 동안 복무했다. 그런 다음 당시 중장으로 육군성 차관이었던 고모부(시즈꼬의 아버지)의 추천을 받고 육군대학에 입교했다.

육군이나 해군에서는 사관학교 졸업자 가운데서 지능지수가 높고 능력이 특출한 장교를 단기간일지라도 반드시 사단본부와 군사령부 등에서 참모로 복무하게 한 후 육군대학에 입교시켰다가 다이홍에이로 끌어들였다. 말하자면 말단에서부터 훈련을 받고 경험을 쌓게 하여 유능한 참모로 만든 다음 적재적소에 배치하는 방식이었다.

　구리하라도 마찬가지로 1939년 육대 졸업과 동시에 대위로 진급하면서 고모부의 천거에 힘입어 다이홍에이 작전부에서 근무하게 되었던 것이다.

　당시 다이홍에이 참모본부는 작전부가 제1부였고, 제2부는 정보, 제3부는 철도·선박·통신을 담당했다.

　구리하라가 근무했던 작전부 작전과의 정식 명칭은 제1부 제2과이다. 제2과에는 다시 작전반, 항공반, 병참반 등 3개반(班)이 있었다. 각 반에는 반장이 있고 그 밑에서 6, 7명의 반원이 근무했다. 구리하라가 신참 대위로 처음 명령을 받았을 때는 바로 작전반에 속한 최말단의 장교였다.

　히로시마 헌병대 특수반의 하다 상사가 투서자(投書者) 구리하라 소좌(발각 당시의 계급)의 공범으로 찾아낸 사람은 바로 다이홍에이 참모본부 제3부 제3과(통신과) 구미반(歐美班)에 근무하고 있던 하세가와(長谷川 定雄)라는 군속(軍屬)이었다.

　하세가와는 일본계 미국인 2세로 명문 하버드 대학 출신의 엘리트였다. 대동아전쟁이 발발하기 1년 전에 스카웃하여 제3부 제3과 구미반의 중요 임무를 맡긴 사람인데, 근무처에서 매우 신망이 높았다. 구리하라 소좌와는 아주 각별한 친구 사이였고, 동갑내기였다. 그러니까 구리하라는 다이홍에이에서 근무하기 시작했던 다음해인 1940년 말경부터 하세가와 군속과 친숙해졌다는 것이다.

　구리하라가 사랑했던 고종사촌 누이이자 나의 첫 연인이었던 시즈꼬가 자살한 것은 1937년 3월 14일이었다. 그가 육군대학에 재학 중일 때였고, 다이홍에이로 오기 2년 전이었다.

　그로부터 닷새 후인 3월 19일 금요일. 구리하라의 고모님마저 딸(시즈꼬)의 무덤 앞에서 손목 동맥을 끊고 자살해버렸다.

　구라하라는 내성적인 성격이라 말로 표현은 하지 않았지만, 결혼을 생각하고 있을 정도로 시즈꼬를 사랑했다고 한다. 아마도 짝사랑 같은 것이었으리라. 그가 얼마 만큼 그녀를 사랑했는지 모르겠지만, 결혼까지 생각했을 정도면 그의 심정도 쉽게 짐작할 만했다.

하찮은 조센징(조선인)인 나 때문에 사랑하는 고종사촌 누이와 고모까지 자살했다면 오죽이나 내가 미웠으랴? 한 마디로 죽이고 싶었으리라.

더구나 시즈꼬의 아버지는 처음부터 구리하라가 처조카이긴 해도 너무 마음에 들어 내심 시즈꼬의 신랑감으로 욕심을 내고 있었다고 한다. 시즈꼬 본인에게는 아무런 언질도 주지 않았고, 시즈꼬의 어머니도 그런 낌새를 전혀 눈치채지 못했을 뿐…….

일본인들은 서로 사랑하면 사촌끼리도 결혼을 하고 형이나 아우가 전사하거나 죽으면 형수나 계수와 함께 사는 경우도 더러 있기 때문에 구리하라가 고종사촌인 시즈꼬와 결혼하는 것은 문제될 게 없었다.

아마도 시즈꼬가 나를 사랑했다는 이유로 자살하지 않았다면 분명 구라하라와 결혼했으리라.

시마사끼 대좌는 투서의 필적이 구리하라 소좌의 필적과 같다는 사실이 밝혀진 이상 내사를 계속할 필요가 없다고 생각했다. 취조를 해 보지 않아서 확증은 없었지만, 하세가와 군속이 영문 괴편지 문안 작성의 공범이라는 심증도 갔다.

그러나 당시(1944년 12월 중순)의 형편으로는 내사 결과만 가지고 문제를 마무리지을 수 있을 정도로 쉽고 간단한 게 결코 아니었다.

우선 사이판 실함과 함께 도우죠 수상이 물러나고, 1944년 11월 24일에는 도쿄 시가지가 처음으로 B29에 의해 불바다가 되는 등 전황이 일본에 아주 불리해지면서 시국이 어수선했기 때문에 그 문제를 거론조차 하기가 어려웠다. 또한 육군의 최고위층에 계신 분이 구리하라 소좌의 고모부이자 후견인이란 사실도 문제 해결의 걸림돌이 되었다.

헌병대장 시마사끼 대좌는 대심원 원장과 아버지의 부탁을 받고 나름대로 최선을 다해 나를 보살펴 준 셈이었다.
"형편이 그러니 이쯤에서 매듭을 짓는 게 좋겠습니다. 영문 괴편지를 두 번씩이나 관헌에게 고발하지 않은 책임도 있으니까 지난 일은 덮어 두고 사건을 종결했으면 합니다. 10여 일 전에 군 검찰관과 재판장에게 속히 재판을 열어서 사건을 끝내 달라고 사적으로 부탁하여 지난주 금요일인 12월 22일(1944년)에 이미 구형이 있었습니다. 모레 29일에는 언도 판결이 있을 예정인데, 금고 5년이 구형됐으니까 아마도 언도도 같을 겁니다. 집안 어른처럼 생각하기에 기탄없이 흉금을 터놓고 솔직한 의견을 말씀드렸습니다."
시마사끼 대좌의 진실 어린 말에 아버지께서 뭐라고 말씀하실 수 있었으랴?
"진작에 살폈어야 했는데 불민한 탓에 죄송합니다."
헌병대장이 이렇게 몇 번씩 사과까지 하는 데야 아버지로서는 모든 것을 그의 처분에 맡길 수밖에 다른 도리가 없었으리라. 이 정도로 수습되어 죽음의 문턱에서 다시 살아난 것만도 불행 중 다행인 셈이었다.
하지만 21개월 동안의 그 끔찍한 고통에 대한 보상은 어디 가서 받는단 말인가? 아버지의 말씀을 들으면서 만약 구리하라 소좌가 나와 같은 처지였다면 나처럼 당하진 않았을 것이라는 생각에 울컥 울분이 치밀기도 했다.
"다 지나간 일이니 이제 모두 잊어버리자구나. 그리고 아범아! 이제 네 처도 네가 일본사람이 아니라는 걸 알고 있다. 대심원 원장 각하로부터 전화를 받고 했을 때 다 얘길해서 진작부터 알고 있으니 그리 알아라."
나는 내심 놀라면서 아내의 얼굴을 쳐다봤다.
"아다시 도우데모 이이와요, 안따.(あたしどうでもいいわよ, あんた; 난 아무래도 좋아요, 당신.)"

아내는 내게 미소까지 지으며 이렇게 말하는 게 아닌가. 나는 순간적으로 아내의 예사롭지 않은 태도에 대해 나름대로 심리적 분석을 해보기도 했다.

어쩌면 일본의 패전으로 인한 심리적 공황 상태이거나 앞으로 다가올 미지의 공포에 대한 불안감이거나 자포자기일 수도 있었다. 아니면 정반대로 변화하는 환경에 적응하여 막연하나마 새로운 삶을 동경하고 개척하려는 태도일 수도 있었다. 어쨌거나 나는 속으로 다행이라고 생각했다.

아버지의 말씀을 듣고 보니 어머니 아버지가 내 사건으로 얼마나 충격이 크셨는지 짐작할 만했다. 또 아버지의 직장인 대심원(大審院)에서까지 내가 조선사람이라는 사실이 밝혀졌으니 아버지께서 얼마나 충격을 받으셨으랴?

이렇게 생각하니 나란 인간은 도대체 배은망덕한 행위만 골라서 했다는 자책감으로 얼굴을 들 수가 없었다.

'네가 조선사람이란 비밀은 무덤까지 가지고 가라.'

아버지의 표정을 힐끗 살펴보니 단호하게 다짐을 두시던 의지는 이제 아무래도 좋다고 체념하신 것처럼 보였다. 하도 험한 일을 겪다 보니 지치기도 하셨으리라. 아버지의 무표정한 표정은 차라리 애처로울 정도였다.

환국 결심과 방황

나는 서둘러 아버지께 귀국하겠다는 말씀을 드릴 작정이었다. 그러나 아버지께서 내 뜻을 어떻게 받아들이실지 몰라 몹시 두려웠다.
"천하에 배은망덕한 놈!"
이런 말씀과 함께 철퇴라도 맞을 것만 같았다.
'암, 철퇴를 맞아도 싸지.'
이런 생각도 들었다.
그러자 중학교 때 만난 조선인 유학생 김동웅 형이 떠올랐다. 그 형은 나에게 조국을 알게 해주고 조국애를 일깨워 준 사람이었다. 그 형이 아니었다면 나는 아마도 철저한 일본인이 되어 일본인 아버지의 소망대로 판사나 검사가 되었으리라. 만약 그랬다면 일본의 조선 식민통치에 암적 존재인 조선의 애국자들을 단죄하는 용서받지 못할 민족의 반역자가 되었을 것이었다.
키워주신 일본인 부모님의 은공도 잊을 수 없지만, 내가 고아가 될 수밖에 없었던 운명은 과연 누구탓이었던가? 이런 생각과 함께 인정에 얽매여 나약해질 게 아니라 단호하게 결단을 내려야겠다고 결심했다.

귀국을 앞두고 마음의 준비가 필요했다. 내가 직접 연합군을 사살한 경험은 없다고 하더라도 내가 일본군이었다는 사실까지 부인할 수는 없었다. 이런 사실 때문에 민족 반역자, 친일파, 부일 협력자로 매도당한다 하더라도 당연히 받아들여야 하리라. 어쨌거나 나는 해방된 조국으로 가야 한다고 결심했다.

나는 느지막이 일어나 아침 겸 점심 식사를 했다. 식구들은 아직 점심 식사를 하기 전이었다. 식구들의 점심 식사가 끝난 다음 나는 아버지께 환국 결심을 밝혀야겠다고 생각했다. 식구들의 점심 식사가 끝나기를 기다렸다가 부모님께 의논 드릴 말씀이 있다고 말씀드렸다. 아버지는 예상하고 계셨다는 듯 흔쾌히 말씀하셨다.

"그래, 서재로 올라오렴. 여보, 당신도 올라와요."

나는 아버지를 따라 2층 서재로 올라갔다. 잠시후에 어머니도 차 쟁반을 들고 들어오셨다. 어머니는 아버지와 내 앞에 찻잔을 내려놓으시면서 내 눈치를 살피셨다. 막상 부모님과 마주앉아 결심한 바를 말씀드리려고 하니 차마 입이 떨어지지 않았다. 두 노인만 남겨 두고 아내와 애지중지하시는 어린것들을 데리고 환국하겠다는 배은망덕한 말씀을 쉽게 할 수 없었다.

의논드릴 게 있다고 서재로 올라와서는 한참 동안 침묵을 지키고 있으니 아버지는 답답하신 모양이었다.

"얘, 아범아. 말해 봐라. 뭔가 심각한 내용인 것 같은데 무슨 얘긴지 들어 보자구나."

그렇게 말씀하시는데도 여전히 입은 떨어지지 않았다. 결심한 대로 밝히지 못하고 머뭇거리는 것이 어색하고 우스워져 무작정 아버지를 불렀다.

"아버지."

"그래, 어서 말해 보렴."

"대심원 원장 각하로부터 처음 제 얘기를 들으시고 아버지 심정이 어떠셨어요? 물론 아버지의 아들이 조선인이란 사실이 직장에도 금방 알려질 수밖에 없었을 테구요."

"네가 의논할 말이 있다는 게 그 얘기냐?"

"네, 아버지."

"그래? 네가 정말 하고 싶은 말은 차마 하지 못하고 딴 얘기를 꺼내는 모양인데, 어쨌거나 물었으니 대답은 하마. 원장 각하께선 네가 조선인이란 사실에 놀라시긴 했지만, 자신만 알고 있는 것으로 하자고 스스로 말씀하시더라. 그러니까 대심원에서는 원장 각하말고는 아무도 네가 조선인이란 사실을 모르고 있지. 나는 그때 네가 조선인이란 사실이 세상에 알려지는 게 두려운 것이 아니라 네 목숨이 어떻게 될 지가 더 걱정이 돼서 안절부절못했다. 시마사끼 헌병대장을 두 번째로 만나 그의 얘기를 듣고서야 네가 죽지는 않겠다 싶어 마음이 놓이더라."

"그러셨군요. 어떻게 된 게 저라는 놈은 부모님께 효도는 못할망정 걱정이라도 덜어 드려야 할 텐데, 줄곧 불효막급한 일만 저지르며 살아왔습니다. 정말 죄송합니다. 용서를 빌 염치도 없습니다. 조선인 유학생 문제, 고등상선학교 입학, 시즈꼬 모녀 자살 사건, 헌병대 체포까지 아버지께 도무지 면목이 없습니다."

"내가 욕심이 과했던 게지. 그나저나 다 지난일인데 새삼스레 그런 얘기는 꺼내서 뭘하겠니? 아범아, 딴청 부리지 말구 어서 하고 싶은 얘기나 하려무나."

"아니예요, 아버지."

"그래?"

"네!"

나는 도저히 처자와 함께 부모님 곁을 떠나 환국하겠다고 말씀 드릴 수가 없었다. 그 대신 헌병대에 체포된 후부터 육군 형무소에서 석방될 때까지 내가 겪었던 고통과 헌병대에서 들은 나의 집안 뿌리에 대해 말씀드려야겠다고 생각했다. 그런 말씀을 드려서 부모님의 마음을 아프게 하겠다는 뜻이 아니라 내가 조선인이란 이유로 더욱 혹독한 고통을 당할 수밖에 없었던 전후 사정을 알고 계셔야 할 것 같았기 때문이었다. 그것이 나의 환국 결심을 이해하시는 데도 도움이 될 것이었다.

나는 먼저 다섯 살 때 느닷없이 들이닥친 10여 명의 일본군 헌병들에 의해 부모님이 체포되어 졸지에 천애의 고아가 되었다는 사실부터 말씀드렸다. 여지껏 한번도 입 밖에 낸 적이 없는 이야기였다. 또 영문 괴편지 3통을 받은 경위를 비롯하여 조선에서 15년 동안 고등계 형사 노릇을 했다는 하다 상사로부터 전해 들은 생가와 친부모님에 대한 이야기도 자세하고 구체적으로 말씀드렸다. 20개월에 걸쳐 내 신원을 확인하고 13개월에 걸쳐 생가를 찾은 일, 5천 석의 부농이었던 집안과 부모님이 함께 검거된 배경, 6개월 이상 모진 고문을 받던 생부모님의 자살과 가산 몰수, 집안의 몰락 등 내가 알고 있는 일들을 모두 말씀드렸다.

아울러 국가반란 예비음모죄로 히로시마 헌병대 특수반에 체포되어 1년 넘게 고문을 받으며 체중이 90킬로그램에서 39킬로그램까지 줄었던 일, 마닐라의 제2944부대 이와지마 부대장의 심부름으로 신경(新京)까지 갔던 사실을 숨기느라 더욱 견딜 수 없는 고문과 체벌을 당했던 일, 육군 형무소의 생지옥 같은 생활과 조선인 문맹 수형자들에 대한 일본어 교육 등에 대해서도 말씀드렸다. 내가 이야기를 하는 동안 어머니는 계속 손수건으로 흐르는 눈물을 닦아내셨고, 아버지도 가끔씩 눈물을 훔치셨다.

나는 어떻게 해야 좋을지 몰라 답답하고 미칠 지경이었다. 이러지도 저러지도 못하다가 나는 휑하니 밖으로 나갔다. 어디로 무엇하러 가겠다는 목표도 없이 그냥 무턱대고 이리저리 마구 쏘다녔다. 잿더미뿐인 폐허에 술 파는 곳이 어디 있으랴 싶었지만, 대낮부터 술집을 찾아 돌아다녔다.
"무사시야 대위님!"
그때 어디선가 나를 부르는 소리가 들렸다.
누가 나를 부르나 하고 두리번거리는데, 뒤쪽에서 누군가가 뛰어오며 다시 내 이름을 불렀다.
"무사시야 대위님!"
돌아보니 마닐라 아까쓰끼(曉) 제2944부대의 내 중대에 함께 근무했던 모리시다(森下) 중사가 아닌가! 살아서 돌아왔던 것이다. 나는 그를 덥석 안고 기쁨에 차서 소리를 질렀다.
"살아서 돌아왔구려."
그도 나를 꽉 끌어안으며 기뻐했다. 그는 상사 계급장을 달고 있었다. 참으로 반가웠다.
"저는 잘못 본 게 아닌가 했습니다. 몸이 전 같지 않으셔서요."
"그보다도 가족들은 무사합니까?"
그는 대답 대신 오히려 우리집 안부부터 물었다.
"아버님은 안녕하시고, 집안도 다 무사하십니까?"
"우리 여기서 이럴 게 아니라 술이나 한 잔 하면서 얘기합시다. 어디 술 마실 데가 없겠소?"
"있긴 합니다만, 대낮부터 술을 파는지 모르겠습니다. 저도 어제 처음 가 봤는데, 원래부터 술집은 아니고 여염집에서 허가도 없이 파는 곳입니다."
"좌우간 그 집으로 가 보십시다. 여기서 멉니까?"
"조금만 걸어가면 됩니다."
나는 모리시다 상사를 따라 그 술집으로 갔다. 꽤 큰 저택인데 운 좋게도 말짱했다. 안으로 들어가 보니 제대로 차려놓은 술집이었지만, 대낮이라서 그런지 손님은 별로 없었다. 시계를 보니 오후 4시쯤이었다.
"어서들 오십시오."

주인 아줌마(御上さん)가 반갑게 인사를 하며 테이블로 안내했다. 내가 술청 안을 둘러보며 물었다.
"손님이 없네요. 낮이라서 그런가요?"
"좀 있으면 오시겠죠. 아마도 오늘은 토요일이니 조금은 일찍들 오실 겁니다."
주인 아줌마의 말에 고개를 끄덕이며 테이블에 앉은 다음, 술을 기다리는 동안 모리시다 상사의 이야기를 들었다.
"마닐라 시가지가 격전장으로 변해서 치열한 공방전이 전개되었고 부대원들은 거의 대부분 전사하고 말았습니다. 이와지마 부대장도 전사하셨고요. 나머지는 어쩔 수 없이 연합군의 포로가 되었지요. 저도 포로 수용소에서 6개월 여 고생하다가 종전이 되고 나서 20여 일 후에 석방되었습니다. 그후 20여 일만에 도쿄로 돌아왔는데, 바로 나흘 전입니다. 그래도 저는 꽤 일찌감치 귀국한 편이죠."
나는 뭐라고 할말이 없어서 잠자코 모리시다 상사가 하는 이야기를 듣기만 했다.
"그 동안의 고생이야 말로 다 표현할 수 있겠습니까만은, 지금은 가족도, 집도 찾을 수가 없어서 더 난감합니다. 미나도꾸(港區)의 집으로 돌아와 보니 그 일대가 전부 잿더미로 변해서 어디 쯤이 제가 살던 집터였는지조차 알 수가 없을 정도였습니다. 가족들도 아직 찾지 못했습니다. 저는 본래 도쿄가 고향이고, 아내의 고향도 같은 도쿄의 시나가와꾸(品川區)인지라 어디 촌으로 이사 갔을 리도 없을 텐데, 언제 어디로 갔는지 아는 사람이 없습니다. 그래서 아는 집에 임시로 거처를 정하고 애들 학교나 친구들을 찾아다니며 수소문하는 중입니다."
정말 처지가 딱했다. 모리시다 상사의 형편을 듣고 보니 내 형편에 대해서는 그저 얼렁뚱땅 얼버무릴 수밖에 없었다.
"나는 다행히 가족들은 모두 무사합니다만, 장기간 아파서 육군 병원에 입원했기 때문에 이렇게 몸이 축났어요."
 전쟁은 끝났고 예전의 부하였던 하사관까지 살아서 만나니 기쁘기는 했지만, 서로의 처지가 답답했다. 나는 옛전우를 만난 기쁨보다도 우선 술이나 잔뜩 마시고 인사불성이 되도록 취해 보자는 생각밖에 없었다.
 나는 맥주컵을 가져 오라고 하여 사께(さけ;정종)를 맥주 마시듯 마구 퍼마셨다. 순식간에 취기가 올랐다. 모리시다 상사는 마구 퍼마셔대는 것이 이상한지 내 눈치를 살폈다. 그는 군대가 아니라면 나에게 대선배가 되고 사회적으로도 모리시다 검사님으로 우대받을 사람이었다.
 주인 아줌마 말마따나 토요일 오후라서 그런지 손님들이 꽤 모여들었다. 그렇지만 명랑해 보이는 사람은 하나도 없었다.
 '에라, 그까짓 것 될 대로 되라지. 나라가 이꼴로 망했는데……. 제기랄, 술이나 마시자.'
 손님들의 얼굴은 하나같이 지칠 대로 지쳐 허탈과 실의에 찬 표정들이었다. 만사를 체념한 듯 자포자기한 모습이 역력했다. 모리시다 상사의 표정도 우울해 보이긴 마찬가지였다. 정말이지 전쟁이란 다시는 일어나지 말아야 할 슬픔과 불행의 근원이다.
 "어젯밤에도 어떤 사람과 여기 왔는데, 어디서 어떻게 입수했는지 양주를 찾는 손님에겐 더러 1병씩 팝디다."
 모리시다 상사의 말이었다.
 "그래요? 그럼 우리도 양주 좀 달래 볼까요?"
 "아이구, 대위님두. 벌써 두어 시간이나 마셨어요. 여태껏 마신 것만도 엄청난데, 또 양주를 드시겠다구요? 제발 이제 그만 마시세요."
 모리시다 상사가 극구 말렸다. 그는 별로 마시지 않고 주로 내가 다 마셨으니 그럴 만도 했다. 하긴 연세도 많고 아직 가족도 찾지 못한 모리시다 상사는 진탕 술을 마실 기분이 아니었으리라. 나는 모리시다 상사의 말을 듣는 대신 아줌마를 불렀다.
"네, 손님."
40대 후반쯤으로 보이는 아줌마가 다가왔다.
"우리 양주 좀 마시고 싶은데, 2병만 주시겠습니까?"
"아이구, 손님두……. 벌써 꽤 많이 마시셨는데, 양주를 또 드시게요?"
아줌마가 주저하며 선뜻 주문을 받지 않았다. 전 같으면 그 정도 '사께'를 마시고는 끄떡도 없을 텐데, 그 동안 몸이 많이 쇠약해진 탓인지 몹시 취기가 올랐다.
"갖고 오라면 갖고 올 일이지 뭘 그렇게 주저해요? 빨리 가져와요."
나는 목소리를 좀 높였다.
"네네, 갖다 드릴게요."
아줌마가 재빨리 주방쪽으로 사라졌다. 잠시후 주인 아줌마가 양주 2병을 가지고 왔다. 나는 그것이 무슨 양주인지 따져 볼 것도 없이 마개를 따고는 여태 마시던 두 사람의 맥주컵에 맥주 따르듯 가득 따랐다.
"모리시다 소쪼(曹長;상사), 우리의 생환을 자축하기 위해 건배합시다."
나는 양주로 가득 채워진 맥주컵을 높이 쳐들었고, 그도 컵을 높이 쳐들었다. 우리는 쨍그랑 잔을 부딪히며 함께 외쳤다.
"건배!"
바로 그 순간이었다. 옆 테이블에서 술을 마시던 세 청년 중 1명이 죄어치는 어투로 한 마디 했다.
"야, 이 얼빠진 새끼들아! 나라가 전쟁에 패했는데, 축하는 무슨 놈의 축하야?"
맞는 말이었다. 혹시 내가 일본사람이었다면 군벌들이 설쳐대며 확전만 거듭한 끝에 이런 꼴이 되었다고 자숙하는 뜻에서 아무 소리도 하지 못했을지 모른다.
 그러나 나는 곧바로 일어나 그에게로 달려갔다. 그와 동시에 그가 일어섰고, 나는 그 순간 가죽 장화를 신은 발로 그의 턱을 걷어찼다. 내 앞에 서 있는 사람의 얼굴을 걷어찬 것이었다. 내가 아무리 몸이 쇠약해지고 취기가 올랐다고 해도 유도와 검도가 각각 4단이었으므로 그 정도의 기술과 능력은 건재했다. 나에게 걷어차인 청년은 금방 목이 퉁퉁 부어 나자빠진 채 움직이지 못했다. 그러자 나머지 두 청년이 한꺼번에 내게로 달려들었다. 나는 번개같이 고시나게(こしなげ;상대를 허리에 대고 들어 팽개치는 유도 기술)로 나무토막 내던지듯 두 청년을 모두 던져버렸다.
 술청이 난장판으로 변하면서 다른 손님들이 모두 피신하는데, 나가떨어졌던 두 청년 중 하나가 주방쪽으로 뛰어가더니 금세 사시미 칼(생선회를 뜨는 예리한 부엌칼)을 들고 나와 내게 덤벼들 자세를 취했다. 그 순간 나는 그의 오른쪽 팔꿈치를 장화발로 걷어찼다. 칼은 쨍그랑 소리를 내며 땅바닥으로 떨어졌다. 나는 곧장 그를 번쩍 들어 내동댕이쳐 버렸다.
 인근 파출소의 순사 3명이 들이닥친 것은 바로 그때였다. 주인 아줌마가 파출소에 신고를 한 모양이었다. 우리는 모두 파출소로 연행되었다. 턱을 걷어차이고 목이 퉁퉁 부어 말도 못할 지경이 된 청년은 파출소의 주선으로 인근 병원에 실려갔다.
 모리시다 상사가 순사부장인 파출소장과 한참동안 이야기를 나누었다. 사실 따지고 보면 청년들이 먼저 싸움을 걸어왔지만, 병원에 입원해야 할 만큼 사람을 두들겨 팬 것은 분명 잘못이었다. 모르긴 해도 검사 출신인 모리시다 상사는 잘못이 누구에게 있는지 가리는 것이 분명할 터였다. 문제는 사태를 더 확대하지 않고 어떻게 수습하느냐 하는 것이었다. 모리시다 상사와 파출소장이 의논한 것도 그 때문이었으리라.
 마침 그 파출소는 우리집이 있는 동네를 관할하고 있었다. 더구나 모리시다 상사가 나의 아버지는 대심원 부장이고 자신은 검사 출신이란 것까지 밝혔을 테니 순사부장도 수습이 잘 되는 방향으로 노력하겠지만, 나에게 걷어차인 피해자의 태도가 어떻게 나올지 그게 문제였다.

모리시다 상사가 20분쯤 파출소장과 의논을 하더니 내게로 와서 말했다.

"일이 잘 해결될 것 같기는 한데, 순사부장이 직접 병원으로 가서 피해자를 만나본 다음에 다시 얘기하자고 합니다."

술이 덜 깨어 몽롱한 정신으로 듣고 있는 나에게 이야기를 계속했다.

"아니, 어쩜 그렇게 기술이 대단하십니까? 힘도 장사시고……. 아주 깜짝 놀랐습니다. 그나저나 술집의 테이블과 의자가 꽤 여러 개 망가졌을 텐데 그건 어떻게 하죠? 술집 주인이 고발이라도 하면 난감한 일입니다. 좌우간 병원으로 간 파출소장이 오는 걸 기다려 보십시다."

병원에 실려간 청년을 제외한 나머지 두 사람은 파출소에 남아 있었다. 나이는 서른 안팎으로 보였다. 그들은 파출소의 순사 한 사람을 붙들고 하소연을 하는 중이었다.

"전쟁에 져서 모든 국민이 비분강개하고 있는 판국에 전쟁터에서 살아 돌아왔다고 축배를 들다니, 말이 됩니까? 병원에 실려간 친구가 먼저 저 사람들에게 기분 거슬리는 말을 했지만, 우리도 참을 수 없기는 마찬가지였습니다."

일리가 있는 말이었지만, 막대한 전비를 부담하며 전쟁을 일으키며 수백만 명의 전·사상자를 내고 국토를 초토화시킨 책임자들에 대해서는 침묵하면서 전쟁에 졌다는 사실에만 비분강개하는 태도를 나는 도무지 이해하기 어려웠다. 그러나 그런 족속이 일본인이었다. 순진하다고 해야 할지, 바보스럽다고 해야 할지 참으로 어이가 없었다.

30여 분만에 파출소장이 돌아왔다. 모리시다 상사가 그와 잠시 이야기를 나누고는 내게로 와서 말했다.

"의사의 진단 결과 두 달 동안 치료를 요한다고 나왔지만, 피해자가 손해 배상까지는 사양하겠다고 했답니다. 또 치료비와 회사에 출근하지 못하는 두 달치 월급을 보상해 주면 파출소장의 체면을 고려하여 고발하지 않겠다는 약속도 받아왔답니다. 술집도 술청의 테이블과 의자를 비롯하여 식기류와 집기 등 파손된 기물에 대해 손해를 보상해 주고, 술값을 지불해 주면 잘 수습이 될 거랍니다."

파출소장이 나섰기 때문에 피해자나 술집, 어느 쪽도 손해 배상까지는 요구하지 않은 모양이었다. 입원해 있는 피해자는 싸움의 원인 제공자라는 점에서 조금 양보가 된 것 같고, 술집은 무허가라는 약점이 작용한 것 같았다. 그 정도에서 합의를 볼 수 있도록 노고를 아끼지 않은 모리시다 상사와 파출소장이 무척 고마왔다.

그러나 보상할 돈이 문제였다. 내 수중에는 20개월 전 히로시마 헌병대에 체포될 당시에 소지하고 있던 200여 원 뿐이었다. 결국 집에 알리는 수밖엔 달리 방법이 없었다. 나는 모리시다 상사에게 정중히 부탁했다.

"모리시다 검사님, 죄송하지만 우리집에 가셔서 아버지에게 전말을 말씀드려 주십시오. 제가 여기서 전화로 말씀드릴 수도 있겠으나 아버지께 개인적으로 면목이 없는 사정이 있어서 그러니 좀 도와주십시오. 부탁입니다. 저는 어차피 보상 문제가 해결되지 않고는 파출소에서 나갈 수가 없지 않겠습니까?"

"무사시야 대위님, 그럼 제가 댁에 다녀오겠습니다."

"미안합니다. 제가 정말 제정신이 아니었습니다. 내가 그런 난폭한 짓을 하다니…… 정신이 돌았던 것 같습니다. 검사님, 죄송합니다."

"젊은 기분에 그럴 수도 있죠, 뭐. 그럼 제가 얼른 다녀오겠습니다."

그는 파출소 문을 열고 나갔다. 전쟁터에서 돌아와 아직 가족도 찾지 못한 채 헤매는 그에게 정말 미안한 생각이 들었다. 시간이 지나면서 술 기운이 좀 가시는 듯했다. 내가 어쩌자고 그런 난폭한 행동을 저질렀단 말인가. 왜 그랬는지 나도 모르겠다. 집에서 나올 때처럼 답답하기는 마찬가지였다.

파출소장은 어느 순사에게 사건 전말을 상세히 보고서로 작성하라고 지시한 다음, 나와 피해자 쪽의 두 사람에게 부탁했다.

"피해자와 가해자 간에 합의를 보고 안 보고에 상관 없이 사건 전말에 대해 본 서(本署)에 보고해야 하니까 보고서 작성에 협조해 주세요."

나는 사실대로 경위를 설명하면서 순사가 보고서를 작성하는 데 협조하며, 작성된 보고서에 서명날인했다. 합의서는 나중에 추가로 작성하면 되는 모양이었다.

얼마후 모리시다 상사가 아버지를 모시고 들어왔다. 아버지는 나를 보시더니 내 손을 덥석 잡으시며 말했다.

"아범아, 이게 웬일이냐? 어디 다친 데는 없니?"

내 등을 어루만지며 어쩔 줄 몰라하시는 아버지의 얼굴은 하얗게 핏기가 가셔 있었다. 나는 그저 머리를 숙인 채 아무 말씀도 드리지 못했다. 잠시후 아버지는 경례를 하는 소장에게 다가가셨다. 소장은 아버지에게 사건 경위 등을 설명하면서 사태 수습에 대해 의논했다. 보고서를 작성하던 순사는 모리시다 상사에게도 이미 작성한 서류를 뒤적이며 몇 마디 묻더니 서명날인을 받았다.

"아범아, 아무 걱정 말고 집으로 가자."

소장과 말씀을 나누시던 아버지께서 내게로 오시더니 내 손을 잡아끌며 말씀하셨다.

"소장님, 미안합니다."

나는 소장에게 인사를 하고 파출소에서 나왔다. 뒤따라 나온 모리시다 상사에게도 정중하게 인사를 했다.

"정말 면목 없고 죄송합니다. 가족을 찾거든 우리집에 꼭 연락을 해 주십시오."

나는 모리시다 상사와 헤어진 후, 아버지와 함께 집으로 돌아갔다. 어머니랑 아내는 걱정스러운 표정으로 나를 맞았다.

"얘, 아범아. 목욕하고 누워서 쉬거라. 얘기는 내일 하기로 하고……."

나는 아버지의 말씀을 듣고 목욕도 하지 않은 채 아내가 깔아 놓은 이부자리에 누워버렸다. 누워서 생각하니 정말 어처구니가 없었다. 내가 어찌 그런 난폭한 행동을 저질렀을까? 식구들을 쳐다볼 면목이 없었다. 이런 일로 부모님에게 심려를 끼치다니, 후회막급이었다. 내일 아침에 일어나서 무슨 낯으로 부모님을 대한단 말인가?

이튿날 아침 나는 10시가 되어서야 눈을 떴다. 어제 일이 꿈만 같았다. 목욕을 하고 나와서 아침 식사를 했다. 그런데 어머니, 아버지가 보이지 않으셨다.

"어머니, 아버지는 어디 가셨소?"

"아침 일찍 두 분이 함께 나가셨어요."

아내가 대답했다. 나는 식욕이 별로 없어서 아침 식사를 하는둥 마는둥 했는데 속이 답답하고 매슥거리는 게 토할 것처럼 기분이 영 이상했다. 게다가 가슴이 답답하고 머리가 지끈거리면서 열이 나는 것 같았다. 나는 아내에게 부탁했다.

"자리를 좀 깔아주시오."

나는 자리에 누웠다. 으슬으슬 춥고 열이 꽤 높은 것 같았다. 오후 4시경이 되어서 부모님이 돌아오셨다고 아내가 전해 주었다. 부모님을 뵐 면목은 없었지만, 그렇다고 누워만 있을 수가 없어서 일어나려는데 힘이 들었다. 그래도 정신을 차려 일어나려는데 어지러워서 몸을 가누지 못하고 그냥 이불 위에 쓰러졌다.

아내가 놀라서 쓰러진 내 이마를 짚어 보더니 열이 높다고 하며 어머니와 아버지를 모시고 들어왔다. 내 이마를 짚어 보시고 손도 만져 보신 어머니까지 놀라서 허둥대셨다. 그러자 아버지께서 아내에게 일렀다.
 "미까미 박사 좀 얼른 오시라고 연락해라."
 얼마후 미까미 박사가 오셔서 진찰을 하고 주사를 놓았다. 차츰 정신이 드는 것 같았다.
 "좀 있으면 괜찮아질 걸세."
 미까미 박사님이 부모님과 함께 밖으로 나가면서 말씀하셨다. 박사님은 무슨 이야기인지 부모님과 한참동안 밖에서 의논하는 것 같았다.